劉和平

# 北平無戰事

## 第二卷 山高月小

## 【好評推薦】

林博文（專欄作家）
南方朔（文化評論者）
夏　珍（風傳媒總主筆）
趙少康（資深媒體人）
管仁健（文史工作者）
廖彥博（歷史學者／作家）
劉燦榮（知本家文化社社長）

當一個巨大的存在，一瞬間消失，不是土崩瓦解，而是一堵高牆，
歷史在那邊，我們在這邊。

——獻給西元一九四八

# 【目錄】

**導讀**

# 民國北平的最後一瞥

廖彥博

《北平無戰事》是一部精彩萬分的懸疑諜戰小說，之所以精彩，除了情節之外，還在於小說的時空背景：那令我們既熟悉又陌生的一九四八年北平城。

二十一世紀初的台灣，關於「民國」的符號在我們身邊仍然隨處可見：買早點時從口袋掏出有蔣中正頭像的硬幣、報紙或公文書上的民國年號、以及不一定出得了台灣島的青天白日滿地紅國旗。

現在兩岸交流日漸頻繁，我們身邊不乏有在大陸工作、就學的家人、同學、朋友，從台北直飛北京，航程是三個小時。北京，眾所周知，是人民共和國的首都，人民大會堂、翻飛的紅旗、毛澤東紀念堂、天安門城樓上的毛像……好像是北京的「臉」。從台北看，北京與民國之間，距離似乎非常遙遠。

可是，就是這座北京城，曾經有二十多年，叫做北平（民國十七年，國民革命軍北伐進入北京，改北京為北平）；在這座北平城裡，上一段提到的建築，全都還沒有出現，而今日已經看不到的景觀，那時仍然存在。曾經有一段時間，青天白日滿地紅國旗在城裡飄揚；曾經略顯破舊失修的天安門城樓上，張貼的是「天下為公」四個大字，懸掛的是蔣主席（後來成了蔣總統）的肖像。《北平無戰事》把故事背景設定在這座北平城裡，那是北平的最後一瞥，也是民國在大陸的謝幕演出。

一九四八年，也就是民國三十七年，七月初夏，戰爭，離北平似乎很遠。此時，「戡亂」的烽火在山東，在東北，在陝北，而國軍的戰況，在經過當局審查過的報紙上，消息一片大好。如果你是個在北平念書的大學生，也許在上下課的間隙，你所見到的還是林語堂筆下「過著一千年來未變的生活」的老北京：

離協和醫院一箭之地，有些舊式的古玩鋪，古玩商人抽著水煙袋，仍然沿用舊法去營業，誰去理那回事？穿衣盡可隨便，吃飯任擇餐館，隨意樂其所好，暢情欣賞美山——誰來理你？

或者，你會期待著老舍筆下盛夏之後，乾爽宜人的秋天：

中秋前後是北平最美麗的時候。天氣正好不冷不熱，晝夜的長短也劃分得平勻。沒有冬季從蒙古吹來的黃風，也沒有伏天裡挾著冰雹的暴雨。天是那麼高，那麼藍，那麼亮，好像是含著笑告訴北平的人們：在這些天裡，大自然是不會給你們什麼威脅與損害的。西山北山的藍色都加深了一些，每天傍晚還披上各色的霞帔。

可是，戰爭其實離北平愈來愈近。北平軍政高層人物的變動更迭，更讓人感到戰雲密布。今年三月，原來統管華北五省三市（山西、河北、熱河、察哈爾、綏遠五省，北平、天津、青島三市）的北平行轅主任李宗仁，突然宣布要競選副總統。李上將是桂系首腦，又有人稱「小諸葛」的國防部長白崇禧力挺，居然打敗蔣總統支持的國父之子孫科，當選行憲後第一任副總統。他留下的華北重任，就落在新成立的華北剿匪總司令部總司令傅作義的肩上。

傅作義是人稱「山西王」的太原綏靖公署主任閻錫山的老部下，如今統管華北，坐鎮北平，手上有五十萬大軍，看起來威風八面，實際上，他正一步步陷入進退不得的困局裡。首先是戰事吃緊，蔣總統有意將華北大軍南撤，而這是傅總司令不願意看到的。其次，北平城裡龍蛇雜處，既有傅作義的老部屬，也有中央的嫡系將領，據說更有共產黨的潛伏分子，以各式各樣的面目，出現在我們身旁。上海有名的政論刊物《觀察》周刊一針見血地說：「傅作義想要運用平津兩市的人力物力，那就不得不捲入一些公私的是非之中。」

《觀察》的記者說得太客氣，傅作義捲入的不只是公私是非，他和整座北平城正面臨一場即將吞噬一切的巨大風暴。糧食配給、學生請願、軍警鎮壓、物價飛漲、幣制改革……事情發生的速度，猶如一道愈來愈快的氣旋，在北平軍民來不及仔細思索其中含意的時候，中共的華北、東北兩大野戰軍，已經在今年年底連成一氣，北平和天津變成了廣大「解放區」裡飄搖的孤島。一九四九年一月，戰已不能、退又無路的傅作義，不得不和中共談判，和平交出北平。一月二十二日，也就是南京蔣中正宣布「下野」、離開總統職務的隔天，華北剿總宣布和中共簽署停戰協議。三十一日上午十時，昂首闊步的解放軍士兵，就在市民的夾道歡迎下，由西直門列隊進入北平城。

讓我們回到前面那個北平大學生的視角，看看這段風雲變幻的時期。七月五日，東北流亡學生不滿華北剿總強制他們參軍，和北平各大專院校學生四千多人到市參議會前示威，青年軍第二〇八師竟然開槍鎮壓，打死十八人，受傷百餘人，史稱「七五事件」（這也是小說的開場）。他可能就在抗議的隊伍當中。

八月十九日，他在報紙上看見行政院頒布財政經濟緊急處分令，停用節節貶值的法幣，改發行金圓券，住在上海的家人來信，說他們踴躍響應政府號召，將原來持有的外幣、黃金全都兌換成金圓券。對此他心有疑慮，但是來不及阻止。沒過兩個月，物價再次飆漲，金圓券形同廢紙，政府採取限價政策，於是糧食也不運進城，北平城裡米麵一日數漲，一石米要價幾十億元。就在這個百姓對政府信心全失的時候，不肖官吏在糧食分配上，還要上下其手、中飽私囊⋯⋯

就在這個人心苦悶、驟變將至的北平危城裡，我們都可能會與《北平無戰事》中的角色擦肩而過：穿著飛行夾克的帥氣飛官方孟敖，他看似滿不在乎的神情底下，隱藏著重大的祕密。他的弟弟、北平市警察局偵緝處方孟韋副處長，夾處在剿總與貪腐的官吏之間。方副處長的直屬上司，是陰陽莫測的「中統」情治人員、局長徐鐵英，他心中打的是什麼算盤？方孟敖、孟韋兄弟的父親，中央銀行北平分行經理方步亭，被交付了什麼樣的祕密計畫？還有國防部預備幹部局的曾可達少將，奉「經國局長」（也就是當時正在上海督導經濟的蔣經國）之命，來到北平查案，國民黨僅存的清廉良心、「戡亂建國」的革命大業，在國共雙方的夾攻底下，能夠逃出生天嗎？

民國北平的最後一幕，現在正式登場。

（本文作者為歷史學者、《止痛療傷：白崇禧將軍與二二八》合著者）

## 【黨國組織關係圖】

◆華北勦總司令部

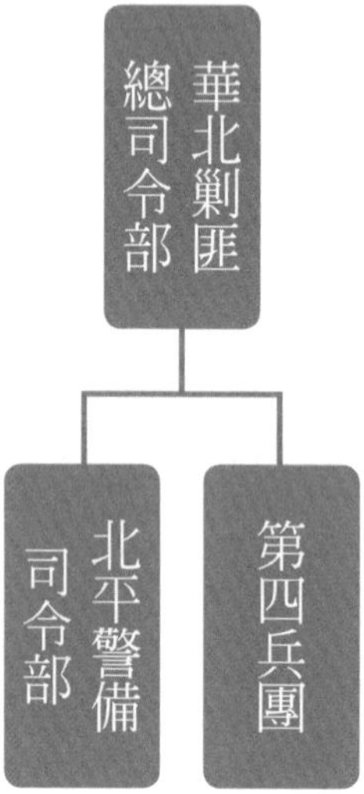


◆國民黨組織

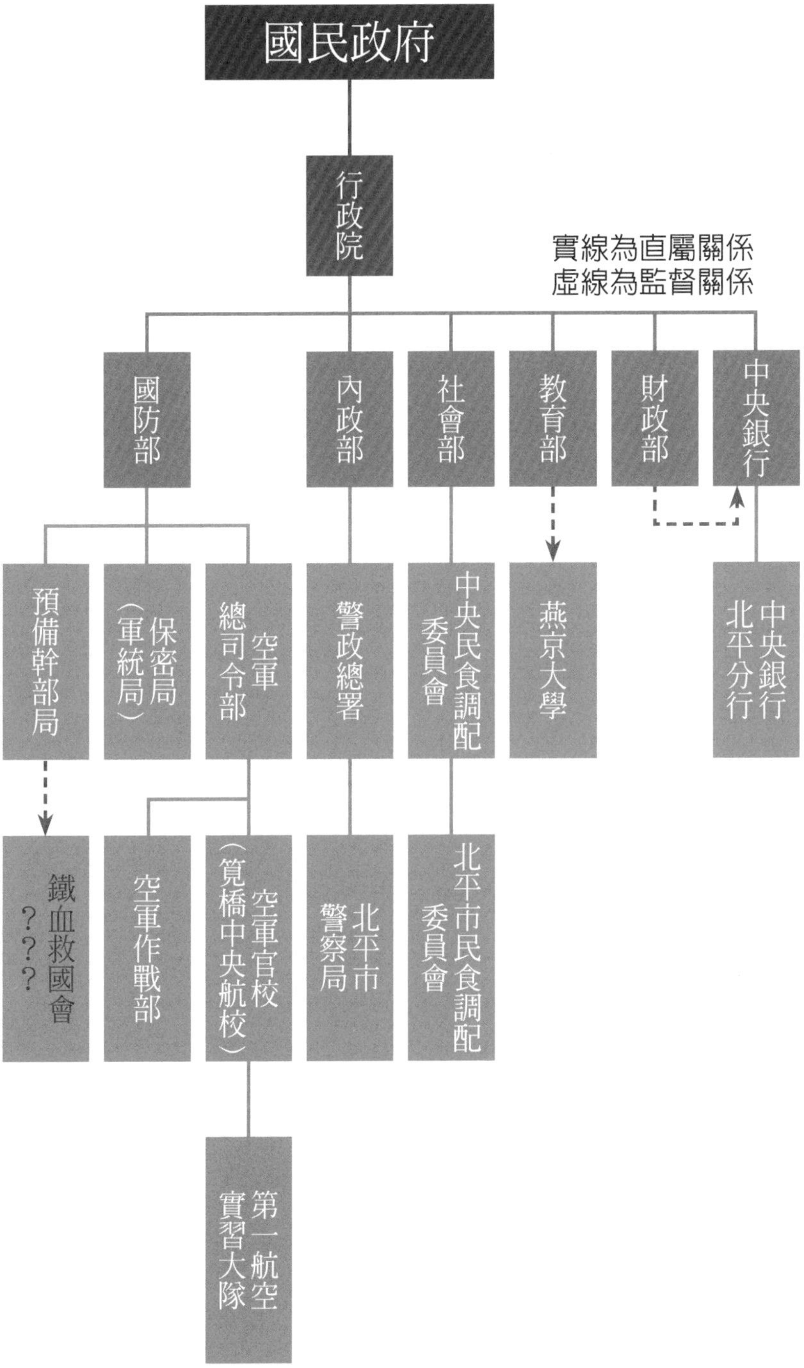
國民政府
行政院
實線為直屬關係
虛線為監督關係
國防部
內政部
社會部
教育部
財政部
中央銀行
預備幹部局
保密局（軍統局）
空軍總司令部
警政總署
中央民食調配委員會
燕京大學
中央銀行北平分行
鐵血救國會？？？
空軍作戰部
空軍官校（筧橋中央航校）
北平市警察局
北平市民食調配委員會
第一航空實習大隊

◆國民政府組織架構

#【登場人物介紹】

方孟敖：國民黨空軍筧橋中央航校上校教官、第一航空實習大隊隊長，也是對日抗戰有功的王牌飛行員。能力超群、冷靜沉著，外表玩世不恭，內心卻有著歷經苦難的堅韌與豁達。

方步亭：中央銀行北平分行經理。方孟敖十年不認的父親，有著經濟學家的頭腦和資深政客的手腕，其所作所為只是出於保護家中兒女，亂世中求自保而已。

謝培東：中央銀行北平分行襄理、方步亭妹夫。做事牢靠、盡忠職守，於公於私都是方步亭最信賴的得力助手。

崔中石：中央銀行北平分行金庫副主任。為人簡樸低調，疑為共產黨地下黨員。

何其滄：燕京大學副校長、國民政府經濟顧問。有著俠客的豪放、也有學者的耿介，更保有赤子的真誠，運用自己的影響力對當局施壓，保護進步學生。

方孟韋：北平警察局副局長兼北平警備總司令部偵緝處副處長，方孟敖之胞弟。年輕有為的優秀青年，冷靜自持、熱血愛國，一心敬愛父兄，也愛慕謝木蘭。

何孝鈺：何其滄的女兒，燕京大學學生。美麗聰慧、溫柔堅毅，總是考慮別人遠甚於自己，感情在梁經綸和方孟敖之間搖擺。

謝木蘭：謝培東的女兒，燕京大學學生。熱情直爽、美麗大方、有些孩子氣，和何孝鈺是形影不離的姊妹淘。

梁經綸：燕京大學最年輕的教授、何其滄的助理，學貫中西的菁英學者。看似風流倜儻，實則深沉孤獨。

曾可達：國防部預備幹部局少將督察，也是鐵血救國會核心成員。幹練冷峻、嫉惡如仇，恪守上級「一次革命，兩面作戰」的指示，既要對抗國民黨的腐化，又要對抗共產黨的惡化。

徐鐵英：國民黨中央黨員通訊局聯絡處主任，也是新任的北平警察局局長。在中統局幹過十多年，為人貪婪，私念重於職業。

林大潍：國民黨空軍作戰部參謀、中共地下黨員。利用公職向共黨延安及東北共軍華東共軍發送國軍祕密情報。

侯俊堂：國民黨空軍作戰部中將副部長，涉嫌參與民生物資走私案。

杜萬乘：國民政府財政部總稽核，「七五事件」五人調查小組召集人。憎惡貪腐、有正義感，具有洋派書生氣息。

王賁泉：國民政府中央銀行主任祕書，「七五事件」五人調查小組成員。

馬臨深：國民政府中央民食調配委員會副主任，「七五事件」五人調查小組成員。

馬漢山：北平民食調配委員會副主任，也是北平市民政局長。軍統出身，充滿江湖氣息，熱愛斂財。

程小雲：方步亭的續弦妻子。溫柔、賢慧、識大體。

葉碧玉：崔中石妻子，性喜嘮叨。

陳長武：方孟敖部屬，實習飛行大隊隊員，正直敏銳、多愁善感。

邵元剛：方孟敖部屬，實習飛行大隊隊員，憨直耿介、功夫了得。

郭晉陽：方孟敖部屬，實習飛行大隊隊員，反應敏捷、率性而為。

# 第十二章

凌晨兩點。

尖厲的電話鈴聲在五人小組組長中央財政部總稽核杜萬乘的床頭響起！

杜萬乘猛地驚醒，伸手便去床頭摸眼鏡，偏讓他摸著了話筒，剛放到耳邊便被電話裡的聲音鬧懵了！

——電話裡竟有兩個聲音在交替地吼叫：

「我是華北剿總司令部……」

「我是國軍第四兵團……」

「是財政部杜總稽核嗎……」

「是五人小組杜組長嗎……」

「我們傅總司令託我向你傳話，你們財政部管不好錢，還要到北平來把前方的戰事攪亂？華北的軍事他指揮不了了，請你們王雲五部長來指揮吧……」

「我們第四兵團向你嚴重抗議，今天晚上的事是誰安排的，為什麼派人把我們的軍糧搶了？到底是誰給你們的權力，你們這個五人小組到底要幹什麼……」

杜萬乘徹底被弄懵了，另一隻手終於摸到了眼鏡，戴上了眼鏡去看那個話筒，話筒清晰了，似乎那兩個同時傳來的聲音也有些摸著頭腦了，對著話筒大聲問道：「你們到底是華北剿總還是第四兵團？你們電話局到底怎麼搞的？你們到底在說些什麼……總得讓我問清楚……我立刻開會，我們五人小組立刻開會調查……」

再也受不了對方兩個聲音的交替吼叫，杜萬乘趕忙將話筒擱下，坐在床上一陣發愣。

愣了幾秒鐘，他終於有些清醒了，顫抖著手撥電話：「內線嗎？馬上給我接馬臨深主任房間！」

內線很快傳過話來：「對不起，馬主任房間占線。」

＊　＊　＊

馬臨深也是在幾分鐘前被尖厲的電話聲突然驚醒的。驚醒時那一聲長鼾正打了一半，一口氣便有些喘不過來，驚魂甫定拿起了話筒，便被電話裡兩個同時吼叫的聲音把腦袋轟大了！

此刻，電話裡那兩個聲音還在同時吼著：

「你們民食調配委員會到底要幹什麼？共軍都要打到北平城郊了，你們這個時候派人搶奪第四兵團的軍糧……」

「你們民食調配委員會是貪瘋了嗎？我們第四兵團即將與共軍血戰，你們拿了央行的錢不買糧，來搶我們的軍糧……」

＊　＊　＊

杜萬乘捧著電話，臉上已經開始流汗：「內線，內線，接王賁泉主任祕書房間！」

話筒裡內線接線員的聲音讓他的眼鏡都模糊了：「對不起，王主任祕書房間的電話也占線……」

杜萬乘氣得將電話擱回話機，卻將床頭的茶杯撞翻了！

＊　＊　＊

中央銀行主任祕書王賁泉靠在床頭捧著電話，眼睛也睜得好大！

——電話裡兩個聲音這時也在同時吼叫：

「你們中央銀行的錢到底借沒借給民食調配委員會？白天弄得學生包圍我們華北剿總抗議鬧事，晚上又派人搶奪第四兵團的軍糧……」

「你們中央銀行的錢到底撥到物資供應委員會沒有？我們第四兵團的軍需是總統特批的專項開支，民調會怎麼會爭搶我們的軍糧……」

＊　＊　＊

杜萬乘沒有管床頭櫃上一片狼藉的茶葉茶水，也沒有讓話筒對方的內線接線員說話，自己對著話筒大聲說道：「給我接曾督察房間！立刻接通！占線不占線都給我接通！」

話筒裡內線接線員的聲音讓他感到了希望：「杜總稽核，杜總稽核，曾督察房間的電話通了……」

杜萬乘連聲叫道：「曾督察嗎？是曾督察嗎……」

電話裡傳來的卻是電話接通後的長音——無人接聽電話！

杜萬乘急得要死，使勁按了一下話機：「是內線嗎……曾督察房間為什麼無人接聽電話？」

內線接線員：「對不起，那就是無人接聽電話……」

杜萬乘氣得將電話扔到了一邊！

＊　＊　＊

北平西北郊通往燕大公路旁的樹林裡。

月如鉤。

好在不遠處燕京大學有些燈光散照過來。

公路上，六輛自行車都架停在路邊，曾可達的副官和四個青年軍便衣影影綽綽在那裡戒備。

公路邊那片所謂的樹林，只是些剛長到一人多高的稀疏樹苗。曾可達在前，梁經綸在後，二人向樹林深處走去——

「何孝鈺今天什麼時候見的方孟敖？他們在一起都談了些什麼？我現在就需要知道詳細情況。」曾可達在前面走著就急切地提出了兩個問題、一個要求。

梁經綸一愣，停下了腳步。

曾可達也停下了腳步，轉過身來。

因有燕大那邊微弱散照過來的燈光，站得又近，雙方依稀能辨認對方的面孔。

梁經綸見他十分嚴峻，卻無法回答他的提問，只好反問道：「方孟敖有什麼反常舉動嗎？可達同志。」

曾可達的嚴峻立刻變成了反感，他不能容忍對方在沒有回答自己的問題前，提出反問：「很反常，也很正常。梁經綸同志，請你先回答我的問題。」

梁經綸感覺到了，沉默了少頃，然後答道：「我還沒有見到何孝鈺。她去見方孟敖的情況我現在也還不知道。見完你以後，回去見到她才能了解。」

「及時了解和把握方孟敖的動向是你當前的首要任務！」曾可達今天十分嚴厲，「現在都深夜兩點半了！白天不是你安排那個謝木蘭帶著何孝鈺去見方孟敖的嗎？為什麼這個時候還沒有見到何孝鈺，不在第一時間掌握方孟敖的情況？」

梁經綸心裡一涼，平靜地解釋道：「晚上我一直在何其滄家裡等她。十一點突然接到北平共產黨學委嚴春明的電話，說是有重要指示，叫我去見面。因此沒能等到何孝鈺回家及時了解情況。再說，我也不知道可達同志會在這個時候急著要了解何孝鈺見方孟敖的情況。」

曾可達激烈的情緒這才緩和了一些，手輕輕一揮：「那就先說說共黨委的重要指示吧。」

＊　＊　＊

北平顧維鈞宅邸五人小組會議室已然燈火通明。

杜萬乘顯然是急得不知所措了，一向溫文的他嗓門也提高了八度，向門外負責警衛的青年軍軍官大聲嚷道：「繼續找，立刻找，馬上給我找到曾督察，就說五人小組緊急會議在等他開會！」

面對大門那排椅子上，五人小組成員只來了四個。

馬臨深、王賁泉還是坐在原來的位子上，臉像死人一樣，一聲不吭。

徐鐵英接到電話從北平警察局趕到了，還是坐在杜萬乘的右邊，卻像個局外人，也是一聲不吭。

偏偏杜萬乘左邊曾可達的位子空著，能頂事的卻找不見，叫杜萬乘如何不急！

兩個衝突的當事人也已經來了，就坐在五人小組對面的椅子上：左邊是馬漢山，右邊是第四兵團那個錢處長。

馬漢山那張北平民食調配委員會提糧的單子擺在杜萬乘面前的桌子上！

錢處長那張國軍第四兵團提糧的單子也擺在杜萬乘面前的桌子上！

白紙黑字紅印：文字清楚，數字清楚，印章清楚！

嚷完了，杜萬乘用手扶著眼鏡架上的腿，實在不想看，可又不得不看那兩張提糧單據：「可惡！這到底是怎麼回事，你們中央民調會和中央銀行總應該清楚吧？買糧提糧的單據就在這裡，你們自己看吧！」

馬臨深十分不配合，微閉著眼坐在那裡一動不動，像是沒有聽見杜萬乘的話。

王賁泉的態度好些，但也沒好到哪兒去，也坐在那裡沒動，只是冷冷地說道：「買糧的單據是北平民調會的，提糧的單據是第四兵團的，糧食是國防部經濟稽查大隊扣下的。這三條似乎都不關我們中央銀行什麼事吧？杜總稽核剛才說這件事我們中央銀行清楚，這兩張單據想看我也不能看了，免得人家真以為我們央行清楚內情。真要看，就等曾督察來了一起看。」

杜萬乘被他們一口氣憋在那裡，整張臉立刻脹紅了，只好望向了徐鐵英。

徐鐵英倒是十分買帳，笑了一下，兩手各拿起一張單子比對著看，看完又擺回到杜萬乘面前。

杜萬乘十分憤懣地掃望了一眼馬臨深和王賁泉：「徐局長，你都看了。物資供應委員會的軍糧和民食調配委員會的配給糧居然從一家公司購買！而且拿了中央銀行的撥款和借款公然不供應糧食！真正豈有此理！要查，要徹查！徐局長，你的意見呢？」

徐鐵英立刻十分配合：「當然要查，這樣的事還不查真正沒有黨紀國法了！杜總稽核，錢和帳你們財政部儘管查。我們中統和軍警負責抓人。你查完了，說抓誰，我就抓誰。」說完這幾句話，他的目光並不看馬臨深和王賁泉，而是瞟向了馬漢山。

一番殺氣騰騰的表白，又遞過來一個敲山震虎的眼神，馬漢山當然明白徐鐵英的意思，這是在暗示自己，出了這件事還不把侯俊堂那百分之二十的股份讓出來，他就要公事公辦了！

馬漢山還不敢流露不滿，趕緊向徐鐵英回了一個「何必著急」的眼神。

徐鐵英卻早就將頭埋下了，拉過那兩張單子又十分認真地看了起來。

杜萬乘偏將馬漢山的神態望在眼裡，當即盯住了馬漢山：「馬局長，央行北平分行借給你們北平民調會的錢是買一萬噸糧。你們已經購進了多少，配給了多少？除了這一千噸，那九千噸是在哪裡買的？」

馬漢山今晚鬧事也只是想讓揚子公司和他背後那些大佬明白，再不拿出糧來自己可不願意再一個人扛了。現在面對杜萬乘的提問，卻是萬萬不能正面回答的，可又不能不回答，因此答道：「北平民調會也不是我一個人管事，杜總稽核的問題，我們需要回去看帳單，還要查了庫存的糧食才知道。」

「共軍就要打到房山、良鄉一帶了！」那個第四兵團的錢處長拍著桌子接言了，「我們第四兵團的弟兄們也要等到你們查了帳查了庫存再去打仗嗎？」

「你們第四兵團打不打仗關我鳥事！」馬漢山也拍了桌子，「今晚可是你們來搶我們民食調配委員會的配給糧！有本事找國防部經濟稽查大隊要去！」

「我去要？笑話！」那個錢處長站了起來，「國防部經濟稽查大隊就是你挑唆來的，破壞前方軍事，自有傅總司令和我們第四兵團的長官找南京說去。馬漢山，你脫不了干係！」說著又拍了一下桌子。

馬漢山立刻還拍了一下桌子，也倏地站了起來：「今晚的一千噸糧明天發不到學生手裡，弄得學生再去包圍華北剿總抗議，你們傅總司令和第四兵團就不要再來找我們！那時候，錢佑生，干係全是你的！」

當著中央派的五人調查小組就拍桌子吵架，這又把杜萬乘氣壞了，他也拍了桌子：「豈有此理，豈有此理！徐局長，你兼著警備司令部的職務，本人以五人調查小組組長的名義授權，你可以抓人了！」

馬漢山和那個錢處長停止了爭吵，卻並不害怕，都望向徐鐵英。

一直沒有吭聲的馬臨深這時插言了：「杜總稽核也犯不著說氣話。有矛盾就解決矛盾，剛才你把責任往我們中央民調會和中央銀行推，現在又叫徐局長抓北平民調會和第四兵團的人，人可不是那麼好抓的。」

杜萬乘真是氣得沒有辦法了，下意識地往左邊一看，曾可達那把椅子還是空的，只好轉過頭又望向徐鐵英。

「那也不見得。」徐鐵英這句話明顯是頂著馬臨深來的，他站了起來，「方大隊長不就抓了幾個人嗎？該抓的還是得抓，只要不抓錯就行。我看就憑這兩張向揚子公司提糧的單子還得抓人。那一千噸糧明明是白天五人小組說好了運給民食調配委員會的嘛，那個賣糧的公司怎麼就敢把糧食又賣給第四兵團？現在第四兵團反過來責怪我們五人小組，五人小組的人還不敢說話？這就奇怪了。杜總稽核，事情並不難處理，通知方大隊長，把那兩個什麼公司的人押到這裡來一問，我就不信供不出幾個人來！」

杜萬乘眼睛立刻亮了，望著徐鐵英：「那就拜託徐局長叫方大隊長把人立刻押過來！」

徐鐵英：「方大隊長歸國防部管，這個令還得曾督察下。不過我們都是五人小組的，我也可以幹這個事，只是人押來以後還得曾督察一起審問。」說著離開了座位，向牆邊那架專用電話走去。

馬臨深和王賁泉都睜大了眼望著從身邊走過的徐鐵英，二人同時又對望了一眼，他們都是有股份的，哪能不明白，此人這樣做是為了侯俊堂的那些股份。為了錢他要跟自己這一撥人作對了！

更明白這個道理的當然是馬漢山，這時也不知是該擔心還是該叫好——股份早就該讓了，不讓就大家一起死吧！

徐鐵英已經拿起了電話：「接方孟韋副局長。」

所有的眼睛都望著他，望著他架在耳邊的電話。

「方副局長嗎？」徐鐵英對著電話大聲說道，「你立刻帶一隊人找到國防部經濟稽查大隊的方大隊長，把他抓的那兩個今晚押糧的人送到五人小組來。馬上送來！」

杜萬乘精神大振，向著門外大聲喊道：「國防部曾督察找到了沒有！你們到底還要找多久！」

* * *

北平西北郊通往燕大公路旁的樹林裡。

「有些事情，你不理解，我也不理解，我們允許不理解，說出來就好。」曾可達聽完梁經綸的彙報後，敏銳地感覺到了梁經綸的思想狀態十分不好。上次見面表示願意全面配合自己深入調查方孟敖，現在卻發生了動搖，這是絕不允許的，「局勢的變化比你我預料的都要複雜，都要快！共黨北平城工部的指示是真的也好，是試探你也好，你都必須趕緊把何孝鈺派到方孟敖身邊去了。」

梁經綸也已經感覺到了曾可達的不滿，準確地說，今晚來表達自己的意見就已經預料到必然招致曾可達的不滿，但是自己必須說：「可達同志，我十分理解你身上所擔負的責任，尤其理解你必須向建豐同志負責，因此必須調查清楚方孟敖的真實身分。可對方孟敖身分的調查甄別任務，我可能無法執行了。」

「你的意思是對方孟敖不需要進行調查甄別了？」曾可達緊緊地望著他，面孔模糊，兩眼卻閃著光，聲調也嚴厲了：「怎麼無法執行？說出理由！」

梁經綸沉默了少頃：「根據我剛才向您彙報的情況分析，對方孟敖的工作，共產黨北平城工部已經做到我們前面去了。」

曾可達開始是一愣，接著是更嚴厲的不滿：「是情況分析還是你個人的感覺？」

「感覺也是來自分析。」梁經綸答道，「前天共產黨學委的負責人嚴春明向北平城工部提出爭取方孟敖的建議，還受到了城工部的嚴厲批評。今晚他告訴我，北平城工部突然又同意了這個建議，而且充分肯定我們這個建議是積極的，是有意義的。這種決定的改變實在反常。」

曾可達：「任何人都可能改變已經做出的決定，共產黨也不例外。你怎麼就能判定，不是共黨北平城工部向他們的更高層請示後，高層有人同意了這個建議？」

「不會。」梁經綸斷然否定，「共產黨『七六指示』剛剛傳達，明確指出現在不發展任何特別黨員。時隔一天，竟然會同意我們發展特別黨員的建議，這是明顯違背『七六指示』的行為，沒有哪個上層敢於更改這個決定！除非是周恩來，或者是彭真！可僅僅一天，北平城工部不可能有人將這件事情當面請示周恩來，或者請示彭真。」

曾可達沒有理由否定梁經綸的分析了，依然緊逼著問道：「那你推斷是什麼原因使共黨北平城工部在這麼短的時間做出如此不同的決定？」

「兩個原因。」梁經綸沉重地答道，「一是共產黨北平城工部懷疑上我了。」

梁經綸說完這句話便望向了曾可達，事關自己的安危，曾可達再固執再急功近利，也應該代表鐵血救國會表示對自己的關心。

曾可達卻並沒有表示任何的關心，緊接著問道：「第二個原因呢？」

一絲寒心像冷風從梁經綸胸臆間直鑽腦門！

他抬起了頭，不再看曾可達，望向天上那彎新月，控制住了自己的情緒，使聲調盡量平靜：「第二個原因就是，方孟敖早就是共產黨的特別黨員了。他們正因為懷疑了我，就只好同意我的建議，讓我去執行所謂爭取方孟敖的任務。利用我的調查反過來向你們證實方孟敖並不是共產黨。」

「什麼叫作向『我們』？」曾可達態度更嚴厲了，「這個『我們』裡面包不包括你？梁經綸同志，你的說法暴露了你的思想。共黨想利用你的調查證實方孟敖不是共產黨，你為什麼就不能通過調查，向建豐同志證實方孟敖就是共產黨！」

梁經綸：「不能。只要共產黨懷疑上我了，就會有一系列措施保護方孟敖，最後的結果就是，我很難有證據向建豐同志證實方孟敖是共產黨。反過來，共產黨北平城工部會發現我不是共產黨！那樣一來，建豐同志交給我利用何其滄推行幣制改革的任務，打擊黨國內部貪腐私產的任務也就很難完成……」

「你就不相信我們也會採取一系列措施保護你？最後暴露的是方孟敖，不是你！」曾可達盯著梁經綸，他受不了對方望月的樣子，尤其不能忍受他抬出建豐同志來抵制自己，「梁經綸同志，請你看著我說話！」

梁經綸不能再看天邊那一鉤新月了，轉過頭望向曾可達，聲調依然平靜：「不是我相不相信的問題，可達同志。真到了那一天，你保護不了我，誰也保護不了我。我也不需要什麼保護了。」

梁經綸今天的這種態度確實出乎曾可達意料之外，而且已經讓他萬難容忍。任何人，既然選擇了鐵血救國會，選擇了建豐同志，就不應該有這種個人的悲觀和孤獨情緒！這是動搖，是恐懼，說到底是自私！而他唯獨沒有自我反省，自己現在強加給梁經綸去證實方孟敖是共產黨正是最大的自私！

曾可達今晚必須要解決梁經綸的思想問題了，畢竟接下來要證實自己的判斷，調查出方孟敖是共產黨，還要靠他去執行！而利用他在共黨內部的身分爭取一部分經濟學家推行幣制改革，是建豐同志的安排，也不能受到影響。

他話鋒一轉，決定直攻他的心城：「在共產黨內部你也已經工作好幾年了，佩服過哪個共黨嗎？」

梁經綸當然明白，這個時候這種問話與其說是曾可達個人的強烈不滿，不如說是鐵血救國會在對一個成員進行政治審查了！

但自己不能因對方這種態度，就這樣被迫去執行自己沒有把握執行也不願執行的任務，當即回道：「我不知道可達同志為什麼會問這個問題。我的理想，和我所選擇追求的主義不會讓我去佩服任何一個共產黨。」

「佩服敵人是一種境界！」曾可達的語氣在嚴厲中又加上了教訓，「梁經綸同志，在建豐同志那裡，在我們組織內，都一致認為你是個有才華有能力的同志。但是，你也有致命的弱點！」

梁經綸：「請可達同志指出，譬如……」

「譬如你剛才說的，不會佩服任何一個共產黨！」曾可達語氣更強硬地打斷了他。

梁經綸猶自辯解：「這是我的信念……」

「這與信念無關！」曾可達又一次生硬地打斷了他，「建豐同志就不止一次說過，共產黨內有好些人做人做事讓他佩服。也不止一次說過，共產黨有好些做法方法值得我們學習。這跟信念有關嗎？」

梁經綸愣住了。

曾可達見鎮住了對方，緊接著說道：「我跟你說一個我佩服的共產黨吧，幹的工作跟你有些相似。願不願意聽？」

＊　＊　＊

北平火車站貨運站臺。

以國防部的名義，方孟敖將經濟稽查大隊二十個隊員分成二十個組，每人指揮一組，第四兵團那些運糧的工兵和北平民食調配委員會徵調來的運糧的工人，效率極高地將一千噸糧食已經運走了一大半。月臺上剩下的車不多了，正在將火車上剩餘的糧食裝車。

「方副局長！」

「方副局長！」

方孟韋領著一隊員警剛走進月臺，便看見兩個熟悉的面孔大聲喊他。

方孟韋一愣。

第一個喊他的是國軍第四兵團的那個特務營長，這時還和他手下的那個特務連長銬在一起，另一隻手的手銬被銬在車站的鐵柵欄上。

另一個喊他的是軍統北平站的那個行動組長，也被手銬銬在車站的鐵柵欄上。

方孟韋立刻明白了，走到他們面前：「什麼也不用說了，我去跟方大隊長說吧。很快就放了你們。」

「這樣放了我們就完事了？」銬在不遠處的那個女人嚷起來了，「到南京去，不槍斃了那個銬我們的人，我們不會解手銬！」

方孟韋臉立刻沉了下來，望著銬在那邊的一女一男。

「閉嘴！」那個孔副主任比她曉事些，喝住了她，望向方孟韋，「是北平警察局的嗎？麻煩你過來先將我們的手銬解了，免得將事情鬧大。」

方孟韋問軍統那個行動組長：「他們是什麼人？」

軍統那個組長：「揚子公司的。奶奶的，他們賺錢，弄得我們自己人跟著戴手銬。什麼事！」

「先委屈一下吧。」方孟韋安慰了一句，再不看那一男一女，接著問道，「方大隊長在哪裡？」

軍統那組長手一指。

方孟韋順著手勢望去，方孟敖高高地站在一輛卡車的糧堆上，正接過一袋拋上來的糧食，輕輕地一碼，碼在最上層！

方孟韋無聲地嘆息了一下，向大哥那輛卡車走去。

* * *

北平西北郊通往燕大公路旁的樹林裡。

「梁經綸同志，我說的共黨的這個林大潍，不知道能不能讓你佩服？」曾可達講完了林大潍的事，緊逼著問了一句。他需要梁經綸的表態。

梁經綸一直低著頭沉默地聽他說著，這時才抬起了頭望著曾可達：「我還是不明白，可達同志要我佩服他什麼？」

「忠誠！對自己組織毫無保留的忠誠！」曾可達有些被激怒了，「一個共產黨的特工，替共黨幹著如此重要的工作，十年來可以不拿共產黨給他的一分錢津貼，也從來沒有提出要他的組織給他任何保護！獨自一個人將國軍祕密軍事情報不斷地發給他的那個黨，甚至不惜暴露自己，坦然赴死！拋開他的信念不講，這個人對自己組織的忠誠難道不值得你我佩服？」

居然拿一個共產黨的忠誠來指責自己的不忠誠！梁經綸的心已經寒到了冰點。他無法再拒絕代表組織的上級給自己強行下達的任務，但他絕不違心地接受曾可達對自己的這種看法和評估：「可達同志，我接受組織的任務，一定堅決貫徹，嚴格執行。至於剛才討論的問題，我想進一步申訴自己的觀點。我既然選擇了不能再選擇，就不會佩服任何一個共產黨！」

輪到曾可達愣住了。

梁經綸：「可達同志還有沒有別的指示？如果沒有，我立刻去見何孝鈺，執行你的決定，給她下達進一步接觸方孟敖、爭取方孟敖的任務。」

也不再等曾可達回話，身著長衫的梁經綸這時竟向他舉手行了個青年軍的軍禮！

曾可達又是一愣，還在猶豫該不該給他還禮，梁經綸已經轉身走向稀疏的樹林，走向燕大方向那片微弱的燈光。

曾可達猛地一轉身，向公路旁那幾輛自行車走去。

腳上是布鞋，腳下是泥土，他的步伐仍然踏出了聲響，踏出了心中不能容人的聲響——他處處模仿建豐同志，卻永遠也模仿不像建豐同志！

＊　＊　＊

北平火車站貨運站臺。

方孟韋已經在那輛卡車下站了有十分鐘了。

大哥在車頂上其實早已看見了自己，卻依然在那裡接糧袋、碼糧袋，直到碼完了最後一袋糧食，這才從高高的車頂上向自己這邊跳了下來。

方孟韋立刻伸起手，方孟敖在半空中搭住了他的手，方孟韋使勁一撐，盡力讓大哥能輕身跳下。

「你來幹什麼？」方孟敖不出所料說的果然是這一句話，「要來也該是曾督察和徐局長來。帶你的隊伍回去。」

「是五人小組叫我來的。」方孟韋答道，「大哥，你幹的事情都對，但你沒有幹過軍警，有些事不能這樣處理。」

方孟敖的眼睛又瞇了起來，嘴角一笑：「你教教我。」

方孟韋：「我不是這個意思。先把第四兵團和軍統的人放了吧。五人小組現在正等著將揚子公司那兩個人帶過去問情況。抓一件事就抓一件事，不要把事情牽涉太寬。」

方孟敖：「他們叫你來把揚子公司的人帶去？」

方孟韋：「我接到的命令就是把揚子公司的人立刻帶到五人小組去。」

方孟敖犀望著弟弟：「過來。」

已經很近了，方孟韋愣了一下，還是更靠近了一些。

方孟敖在他耳邊更低聲地說道：「揚子公司的人和央行北平分行有沒有關係？」

方孟韋一愣，聽出了大哥的弦外之音。

方孟敖：「不會沒有關係吧。那這兩個人跟北平分行的行長有沒有關係？」

方孟韋心裡驀地冒出一陣複雜的難受，北平分行的行長是誰，不就是自己和大哥共同的親爹嗎？他能理解大哥不認父親，卻不能理解大哥這樣稱呼父親。

方孟敖沒有在乎他此刻的感受，接著說道：「北平警察局還有那麼多副局長，徐鐵英為什麼不叫他們來帶人？方副局長，你是幹軍警的，你知道怎樣處理事情。你要真知道就不會傻傻地帶著人接受這個任務了。我可以不認北平分行行長那個爹，你做不到。做不到就不要來，明白嗎？」

方孟韋這才似乎一下子明白了大哥仁厚的宅心！這個大哥還是十年前那個大哥，永遠像一棵大樹挺立在自己背後罩著自己的大哥！任何時候，幹任何事情，自己都不可能有大哥的胸襟和眼光！他愣在那裡。

方孟敖：「既然來了，就聽我的。第四兵團和軍統那些人都交給你了，放不放你處理。還有，這些糧你帶著你的警隊和我的稽查大隊運到我的軍營去。一袋也不能丟。」

方孟韋低聲答道：「是，大哥。」

方孟敖大聲下令了：「稽查大隊所有的人現在都聽方副局長的，將糧食運到軍營去！邵元剛和郭晉陽跟著我，把揚子公司這兩個人押到五人小組去！」

＊　＊　＊

一個晚上了，方步亭的背影一動不動，一直坐在二樓辦公室陽臺的窗前，望著窗外。

整個晚上，都是謝培東在大辦公桌前接各個方面打來的電話，方步亭不置一詞，所有的詢問都是謝培東在解釋，所有的指責都是謝培東在承受。每一個電話謝培東必說的一句話就是：「我們行長出去了。」

「孔總，您著急，我們也著急。」謝培東這是第三次接到「孔總」的電話了，「我已是第三次跟您說了，我們行長今晚十二點就出去了。鬧出這麼大的事，我們行長當然坐不住啊……等他回來應該會有結果……」

對方的聲調越來越高了，又是深夜，就連坐在靠窗邊的方步亭也能聽見對方年輕氣盛的吼罵聲！

——「什麼等他回來！事情就是他那個混帳兒子鬧出來的！十分鐘，我就給你十分鐘，立刻把方步亭叫回來，立刻給我打電話！今晚不把他那個混帳兒子鬧的事擺平了，他這個行長明天就不要當了！」

方步亭猛地站起來，大步向電話走來！

謝培東立刻捂住了話筒：「行長，不要跟他一般見識……」

「給我！」方步亭從來沒有在謝培東面前這樣嚴厲過，「把電話給我！」

謝培東只好把話筒遞給了他。

「我說的話你聽見沒有……」電話那邊那個「孔總」仍在吼著！

「我都聽見了！」方步亭一字一句地大聲回道，「還有什麼混帳話要說嗎？」

話筒那邊的「孔總」顯然一下沒緩過神來，好幾秒鐘都是沉默。

「我說的話你聽見沒有？」方步亭的聲調十分嚴厲，「回話！」

「是方行長嗎……」那邊緩過神來，語氣也不像剛才對謝培東那樣無禮了，「你不是出去了嗎……」

「我為什麼要出去？我出到哪裡去？」方步亭毫不客氣，「這裡是中央銀行北平分行，是我方步亭的辦公室，我不在這裡，我到哪裡去？」

那邊的「孔總」：「那一個晚上你為什麼都不接我的電話？方行長，你的兒子抓了我的人，扣了我們揚子公司的糧，你又不接我的電話，你們到底要幹什麼？」

方步亭：「想知道嗎？我這就告訴你。抓你的人、扣你糧的是國防部經濟稽查大隊隊長方孟敖，不是方步亭的什麼混帳兒子！想要他放人，要他退糧，你可以找你爹，也可以找你的姨父，叫他們去找國防部預備幹部局局長兼總統親批的鐵血救國會會長！你敢嗎？這是我回答你的第一個問題。第二個問題，我是中央銀行正式任命的北平分行行長，不是你們揚子公司哪個部門的行長，我可以接你的電話，也可以不接你的電話。還有，第三個問題，你剛才說明天就叫我不要幹行長了，我現在就告訴你，你們在中央銀行拿走那麼多撥款和借款，僅北平分行就有上千萬美元！這個窟窿我還真不想替你們守了。明天我就拿著這些呆帳壞帳去南京找央行的劉攻芸總裁，主動辭職，讓他來替你們揩屁股！」

話筒那邊這回是真正的沉默了。

謝培東在一邊也露出了因解氣而佩服的神態。

「還有什麼問題嗎？」方步亭給了對方幾秒鐘回話的時間，「如果沒有，中央銀行北平分行的行長方步亭就要掛電話了。」

「方行長！」那邊的聲音說不出來是氣還是急，「你對你剛才說的話可要負責任……」

「向誰負責任？」方步亭厲聲打斷了他，「我沒有任何義務向有些人的混帳兒子負任何責任！」

咔的一聲，方步亭把電話重重地擱下了！

又在電話機旁站了一陣子，方步亭才慢慢轉過身來，望著謝培東，眼睛裡滿是淒涼：「培東，你說我們這個中華民國還有藥可救嗎……」

謝培東：「行長，中華民國可不是你能夠救的。想想我們這個家吧。剛才孟韋來的那個電話你也知道了，孟敖押著揚子公司的那兩個人去五人小組了。我估計明天一早南京那邊就會插手。宋家和孔家真的一過問，什麼五人小組都是頂不住的，他們也不會頂。最後鬧出來的事還會落在孟敖的頭上，當然，國防部預備幹部局會給他撐腰。可他也就真成了兩邊爭鬥的一把槍了。」

「豈只是這兩邊爭鬥的一把槍呀。」方步亭憂心如潮般湧了出來，「我最擔心的是另外一邊哪……」

謝培東不接言了，只是望著他，等他說下去。

「崔中石今天跟孟敖見面沒有？」方步亭緊望著謝培東。

謝培東：「行長不問我還真不好說……」

方步亭：「他們見面了？」

「沒有。」謝培東搖了搖頭，「今天白天孟韋去見崔中石了，跟他攤了牌，叫他不要再見孟敖。」

「孟韋又攪進去幹什麼！」方步亭的臉色立刻更難看了，「崔中石要真是共產黨，孟韋難道還要放他一馬？我已經把一個兒子攪進去了，不能再把另一個兒子賠進去！這麼大的事你也瞞著我？」

謝培東低頭沉默了少頃，然後抬起頭，望著方步亭：「我是想明天孟韋回來後讓他親口跟你說。內兄，我這個姑爹也不好做呀。」

方步亭竟伸過手去一把握住了謝培東的手：「我的這兩個兒子就是你的兒子，你也不只是他們的姑爹。就像我看木蘭一樣，從來就沒把她當外甥女看。培東，這個局勢維持不了多久了，我方步亭為民國政府拚了半輩子命，也對得起他們了。這個時候你得幫我，也只有你能夠幫我。」

謝培東：「不要說幫字了。內兄，我們兩家早就是一家了。孩子們的事，你說，我去做。」

方步亭：「我們分頭去做。不只是孩子們的事，還有行裡的事。你盯住崔中石，最要緊的是把他管的那些帳全接過來，查清楚。我最擔心的是，他要真是共產黨，一定會利用國民黨內部的貪腐把內情繼續洩露出去。還有更要命的，進帳走帳都在他的手裡，他完全有機會把錢弄到共產黨手裡去！到時候他就會逃走，孟敖就有可能成為替罪羊！」

謝培東十分震驚：「真要這樣，我現在就去崔中石家。把他帶到行裡，叫他把所有的帳都交出來！」

方步亭：「不急在這幾個小時。現在已經三點多了，先看看明天一早五人小組那邊會鬧出個什麼結果。然後你去找崔中石，我去找何其滄。無論如何，不管花多大的代價，請他打通司徒雷登大使的關節，我再去求顧維鈞大使，給孟敖活動一個駐美大使館武官的職務，讓他盡快到美國去！」

謝培東：「何副校長會幫這個忙嗎？」

方步亭：「十年前我們兩家就有約定，孟敖的媽和孝鈺的媽都說好的，只等兩家的孩子大了，就讓孟敖娶孝鈺。這幾天我看他們互相也還有好感。何副校長為了自己的女兒，也會去求司徒雷登大使。」

謝培東立刻露出欣慰的神色：「我也側面問過木蘭，孝鈺這孩子對孟敖印象很好。行長，這步棋走得通。」

＊　＊　＊

燕南園何其滄宅邸小院。

輕輕地，梁經綸進了院門。

走到一樓客廳的門外，梁經綸站住了，剛要敲門的手僵在那裡。

一線細細的燈光從門縫裡透了出來，何孝鈺給自己留了門！

梁經綸叮囑何孝鈺等自己，現在卻害怕何孝鈺在等自己。

曾可達催逼他去證實方孟敖是共產黨，嚴春明又突然代表北平城工部同意他去爭取方孟敖。經驗告訴他，自己已經處於國共兩黨最複雜的博弈之中了，而這步險棋還要讓何孝鈺去走！他隱約感覺到，只要推開這扇門，等待自己的就很可能是失去何孝鈺，對不起自己的恩師。

他伸手抓住了門外的把手，暗中用力將門往上抬著，然後極慢極輕地一點一點往內推，門被無聲地推開了一半，剛好能夠容他側著身子輕輕地進去。

何孝鈺竟在一樓客廳睡著了，雙臂枕著頭斜趴在沙發的扶手上，那樣恬靜，毫無防範。

梁經綸靜靜地站著，居然不敢再向前邁出一步。如果能夠就這樣一直讓她睡著，不要驚醒她，不要去讓她接受自己都不願意接受的任務，這個世界將是何等的美好？

他決定慢慢地退出去了，望著沉睡的何孝鈺，輕輕地向門邊退去，一旦發現她可能醒來，便立刻停住腳步。

何孝鈺仍然睡得像院子裡沉睡的海棠，梁經綸的腳步卻停住了。

他發現沙發前茶几上的餐盤裡有兩片煎好的饅頭，一杯只有何其滄每天才能喝到的特供的牛奶。

——這顯然是何孝鈺給自己準備的。

梁經綸的腦海裡出現了曾可達嚴厲的面孔！

接著，腦海裡又疊出了嚴春明嚴肅的面孔！

他輕輕地向前走了，走到了何孝鈺對面的茶几前，輕輕地在她為自己準備的椅子上慢慢坐了下去。

他的手慢慢伸了過去，拈起了一片金黃的饅頭。

饅頭好香，他好餓，和整個北平一樣，他也一直在忍受饑餓。

像個孩子他就想吃，又停住了，望了一眼仍然恬睡的何孝鈺，他不能這樣吃，焦黃的饅頭脆響聲會驚醒她。

他將饅頭片慢慢伸進了牛奶杯，饅頭片濕軟了，他這才小心地拿起塞到嘴裡，接著閉上了眼睛，用感覺讓它在嘴裡無聲地融化，無聲地慢慢吞嚥下去，不致發出任何聲響。

何孝鈺的眼慢慢睜開了，趴著的身子卻一動沒動。

半埋在手臂裡的頭看見了坐在那裡的梁經綸，看見了他手裡捏著的小半塊濕潤的饅頭片。

梁經綸終於將那片潤濕的饅頭「吃」完了，這才又慢慢睜開眼睛，接著就是一愣。

另一片焦黃的饅頭正伸在自己面前！

何孝鈺正微微地笑望著他。

「醒了？」梁經綸難得地有一絲羞澀的神態，「在偷看我吃東西？」

「是你在偷吃，還說人家偷看。」何孝鈺仍然伸著那片饅頭，「爸爸一個月也才有半斤特供油，你也太浪費了。這一片不要濕著吃了。」

「已經夠了，留著給先生做早餐吧……對了。」梁經綸這才感覺到自己竟沒有問一聲何孝鈺餓了沒有，「都半夜了，你也餓了……」

何孝鈺停站在那裡，輕聲問道：「梁大教授，哲學裡有沒有三難選擇？」

梁經綸：「沒有。只有二難選擇。」

何孝鈺一笑：「一個挨餓的爸爸，一個挨餓的先生，我已經是二難選擇了。你總不能給我出一道三難選擇題吧？」說著將東西端進了碗櫃。

梁經綸心底裡那份感嘆湧了出來：「是呀，幾千年了，中華民族的女性從來都不說自己餓呀。」

有時候就一句真誠的感嘆，直教人酸徹心脾。好在背對著梁經綸，何孝鈺將胸口湧上來的酸楚生生地咽住了。從小因為要代替媽媽照顧父親而早熟地懂事，使她失去了自己作為一個女孩應有的權利，哭。十三歲以後她就沒有在父親面前哭過，以致於父親有時候在女兒面前倒像一個孩子。慢慢地，她再沒有在任何人面前哭過。

梁經綸感覺到了她的異樣，卻不敢問她，只能默默地望著她的背影。

「感嘆發完了，先生？」何孝鈺平復好了自己的情緒，轉過了身來，看不出是強笑，「我來猜猜，先生這句對女性的偉大感嘆是怎麼來的，好不好？」

何孝鈺這是有意在觸及梁經綸這時最怕的話題，他不想自己還沉浸在感情中就談這個話題，強笑道：「也就一句感嘆，哪裡談得上什麼偉大，不要猜了。」

何孝鈺：「我可沒有說你偉大，我是想猜猜是哪個偉大的人、偉大的作品讓你今天發出了這麼偉大的感嘆。」

梁經綸只好繼續強笑道：「那你就猜吧。」

何孝鈺假裝思索，突然說道：「你今天在給學生劇社修改《祝福》的劇本？你又被魯迅先生感動了？」

梁經綸驀地沉默了，愣愣地望著在等待自己回答的何孝鈺。

——他眼前的何孝鈺幻成了那天晚上的何孝鈺：「要是方孟敖愛上我了呢？」說完這句話就轉身上了樓！

——因為幻覺，此時就站在眼前的何孝鈺彷彿轉身了，就像那天晚上，頭也不回地上了樓！

梁經綸的目光猛地轉向了樓梯！

何孝鈺也隨著他的目光轉望向了樓梯！

通向二樓的樓梯空空蕩蕩的，沒有任何東西，也沒有任何聲響！

何孝鈺從來沒有見過梁經綸這種失神的狀態，輕輕地喚了一聲：「嘿！」

梁經綸的頭轉過來了，剛才還空洞洞的目光突然又閃出了亮光，何孝鈺仍然站在自己面前。

何孝鈺已經感覺到了梁經綸這時複雜的神態變化，有意問道：「看見什麼了？」

也就是這短短的幾秒鐘，梁經綸已經做出了決定，他要留住何孝鈺！在讓她執行接觸方孟敖、爭取方孟敖任務的同時，他要留住她的心！

他挨近何孝鈺耳邊輕聲說道：「你剛才沒有看見有個人向樓上走去嗎？」

何孝鈺：「什麼人？什麼樣子？」

梁經綸用另外一隻手臂挽住了她，輕聲地說道：「一個女人，穿著開襟的短衣，頭上梳著髻，提著一只籃子，還拄著一根棍子……」

「你是不是出現了幻覺……」何孝鈺本能地抓住了他的手。

梁經綸：「不是幻覺，是真有個人。」

何孝鈺輕聲說道：「李媽？她白天就回去了……她也不像你說的那個樣子……」

梁經綸也輕聲說道：「不是李媽，是另外一個人，我認識，你也認識。」

何孝鈺：「誰？」
梁經綸：「祥林嫂！」
何孝鈺慢慢鬆開了抓著他的手，雙肩輕輕動了一下，想掙開梁經綸的手，又忍住了，只沉默在那裡。
梁經綸眼中漸漸浮出了極深的孤獨，輕聲說道：「我是在回答你剛才猜的問題。你猜中了，我是又被魯迅先生感動了，被他筆下的祥林嫂感動了。對不起，嚇著你了。」
「我沒有害怕。」何孝鈺，「只是有些奇怪，你今天怎麼會被祥林嫂這樣感動？」
梁經綸深嘆了口氣：「那麼好的女人，不幸愛上了兩個好男人，又不幸被兩個好男人愛著……最後，她愛的人和愛她的人，兩個好男人在她心中竟變成了把她鋸成兩半的人……」
「你到底想說什麼？」何孝鈺終於掙開了梁經綸的手，「不是叫我等你嗎，是不是要談接觸方孟敖的事？」
梁經綸卻又沉默了，是有意的沉默，他要讓何孝鈺明確地感覺到他實在是不願意說這個話題。
何孝鈺不喜歡這樣的沉默：「我今天去方家見到方孟敖了。」
「方孟敖可以爭取嗎？」梁經綸緊緊地望著何孝鈺的眼。
「我不知道。」何孝鈺也望著他的眼，「這個人很難接觸、很難溝通。」
「我是問你能不能爭取？」梁經綸緊追著問道。
何孝鈺：「能夠爭取！」
梁經綸：「你不是說很難接觸、很難溝通嗎？」
何孝鈺：「那是因為我沒有好好地跟他接觸、跟他溝通。」
梁經綸竭力用平靜的聲調：「你準備怎樣跟他好好接觸、好好溝通，以達到爭取他的目的？」

何孝鈺突然轉過頭望了一眼二樓父親的房間，再望向梁經綸時，眼中閃著光：「我想知道，你是代表誰在叫我去爭取方孟敖……你可以告訴我，也可以不告訴我。」

梁經綸只是望著她了。

何孝鈺壓低了聲音：「我幫你說出來，你不要點頭，也不要搖頭，只要沉默就行了。」

梁經綸望了她好一陣子，點了下頭。

何孝鈺：「除了學聯，你是共產黨嗎？」

梁經綸沒有點頭，也沒有搖頭，只是慢慢地向何孝鈺伸出了手。

何孝鈺將自己的手交到了梁經綸的手中。

「為了饑寒交迫的人民。」梁經綸的聲音有些酸楚，「我這樣回答你，可以嗎？」

何孝鈺眼中驀地閃出了淚花：「為了饑寒交迫的人民，我會去爭取方孟敖！」

# 第十三章

看見方孟敖從會議室大門進來，杜萬乘率先站起來，滿眼關切。

徐鐵英跟著站起來，這是客套。

馬臨深和王賁泉也只得跟著站起來，他們關切的是門外還沒有進來的那兩個人。

還有兩個人也無奈地跟著站了起來，一個是坐在大門左邊的馬漢山，一個是坐在大門右邊的錢佑生。

「辛苦了。那兩個人呢？」杜萬乘向站在會議桌對面門內的方孟敖禮貌地問道。

方孟敖對這個杜萬乘顯然一直心存好感，向他敬了個禮：「帶來了。」答著，向門外說道，「押進來吧。」說完便向長會議桌上方孫中山先生頭像下那個座位走去，站在座位前。

所有的目光都望向了大門。

邵元剛和郭晉陽一左一右將那個孔副主任和那個女人送到了杜萬乘對面的會議桌前，兩人接著退了出去。

所有的目光又都望向了孔副主任和那個女人手上的鴛鴦銬！

「哐啷」一聲，一把開手銬的鑰匙扔在那個孔副主任和那個女人的桌前！

扔了鑰匙，方孟敖就在孫中山先生頭像下那把椅子前筆直地站著。

「要死了！」一路上便不斷地發牢騷，現在當著這麼多人又被扔來的鑰匙嚇了一跳，那個女的張嘴便嚷了起來。

「閉嘴！」那個孔副主任喝住了她，目光往對面那一排四個人掃去。

兩個人是孔副主任認識的，一個是站在左邊的王賁泉，一個是站在右邊的馬臨深。兩人的目光都只曖昧地和他碰了一下。

徐鐵英顯然沒有見過面，那孔副主任只能從他一身的警服，猜出他是中統調過來的新任北平警察局局長。

孔副主任的目光最後定在正對面的杜萬乘身上，知道這個人大約便是財政部的杜總稽核、五人小組的組長了。

「方大隊長請坐，大家都坐下吧。」杜萬乘先向還站著的方孟敖和眾人打了聲招呼，率先坐下了，等所有人都坐下了，這時才對那個孔副主任說道，「自己打開手銬，坐下接受問話。」

那個孔副主任拉著那個女人坐下了，卻望也不望面前那把鑰匙，突然向杜萬乘問道：「你們五人小組誰是國防部的？誰管經濟稽查大隊？」

杜萬乘見他不願打開手銬，又這麼突然一問，愣了一下，接著厭惡地反問道：「什麼意思？」

「哪個部門銬的我們，哪個部門給我們打開。」說完這句，那個孔副主任閉上了眼睛，「你們五人小組到齊了再跟我說話。」

「豈有此理？」杜萬乘氣得又站了起來。

五人小組另外三人卻無一人再有反應，馬臨深、王賁泉都依然坐著望向門外，這次連徐鐵英也不再配合，靠坐在桌前目光迷離。

杜萬乘只得望向了方孟敖。

方孟敖站起來，走了過去。

其他的人又緊張起來，又都望向方孟敖。

方孟敖從會議桌上抄起了那把手銬鑰匙，向門外喊道：「郭晉陽！」

「在！」郭晉陽從門外快步走了進來，注目方孟敖。

方孟敖將鑰匙向他一拋：「拿到外面園子裡扔了，扔得越遠越好。」

「是！」郭晉陽接過鑰匙轉身又快步走了出去。

那個女的首先睜開了眼睛。

那個孔副主任跟著也睜了一下眼睛。

方孟敖卻不看他們，走回座位前，笑著對還站在那裡的杜萬乘說道：「杜先生請坐吧。人是我銬的，現在沒了鑰匙，誰也打不開了，就讓他們永遠銬著吧，您看怎麼樣？」

杜萬乘雖然深惡孔副主任這等惡少，也不習慣方孟敖這樣率性而行的軍人，苦笑一下，只得坐下了。

「儂戇大啊！」那個女的氣急了，對著方孟敖罵出了上海女人的粗話！

「來人！」方孟敖偏又聽得懂罵人的上海話，一邊坐下一邊向門外喊道。

郭晉陽和邵元剛同時走了進來。

方孟敖：「聽著，再有罵人的，立刻抬了，扔到園子池塘裡去！」

「是！」郭晉陽和邵元剛同時大聲答道，而且做出了隨時準備抬人的架式。

那個女人不敢吭聲了。

那個孔副主任也氣得臉色煞白，假裝閉上的眼皮不斷地眨著。

王賁泉和馬臨深幾乎同時搖起頭來。

徐鐵英這時皮裡陽秋地一笑，卻又是望向馬漢山笑的。

馬漢山似乎知道今天的事情鬧大了，很可能收不了場，坐在那裡被徐鐵英這一笑一望，身上零碎動了幾下，看熱鬧的心情一下子全沒有了。

杜萬乘顯得極其無奈，又向門外問道：「曾督察找到沒有？」

＊　＊　＊

曾可達恰在這時從宅邸後面回來了。

已經凌晨四點，半小時後北平就要天亮了，園子裡因此特別黑。只有後門內一盞昏黃的燈能夠看見悄悄進來的曾可達，和在這裡接他的那個負責警備的青年軍軍官。

「在開會吧？」曾可達進門後立刻向幽深黑暗的小徑走去，一邊問那個青年軍軍官。

「十二點半就開了，一直在開。」青年軍軍官跟在他身後答道。

「開出什麼結果了嗎？」曾可達在黑徑上還是走得很快。

「他們能開出什麼結果。杜總稽核一直在催著找您。」青年軍軍官答道。

曾可達剛好拐過一道彎，右邊方向會議室閃爍的燈光隱約照見他臉上露出的冷笑：「方大隊長來了嗎？」

「剛來的，還押來兩個人。」青年軍軍官答了這句，立刻提醒道，「將軍，三點後南京二號專線就一直在給您房間撥電話……」

曾可達立刻停住了腳步。

那青年軍軍官接著報告道：「現在是四點，五分鐘前又來了一個電話，叫您回來後立刻打二號專線。」

曾可達立刻轉身，折回彎道處向左邊走去，邊走邊說：「你到開會的地方看著，問起我就說我還沒有回來。」

* * *

「報告建豐同志，我去見梁經綸同志了。」曾可達在專線電話前站得筆直，低聲緊張地報告道，「我必須調查清楚，方孟敖今晚的行動與共產黨有沒有關係。」

「這很重要嗎？」話筒那邊建豐同志的聲音讓曾可達一愣，「經濟稽查大隊到北平就是執行反貪腐任務的，這一點在南京已經交代得很清楚。方孟敖大隊今晚的行動是完全正確的，一定要把他和共產黨聯繫在一起嗎？」

曾可達被問住了，額頭上開始冒汗。

建豐的聲音低沉而嚴肅：「今晚我就不斷接到電話。有指責方孟敖大隊攪亂北平戰局，破壞戡亂救國的電話；也有向我求情，希望我立刻放了揚子公司的人以免造成負面影響的電話。這些人沒有把帳算在共產黨頭上，是算在我們鐵血救國會頭上。這說明什麼，說明我們堅決反腐的行動一開始就受到了來自內部的反對。一個晚上你不在五人小組參加會議，支持方孟敖大隊的行動，卻去調查什麼方孟敖的行動跟共產黨有沒有關係，難道一切順應民心的事情都應該是共產黨幹的嗎？」

「是……不是……」曾可達有些語無倫次了，「我完全接受您的批評，建豐同志。您能不能夠給我幾分鐘，我想把這樣做的目的向您簡要彙報。」

「可以。說吧。」

「謝謝建豐同志。」曾可達說了這句發現喉頭乾澀，趕忙一隻手捂住了話筒，另一隻手端起桌上的茶杯喝了一口水，又輕輕放下。

就在這短短的喝水的空檔，他感覺到了問題的嚴重性，覺得必須將自己謀畫好的行動計畫向建豐同志詳細彙報了。而彙報行動計畫前必須有一段思想彙報，只有讓建豐同志理解了自己的行動計畫是對他思想的落實和貫徹，才能得到他的認可和支持：「我完全擁護並理解建豐同志堅決打擊黨國內部腐敗的思想和決心，也完全擁護和理解建豐同志破格重用方孟敖的良苦用心。正如建豐同志的教導，當此黨國生死存亡之際，我們不但要在正面戰場跟共軍決一死戰，更重要的是在後方戰場嚴厲整肅黨國內部的貪腐，跟共產黨爭人才、爭經濟、爭民心。方孟敖大隊到北平後立刻就得到了民心的歡迎和支持，尤其是北平各大學和東北流亡學生，都對方孟敖大隊表現出了前所未有的熱情和希望。這足以說明建豐同志的決定是英明正確的。正因為如此，我感覺到自己肩上擔負著極大的責任，擔負著如何執行建豐同志關於用好方孟敖大隊的艱巨使命……對不起，建豐同志，我的彙報是不是不夠簡要……」

「知無不言，言無不盡。」話筒裡建豐同志的聲調一下子溫和了許多，顯然，曾可達剛才這樣的思想彙報是任何上級都不嫌其簡願聞其詳的，「接著說，說完你的想法。」

「是。建豐同志。」曾可達得到了鼓勵，知道能夠將他心中對建豐同志雄才大略的揣摩和自己的行動計畫有機地結合起來，淋漓盡致地發揮了，「那天接受您的任務後，我就一直在領會您所說的『用人要疑，疑人也要用，關鍵是要用好』的指示。為什麼用人還要疑，疑人也要用？這是因為黨國已經到了人才太少、蛀蟲太多的地步。怎樣才能夠在全國戰場跟共產黨一爭勝負，關鍵在於我們能不能夠在後方戰場跟共產黨爭人才、爭經濟、爭民心。我理解建豐同志起用方孟敖，就用在一個『爭』字上。看中的正是這個人只認理，不認人，願做孤臣孽子的長處。因為這一點，他才敢違抗軍令不轟炸開封。也正因為這一點，他才能夠不認他那個父親，也才能夠成為一把楔子，楔進中央銀行北平這塊鐵板裡去，打貪腐，打私產，幫我們在北平爭經濟、爭民心。因此，方孟敖跟共產黨沒有關係我們要用，跟共產黨有關係我們也要用。如果方孟敖原來跟共產黨沒有關係，我們該做的就是嚴防共產黨與他發展關係；如果方孟敖曾經跟共產黨有關係，我們現在要做的就是切斷他跟共產黨的一切關係。真正做到為我所用，而不為共黨所用。這樣才能落實建豐同志說的『關鍵是要用好』的指示。不知道我對建豐同志的思想是否真正理解了……」一口氣說到這裡，曾可達也為自己能在此時說出這樣一段福至心靈的話感到有些吃驚，停在那裡，緊張興奮地等待建豐同志的評價。

「有這個認識，你進步了，曾可達同志。」話筒裡建豐同志的聲調也顯示出了多少有些吃驚的激賞，「你準備怎樣落實這個認識？」

曾可達受到了極大的鼓勵，再回答時便掩飾不住內心的激動：「報告建豐同志，到北平後我對那個崔中石做了進一步的調查分析，如果方孟敖真是崔中石發展的共產黨，也只是他一個人單線發展的共產黨員，而且是還沒有執行過共黨任何行動的特別黨員。只要切斷了崔中石和方孟敖的關係，就切斷了方孟敖跟共產黨的一切關係，方孟敖也就不再是共產黨。我的想法是，利用崔中石不敢暴露自己真實身分更不敢暴露共黨組織的弱點，讓方孟敖懷疑崔中石並不是共產黨。方孟敖一旦認為崔中石不是共產黨，我們也就可以完全忽略不計方孟敖以前是否被發展的那段歷史，放手使用他徹查北平分行和北平民食調配委員會的貪腐，方孟敖的一切行動也就是在執行建豐同志的指示，而不是共產黨的指示。這裡當然有一個關鍵的問題，就是讓方孟敖明白，共產黨希望幹的事，我們也正在幹。這樣也就真正達到了建豐同志關於跟共產黨爭人才、爭經濟、爭民心的目的。」

說到這裡，曾可達由於刻意控制自己興奮的情緒，口腔都乾澀了，連忙又捂住了話筒，一隻手端起杯子趕緊喝了一口水，卻嗆住了，一陣猛咳起來。

「是不是病了？可達同志。」建豐顯然在話筒那邊聽到了他劇烈咳嗽的聲音，立刻表示出極大的關注。

「沒、沒有什麼……建豐同志。」這句關切讓曾可達激動不已，知道自己今晚這一番應對包括剛才不經意被嗆而大咳，都收到了極好的效果，這時更是抑制住興奮，顯示出效忠黨國的疲憊，乾脆沙啞著嗓子答道，「也許是這幾天沒有睡覺……建豐同志，不知我剛才那些設想到底對不對，請你明確指示。」

「你有這樣的認識，又有這樣周密的思考，我完全可以不再給你任何明確的指示了。」建豐在電話那邊顯然感觸良深，「送你一首龔自珍的詩，作為回答吧。」

曾可達立刻答道：「建豐同志，我去拿紙筆記下來……」

「不用，這首詩你也會背。」建豐接著念了起來，「『九州生氣恃風雷，萬馬齊喑究可哀。我勸天公重抖擻，不拘一格降人才』。上天念在我這一片苦心，一定會多降幾個你這樣的人才，包括方孟敖那樣的人才！」

這回是真正感動了，一股酸水猛地從胸腔湧了上來，曾可達有些說不出話了，嚥下那口酸水，眼眶已經濕了：「建豐同志如此信任，可達肝腦塗地，在所不惜……五人小組現在還在等我，揚子公司被方孟敖扣住的人還在等著發落。我該怎樣處理……」

「再過半個多小時就是五點，總統和夫人都會起床了。我估計北平的事他們很快會捅到夫人那裡去。我也不會睡了，就在這裡等總統官邸的電話。如果這樣的事夫人都不識大體，幫他們說話，我就立刻解散五人小組，讓他們回南京。你代表國防部繼續留在北平，支持方孟敖，用好方孟敖，查崔中石和他背後的組織，查北平民調會，查央行北平分行，查揚子公司平津辦事處，一路徹查下去！真正貫徹我們『一手堅決反共，一手堅決反腐；一次革命，兩面作戰』的宗旨！」

曾可達大聲答道：「完全明白，堅決執行！建豐同志。」

＊　＊　＊

方邸洋樓一樓客廳的大座鐘又敲響了，一共敲了五下，清晨五點了。

方步亭坐在早餐桌前，靜靜地聽著座鐘敲完，目光轉望向了客廳敞開的大門。

一夜未睡，方步亭也在等這個時刻。他知道這個黨國許多大事、許多變化都在清晨五點以後發生。昨夜自己的兒子抓了揚子公司的人，後來自己又跟揚子公司的孔總翻了臉，他就做好了準備，等待南京方面五點以後的一聲咳嗽，北平這邊立刻就要傷風了。

程小雲捧著一個托盤從廚房過來了，輕輕放在餐桌上，見方步亭兀自望著客廳的大門外，輕聲說道：「用早餐吧。」

方步亭把頭慢慢轉了過來，望向程小雲揭開蓋子露出的那一籠六個小籠饅頭，久違的一絲溫情驀地湧上心頭。

所謂小籠饅頭是江南人的叫法，許多地方稱之為小籠湯包，皮薄，餡鮮，最難得的是在頂端要細細掐出花瓣形的皮圈，中間有一個縫紉針大的針眼，火不宜大亦不宜小，慢慢蒸出餡內的鹵水，在皮圈中油汪汪的。

現在是五點，蒸出這一籠小籠饅頭，何況還有一碟兩面煎得金黃的蘿蔔絲餅、一碟用旺火蒸熟的方糕、一碟現做的油豆腐干、一碗冒著熱氣的酒釀棉子圓，做出這幾樣方步亭平生愛吃的無錫小吃，程小雲至少半夜三點便下了廚房。

「滿城都在挨餓，這麼靡費，太招眼了。」方步亭依然望著桌上令他垂涎欲滴的小吃，卻發出這般感嘆。

「聽蔡媽她們說，你也有好幾月沒吃這些東西了。天剛亮，木蘭不會起來，孟韋他們也不會這麼早回來。趕緊著，今天就吃這一回吧。」程小雲低垂著眼輕聲答道。

方步亭目光慢慢轉向了她：「抗戰勝利後原想能過幾天好日子了，沒想到會是這個時局。」說到這裡他突然像換了個人，準確地說是更像以前那個倜儻的方步亭，竟然用帶有無錫口音的語調吟唱出了一句程小雲也意料不到的京劇吹腔，「虞兮虞兮奈若何……」

程小雲是上海聖約翰大學畢業的，偏又天生稟賦票得一手好程派青衣，《霸王別姬》一出當然熟得不能再熟，聽到方步亭突然冒出這一句並不地道的項羽的唱腔，心中感傷，眼眶立刻濕了，轉身便要向廚房走去。

「姑爹也是一夜沒睡。」方步亭叫住了她，「叫一聲他，還有你，我們一起吃吧。」

「我去叫姑爹。」程小雲依然背著身子，徑直上了樓。

「不在他房間，在我辦公室。」方步亭又叮囑了一句。

程小雲已經上了樓，聽他這一句不禁眼中露出了憂慮。時局緊張她是知道的，兩人一夜沒睡她也是知道的，這時謝培東還待在行長辦公室，就一定是遇到了十分棘手的事。多年立的規矩，行裡的事她是不能插嘴的，只好揣著憂慮從二樓過道向行長辦公室門口走去。

剛走到門口，程小雲還沒來得及敲門，便聽見裡面一陣電話鈴聲，愣住了，趕忙向一樓餐桌方向望去。

方步亭也聽到了電話鈴聲，目光正望向這裡。

二人目光一碰，方步亭立刻起身了，快步向這邊樓梯走來。

程小雲不能犯偷聽電話的嫌疑，連忙又向來時的二樓過道方向走去。

* * *

推開二樓辦公室的門，方步亭便發現謝培東神色十分凝重，手裡依然拿著話筒在聽，見他進來立刻捂住了話筒，以便方步亭問話。

「哪裡來的？」方步亭也失去了往日的從容，立刻問道。

「五人小組。」謝培東聽筒仍在耳邊，話筒仍然捂著。

「我來接。」方步亭快步走了過去。

「掛了。」謝培東慢慢把話筒從耳邊拿下。

「說什麼？」方步亭急問。

「行長先坐吧。」謝培東將話筒放好，有意舒緩氣氛。

「說吧。」方步亭依然站在他面前。

謝培東：「五人小組解散了。」

方步亭：「什麼意思？」

謝培東：「沒有說詳細原因，就說五人小組解散了。」

方步亭：「就這一句話？」

謝培東：「是國防部曾可達打來的，說從今天起就由國防部和北平警察局聯合調查我們北平分行和北平民食調配委員會的經濟案子。叫我們立刻送崔中石到顧大使宅邸接受問話。」

方步亭：「接受誰的問話？揚子公司的那兩個人是放了還是沒放？」

謝培東停住了，只望著方步亭。

「說呀！」方步亭很少如此失態，居然跺了一下腳。

謝培東只得回話了：「揚子公司的人仍然被扣在那裡，就是叫崔中石去對質問話。問話的人是曾可達、徐鐵英，還有孟敖……」

方步亭愣在那裡，兩眼翻了上去，望著開了一夜仍然在轉的吊扇。

突然他翻眼望著的吊扇轉成的那個圓圈越來越大、越轉越低……

「行長！」謝培東發現他的身子在搖晃，連忙扶住了他。

「天塌不下來……」方步亭閉上眼定住了神，「培東。」

「內兄。」謝培東改了稱呼，仍然扶著他的一隻手臂。

方步亭慢慢睜開了眼，深情地望著他：「打虎親兄弟，上陣父子兵……現在人家是叫兒子來打父親了，我們老兄弟只有親自上陣了。」

謝培東也動了情：「孟敖再糊塗也還不至於此。要我幹什麼，你說我立刻去做。」

方步亭：「平時這些糾紛我從來不想讓你捲進去，這一回不得不讓你捲進去了。你立刻去見崔中石，親自陪著他去顧大使宅邸，代表我、代表北平分行守著他接受問話。有你在，能對付曾可達，也能看住崔中石。這兩個人今天要短兵相接了，一個是鐵血救國會，一個是共產黨，都把孟敖當成了刀拿在手裡砍殺，最後都是為了砍我。你明白我的意思嗎？」

謝培東：「我立刻就去。」說著還不放心鬆開攙著方步亭的手。

方步亭自己將手臂抽了出來：「一樓餐桌上小雲做了早點，你吃一點再走。」

謝培東：「我帶幾個車上吃吧。」說著便走向門邊，開了門向那邊喊道：「小嫂！」

「姑爹！」很快程小雲便應了聲。

謝培東仍然站在門邊：「你來陪著行長！」

＊　＊　＊

到北平兩年多了，謝培東竟是第一次來崔中石家。

「這麼早，你找誰呀？」葉碧玉將院門開了一條縫，滿臉警惕地望著門外的謝培東。

正如方步亭所言，謝培東在北平分行只相當於他的一個內部助手，涉外的事情很少讓他染指，因此他也從來不到銀行各職員家來，甚至很少到北平分行大樓裡去。不要說銀行職員的家屬，許多職員本人也未必認識他。

「我叫謝培東，是崔副主任的同事，方行長派我來的。」謝培東平靜地答道。

葉碧玉這才露出歉意的驚詫：「原來是謝襄理，對不起了，你快進來。」

院門一下子大開了，謝培東走了進去。

崔中石出現在北屋門口，一向波瀾不驚的他，臉上也露出了驚詫。

謝培東遠遠地向他遞過一個眼色，崔中石這才改了笑臉迎了上來：「真是貴步，這麼早您怎麼來了？」

謝培東依然十分沉靜：「行裡有點小急事，屋裡談吧。」

崔中石陪著他向北屋走去，一邊扭過頭來對關了院門轉過身來的葉碧玉說道：「我們談行裡的事，你去看著兩個孩子吧。」

「知道了。」葉碧玉當然知道止步，猶自嘮叨：「記得給謝襄理倒茶，要吃早點我就做去。」

「謝謝了，我已經吃過早點了。」謝培東接言謝道，跟著崔中石進了北屋。

＊　＊　＊

二人來到北屋客廳，分椅坐下，兩目相視，足足有好幾秒鐘沒有說話。

崔中石面向北屋門坐著，這時又警覺地望向門外，他要看著不讓任何人接近，不讓任何人聽見他們的談話。因為接下來的談話，不只外人，在家裡也是上不能告父母，下不能告妻子。

謝培東的目光環視了一周這間客廳，開口道：「家裡為什麼弄得這麼清寒，這不像北平分行金庫副主任的家。」

崔中石苦笑了一下：「也就兩千萬法幣一個月的薪水，一家四口，溫飽都成問題，總不能像他們那樣去貪吧。」

謝培東又沉默了，嘆息了一聲：「沒有時間久談了，最多十分鐘，我們得趕到顧維鈞宅邸接受曾可達問話。」

「你也去嗎？」崔中石一驚，立刻激動地說道，「這樣的問話你不能去！除非是組織的決定，培東同志……」

崔中石居然稱他同志！

此刻的謝培東，是中共地下黨北平經濟戰線負責人謝培東！

「叫我謝襄理。」謝培東立刻糾正他，「南京方面解散了五人小組，現在是鐵血救國會和北平警察局會同調查北平分行和北平民食調配委員會。曾可達是真查，徐鐵英不會真查。問題的關鍵是，鐵血救國會既然早就懷疑上了你的真實身分，肯定也早就懷疑上了孟敖的真實身分。為什麼他們還要重用孟敖？他們這是在玩反策反的手段，利用孟敖幫他們反貪腐打私產的行動，欺騙民意，同時達到他們內部鬥爭的目的。要達到這個目的，充分利用孟敖，就必須搬掉你。因此，你現在很危險，孟敖暫時沒有危險。組織決定，你要盡快撤離。」

「撤到哪裡去？」崔中石問道。

謝培東：「解放區。撤離的具體時間地點我也要等上級的通知。」

崔中石眼中閃過了一瞬嚮往的光，可是很快又收斂了，沉默了少頃，答道：「我現在不能撤離。」

謝培東像是知道他會這樣回答，只望著他。

崔中石：「孟敖跟我是單線聯繫，而且一直只信任我，我如果現在撤離，就沒有任何人能取得他的信任了，他和組織也就失去了聯繫。全面的解放戰爭即將開始，我們需要孟敖他們這支空軍力量，我一走正好就上了鐵血救國會的當，我們幾年的工作就會前功盡棄。培東同志……請讓我說完。我知道您的意思，我的工作不能讓您接手。我們黨需要你在方步亭身邊，你更接近國民黨的經濟核心。您不能有任何閃失。作為下級，我懇請您也懇請組織接受我的建議，讓我繼續留下來。我知道該怎麼做。」

謝培東飛快地望了一眼桌上的座鐘，再回頭時深深地望著崔中石：「這個問題暫時先不談了。下面我們去接受曾可達訊問，徐鐵英在場，孟敖也在場。這是鐵血救國會精心布下的局，他們懷疑你是共產黨，又要進一步讓孟敖懷疑你不是共產黨。目的很明顯，要麼逼你暴露真實身分，要麼讓你否定自己的真實身分。讓孟敖跟黨脫離關係。我來就是要告訴你，要相信黨，也要相信孟敖的覺悟，他選擇的是共產黨，而不是你崔中石一個人。因此你今天去了以後，一定要忘記自己的真實身分，你就是國民政府中央銀行北平分行金庫副主任，而不是中共地下黨員！你一定要站在中央銀行北平分行一邊說話，利用民食調配委員會和揚子公司必須掩飾貪腐的弱點，還有徐鐵英想在裡面占有股份的弱點，讓他們對付曾可達。」說到這裡他站了起來。

「我明白怎麼對付。」崔中石笑了一下，站了起來，「謝襄理，您就不要去了。」

謝培東卻笑不起來，只緊握了一下崔中石的手臂，肯定、鼓勵和溫暖都在這一握之中：「是方行長讓我陪你去的，我必須去。走吧。」

＊　＊　＊

顧維鈞宅邸五人小組會議室。

會議室還是那個會議室，可杜萬乘的椅子已經空了，王賁泉的椅子已經空了，馬臨深的椅子也已經空了。

原來坐五個人的那一排椅子上，徐鐵英還留在那裡，增加了一個早晨才來的曾可達，中間隔著杜萬乘原來的那把空椅子，一左一右坐在那裡。

還有，會議桌頂端孫中山先生頭像下，方孟敖仍然坐在原來的座位上。

果然如建豐同志電話中預料的那樣，早晨五點剛過南京方面便插手了北平的案子，一聲令下，就解散了五人小組。責成杜萬乘、王賁泉、馬臨深今天就趕回南京。北平「七五事件」引發的經濟案，由國防部預備幹部局做善後調查，北平市警察局協助配合。重點指出，內外有別，不能影響黨國形象，貽誤戡亂救國大局。

靠大門那幾把椅子上的四個人便坐在那裡等待「善後」了，可是四個人都仍然輕鬆不起來。

揚子公司平津辦事處的孔副主任和那個女人仍然戴著手銬，那女人鬧累了竟然趴在會議桌上睡著了，弄得那個孔副主任只好將左手也擺在桌上就她右手的手銬，好不彆扭。

馬漢山還是坐在那個孔副主任右邊，蔫蔫的十分無勁。

第四兵團那個軍需處長還是坐在那個女人左邊，也已經十分疲憊。

曾可達也不放他們走，也不說將要如何處理，只是冷笑著坐在那裡。

徐鐵英也一言不發，「配合」著曾可達坐在那裡，靜觀他下一步的行動。

方孟敖則是另一種靜觀，他早就不相信國民黨會有什麼真實行動反對內部的貪腐了，這時更是默默地坐著，看他們下面怎麼做戲。

揚子公司那個孔副主任終於不耐煩了，這時將手銬一扯，扯醒了那個趴在桌上已經睡著的女人。

那女人在夢中被扯醒，嘴邊還掛著口水便嚷道：「要死了！」睜開了眼發現手銬仍然戴著更是嚷道，「怎麼還不給我們解手銬！」

「安靜！」那孔副主任喝住了她，接著望了一眼方孟敖，又轉望向曾可達，「你們兩個，到底哪個是代表國防部負責的？南京方面的指示你們也聽到了，什麼五人小組都解散了，誰給你們的權力還不放我們走？」

曾可達望也不望他們，卻把目光轉望向方孟敖，笑著說道：「他在責問我們。方大隊長，你說放他們還是不放他們？」

方孟敖是第一次看到曾可達如此將自己和他這麼緊密地連在一起說話，儼然自己和他就是一個陣營的，笑了一下，答道：「我現在就是想放他們，也放不了了。」

曾可達：「為什麼？」

方孟敖：「沒有手銬鑰匙了。」

曾可達最受不了的就是方孟敖這種桀驁不馴的做派，臉立刻陰沉了下來，卻又不能對方孟敖發作，轉望向那個孔副主任：「那你們就只有等了。等到北平分行的人來了，看他們能不能給你們解開手銬。」

＊　＊　＊

方孟韋回到家裡大院時天已大亮了，除了大門內那個看門的男僕，院子裡靜悄悄的，平時清晨該來打掃院子的人一個也不見，好像是有人交代，都迴避了。

方孟韋帶著預感望了開門那男僕一眼。

那男僕將頭微微低下。

方孟韋似乎明白了什麼，輕步向洋樓一樓客廳走去。

突然，他站住了，愣在那裡。

一樓客廳傳來女人的低唱：

浮雲散，明月照人來。

團圓美滿今朝醉。

清淺池塘，鴛鴦戲水……

是程小雲在唱！

方孟韋的臉立刻變了，接著咳嗽了一聲，站在那裡等歌聲消失。

＊　＊　＊

一樓客廳裡，聽到咳嗽聲傳來，站在餐桌旁低唱的程小雲也立刻變了臉色，硬生生地將下一句嚥了回去，略顯驚慌的眼飛快地瞥了一下門外，又望向閉眼靜坐在餐桌旁的方步亭。

「唱，接著唱吧。」方步亭沒有睜眼。

程小雲低聲說道：「孟韋回來了……」

「我知道。唱吧。」方步亭仍然沒有睜眼。

程小雲：「我還是避一避吧。」

「坐下。」方步亭睜開了眼，「那就我來唱，你聽。」

程小雲從來沒見方步亭這般模樣，想了想，大著膽子坐下了。

＊　＊　＊

方孟韋見低唱聲消失了，這才又舉步向客廳走去。才走了幾步，他又硬生生地停住了。

一樓客廳裡傳來的竟是父親的歌聲：

紅裳翠蓋，並蒂蓮開。
雙雙對對，恩恩愛愛，
這軟風兒向著好花吹，
柔情蜜意滿人間……

方孟韋從父親的歌聲裡聽出了孤獨和蒼涼，他再不猶豫，快步向客廳走去。

＊　＊　＊

顧維鈞宅邸會議室。

「報告。」曾可達的副官出現在門口，「北平分行的人來了。」

曾可達的目光立刻望向門外，眼睛的餘光仍不忘兼顧方孟敖的反應。

方孟敖果然有了反應。他原本抽著菸既不看門外也不看曾可達，但王牌飛行員的眼睛一直將三百六十度角全都籠罩在視線內，這時他的目光看到了一個人——謝培東！他原以為來的是崔中石，或許像前天一樣，他的父親也會來，卻沒想到來的竟是他一直感情深厚的姑父。這有些出乎他的意料，他下意識站了起來。

徐鐵英是先看到了崔中石，接著看到了站在崔中石身旁的謝培東。他顯然知道這個人在方步亭那裡比崔中石的分量更重，立刻露出了一絲笑容，也跟著站了起來。

曾可達也跟著慢慢站起來，他也發現了站在崔中石身旁的那個人，尤其從方孟敖還有徐鐵英的態度中，他猜到了這個人就是曾經在資料中見過的那個北平分行僅次於方步亭的謝培東，方孟敖的姑爹。猜到了這個人的身分，曾可達剛才還殺氣騰騰的面孔這時溫和了下來，同時換了一副相對客氣的語調對門外的副官說道：「請他們進來吧，在祕書席再擺一把椅子。」說到這裡有意望了一眼方孟敖。

＊　＊　＊

方邸洋樓一樓客廳。

方孟韋站在餐桌前，不望父親，更不望程小雲，只是沉默著。

程小雲又要站起來。

「坐下。」方步亭又叫住了她，抬頭望向小兒子，「幫你大哥給北平的師生市民爭到了一千噸糧食，自己也該吃早餐了。看看，全是我們無錫老家的小吃。」

「誰做的？姑爹嗎？」方孟韋甕聲甕氣地問道。

「除了你姑爹，別人做的你就不吃了嗎？」方步亭今天態度十分反常。

方孟韋一愣，默在那裡。

方步亭放緩了聲調：「你姑爹陪崔中石去接受曾可達和你大哥問話了。」

「什麼？」方孟韋一驚，睜大了眼問道。

＊　＊　＊

顧維鈞宅邸會議室。

曾可達的副官把崔中石和謝培東領到了平時開會的記錄席，也就是曾可達所說的祕書席。那裡原來就有一把椅子，這時那副官又搬過來一把椅子，把兩把椅子擺好了。

「二位請坐吧。」曾可達站在那裡遠遠地手一伸，接著又轉過頭來，望了一眼徐鐵英，又望了一眼方孟敖，「徐局長、方大隊長都請坐吧。」

曾可達坐下了。

徐鐵英也坐下了。

方孟敖卻依然站在那裡。

「方大隊長怎麼不坐？」曾可達又望向方孟敖，發現他雙目炯炯，注目禮般望著對面，便又回頭看去。

謝培東和崔中石依然站在椅子前，都沒有坐下。

曾可達：「二位都請坐吧。你們不坐，方大隊長也不好坐呀。」

謝培東向崔中石一伸手：「坐吧。」

二人坐下了。

方孟敖依然站在那裡。

曾可達：「方大隊長為什麼還不坐？」

方孟敖：「我想站一站，可不可以？」

曾可達見方孟敖嘴角掛著笑，眼睛卻閃著亮直望自己，不禁一愣，接著也只得佯笑一下：「當然可以。」

＊　＊　＊

方邸洋樓一樓客廳。

「你回房間吧。」方步亭這時望向程小雲，「我有話要跟孟韋說。」

程小雲慢慢站起來。

「慢，小媽……」方孟韋突然叫住了程小雲，而且稱呼她「小媽」了。

方步亭一愣。

程小雲也一愣。

二人互望了一眼，同時又都望向方孟韋。

「您……請坐吧。」方孟韋兩目低垂，話顯然是對程小雲說的。

程小雲又望向了方步亭。

方步亭目示她坐下。

程小雲又慢慢坐下了。

方孟韋抬起了眼：「這個黨國遲早要斷送在自己人手裡。小媽，我爸今後就要靠你照顧了。」

「胡說什麼！」方步亭這才明白這個小兒子性情大發，不知要幹出什麼事了。

方孟韋：「都什麼時候了，我還胡說？爸，您給這個黨國賣了二十年的命，替他們籌了多少錢，又賺了多少錢。現在人家父子為了打仗，不敢拿自己的國舅和皇親開刀，倒要拿您開刀了。最可恨的是還利用大哥來打你！什麼忠孝仁義禮義廉恥，全是拿來說別人的。他們這套做法，不要說大哥投靠共產黨，逼急了，我也投靠共產黨！」

「住口！住口！住口！」方步亭拍著桌子一連說了三個住口，已然在那裡喘氣。

「不要急，您千萬不要急。」程小雲連忙扶住了他，替他撫著背，「孟韋是說氣話，在外面他還是會謹慎的……」

方孟韋：「什麼謹慎？我爸一生謹慎，民國二十六年為了把他們的財產運到重慶，家都毀了，他們現在會念及這些嗎？什麼國產、黨產、私產，在他們那裡從來就沒有分清楚過。現在過不了共產黨這一關了，就拿我爸做替罪羊！」說到這裡他已經轉身大步向門口走去。

「你去哪裡？」方步亭這一聲喊得已然沒有了氣力。

「顧大使宅邸，會會曾可達去！」方孟韋答著已經走出了客廳大門。

＊　＊　＊

顧維鈞宅邸會議室。

「前天。」曾可達雙手搭臂放在會議桌上，以這個看似親和的態度展開了問話，「也是在這裡，崔副主任對五人小組說，央行給軍方的撥款還有給民食調配委員會的借款屬於最高機密，沒有中央軍事委員會的命令不能向別人公開。當時五人小組便問不下去了。可就在昨天晚上，你們央行的撥款和借款出現問題了。負責給軍方供應的物資和負責給北平市調配的物資居然都是一家公司在操作。這也就算了。可這家公司拿了物資管理委員會的撥款和民食調配委員會的借款，卻沒有給軍方和北平市供應物資。以致出現了國軍第四兵團和北平市民食調配委員會爭搶一車糧食的惡劣事件！現在這家公司押運糧食的人就在這裡，北平市民食調配委員會主管的副主任就在這裡，國軍第四兵團管軍需的處長也在這裡。到底是央行北平分行沒有把給軍方的撥款撥過去，還是沒有把給北平市民食調配委員會的借款撥過去？或者是央行北平分行把撥款和借款都撥給了有關部門，而有關部門卻沒有把錢用在購買物資上？再或者是有關部門把錢都給了這家公司，這家公司卻無視黨國大局，拿了錢不供應物資？崔副主任，前天你在接受五人小組問話的時候也曾經說過，這些撥款借款都是你在經手，這些帳也都是你在經手。你今天就回答我以上的幾個問題，順便告訴你一句，這幾個問題都不屬於什麼最高機密。還有，五人小組雖然解散了，代表國防部駐北平的經濟稽查大隊沒有解散。我和方大隊長奉南京方面的指示，都有權力就這些問題繼續調查，而且一定要調查到底。對不起，我還忘記重點交代了。北平的這個經濟案子不只國防部在查，徐局長也奉了命令代表中央黨員通訊局配合調查，北平市警察局有權力也有義務配合審問並抓捕涉案人員。徐局長，你是不是也說幾句？」

徐鐵英凝重地點了點頭：「該說的曾督察都說了。我們是配合調查，就讓他們把問題說清楚吧。」

曾可達便不再問徐鐵英，而把目光轉向了方孟敖：「方大隊長，一個多小時前我接到了南京方面的電話。上面對你和你的大隊昨晚的行動充分肯定，全力支持。現在和以後你都是這個案件的具體執行人。針對我剛才提的三個問題，你有沒有什麼話要問崔副主任？」

這就是謝培東所分析的，鐵血救國會要逼方孟敖表態，要逼崔中石表態了。知道這個內情的當然只有曾可達、方孟敖和崔中石、謝培東四個人。如果一定要分清陣營，那就是國民黨鐵血救國會一個人現在要跟共產黨三個地下黨員短兵相接了。

包括徐鐵英在內，揚子公司的兩個人，還有馬漢山和那個錢處長，卻都不知道曾可達代表的鐵血救國會和這三個人這一層最隱祕的較量。五個人卻都知道，鐵血救國會這是在利用兒子打老子了。

不同的心思，相同的沉默。

多數人都把眼睛望向了桌面，不看方孟敖，也不看曾可達。

唯獨有一雙眼，這時殷殷地望著方孟敖，眼神裡充滿了對方孟敖的理解，當然也包含著希望方孟敖對別人的理解。這個人就是謝培東。

方孟敖從謝培東的目光中看到了自己十年前已經失去的父愛，同時想起了十年來自己不斷從崔中石手中接過的以謝培東的名義捎來的禮物。這一刻他突然明白了，自己這十年把對上一輩的敬愛都移情到了這個姑爹身上。這種感覺強烈起來，心裡對曾可達的用心更加厭惡：「曾督察，有個問題我能不能問？」

曾可達：「我們都是國防部派來的，當然能問。」

方孟敖站在那裡抬高了腳，露出了飛行員軍靴的鞋底，將手裡的雪茄在鞋底上按滅了，說道：「這跟是不是國防部派來的沒有關係。曾督察曾經多次代表國防部出任特種刑事法庭的公訴人，來北平前還審過我，應該明白一條法律程序。」說到這裡兩眼緊緊地盯著曾可達。

曾可達心裡那口氣騰地冒了上來，想起了建豐的指示，又將那口氣按了下去，不看方孟敖，只望著桌面：「方大隊長說的是哪一條法律程序？」

方孟敖：「迴避的程序。曾督察比誰都明白，我在南京特種刑事法庭羈押期間，就是這個崔副主任代表我家裡在南京活動，盡力營救我。你現在要我問這個崔副主任，就不怕我包庇他？還有，坐在我對面的是我親姑爹，是親三分顧。你就不怕我會問不下去？」

方孟敖居然說出了這樣的話，不只曾可達，幾乎所有的人都驚住了。有些人面面相覷，有些目光已經望向了方孟敖。

望得最深的當然是崔中石，還有謝培東！

「不需要方大隊長問。」崔中石倏地站了起來，望向曾可達，「曾督察，你提的問題我現在就可以回答。」

曾可達就是要逼崔中石回話，這時身子向椅背上一靠：「這樣就好。你如實回答了，方大隊長就不必為難了，我也不必為難了。大家都好交代。」

「曾督察。」方孟敖緊頂著又問曾可達，「我剛才的問題你還沒有回答。他們接受審問，我需不需要迴避？」

曾可達想到過，但還是沒有想到這個方孟敖竟然如此不懂一點兒迂迴藏拙，句句都是大實話大直話，緊逼自己，這個時候只有避開他，轉望向崔中石：「崔副主任，你說方大隊長需不需要迴避？」

「無須任何迴避。」崔中石只望著曾可達，「我是國民政府中央銀行北平分行的金庫副主任，我現在回答的都是公事，不牽涉任何私情，誰都可以聽。」

「那就好。」曾可達也望著他，「請說吧。」

這時候反而是坐在審問席的兩個人緊張了，一個是馬漢山，一個是孔副主任。至於那個錢處長和那個女人，只是疲憊不耐煩。

當然還有一個人也十分關注起來，那就是徐鐵英。坐在那裡一直沒有說話的他，這時插言了：「崔副主任這話說得好，我們今天問的就是公事。沒有那麼多亂七八糟的關係。請說，但說不妨。」說到這裡他又盯了一眼馬漢山，還有那個孔副主任。

「謝謝。」崔中石答了一句，然後說了起來，「國民政府只有一個中央銀行，幾百萬軍隊的軍需當然都是由中央銀行撥款，而五大城市的民食物資配給當然也是由中央銀行借款。具體到北平，當然由北平分行撥款借款。可是，無論中央銀行還是北平分行，我們也只負責撥款借款。給軍隊的撥款是直接按南京的要求撥給物資管理委員會，給城市民食物資的借款也是按照南京的要求直接借給民食調配委員會。至於物資管理委員會從哪些管道購買軍需物資、民食調配委員會從哪些管道購買民生物資，那都是兩個委員會的事。中央銀行不負責購買，北平分行更不負責購買。所以曾督察提的三個問題我只能回答這一個問題。不知道我回答清楚沒有？」

「哦——」曾可達似乎早就料到他會這樣回答，卻故意拖了一個長音，「這樣說來，北平分行早就將該撥的款、該借的款都撥借到位了。因此無論是軍需物資還是民生物資出現了侵吞或者是少撥甚至不撥的情況，都與你們央行和北平分行無關。崔副主任說的是不是這個意思？」

崔中石仍然站在那裡：「是這個意思。」

「那我就必須再問一個問題了。」曾可達說完這句突然加重了語氣，「錢該撥的已經撥出去了，該借的也已經借出去了，為什麼帳還要在你們北平分行走？」問到這裡他緊盯著崔中石的眼，在看他是不是望著方孟敖。

崔中石的目光卻始終望在曾可達身上：「中央銀行有明文規定，凡從本行撥出去和借出去的款項都必須在本行走帳，以保證專款專用。」

曾可達：「那你們撥出去的錢和借出去的錢是不是都用在購買軍需物資和民生物資上，是不是每一筆款的去向和使用在帳上都有體現？」

崔中石：「我們有責任監督撥出去的錢和借出去的錢，盡量都用在專款專用上。」

曾可達：「這我就聽不懂了。崔副主任的意思到底是專款專用了還是專款沒有專用？」

崔中石：「每個月都在撥款借款，緊張的時候每天都在撥款借款，而購買物資卻需要解決諸如貨源價格、交通運輸種種困難，因此有些帳必須要到一定的時候才能體現出來。」

崔中石回答到這個時候，其他人都有了反應。

首先是坐在審問席上的揚子公司的那個孔副主任，還有馬漢山都鬆了一口氣，同時露出了賞識而暗中感激的神情——崔中石如此仗義又如此專業地將曾可達的提問回答得天衣無縫，他們的責任顯然已經有人擔了。

徐鐵英隔著曾可達也向崔中石遞過去賞識的神情——此人能夠如此擔擔子，自己的股份一旦有了，交給他去經營亦可大為放心。

當然最明白崔中石這樣做的只有謝培東。他知道崔中石這是在保護方孟敖。還有一層最隱蔽的目的，他這是在進一步拉緊自己和國民黨各個部門的關係，包括讓國民黨中央銀行的上層也覺得在北平離不開他——他顯然是不願意接受組織的安排，撤離北平，前往解放區。

「看樣子北平分行的帳我們還真查不了了。」曾可達倏地站了起來，大聲說道，「北平一百七十多萬師生和市民每天都在挨餓。看起來黨國是沒有多少人會去關心這些人的生死了，那就等著共產黨打進城來開倉放糧吧！可共產黨一時半刻還打不進來！」說到這裡他轉望向方孟敖，「方大隊長，你剛才提到法律迴避的問題，現在你都看到了，他們這是不顧百姓的生死啊。作為國防部派駐北平的經濟稽查大隊，你還忍心迴避嗎？」

「是沒有什麼值得迴避的！」這個聲音喊得好大，卻是從會議室門外傳來的！

所有的人都是一驚，一起望向門外，包括背對著門的那四個人。

最吃驚的還是方孟敖，他望見從門外走進來的竟是方孟韋！

# 第十四章

方孟韋在會議室門外大聲頂了曾可達一句，眾目睽睽之下闖進了會議室，徑直走到裡邊那排訊問席，靠著曾可達，在原來王蕡泉的那個座位上坐下了。

不只是方孟敖，一雙雙目光都驚異地望著他。

曾可達倏地望向徐鐵英：「徐局長，這是怎麼回事？」

「報告徐局長。」方孟韋不等徐鐵英接言，站了起來，「昨晚五人小組命令我們警局去抓捕揚子公司的人，我帶著警局的人到了火車站，人已經被國防部經濟稽查大隊抓了。我們便配合國防部經濟稽查大隊將扣押的那一千噸糧食押運到了經濟稽查大隊軍營。現在東北的流亡學生和北平各大學的學生已經有很多人不知在哪裡聽到了消息，陸續聚集到了稽查大隊軍營，要求立刻給他們發放那一千噸配給糧。我們到底是立刻將那一千噸糧食發放給東北流亡學生和北平各大學的師生，還是將糧食撥發給第四兵團？接下來如果爆發新的學潮，我們警察局是不是還像『七五』那樣去抓捕學生？特來向五人小組指示！」

曾經坐過五人小組的那排位子空空落落的，杜萬乘、王蕡泉、馬臨深明明都不在了，哪裡還有什麼五人小組？

所有的人都明白，方孟韋這番錚錚有聲的逼問是故意衝著曾可達來的。

曾可達的臉立刻陰沉了——方孟韋此舉究竟是方步亭的意思，還是另有背景，他眼下還來不及做出判斷，觀察的目光首先望向了謝培東。

謝培東一臉的驚詫和擔憂，望著方孟韋，目光中滿是制止的神色。

曾可達從謝培東那裡得不出判斷，目光倏地轉向崔中石。

崔中石也是一臉的意外，這意外還不像是有意裝出來的。

曾可達最擔心的猜疑冒了出來，昨晚扣糧抓人方孟韋一直跟方孟敖在一起，如果是方孟敖跟弟弟聯手和自己過不去，建豐同志的任務自己便萬難完成。他將目光慢慢望向了方孟敖。

其實對方孟韋的突然闖入，方孟敖也在意料之外，內心深處他最難解開的感情糾葛就是這個弟弟，今後自己種種不可預測的行動最不願糾合在一起的也是這個弟弟。聽了方孟韋剛才那番直逼曾可達的話，立刻明白這個弟弟是豁出來給父親解難，也是給自己解圍了。迎著曾可達審視的目光，方孟敖過人的機智立刻顯示了出來，那就是還以審視。

曾可達知道這時必須盡量避免跟方孟韋直接發生衝突了，只得又望向了徐鐵英：「徐局長，你的部下，你解釋吧。」

徐鐵英當然要做「解釋」，但絕不是為了給曾可達解難：「方副局長，現在已經沒有什麼五人小組了。昨晚的任務，你也無須報告了。至於那一千噸糧食如何處置，你問我，我現在也無法回答。我們警局現在的任務就是配合國防部調查組，再辛苦一下，你帶著弟兄們去軍營協助經濟稽查大隊守著那些糧食。」

「局長，你是說五人小組已經解散了，現在叫我帶著人和稽查大隊的人去守那一千噸糧食？」方孟韋其實也憎惡徐鐵英，但今天的目標主要是曾可達，激憤的目光從徐鐵英身上移向了身邊的曾可達，「那麼多饑餓的學生圍在軍營外面，而且人數會越來越多，我們守著的是一千噸糧食嗎？那是一千噸火藥！五人小組既已解散，現在到底是誰做主？叫我們去守那一千噸火藥到底要守多久？守不住了再爆發一次『七五』那樣的事件怎麼辦？是不是該給我們一個明確指示！」

「問題不會那麼嚴重吧？」徐鐵英當然感覺到了方孟韋的情緒，決定將自己乾淨地擇出來，「叫你們去守，也不只是拿著槍去守嘛。先跟那些學生說清楚，國防部這邊的調查組正在開會商量，很快就會有答覆的。曾督察，下面的人執行確實也很難，請你給方副局長也解釋一下吧。」

「我沒有什麼解釋。該解釋的是北平分行。」曾可達倏地將目光刺向了崔中石，「崔副主任都聽到了吧？還有謝襄理。這一千噸糧食北平分行到底是撥款給揚子公司的軍糧，還是借款給民食調配委員會的北平市民配給糧？希望你們立刻做出明確答覆。我們也好立刻做出決定。」

「曾督察這個問話我不明白，想明確請教！」方孟韋見這個時候曾可達還把火燒到北平分行，尤其是崔中石身上，決定要跟他正面交鋒了，「剛才在門外我聽見曾督察說，北平一百七十多萬民眾都在挨餓，叫經濟稽查大隊的方大隊長，也就是我的大哥來管。我想問一句，為什麼北平一百七十多萬民眾挨餓，偏偏叫一個空軍飛行大隊的隊長帶著一群飛行員來管？黨國難道就沒有別的人、別的部門管了嗎？北平的經濟鬧成這個樣子，是誰造成的，我不說曾督察心裡也清楚。要追查，上面南京許多部門脫不了干係，下面北平許多部門脫不了干係，為什麼現在要把矛頭對準北平分行？說明了就是要對著我父親！我父親也就是隸屬中央銀行的一個區區北平分行的經理，他有這麼大權力、有這麼大膽量去讓北平一百七十多萬民眾挨餓？你們要查他也就罷了，為什麼國防部單單要指定我大哥來查？昨天學生們在華北剿總幾乎又要鬧出大事，你們親口許諾馬上就能給他們發放配給糧，民調會拿不出糧食，是我大哥帶著人逼著民調會調來了一千噸糧，又發生了第四兵團爭糧的事。五人小組又單單指定我去火車站配合我大哥扣糧抓人？昨晚我們兄弟傻傻地將一千噸糧食都扣下了，今早五人小組卻解散了。現在那麼多學生圍在軍營外眼巴巴地等著發糧，你們卻叫我們去守著糧食不發。以開會為名，在這裡揪著查北平分行，北平分行的帳你們今天能夠查清嗎？曾督察這時候還叫北平分行做出解釋，我現在就是要向你討一個解釋。你們打著調查經濟的幌子，打著為北平民眾爭民生的幌子，把我們兄弟當槍使，一邊看著北平那麼多民眾在挨餓，一邊叫我們兄弟查我們的父親。你們到底要幹什麼？」

所有人都沒想到方孟韋竟會毫無顧忌、刀刀見血說出這番話來。

——震驚！

——擔心！

——複雜的佩服和賞識！

——莫名的痛快和出氣！

臉色鐵青的是曾可達！

「方孟韋！」曾可達儘管竭力忍耐，還是拍了桌子，厲聲說道，「你到底懂不懂一點兒黨國的紀律！十六歲便在三青團總部，十九歲到了中央黨部，二十出頭讓你當了北平警察局的副局長！你要明白，背景是你的關係，栽培你的還是黨國！黨國栽培你的時候沒有教育你該怎樣正確處理公事和私事之間的關係嗎？」

「曾督察！」方孟韋也拍了桌子，比曾可達還響，「是不是無法回答我的問題就翻履歷？要翻大家就一起翻。抗戰時你也就是贛南青年軍旅部的一個副官，抗戰勝利不到三年你就當上了國防部的少將！你是在抗戰時期跟日軍作戰有功勞，還是抗戰後跟共軍作戰有功勞，或者是在後方鞏固經濟為黨國籌錢籌糧有功勞？黨國是怎樣栽培你的，你自己心裡有數，大家心裡都有數！」

曾可達哪裡還能忍耐，猛地站了起來：「來人！」

裡面大聲爭吵的時候，門外的那個青年軍軍官以及兩個青年軍士兵，早就緊張地做好了可能抓人的準備，這時立刻闖了進來，站在門口，單等曾可達下令，便去抓人。

桌底下，方孟敖用掌心將正在燃著的雪茄生生地捏滅了，目光犀望向門口那幾個青年軍。

謝培東條地望向方孟韋，大聲道：「孟韋！」

「姑爹，不干你的事！」方孟韋毫不畏懼，繼續對著曾可達，「今天來我就做好了上特種刑事法庭的準備。幾天前我大哥不就是被你送上特種刑事法庭的嗎？你剛才說我是靠著關係、靠著背景當上黨國這個官的，在南京要置我大哥於死地的時候你們怎麼就不回頭看看他的履歷？無數次跟日軍空戰，無數次飛越死亡駝峰，要說死他已經死過無數回了。你們審他的時候說過這些嗎……」說到這裡方孟韋眼眶裡已有了幾點淚星，喉頭也有些哽咽，可很快便把將要湧出來的淚水嚥了下去，激憤地接道，「現在，你逼我大哥追問北平分行，一口一聲叫他無須顧忌司法迴避。為什麼幾天前在南京特種刑事法庭審問我大哥的時候，卻一口咬定我父親派了人在南京活動救我大哥，違反司法迴避的法例？曾督察，你一個無尺寸戰功的少將如此折騰我大哥這樣立有赫赫戰功的民族功臣，心裡是不是覺得十分痛快？」

曾可達的臉已經由青轉白，牙根緊咬。

那個青年軍軍官唰地從腰間拔出了手槍，望著曾可達；他背後兩個端著卡賓的青年軍士兵也直望著曾可達。

整個會場死一般的沉寂。

方孟韋這時已經取下了頭上的警帽，拔出了腰間的手槍往警帽裡一放，從桌上推到徐鐵英面前。接著，將目光深深地望向了方孟敖。

方孟敖那雙像天空般空闊的眼睛這時也在深深地望著弟弟！

方孟韋：「大哥，不管你信不信，我都要告訴你。昨晚我夢見媽了。她說，叫你不要再記恨爹，不要再替他們幹了，趕快成個家……」說完向門口那幾個青年軍走去。

方孟韋走向門口的身影！

方孟敖慢慢站起的身影！

接下來將會發生什麼樣的情形？所有人都屏住了呼吸。

最為憂急地在急劇思索如何應變的是謝培東，他的手在桌下同時按住了崔中石。

最為窘惱也在急劇思索如何決定下一步行動的是曾可達。

方孟韋已經走到了門邊，對那個青年軍軍官：「是去南京還是去哪裡？走吧。」

那個青年軍軍官僵住了，緊緊地望著曾可達，等待命令。

曾可達原本有意要將局面弄得複雜，以便火中取栗。卻沒有想到在自己將局面弄得複雜無比後，突然被一個和方孟敖兄弟情深的方孟韋半路殺出，將自己逼得勃然大怒情緒失控。此時才意識到自己要面對的不是方孟韋，而是方孟敖。說到底是要面對建豐同志精心布置的韜略。

如何化解困局，曾可達在煎熬地受著無數雙目光的炙烤。

崔中石、謝培東的目光在望著他。

馬漢山和揚子公司的那兩個人，還有那個錢處長在望著他。

最關鍵的那個人——方孟敖這時卻偏不看他！

還有一個最應該看著他竟也不看他的人就是徐鐵英。但見他依然兩臂交叉伏在會議桌上，兩眼望著桌面，做嚴肅狀，做思考狀。

「孤臣孽子！」建豐同志帶著浙江口音的聲音突然在曾可達耳邊響起，接著這個浙江口音的另外一番話在他耳邊迴響，「『九州生氣恃風雷，萬馬齊喑究可哀。我勸天公重抖擻，不拘一格降人才。』上天念在我這一片苦心，一定會多降幾個你這樣的人才，包括方孟敖那樣的人才……」

曾可達眼中倏地閃過一道突然萌發的光亮，接著似望非望地對那青年軍軍官說道：「拿電話來！」

「將軍，您說什麼……」那個青年軍軍官迷惘地望著他這種走神的神態問道。

「拿電話來！」曾可達這才把目光直望向他，大聲說道。

「是！」那青年軍軍官這才明確領會了這聲命令，大聲答著，向牆邊的電話走去，帶著線捧起了那部專用電話走到曾可達面前，擺在了桌面上。

所有的人都認定他這是要給南京打電話了，給建豐打電話了！

除了方孟敖和方孟韋，就連一直低著頭的徐鐵英都把目光望向了曾可達搖把柄的手。

電話搖通了，曾可達把話筒拿了起來。

會議室一片寂靜，話筒裡女接線員的聲音都能清晰聽到：「這裡是五人小組專線，請問長官要接哪裡？」

曾可達幾乎是一字一頓地說道：「給我接中央銀行北平分行方行長家，告訴對方，我是國防部曾可達，請方步亭行長親自聽電話！」

曾可達的電話竟是打給方步亭的！

這太出乎所有人的意料！

方孟敖和方孟韋也不禁望向了他。

＊　＊　＊

方宅洋樓一樓客廳。

程小雲做的早點依然擺在那裡，方步亭仍一動不動坐在餐桌前，一口未吃。

程小雲深知方步亭的性格，這時也不勸他吃東西，只是默默地坐在旁邊陪著他。

方步亭望著大門外的眼慢慢轉了過來，望向程小雲：「還記不記得當年在重慶，一天清早，你藏著一張剛出的報紙，卻拿著一本《世說新語》，給我讀謝安的那則故事？」

程小雲低聲答道：「記得。」

方步亭：「最難忘的是你居然能用白話將那段故事說得有聲有色。小雲，再給我說一遍吧。」說著他閉上了眼，在那裡等著。

往事如昨，又恍若隔世。程小雲哪兒還能找到當時的那種心境，可望著眼前憂心如潮的方步亭，她只好竭力調整好心態，說了起來：「西元三八三年，前秦苻堅率百萬之眾欲滅東晉，謝安派自己的弟弟和子侄領八萬之眾迎戰於淝水之上。生死存亡都在這一戰了……」

突然，方步亭身後木几上的電話刺耳地響了！

程小雲望著方步亭。

方步亭慢慢回轉身，望著電話，卻沒有伸手接的意思。

程小雲：「可能是姑爹打來的，接吧。」

方步亭伸過手拿起了話筒，接下來卻按了一下話機，接著竟將話筒擱在了一邊，回轉身對程小雲：「接著說。」

＊　＊　＊

曾可達在會議室裡捧著話筒，裡面傳來的仍然是接線員的聲音：「曾長官嗎？對不起，方行長家的電話占線……」

曾可達：「繼續給我接！」

＊　＊　＊

程小雲目光移開了話筒擱在一邊的電話，望向閉目等在那裡的方步亭：「步亭……」

方步亭還是閉目坐在那裡：「接著說吧。」

程小雲難過地輕搖了搖頭：「剛才我說到哪裡了……」

方步亭：「生死存亡都在這一戰了。」

程小雲只好接著說了起來：「……謝安卻和客人在家裡下棋，其實是在等待前方的戰報。終於戰報來了，謝安看了一眼卻放在了一邊，不露聲色，繼續下棋。直到那局棋下完，客人忍不住了，問他前方勝敗如何。謝安這才答道……」

方步亭突然將手一舉，止住了程小雲，睜開了眼，大聲接道：「謝安說，『小兒輩大破賊！』」大聲說了這一句他站了起來，深情地望著程小雲：「接著你就將報紙攤開在我面前，指著告訴我，孟敖在與日軍的空戰中一個人擊落了三架敵機！」

說到這裡一陣沉默。

接著，方步亭臉上露出了苦笑：「……那個時候孟敖已經不認我這個父親了。你懂事，用這個故事來安慰我。其實我哪是什麼謝安哪，我也做不了謝安。但不管怎樣我還是為有這個兒子感到高興……現在我這個兒子又要來破賊了！小雲，你說我是賊嗎？」說著他將手伸向了程小雲。

程小雲趕緊接住他的手一握，立刻失聲說道：「好燙！」連忙用另一隻手探向方步亭的額頭，「步亭，你在發燒！司機……」

「不要叫！」方步亭止住了她，「把電話……放好。」

程小雲：「步亭！」

方步亭：「剛才是個要緊的電話……快把話筒放好吧。」

＊　＊　＊

顧維鈞宅邸會議室。

「是方行長嗎？」曾可達終於跟方步亭通上話了，握著話筒，誰都能聽出他是在用一種晚輩對長輩的語調，「方行長您好！我是國防部曾可達呀……不是什麼上司……您言重了，我和方大隊長是同志。」

曾可達的目光完全聚焦在話筒上，彷彿他的身邊這時任何人都不存在。

原來那些看他也不是、不看他也不是的目光，這時就有了些許看他或看別人或目光互看的空間。

更多目光這時都是看向方孟敖。

方孟敖的目光卻是望向了門外的天空。

＊　＊　＊

方邸洋樓一樓客廳，方步亭固執地自己拿著話筒，程小雲只能在他椅子背後一手托著他拿話筒的手臂，一手挽著他另一條手臂的腋下，幫著他將身子坐直。

方步亭對著話筒：「曾督察客氣了……我們在顧大使宅邸已經見過了……其實應該我來拜望

你，礙於避嫌哪……」

＊　＊　＊

「這完全是我的過失。」曾可達的目光仍然只聚焦在話筒上，「來之前建豐同志再三說了，叫我一定登府拜望方行長……一定要來的，您就權當給我一個彌補過失的機會吧。特別要感謝的是方行長今天還特地叫謝襄理陪著崔副主任來配合我們的工作……是呀，崔副主任一個人管那麼多帳目也不是一天兩天能理清楚的，財政部中央銀行懂經濟的人又都走了，我和方大隊長又都不懂經濟。打這個電話就是向您求援的，建議讓謝襄理幫助崔副主任先將帳目理出個頭緒……謝謝方行長理解……快七點了，一千噸糧食今天還得發到那麼多學生手裡呢……下午或者晚上我來看您……等您的通知。」

＊　＊　＊

電話打完了，程小雲攙著方步亭站起時，發現他面頰潮紅，額間冒著汗珠，兩眼卻仍然閃著光：「還是不認我的這個兒子厲害……可是，他不知道，那些藏在他背後的人更厲害呀……」

程小雲：「都不要想了，趕緊看醫生吧。」

＊　＊　＊

顧維鈞宅邸大門外。

「立正！」大門口衛兵隊長一聲口令。

幾個衛兵立刻執槍立正。

方孟敖大步出來了。

方孟韋半步的距離跟著出來了。

馬漢山、郭晉陽，和邵元剛跟在身後也出來了。

方孟敖大步向停在街邊的那輛中吉普走去。

方孟韋猶豫地望了一眼停在另外一邊的自己那輛警局吉普。

郭晉陽和邵元剛已經既不像護衛，也不像押送地緊簇著馬漢山向方孟敖走了過去。

方孟韋不再猶豫，沒有走向自己的車，而是快步走向了大哥。

方孟敖只瞟了弟弟一眼，立刻轉對馬漢山：「馬局長，從昨天晚上你把我們調來，到現在爭到了這一千噸糧食，我們還是夠意思聽指揮吧？」

「哪裡？豈敢！」馬漢山其實已經很難笑出來了，難為他還要笑著，「原來鄙人還只是耳聞，現在鄙人算是真正看到了方大隊長的英雄膽略！長阪坡趙子龍不過如此……」

「又扯了！」方孟敖立刻打斷了他，「你就準備這樣讓我們去發那一千噸糧食？」

馬漢山做嚴肅思考狀。

方孟敖看了一眼手錶：「現在是七點，八點鐘把你們民食調配委員會的人聚集到軍營，按照名冊，一個人一個人地登記，把糧食發了。」

「方大隊長！」馬漢山急了，「一個小時，把人叫攏來趕到軍營都來不及，還要找名冊……兄弟我打死了也做不到。」

「那就多給你半小時。」方孟敖目光犀利地望著他，「八點半沒有拿著名冊來發糧，我就把糧食都運到你民調會去，那時候來找你要糧的恐怕就不止一萬兩萬學生了。」

馬漢山臉上的油汗立刻冒了出來，一跺腳：「我立刻去辦！方大隊長，要是八點半萬一趕不到，九點前我一準趕到。行不行？」

方孟敖不再看他：「郭晉陽、邵元剛！」

郭晉陽和邵元剛：「在！」

方孟敖：「開著門衛那輛三輪，你們陪著馬局長去。」

郭晉陽和邵元剛：「是！馬局長，請吧。」

馬漢山哪還敢耽誤，立刻在郭晉陽和邵元剛的緊跟下向門口那輛軍用三輪奔去。

方孟敖望著那輛三輪發動，載著三個人馳去，這才望向方孟韋。

方孟韋深望著大哥：「大哥，領糧的人很多，局面會很難控制，我幫你去發糧吧。」

方孟敖望著弟弟：「你去就能控制嗎？剛才那番演說我看你對時局還是挺有見識嘛。你這個弟弟比我這個哥哥強，能包打天下。」

方孟韋：「大哥……」

方孟敖：「不管你信不信，我也要告訴你。我經常夢見媽，媽總是對我說，她理解我，幹什麼都理解我。放心不下的就是你，叫你脫下這身警服，不要再幹了。」說到這裡打開了車門。

「大哥！」方孟韋拉住了車門，「你沒有看見過饑餓的學生們鬧學潮的狀況，讓我去幫你吧！」

方孟敖：「就這點要讓你明白。那一千噸糧食就是糧食，是救人活命的，不是你說的什麼火藥。那些挨餓的人都是等著被救活命的人，更不是什麼火藥。在我心裡他們都是同胞，沒有什麼火藥，也不會有什麼學潮！回去吧，不要忘了更擔心你的是誰。」說到這裡他飛快地上了車，關了車門。

方孟韋愣在那裡，但見那輛吉普猛地發動了，飛快地加速馳去。

＊　＊　＊

方孟敖那輛吉普往前中速地行駛。

車內，司機在前，謝培東和崔中石沉默地坐在後排。

前邊不遠就是分岔路口了。

謝培東對司機說道：「先不回去。東中胡同，送崔副主任。」

「是。」司機答著，方向盤一打，往右邊的那條路開去。

＊　＊　＊

方步亭那輛奧斯汀小轎車竟擠進了小胡同，停在崔中石家院門外。

司機恭敬地站在靠院門一側的車邊，雙手拉著後座車門，笑等崔中石的兩個孩子上車。

伯禽和平陽哪裡見過這麼高級的轎車，更沒想到自己今天能坐到裡面去，童性大躍，伯禽拉著妹妹急著便想上車。

「真不好意思啦！」葉碧玉拽了一下兒子，滿臉感激榮光，望著站在院門口的謝培東，「謝襄理親自給我們中石額外加了糧，我們哪裡還好坐方行長的車啦……」

謝培東笑答道：「崔副主任一直給行裡幹事，我們平時已經關心太少。這二十斤麵粉按職務也應該配給你們，不用客氣。」說著轉對司機，「到了糧站你拿著票去領糧。錢已經給你，然後去稻香村給孩子們買些糕點，再回來接我。」

司機：「是。」

「中石呀。」葉碧玉望向了站在謝培東身邊的崔中石，「廚房櫃子第二層那個瓷罐裡是今年真正的杭州龍井，記得是靠左邊的那個小瓷罐，給謝襄理沏那個茶啊。」

「知道了，上車吧。」崔中石答道。

伯禽再也按捺不住興奮，掙脫了媽媽的手，拉著妹妹已經鑽進了小車的後門。

葉碧玉竭力想更矜持些，慢慢走向小車的後門。

司機立刻說道：「夫人請坐前面吧。」輕輕地關了後門，立刻打開了轎車前門，一手還恭敬地擋在車門頂部，站在那裡候著葉碧玉上車。

葉碧玉何時受過這等尊榮，進車門時不禁向崔中石投過去一絲難得的溫柔。

——丈夫站在門口的身影比平時高大了許多！

＊　＊　＊

崔中石家北屋。

「孟韋來找過你的事為什麼不及時向組織彙報？」謝培東深望著崔中石。

「這個時候我不能跟您有任何聯繫。」崔中石答道。

「你是一個人嗎？」謝培東語氣嚴厲了，「我們任何一級組織都是黨的組織，任何一個黨員都必須向組織及時彙報情況，尤其是這樣的突發情況。孟韋畢竟是國民黨北平警察局的副局長，他跟你說的那些話何等重要！你如果及時彙報了，今天這樣的情況就可以避免。你知道今天孟韋的行為會帶來什麼樣的嚴重後果嗎？」

崔中石沉默了。

謝培東眼中露出了關愛的神情，輕嘆了口氣，放緩了聲調：「去給我沏杯龍井吧。」

崔中石這才想起了妻子的囑咐，拿起了桌上的杯子，站了起來。

謝培東：「任何一個細節的疏忽，都將給組織還有你個人帶來難以挽回的損失啊。」

崔中石迎向了謝培東的目光。

他眼中的謝培東，是上級，是自己的入黨介紹人，同時也是自己在黨內地下戰線的前輩和老師！

* * *

顧維鈞宅邸後門。

「徐局長接到了南京放人的指示，我接到的是國防部叫你們立刻交代第四兵團軍糧的命令。」

曾可達冷冷地望著不知何時已經解開了鴛鴦銬的那個孔副主任和那個女人，接著轉望向徐鐵英，「徐局長，放不放人你看著辦，第四兵團的軍糧三天內能不能運到你也看著辦。黨國的船翻了，你也可以在岸上看著。」

「誤會了吧……」徐鐵英當然知道他最後這兩句話是衝著什麼來的。

曾可達已經猛地轉過了身，向院子裡那條石徑走了進去。

徐鐵英冷著臉沉默了少頃，先望向那個窩囊了一夜的錢處長：「錢處長請先回吧。」

那錢處長：「徐局長，你們就這樣讓我空著兩隻手回去見兵團長官？」

徐鐵英：「那就將孔副主任交給你，你帶著去見你們的兵團長官。」

那孔副主任終於找著發火的對象了：「錢佑生！昨晚為了你們老子從來沒有受過這樣的氣！你個混帳王八蛋不替我們說一句話，現在還要跟我過不去！你不是要糧嗎？一千噸糧就在那個姓方的軍營裡，你們第四兵團有種到那裡要去呀！什麼狗屁第四兵團的長官，連你在內不拿剋扣，一年的糧都有了！乾脆老子也不回天津了，有種你跟著我去南京好了！」

那個錢處長一張臉脹得通紅，再不逗留，扭轉身走出了後門。

* * *

崔中石家北屋。

「掩護孟敖、掩護我，都不是你的責任了，你也做不到。」謝培東放下手中的茶杯，「三天時間，把你經手的那些帳冊整理好，移交給我，隨時準備撤離。」

「撤離？」崔中石一愣，「去哪裡？」

謝培東：「解放區。」

崔中石驚愕了片刻：「我經手的那些帳冊牽涉到國民黨許多部門，十分複雜，移交給任何人都說不清楚。謝老，在這個關鍵時候，您不能接手這些帳冊。」

謝培東盯著他：「擔心我對付不了國民黨那些人，還是擔心那些帳冊禁不起組織審查？」

「謝老！」一向沉穩甚至顯得文弱的崔中石突然激動地站了起來，「作為受您單線領導的下級，請您把我的話記下來，向組織彙報。」

「什麼話？」謝培東望了他好一陣子，「你說吧。」

崔中石：「為國民黨中央銀行走帳，把那些本應該屬於人民的錢一筆一筆地轉到國民黨貪腐官員口袋裡去的那個人，是國民黨中央銀行北平分行的金庫副主任崔中石，不是中國共產黨黨員崔中石。這樣的事情，崔中石不做，國民黨也會派別人去做。雖然我每一次做這些事都會有負罪感，那也是作為一名無產階級對人民的負罪感，而不是擔心作為一名黨員受到組織的審查，審查也是應該的。」

謝培東心裡震盪卻表面平靜：「不需向上級彙報，我現在就代表上級回答你。這幾年來你跟國民黨各個階層交往的那些事，都是工作需要，都禁得起組織審查、歷史檢驗。你剛才的話，還有你這幾年的工作，將來我都會書面寫進你的檔案。記住，到了解放區，無論到哪個新的部門，都不要向新的上級做這樣的解釋。還有什麼要求？」

「有。」崔中石又坐下了，「三天之內我無法整理好帳冊，無法撤離。請組織重新考慮讓我撤離的決定。」

「組織不可能重新做出決定了。」謝培東站起來，「立刻整理帳冊，等我的通知，隨時準備撤離。」再不商量，向門口走去。

「謝老！」崔中石站了起來，喊住了他，「最後一個要求，是我的責任，也是我的權利，請組織尊重我的權利。」

謝培東站在門邊：「簡明扼要。」

「是。」崔中石走了過去，「撤離前，讓我見見孟敖。」

「跟他說什麼？」謝培東回頭望向了他。

崔中石強笑了一下：「當然是有利於保護他的話，怎麼說要看他的反應。請組織相信我。」
謝培東：「這個時候你不能去找他。」
崔中石：「他會來找我。」
謝培東想了想：「三天之內，他不來找你，你就撤離。」
「好。」崔中石跟著謝培東走出了房門。

＊　＊　＊

院內大槐樹下，車還沒回來，謝培東站在樹下，四處望了望這個崔中石住了兩年的院子，目光收了回來，打量著崔中石，第一次露出了笑臉：「你就要『解放』了，高興一點兒嘛。中石，想沒想過自己穿上軍裝是個什麼樣子？」
崔中石只好回以一笑，沒有接言。
謝培東：「我們立個約定吧。北平解放時，我和孟敖都穿上軍裝，我們三個人在德勝門照個相！」
崔中石：「好。」
院門外胡同裡終於隱隱傳來了汽車的聲音。
「他們回來了。」崔中石走向院門，開門。
「爸爸！」
「爸爸！」
兩個孩子從來沒有這樣高興過。

「中石呀！」葉碧玉手裡提著好大一包糕點，也從來沒有這樣高興過，待看到謝培東站在樹下，又立刻嚷道，「儂要死了，怎麼讓謝襄理站在院子裡！」

司機肩上扛著一袋麵粉跟進來了，崔中石沒有搭理葉碧玉，接下了麵粉。

謝培東已經笑著走了過來：「聽到汽車聲我們才出來的。碧玉啊，我要說你幾句了。」

葉碧玉愣了一下：「謝襄理說什麼都是應該的啦。」

謝培東依然笑著：「女人不好這樣子跟男人說話的，會讓孩子看不起爸爸。」

葉碧玉尷尬地笑道：「曉得啦。」

謝培東對司機：「我們走吧。」

跨過院門，謝培東沒有回頭看身後的崔中石，只說道：「不要送了。」

＊　＊　＊

大夫走了。

程小雲坐在臥室床側，目不轉睛地望著輸液瓶裡的藥水每分鐘的滴數。

沿著輸液管是大床上靜靜擺著的手背，沿著手臂是坐靠在三個枕頭上的方步亭，他在微笑著。

「每次都這樣，人家哭，你就笑。」床的那邊是蹲著的謝木蘭，鬆開了剛才還緊緊捏著舅舅的手，破涕嗔道。

謝木蘭身後的方孟韋反而只是靜靜地站著，他望著父親的臉，父親卻不看他。

方步亭還是笑望著蹲在床邊的謝木蘭：「知道大爸現在為什麼笑嗎？」

謝木蘭又捏住了舅舅的手，更嗔嬌地說：「你明明知道，還問人家。」

「是呀。」方步亭斂了笑容更顯慈容，「在我這個家，最知心知肺的還是我們爺女兩個啊。」說到這裡方步亭的目光瞟了一眼站著的方孟韋。

謝木蘭把舅舅的手捏得更緊了：「大爸，那您說我現在該怎麼辦？」

方步亭深深地望著謝木蘭：「有你小媽在，大爸不用你管。所有的同學都去了，大爸不會像你爸那樣攔著你。去吧，到你大哥軍營去，幫著把糧食發給那些東北學生。」

謝木蘭都不忍看舅舅如此慈愛貼心的目光了，望向程小雲：「小媽，大爸真的不要緊吧？」

程小雲含笑輕點了點頭：「大夫說了，就是熱感，吃了藥又輸了液，不要緊的。」

「那我真去了？」謝木蘭又望向舅舅。

方步亭點了下頭，謝木蘭仍然捏著舅舅的手站起來。

方步亭瞟了一眼默默站著的方孟韋：「叫他開車送你去。」深深望著謝木蘭，「見到孝鈺，叫她多幫幫你大哥。明白大爸的意思吧？」

「我明白！」謝木蘭綻出了容光，「大爸、小媽，我去了。小哥，走吧！」又彎下腰捧起舅舅的手背親了一口，向門口走去。

一直沉默著的方孟韋：「爹……」

方步亭仍然不看他：「記住，他們號稱要做『孤臣孽子』，你做不了。從來也沒有什麼孤臣孽子能夠救國救家。送了木蘭找個沒人的地方，想好了再來見我。」

方孟韋低著頭走了出去。

憂鬱重又浮上了方步亭的眼中：「培東怎麼還沒回？」

程小雲站起來，扶著方步亭躺下，又把枕頭給他墊好：「姑爹辦事你就放心吧。」

＊　＊　＊

北平西北郊外。

「小哥，我是去大哥的軍營，你走錯了！」坐在吉普車副座的謝木蘭望著遠處圓明園的廢墟，大聲嚷道。

方孟韋開著車：「小哥有話跟你說，說完了再送你去軍營。」

「那就晚了！」謝木蘭有些急了。

方孟韋輕輕地一踩剎車，讓吉普慢慢停下。

方孟韋望向謝木蘭：「那就現在跟你說幾句吧，一分鐘。」

謝木蘭這才發現今天小表哥眼中從來沒有見過的淒涼和孤獨，甚至有些像絕望，立刻慌了：「哥，你今天怎麼了？什麼一分鐘？」

方孟韋也察覺到自己的神態嚇著了小表妹，立刻掩飾地笑了：「沒有什麼。我現在就送你去大哥軍營。」說著一掛倒擋，開始倒車。

「小哥！」謝木蘭抓住了方孟韋倒車擋的手，「糧食還得發一天呢。我跟你去。」

＊　＊　＊

圓明園廢址。

儘管到處都有可以坐的漢白玉石階石條，方孟韋還是把謝木蘭領到了一處更隱蔽的荒坡草地；儘管坡地上長滿了厚厚的綠草，方孟韋還是從旁邊的樹上折下了一大把軟葉樹枝，墊好了才對謝木蘭說：「坐下吧。」

謝木蘭乖乖地坐下了，卻留下了一個座位的軟葉樹枝，等著小表哥坐。

方孟韋沒有在那裡坐下：「小哥今天的話要在你背後說，你願意回答就回答，你認可就點頭，不認可就搖一下頭。」

謝木蘭有些害怕了，抬頭望著站在那裡和天融在一起的小表哥。

方孟韋：「你是不是和你們那些同學一樣，恨你小哥，也怕你小哥？」

還面對著面，謝木蘭已經按著小哥剛才的要求，使勁搖了搖頭。

方孟韋露出一絲欣慰的苦笑，慢慢走到了謝木蘭身後，離她約一米，在草地上坐下了。

謝木蘭立刻轉過了頭：「小哥，你為什麼不能跟我當面說？我們當面說吧。」

方孟韋：「先聽小哥說，你覺得可以當面跟我說了再轉過身來吧。」

謝木蘭心裡更忐忑了，只好轉正了身子，兩眼望著空闊的前方：「小哥，你慢點說……」

方孟韋：「你們學校的人，所有學聯的學生都恨國民黨嗎？」

謝木蘭點了點頭，又停住了：「也不全是。」

方孟韋眼中閃過一道光：「什麼叫也不全是？」

謝木蘭：「恨國民黨，但不是恨國民黨裡所有的人。」

方孟韋：「比方說哪些人？」

「大哥！」謝木蘭的語調興奮了，「大哥就是國民黨空軍的王牌飛行員，可同學們都佩服他，有些還崇拜他。」

方孟韋：「還有哪些人？」

謝木蘭在想著，終於又說出了一個人的名字：「何思源先生！他原來就是國民黨北平市的市長，可他心裡裝著人民。同學們和老師們都特尊敬他。」

方孟韋沉思了少頃：「最恨的是哪些人？比方說中統、軍統還有警察局？」

謝木蘭：「特恨。」

「包括你小哥嗎？」方孟韋緊接著問道。

謝木蘭愣住了，有些明白小哥今天為什麼要把她拉到這裡，這樣問她了，緊接著搖了搖頭，她自己也說不清楚這個頭是代表自己還是代表小哥所問的所有學聯的同學。

方孟韋：「你小哥是北平警察局的副局長，還兼著北平警備司令部偵緝處的副處長，他們能不恨我？」

「真的！」謝木蘭轉過了頭，「『七五』那天，你沒有叫員警開槍，還暗地裡放開了一條路讓好些學生跑了。小哥，後來好多同學對我說，你是個有良知的人。」

方孟韋的頭卻轉過去了，顯然是不願意讓小表妹看見自己現在的臉——他的眼有些濕了。

謝木蘭立刻轉回了頭，背朝著小哥：「小哥，我知道你是好人，以後還會有更多的人會知道你是好人。共產黨也不都把國民黨的人當壞人看……小哥，你今天叫我來就是問這些嗎？」

方孟韋的神情立刻峻肅了：「你認識共產黨？」

謝木蘭的神情也立刻變了：「小哥，你是找我來查共產黨？」

方孟韋馬上明白了自己的神情語態，立刻解釋道：「查共產黨不是你小哥的事，叫我查我也不會查。再說誰真是共產黨你也不可能知道。」

謝木蘭也跟著放緩了語調：「那你又問？」

方孟韋竭力放平語調：「小哥必須要問一個人，你就憑感覺告訴小哥，這個人可不可能是共產黨，因為這關係著大哥。」

謝木蘭有些理解小哥的問話了，也有些猜著小哥要問誰了：「你問吧，我可不一定能回答你。」

方孟韋竭力用親和的語氣，慢慢地說出了一個名字：「何孝鈺。」

謝木蘭證實了心裡的猜想，立刻搖了搖頭：「不是。」

方孟韋：「和你一樣，進步學生？」

謝木蘭剛點了下頭，又搖了搖頭：「比我要進步些。」

「木蘭！」方孟韋在背後一聲呼喚。

謝木蘭立刻轉過了頭，卻見小哥已經站起，走了過來，走到了她的身前。

謝木蘭望著小哥在她的面前蹲下。

方孟韋：「小哥想要她做我的嫂子，你願不願意她做你的大嫂？」

謝木蘭使勁地點了點頭，接著又露出了猶豫。

方孟韋：「有什麼難處，告訴小哥。」

謝木蘭：「我們學聯的人再喜歡大哥，這時候也不會嫁給他。他畢竟是國民黨的上校大隊長。」

方孟韋：「讓大哥辭去這個大隊長呢？退了役，去美國。孝鈺也能跟著到美國去留學。何伯伯也應該會答應。只要何伯伯願意，他能找司徒雷登大使很快辦好這件事。」

聽到這裡謝木蘭眼中反而露出了憂慮，望著小哥：「要是何伯伯不願意呢？」

方孟韋：「為什麼？」

謝木蘭猶豫了，躲開了小哥的目光，愣愣地望著一邊想著，突然說道：「小哥，你還是到後面去吧。」

方孟韋內心深處埋著的那層預感浮出來了，他慢慢站起，慢慢走到謝木蘭身後，沒再坐下：「你說吧。」

謝木蘭：「一個人。」

方孟韋：「誰？」

謝木蘭：「梁教授。何伯伯最得意的學生，也是孝鈺最親近的人。」

「也是你們許多女同學都喜歡崇拜的進步教授？」方孟韋問這句話時已經毫不掩飾心中的反感了。

「小哥！」謝木蘭沒有回頭，語氣已帶嗔意，「你這是什麼意思？」

方孟韋：「沒有什麼意思。你小哥現在不是在代表國民黨說話，你和孝鈺都可以喜歡這個人、崇拜這個人，但是他都不適合你們。」

謝木蘭倏地站起來：「小哥，現在可以送我去軍營了吧？」

「我送你。」方孟韋立刻走過謝木蘭的身邊，走下斜坡。

謝木蘭突然發現這個一起長大的小哥，背影是如此的孤獨，朦朧感覺到了他還有一層埋得最深的心思，可自己卻不敢往更深裡想了，前所未有的一陣慌亂驀地湧向心頭，踩在軟軟的草地上，跟過去時只是想哭。

＊　＊　＊

燕京大學東門外文書店二樓。

這裡，兩隻少女的眼也在深深地望著另一個男人的背影。

梁經綸所站的窗口恰恰能遠遠地望見方孟敖青年航空服務隊的軍營，遠遠地望見軍營大門外無數個黑點匯聚的人群。

——那裡正在發糧領糧，卻如此井然安靜。這是一九四七年以來如此大規模人群匯集在一起所沒有的景象！

「能聽見聲音嗎？」梁經綸依然面朝窗外輕聲問道。

坐在書桌邊深深望著他背影的何孝鈺回過神來認真聽了聽，答道：「好安靜啊。」

梁經綸還是望著窗外：「有沒有想起一句詩？」

何孝鈺：「不是在課堂裡，我不想。」

「於無聲處聽驚雷！」梁經綸念出了魯迅這句詩，接著轉過了身，「你過來看看，能不能看出那些人點裡誰是方孟敖。」

「我已經看到了。」何孝鈺很認真地答道。

梁經綸反而一愣，轉頭望了望窗，又望了望何孝鈺坐處的視角：「你那裡能看到？」

何孝鈺目光望向窗外：「當然能。他早就在我心裡了，還要用眼睛看嗎？」

梁經綸轉而一愣，徐步走了過來，走到何孝鈺身邊的長條凳旁，望著她包裹著夏裝學生短衣裙身軀旁的空凳。

梁經綸想像自己翩然撩起了薄布長衫，挨著何孝鈺短衣裙的學生夏裝坐在了一起！

而現實中的梁經綸卻走到何孝鈺的書桌旁，撩起了長衫下襬在另一條長凳上坐下了，恰好擋住了何孝鈺目光能望見的窗口，望著她：「今後這樣的大集會你都不能去了，不是我今天有意不讓你去。」

何孝鈺其實一直在感受著梁經綸長衫飄拂的風，從他站在自己身後，從他走過自己身旁，從他在自己對面坐下，他的風都在輕輕地翻著自己心裡的書！窗口都被他擋住了，她只好望著他的胸襟：「不是說今晚要組織同學請方孟敖的飛行大隊來參加聯歡嗎？我去請他，然後我也不參加？」

梁經綸：「你當然要參加。」

何孝鈺：「你剛才不是說所有的集會我都不能去了？」

「是我辭不達意。」梁經綸苦澀地一笑，「我指的是請願抗議遊行一類的集會，也包括像今天這樣給那麼多東北同學發糧的集會。」

「然後就裝出願意嫁給他，去他的家、去他的軍營，或者約他出來，花前月下？」何孝鈺望向了梁經綸的眼。

梁經綸：「孝鈺……」

「我知道，這是為了新中國！」何孝鈺搶著說了這句話。

梁經綸只好沉默了。

何孝鈺望著他身上那種自己一直喜歡的憂鬱，想著自己對他還隱瞞著的身分，心一下子有些疼了。她太想告訴他，自己和他是在兩個不同的組織裡卻有著一個共同理想的同志，卻偏偏不能說：

「給我說說我們期待的新中國吧。她會是一個什麼樣的新中國？」

梁經綸的那顆心好像在急速地往下墜落，偏偏又是在深不見底的山谷裡墜落，他猛地昂起了頭，站了起來，挽住那顆下墜的心，竭力使自己用興奮的情緒念出了下面一段話：「它是站在海岸遙望海中已經看得見桅杆尖頭了的一隻航船，它是立於高山之巔遠看東方已見光芒四射噴薄欲出的一輪朝日，它是躁動於母腹中的快要成熟了的一個嬰兒！」

何孝鈺也激動地站了起來！

# 第十五章

燕京大學未名湖湖畔樹林中。

「我不知道什麼今晚開聯歡會的事，老劉同志！」隔著高度近視眼鏡，似乎也能看見那兩隻眼中的驚愕，坐在石凳上的嚴春明失態地放下了手中的書，便欲站起來。

「拿起你的書，嚴教授。」那老劉依然在嚴春明身前掃著落葉，「你現在是在跟一個校工閒談。」

嚴春明愣了一下，西斜的太陽從樹林的縫隙透射下來，四周一片寂靜，並無任何人聲。他知道黨的地下組織嚴格的紀律，可是也不至於這般草木皆兵，因此一絲不滿浮上心頭，去拿書時便顯出些不以為然。

那老劉又掃了一撮落葉，直起了腰，笑望向嚴春明：「嚴教授，那麼多教授都在忙著向國民政府提抗議了，您好閒心，這個時候還來研究學問。」

太陽光從樹林縫隙照在了老劉的身上，老劉臉上的笑容是那樣憨厚卑和。可在嚴春明眼中，他的身影被一片金光籠罩著，那臉上透射出來的也不是笑容，而是黨的鋼鐵紀律！

「手裡拿著書，咱們繼續閒聊。」老劉笑著又去掃落葉。

嚴春明不得不恢復常態，一條腿架了起來，一隻手拿著書輕輕擱在腿上，臉露一絲笑容，裝出一個教授對一個校工閒聊的神態，對掃著落葉的老劉：「到現在為止，我確實還不知道學生會今晚邀請方孟敖大隊來校舉行聯歡會的事。是不是學生會的同學自發的行動？」

「黨的學運部失去了對學生會的領導嗎？」老劉還是笑著在掃落葉，「還是你已經放棄了對燕大學運部的領導？」

嚴春明很難再繼續那種閒聊的神態了，只好拿起了書，一邊看著，一邊答道：「我立刻就去調查，是學運部哪些同志擅自組織的這次行動。」

老劉蹲了下去，放下了掃帚，用手從草叢中拾著一片一片的落葉：「不用調查了，是梁經綸同志。」

斑斑駁駁的日光在嚴春明的眼前冒出的是一片金星！

＊　＊　＊

燕京大學東門外文書店二樓。

何孝鈺不知何時站在了窗前，西邊的太陽正平對著窗口從她身軀的四周射進書樓，她的背影儼然一幅婀娜的剪影。

梁經綸的薄布長衫又掀起來，慢慢飄至她的身後，停下後仍在微微拂動。他高出的半頭越過何孝鈺的頭頂望去，日光刺目，遠方的軍營只是白晃晃的一片。

梁經綸知道何孝鈺並非在尋找其實看不見的方孟敖，胸臆間一口長氣輕吁了出來，還是吹拂起了何孝鈺的絲絲秀髮。

風動幡動？吹拂的都是何孝鈺的心動。她一隻手慢慢伸了上來，卻並非梳撫自己的頭髮，只是伸在那裡！

梁經綸在不應該愣住的時候愣住了！

多少個月起月落他都在等待這一刻，今天卻在滿目日光下來臨了——幸福還是痛苦，痛苦伴隨著激動，他終於將自己的臉慢慢俯向了何孝鈺纖纖的手指。

何孝鈺的指尖觸摸到了他的臉。

終於，那隻溫柔的手貼上了梁經綸整個臉頰，緊緊地貼著。

她的手，他的臉，在這一瞬間都停住了——緊貼的手和被貼的臉，也許都希望這一刻定格為靜止的永恆。

至少在何孝鈺，她只希望被自己緊貼的臉一動不動，就這樣若即若離地挨在他的髮邊，已經足夠了。

可是沒有永恆！

梁經綸的兩手從何孝鈺的身後伸了過去輕輕地也是緊緊地摟住了她的腰，將自己的頭埋在了她的掌心中、肩頭上。

何孝鈺緊張地閉上了眼，閉上了眼還是滿目日光。

突然，她感覺到了自己的頸上、肩上有點點滴滴的濕潤——不是汗水，而是淚水！

她受驚地睜開了眼。

她飛快地轉過了身。

她看見了面前這個博學堅強的男人眼眶中的濕潤！

她不知道自己應不應該再猶豫，終於在他身前輕輕地抱住了他，將自己的臉貼上了他的前胸，將自己的淚水點點滴滴還給他的衣襟。

* * *

燕京大學未名湖湖畔樹林中。

那老劉臉帶笑容，已經在嚴春明坐著的石凳後掃落葉了。

嚴春明也還是強帶著笑容，手握著書卷在聽他講話。

老劉：「彭真同志在『七六指示』中已經明確提出，基本群眾中的少數積極分子，要精幹、隱蔽。只能在一定的組織形式內，做一定的活動，即做情況允許下的活動。梁經綸同志這一次把那麼多學生中的重要積極分子公開組織起來，在形勢十分複雜嚴峻的情況下，邀請方孟敖大隊召開聯歡會，這是明顯地違背黨的『七六指示』精神的行為！」

「我立刻去了解，他都組織了哪些學生中的積極分子。」嚴春明顯然還是帶有一些替自己開脫的動因回答組織的嚴責。

「那就乾脆等到聯歡會開完了再了解吧！」老劉臉上還是笑著，低沉的語氣已經十分嚴厲，「開完了聯歡會，國民黨就會大發慈悲，將他們用於發動內戰的錢，將他們貪腐集團存在美國銀行的外匯都拿出來，『救最苦的同胞』，是嗎？如果不是，那就會釀成一次新的『七五事件』，把廣大的學生尤其是重要的學生積極分子往他們槍口下推。這麼明確的形勢，梁經綸同志看不清，你們學運部黨的支部難道也看不清嗎？」

聽到這裡嚴春明完全坐不住了，立刻站了起來！

「當心滑倒，嚴教授。」老劉還是那個神態，「立刻找到梁教授，及時阻止這次行動。」

說完這句，老劉提著撮箕，拿著掃帚，慢慢向樹林的另一方走去。

嚴春明盡力定了定神，這才使步伐邁得快些又穩些，向圖書館方向走去。

＊　＊　＊

燕京大學東門外文書店二樓。

梁經綸竭力想從何孝鈺淚水洗禮後的眼眸中看到應該煥發的容光。

何孝鈺卻又輕輕閉上了眼。

他隱約感覺到了她在自己胸前的那種不應該有的「還君明珠」的狀態！

——但願是少女正常的羞澀。

他將她又輕輕地扳轉了過去，在背後輕輕地摟住她，在她耳邊輕輕說道：「方孟敖敢於率部不炸開封，又敢於從國民黨第四兵團手裡為民眾爭來糧食，就敢於來參加我們的聯歡會。通過這次聯歡會，就是為了告訴全北平的民眾，國民黨政府不是沒有糧食，而是有糧食都用到了打內戰，還被他們貪墨了。因此這次行動的意義十分重大。學聯已經有好些同學去了，謝木蘭肯定也在軍營，你去了以後和他們一起邀請，一定能把方孟敖和他的大隊請來。」

何孝鈺：「方孟敖參加了我們的聯歡會，國民黨那邊會怎樣看他。真造成了這樣的影響，他們會不會撤掉方孟敖大隊？不是說爭取他們這支力量很重要嗎？」

梁經綸：「國民黨內部也分成兩派。正是新崛起的這一派在重用方孟敖，這一派的政治背景來頭很大，政治目的也更加反動，就是力圖挽救勢將垮臺的國民黨政府，因此他們也在拚命爭民心，當然其本質是在欺騙民意。方孟敖來參加聯歡會表面上也符合他們的企圖，因此不會對方孟敖大隊造成被撤掉、被解散的後果……估計還有一個小時糧食就發完了，你那個時候到軍營……」

梁經綸停住了，側耳聽著。

隱隱約約樓下響了兩聲的電話鈴聲停了。

少頃，索菲亞女士的聲音從樓下傳來：「梁，你的電話。」

何孝鈺轉過了頭，望著梁經綸。

梁經綸還是輕輕摟著她，只是提高了聲調：「謝謝！知道是誰打來的嗎？」

樓下索菲亞的聲音大了些：「學校圖書館。」

梁經綸心裡一驚，臉上露出的卻是希望理解的嚴肅：「真不想現在離開你。」

「去吧。」何孝鈺的一笑裡仍然保持著女孩應有的含蓄和矜持，「我也該去航空服務隊的軍營了。」

梁經綸不能顯出急於去接電話的狀態，何孝鈺已經輕輕掰開了他的手：「快去接電話吧。」

梁經綸這才鬆開了在背後摟住她的手，向二樓門口走去。

走到門邊又停住腳步回頭一望。

何孝鈺輕聲地但能讓梁經綸聽見：「我不會愛上他……也不會愛上你。」

梁經綸心裡微微一顫，當他看見何孝鈺關愛的笑容時，很快便回以自信的一笑，轉身拉開門時，眼前又是一片黑暗。

他的笑容消失了，身影也隨著消失在樓梯間。

＊　＊　＊

顧維鈞宅邸曾可達住處。

會議是臨時召集的，曾可達只穿著一件白色的夏威夷短袖襯衣，站在辦公桌的椅前。

其他與會的人都穿著夏季短袖軍裝，站在客廳裡，軍帽卻是平端在臂間。

這些青年軍人，兩個是從南京跟蹤崔中石而來的軍情特務，兩個是多次騎自行車護送曾可達去見梁經綸的特務學生，一個是曾可達的副官，一個是那個青年軍的軍官。

「幾個報社我們的記者都通知了嗎？」曾可達的目光先望向那兩個中正學社的特務學生。

「報告將軍，都通知了。」一個特務學生答道。

曾可達：「告訴他們，今晚的聯歡會不要以記者的身分出現，尤其是拍照，必須祕密進行。明天各報報導的口徑一定要突出兩點：第一，東北學生和北平各大學師生跟國防部派駐北平的經濟稽查大隊親如一家！第二，國民政府視民眾的苦難高於一切，國軍第四兵團將自己的軍糧主動讓給了東北的學生和北平各大學的師生！我說清楚了沒有？」

「非常清楚，將軍！」兩個特務學生齊聲答道。

曾可達：「都清楚了？」

兩個特務學生一愣，只好望著曾可達。

曾可達：「你們幾個認識梁經綸同志的，在晚會上絕對不能跟他有任何接觸。」

「都清楚了。」兩個特務學生這才答道。

曾可達：「立刻行動吧。」

「是！」兩個特務學生捧著軍帽同時敬禮，整齊地轉過身去才戴上軍帽，走出了房門。

曾可達的目光轉向了南京來的兩個軍情特務：「你們的任務仍然是嚴密監控崔中石。他已經認識你們了，你們自己不要出面，讓國防部駐北平軍情部門的同志去執行監控，隨時向你們報告情況。」

「是。」兩人同時答道。

曾可達：「去吧。」

「是！」兩人這才敬禮轉身走出房門。

曾可達望向了那個青年軍軍官：「原來護衛方孟敖大隊的是多少人？」

那青年軍軍官：「報告將軍，一個排，每日三班輪流護衛。」

「太少了。」曾可達望了下窗外，「再增加一個加強排，務必保證方孟敖本人和方孟敖大隊的安全。無論是第四兵團還是中統、軍統，那些被他打疼了的要員和渾蛋隨時可能危及方大隊。發現徵兆，就亮出國防部預備幹部局的名號，鎮住他們！」

「是！」那青年軍軍官非常乾脆，敬禮，立刻轉身出門。

房間裡就剩下曾可達和他的副官了。

曾可達這才顯出了極度的疲乏，坐了下去。

副官關心地望著他：「長官，我給您放熱水，您先洗個澡，稍微睡一下。什麼時候去見方行長，我什麼時候再叫醒您。」

曾可達：「好。給我準備一套便服。還有，通知中正學社的張社長，請他把那套刻有建豐同志姓名的宜興紫砂茶具讓出來，我要送給方行長。」

＊　＊　＊

燕京大學圖書館善本資料室。

坐在對面，嚴春明平時對梁經綸那種欣賞和信任已完全沒有，隔著高度的近視鏡片只是盯著他，等他回答。

「我也是不久前才知道的，今晚的聯歡會完全是學生會應廣大學生的強烈要求組織召開的。」

梁經綸已經感覺到了嚴春明背後那股強大力量的存在，斟酌著分辯道，「您來電話前我曾經打過您的電話，準備向您彙報。電話沒有人接。」

「你的話我聽不懂。」嚴春明今天嚴厲中透著審視的態度，進一步證實了梁經綸的預感，「學生會組織召開聯歡會，是決定了以後告訴你的，還是在決定前就問過你？」

梁經綸竭力控制住內心的震驚，這個時候任何謊言在不久後都將被證實，他只能如實答道：「他們在決定前就問過我。」

嚴春明的眉頭蹙起了，目光中審視的神色卻在逐漸消失，語氣只剩下了嚴厲：「那就是說，學生會的這個決定是你做出的！梁經綸同志，你今天的行為已經嚴重地違反了黨的地下組織工作原則！是完全無視組織的行為！」

「有這麼嚴重嗎？春明同志。」梁經綸必須裝出吃驚的神情，「國民黨北平參議會做出的驅散東北學生的反動決議，造成的『七五事件』現在正是進一步揭露真相的時候，通過這次聯歡會不正是進一步揭露國民黨內部貪腐反動本質的一次機會嗎？」

「你這是在給組織建議還是在給組織上課？」嚴春明已經氣憤地用指頭敲起了桌子，「如果是給組織提建議就應該在幾個小時以前；如果是在給組織上課，梁經綸同志，你任何時候都沒有這個權力，也沒有這個資格！」

梁經綸以沉默對之。

嚴春明：「你才華橫溢，馬列的著作、毛主席的著作多少篇都能倒背如流。前幾天彭真同志的『七六指示』你不是也整段整段背誦給我聽過嗎？為什麼今天就做出了和『七六指示』精神完全相悖的行為！你的自以為是可以結束了，梁經綸同志！學生會重要的積極分子都是你在直接聯繫，你現在立刻找到他們，取消今天晚上的聯歡會！」

梁經綸：「春明同志……」

嚴春明：「這是組織的決定，而且是組織最後的決定！」

梁經綸低著頭沉思了片刻，再慢慢抬起頭：「可是學生會那些同學都已經去了方孟敖軍營，我怎麼通知他們？」

「你沒有腿嗎？」嚴春明的態度已經不止是嚴厲，「不要說那是公開場合，你平時就是以開明教授的身分在公開場合開展工作。立刻去軍營，取消聯歡會！」

＊　＊　＊

北平西北郊青年航空服務隊軍營。

最後一輛道奇軍用卡車，最後一車糧食，最後一撥坐在卡車糧袋上的東北學生，緩緩地開出軍營鐵門時，太陽離西山已經不到一丈高了。

卡車的糧袋上的東北學生站了起來，有些還流著淚向鐵門內激動地呼喊著揮手。

北平學聯的發糧學生代表們在軍營鐵門內向他們呼喊著揮手。

謝木蘭率先爬上了長條桌上，閃著激動的淚花拚命揮手。

接著好些發糧的學生代表都爬上了長條桌向漸漸遠去的裝糧車揮手。

學生們的身後，民食調配委員會那些發糧的人一個個都蔫了，是累是氣是恨還是無可奈何，有些癱坐在凳子上，有些乾脆就地躺了下去，忍受著學生們的呼喊，看都不願意再看一張張拼成長條的桌子上那些跳躍著的學生，和學生們腳前那一摞摞堆積如山的發糧帳冊和領糧收據。

營門內外，偏偏不見方孟敖大隊一個隊員的身影。

李科長從門衛室出來了，王科長也從門衛室出來了。

望見眼前的情形，李科長的臉像曬了一天的茄子，王科長的臉像摘下來好幾天的苦瓜。

李科長望著王科長：「你說吧。」

王科長早已沒了脾氣，向那些發糧學生的代表有氣無力地喊道：「同學們！親愛的同學們……」

沒有一個學生聽見他的喊聲，沒有一個學生回頭看他。

「你就不能大聲些？連我都聽不見。」那李科長兀自在他身邊怨他。

王科長：「我爹娘就給我這麼大嗓門了，要不你來說？」

「說不說由你。」李科長掃了一眼癱坐在凳子和地上的那些科員，又實不願意再跟學生們對話，盯了一眼面前占著一把凳子的科員，那科員只好懶懶地站了起來將凳子讓給他。

李科長一屁股坐了下去：「我可告訴你，我是社會局的，馬閻王管得了我的手管不了我的腳，你可是腸肝肚肺都歸他管。這麼多糧帳收條今天不收拾好，他向姓方的交不了差，看扒誰的皮。」

說完乾脆不理王科長了，閉上眼睛養起神來。

王科長真是又苦又急：「就算我來說，你也不能睡覺吧。怎麼說，支個招行不行？」

那李科長仍然閉著眼睛：「看見登得最高的那個女學生沒有？」

王科長立刻向學生們那邊找去：「哪個？」

李科長：「翅膀展得像鳳凰的那個，她就是方孟敖的表妹。我這可是給你支的最管用的一招了。」

王科長立刻瞪大了眼向學生群中搜尋，判斷誰翅膀展得更像鳳凰。畢竟是民政局的科長，他認準了仍然站在桌子上最興奮又漂亮的謝木蘭，擠出笑容向她走去。

* * *

青年航空服務隊軍營營房內。

真是匪夷所思。

一整天營房外一、二萬人領糧，營房卻大門緊閉，方孟敖大隊的隊員們全都奉命在床上睡覺。

夏日炎炎，二十張床上二十個精壯的飛行員，全都赤裸著上身，一個個肌腱隆起，左邊十個整齊地仰面躺著，右邊十個整齊地仰面躺著，乍看疑似西洋繪畫大師精心繪製的人體油畫！

一雙眼睛偷偷地睜開了，是郭晉陽，他聽了聽營房外的動靜，接著悄悄向其他躺著的隊友望去。

有些人確實睡著了，有幾個跟著他睜開了眼，也都一邊聽著營房外的動靜，一邊互相傳遞著眼色，接著全都悄悄望向營房裡端方孟敖開著門的那間房。

古人形容偉壯士、真將軍面臨陣仗時的狀態常用兩個成語，一曰枕戈待旦，一曰靜若處子。方孟敖此時彷彿二者兼而有之，又彷彿二者都不是。但見他側身躺在銅床上，兩個枕頭已經很高，依然一隻手墊在頭的側面，面容恬靜，呼吸均勻，兩腿蜷曲，就像一個熟睡的孩子。

幾乎沒有聲音，郭晉陽半個頭從門邊露出來了，一隻眼偷望向床上的隊長。接著那隻眼一驚，半個頭僵在門邊。

他看見隊長在笑，孩子般的笑，笑了大約有幾秒鐘，又慢慢皺起了眉頭，接著面容又恢復了平靜。

原來隊長是在夢裡，郭晉陽的那隻眼閃過了一絲敬愛的心疼，半個頭慢慢縮了回去。

偷偷爬起床的還有五個人，郭晉陽在前，四個人在後，運步如貓行，走到了營房門邊。

門上從裡面掛著一把大鎖，門的上方卻有一排通欄窗戶，郭晉陽使了個手勢，一個高個隊友蹲了下去，郭晉陽踏上他的肩頭，那高個隊友站直了身，郭晉陽恰好能從窗口望向營房外的大坪。

＊　＊　＊

「混帳王八蛋！也就辛苦了一天現在就撂挑子！整帳冊，他媽的統統給我起來整帳冊！」馬漢山身後跟著王科長，從門衛室一路罵了出來。

李科長懶懶地站起來，那些科員也都懶懶地站起來。

馬漢山見這些人依然站著，毫無去整帳冊的意思，那張黑臉頓時爆出了青筋，望向守衛的那個中尉軍官大聲嚷道：「槍！給我一把槍！」

學生們的目光都望向了他。

他的那些下屬反而仍然死豬一般，沒有反應。

那中尉軍官：「馬局長，您要槍幹什麼？」

馬漢山：「治亂世用重典！老子今天不槍斃一兩個人還真對不起黨國了。」

「局長。」李科長接言了，「弟兄們沒有一個說不願意整帳的，方大隊長代表國防部調查組早就放了話，今天的帳要和學生會的代表一起整理。他們現在不配合，您槍斃誰去？」

馬漢山愣住了，望向那幾十個站在一起的學生代表。

謝木蘭挺身走了出來：「我們學生會已經決定了，今天晚上邀請方大隊長的青年航空服務隊參加我們的聯歡。所有的帳都封存起來，明天我們再派人慢慢整理。馬局長還想槍斃人嗎？」

怎麼又冒出個要開聯歡會？還敢這般口氣！馬漢山對著謝木蘭立刻便要發作了。

那王科長急忙湊到他耳邊：「局長，就是她，方大隊長的表妹。」

學生們都已站在謝木蘭身後，一起望著馬漢山。

馬漢山真的愣住了，氣也不是，恨又不能，伸出乾柴似的手指掐著自己的太陽穴按揉了幾下，望向謝木蘭：「我說你們這些同學也見好就收吧。戡亂救國時期，你們為什麼一定要亂了還要添亂呢？」說到這裡轉向他那些部下，「今天必須整理帳冊。他們不配合就怪不得我們，裝好帳冊，帶回調配委員會去！」

謝木蘭又要說話了，身旁的一個男學生，顯然是學生會的負責人攔住了她，對著馬漢山：「沒有我們學生會代表的同意，你們不能把帳冊帶走！」

「軍隊！員警！」馬漢山望向了站在營門內外的軍人和那些員警大聲喊道，「我現在代表政府命令你們，將這些學生帶出營去！」

學生們沒說話，倒是那個守衛隊的中尉軍官站出來說話了：「馬局長，這可不行！」

馬漢山：「什麼意思？」

那中尉軍官：「方大隊長給我們下了命令，今天的帳冊必須和這些學生代表一同處理。我們不能趕他們走。」

「好！好！好！國民黨和共產黨他媽的真是分不清楚了！」馬漢山氣急得都胡言亂語了，「那就立刻請示你們的方大隊長啊！」

那中尉軍官：「對不起，稽查大隊現在都在休息，不到六點，我們不敢打擾。」

馬漢山差點跳了起來：「都是一個晚上沒睡，我們累了一天，他們倒在睡覺，現在又不讓整理帳冊，還要開什麼聯歡會！橫豎一條命了，我去叫！」

「那您去叫吧。」那中尉軍官這倒沒有攔他。

馬漢山往前走了幾步，望著那兩扇緊閉的營房門又停住了，猛地轉過身來指著王科長和李科長：「你，還有你，你們去叫！」

李、王二科長哪裡敢去叫，都把頭望向了一邊的地上。

學生們已經有好些人笑了起來，謝木蘭笑得最開心，卻發現有人在身側扯了她一下。

謝木蘭回頭望去，何孝鈺不知何時站在了她的身側！

＊　＊　＊

飛行員的眼睛好，耳朵也好。

趴在門上窗口處的郭晉陽一陣開心一陣高興，弄得下面幾個趴在門邊側耳偷聽的飛行員心癢難耐。

「都看到什麼了？」一個飛行員低聲急問。

「開聯歡會！今晚要請我們去開聯歡會。」郭晉陽低聲答道。

「這我們也聽見了。女學生有多少？漂不漂亮？」

郭晉陽：「沒有不漂亮的，只有更漂亮的！」

「來，先讓我看，再讓你看。」下面一個飛行員對另一個飛行員，示意他也蹲下。

郭晉陽已經輕輕一躍跳了下來：「不要看了，想辦法把民調會那些渾蛋弄走，要不今晚的聯歡會就被他們攪了。」

「門鎖著，鑰匙在隊長那裡，我們怎麼出去？」

「看我的。」郭晉陽答著，輕步向方孟敖房間走去。

＊　＊　＊

方孟敖依然安靜地睡著。

郭晉陽手腳極輕，在他杯子裡舀了兩勺速溶咖啡，拿起熱水瓶沖上開水，用勺無聲地漾動。咖啡攪好了，他端著走到方孟敖床邊，繼續攪著，嘴裡卻輕聲哼唱起來：「浮雲散，明月照人來。團圓美滿……」

方孟敖的眼睜開了。

郭晉陽一臉賊笑：「隊長醒了？」邊說邊將咖啡遞了過去。

方孟敖沒有接咖啡，卻坐了起來，接著站在床邊，先望了一眼手錶，說道：「你知道最讓人難受的是什麼嗎？」

「不知道。」郭晉陽嚴肅答道，「請隊長指示。」

方孟敖：「三歲沒娘，五更離床。郭晉陽，你現在讓我難受了，知道我會怎麼整你嗎？」

郭晉陽：「報告隊長，現在不是五更，是下午五點半。你不會整我。」說著又雙手將咖啡遞了過去。

方孟敖望了他一眼，一手接過了咖啡，另一隻手向他一遞。

大門鑰匙！

「是！」郭晉陽目光大亮，雙腿一碰，唰地一個軍禮，接過鑰匙大步向門外走去。

剛走出方孟敖的房間，便聽他在外面大聲叫道：「起床！穿好衣服，執行任務！」

* * *

「辭職！老子現在就去北平市政府辭職！」馬漢山站在大坪上，向郭晉陽那些飛行員大聲嚷道，「帳可都在你們軍營，今後查不清，不要找我！」

嚷完，馬漢山轉身便向軍營大門自己那輛小車走去，兀自嚷道：「司機呢？死到哪兒去了！」

其實司機已經在他平時上車的一方打開車門候在那裡，人多擋住了視線，馬漢山自己走錯了一邊，接著又是一聲大吼：「司機死了！」

「局長，您走錯了，是這邊。」司機今天也來了氣。

「你明天就辭職吧！」馬漢山兀自胡亂撒氣，自己拉開這邊車門，鑽了進去。

那司機關了那邊車門，繞到車前也開始嘟囔：「大不了一家餓死，太難伺候了。」

望著馬漢山那輛車噴著尾氣開出營門，李科長、王科長對望了一眼，兩人幾乎同時：「走吧。」

撂下了一長條桌子的糧單收條，民食調配委員會那群人向停在營門外的兩輛大車走去。

學生會的代表鼓起了掌。

不知誰帶的頭，學生們歡快地唱了起來：

兩隻老虎，兩隻老虎，跑得快，跑得快！

一隻沒有尾巴，一隻沒有耳朵，真奇怪，真奇怪！

「同學們！」學生會負責的那個男學生喊住了大家，「趕快幫忙把糧單收據都封存起來！」

學生會的代表們這才奔到長條桌邊去收整糧單收據。

學生會負責的男學生和何孝鈺低聲商量了幾句。

何孝鈺又低聲跟謝木蘭低語了幾句。

謝木蘭立刻把女同學們都召集了起來。

一群女學生站好了，齊聲向郭晉陽那些飛行員：「我們燕大學生會，代表東北的同學和北平各大學的同學，真誠邀請你們青年航空服務隊參加我們今晚的聯歡會。感謝你們站在人民的一邊！」

郭晉陽他們笑著互望了一眼。

郭晉陽：「這可得我們方大隊長同意。」

「我們去邀請！」謝木蘭已經跳了起來，「我和何孝鈺同學現在就去向你們隊長發出最真誠的邀請！」

「我看行。」郭晉陽望向那個學生會負責的男學生，「隊長的房間小，就她們兩個去吧。」

學生會負責的男學生：「何孝鈺同學，謝木蘭同學，這可是我們廣大學生的願望。」

又是謝木蘭：「放心吧。他不去，我們兩個一邊一個也把他拉去！」

郭晉陽目示其他飛行員留下，一個人領著謝木蘭和何孝鈺向營房走去。

* * *

何其滄家就剩下梁經綸一個人了，他必須使用何其滄這部可以打到南京教育部的電話。

門緊關著，窗也緊關著，梁經綸飛快地搖動電話柄：「這裡是燕京大學何校長家，有急務，請務必接通顧維鈞大使宅邸二號樓國防部曾督察房間！」

電話還真接通了，可發出的卻是隱隱約約的悶響。

原來，為了讓曾可達睡一覺，那部電話被坐在旁邊的副官用厚厚的幾層毛巾包裹了起來。悶響了兩聲，那副官隔著毛巾立刻拿起了話筒。

對方的聲音也因為話筒被毛巾包著特別微弱：「請問是國防部曾長官房間嗎？」

那副官望了一眼牆上的鐘，把聲音壓到最低：「哪裡來的電話……聽好了，曾將軍正在處理急務，除了南京的電話，所有別的電話七點以後再轉來！」

那副官等對方掛了電話，才將話筒擱回話機，用毛巾重新將整個電話包裹起來。

接著，那副官躡手躡腳地走到客廳連接臥房的門邊側耳聽了聽，直到感覺曾可達沒被吵醒，這才放心地又走回電話機旁坐了下來。

梁經綸兀自拿著話筒貼在耳邊閉著眼一動不動，漫長的十秒鐘還是二十秒鐘，他絕望地放下了話筒倏地站了起來，快步向門口走去。

＊　＊　＊

軍營營房內方孟敖房間。

何孝鈺和謝木蘭顯然把該說的話、該講的道理都說完了，這時都在靜靜地望著方孟敖，等他一句同意。

方孟敖從一個既印著中文又印著英文的鐵盒裡拿出了兩塊巧克力，一塊遞給站著的謝木蘭，一塊遞給端坐在椅子上的何孝鈺：「吃糖。」

「你到底去不去？不答應我可不吃你的糖。」謝木蘭將接過的糖又向方孟敖一遞。

方孟敖拿回了她遞過來的糖：「你不吃就都給她吃。」說著把這塊糖也拋給了何孝鈺。

謝木蘭一下躍起，從身後躍到了方孟敖的背上，抱住他的脖子：「你一定要去，你必須去！」

方孟敖讓她在背後騎著：「我的衣服可是很髒了。」

謝木蘭：「我不管，你反正得去。」

方孟敖：「那你就趴在我背上吧。」竟然負著謝木蘭輕鬆地走到臉盆架前，逕自洗起臉來。

何孝鈺的目光迷離了。

——她眼前浮出了在謝木蘭房間那個紳士般的方孟敖，浮出了那個對自己有些拘謹的方孟敖。目光再望向眼前的方孟敖時，儼然完全不同的兩個人。謝木蘭在他眼裡只是個小孩，自己在他眼裡也只是個小孩。

緊接著更讓何孝鈺吃驚的景象出現了。

方孟敖背負著謝木蘭洗了臉，放下毛巾，竟然當著自己從前面皮帶裡扯出了掖著的襯衣，一粒一粒解開了釦子，露出了壯實的胸肌和腹肌：「下來，先給我把衣服洗了。」

「你答應了？」謝木蘭一聲喜叫，跳了下來。

方孟敖已經脫了襯衣，露出了健壯的上身：「你洗得乾淨嗎？」

「他答應了！」謝木蘭搶過大哥手裡的襯衣，笑望著何孝鈺又叫了一聲，便將襯衣放進那盆水裡。

很快，謝木蘭感覺到了什麼，又望向何孝鈺。

何孝鈺的目光轉望向了房門外，沒有喜悅，露出的是極不自然。

謝木蘭又轉身去望大哥。

方孟敖竟彎下腰在另一個裝著水的鐵桶裡用另一塊毛巾在擦洗上身。

謝木蘭慢慢把手從臉盆裡縮了回來，望著何孝鈺，輕聲叫道：「孝鈺。」

何孝鈺的眼前這時浮現的已經是梁經綸長衫飄拂的溫文爾雅，和他憂鬱深沉的眼神。

「孝鈺。」謝木蘭又叫了一聲。

何孝鈺這才轉過身來，臉轉過來時，飛快地掠過光著上身的方孟敖，直接望向謝木蘭。

謝木蘭：「他這衣服領子也太髒了，我可洗不乾淨……來幫幫我吧。」

「不行。」方孟敖仍然彎腰背對她們在擦洗著，「你是我妹，人家可是客人。」

「那你還當著人家不講禮貌！」謝木蘭脫口而出。

「什麼不講禮貌？」方孟敖站直了，轉過身來，望了一眼謝木蘭，又望向何孝鈺。

何孝鈺不再迴避，迎向他的目光。

謝木蘭反而愣在那裡。

方孟敖將擦洗上身的毛巾扔進桶裡，從牆上掛鉤上取下了另一件乾淨的襯衣，一邊穿著一邊走向何孝鈺：「怎麼不吃糖？」

「方大隊長，我們是燕大學生會的代表。」何孝鈺慢慢站了起來，「不是來吃糖的小孩。」說著將手裡的兩塊巧克力輕輕放在桌上。

方孟敖立刻拿起一塊塞進嘴裡：「那我是小孩吧。」

何孝鈺又被他弄得一愣。

方孟敖嚼著糖已經走向了謝木蘭：「讓開吧。一九三七年『八一三事變』後，我自己的衣服就都是自己洗。」

「你不會是又變卦不去了吧？」謝木蘭緊緊地攥著臉盆裡的襯衣，睜大眼望著大哥。

何孝鈺的心震了一下！

——童年時那個曾經呵護過自己的小哥哥，眼前這個既是國民黨王牌飛行員又是黨內特殊黨員的大哥哥，一個充滿了傳奇魅力的性格男人——複雜地重疊在了一起。

她似乎明白了，其實還是不明白自己剛才為什麼會出現的在意。唯一明白的是自己的任務。她立刻站起來，走了過去：「木蘭，讓我來洗。」

「好啊！」謝木蘭立刻讓開了。

何孝鈺站到了臉盆邊，撈起了襯衣，又拿起了衣架上的肥皂。

「放下吧。」方孟敖居然毫不解人意，「我說了，我自己的衣服從來不叫別人洗，包括跟我的勤務兵。」

「我代表東北的同學和北平的同學幫你洗行不行？」何孝鈺一手拿著濕衣，一手拿著肥皂僵停在那裡。

「扯淡。」方孟敖竟吐出了兵話，「我的衣服跟東北同學、北平同學有什麼關係？」

「哥！」謝木蘭氣急了，大叫了一聲。

何孝鈺什麼時候受過這樣的委屈，左手拿著他的濕衣，右手已經快拿不穩那塊滑溜的肥皂了。

方孟敖佯裝不解地望向又氣又急的謝木蘭：「我說你們今天是怎麼了？」

謝木蘭跺了一下腳：「你太過分了！」

方孟敖一臉的疑惑，把目光轉望向臉盆旁的何孝鈺：「我沒有任何別的意思，就是從來不喜歡人家強迫我同意自己不願意的事情。」

何孝鈺這時可不能露出任何自己因委屈而想哭的聲調，盡力平靜地說：「你是說我們強迫你去開聯歡會，還是說我們強迫要給你洗衣服？」

方孟敖沉默了一下：「現在說的是洗衣服。」

「那我代表方媽媽給你洗行不行！」何孝鈺這句話不啻石破天驚！

方孟敖愣住了。

何孝鈺轉過了頭緊望著方孟敖：「『八一三』方媽媽和我媽是同一天遇難的，我媽要是在，她給你洗衣服你也這樣說嗎？」

「對不起。」方孟敖輕輕地說出了這三個字，緊接著又用英語複述了一遍，「Sorry！」

何孝鈺再不理他，肥皂開始在襯衣領上擦了起來，兩點淚星再也藏不住，在兩眼閃爍出來。

——今天是怎麼了？從來不為任何男人而流的眼淚，一天之間為什麼會為兩個男人湧出？

「他們都是我的同志……」何孝鈺也不知道自己為什麼會在這個時候在心裡不斷地重複著這句話。她竭力控制自己不能再為這個男人掉下眼淚。可搓著衣領，淚珠怎麼也控制不住，一滴一滴濺在水裡。

＊　＊　＊

滿頭大汗的一輛自行車從燕大向軍營方向踏來。

騎車的是那晚曾經護衛過曾可達的特務學生之一，車後載的是梁經綸。

車輪到了通向軍營的岔路口猛地剎住了，梁經綸從後座跳了下來。

「你立刻以最快速度趕到顧大使宅邸，直接報告曾將軍，今晚的聯歡會開不成了。」梁經綸這時才向那個特務學生交底。

「聯歡會開不成了？」那個特務學生一臉愕然，「這怎麼可能？我怎麼向曾將軍解釋……」

「我會解釋。」梁經綸撂完這句話，快步向右邊通向軍營的大路走去。

那輛自行車猛地一踏，後座沒了人，飛快地向前奔去。

＊　＊　＊

「集合！集合！」郭晉陽從營房出來一邊大聲喊著，一邊吹著口哨。

飛行員們立刻從學生群中奔了出來排成了兩排。

郭晉陽也站進了佇列。

這是方大隊長要出來了。

學生們都興奮緊張得屏住了呼吸，一齊望著營房的大門。

方孟敖就穿著一件襯衣，從營房門走了出來。

緊跟著的是謝木蘭，心裡異常雀躍，卻又不能露出得意的神態，低著頭兩步趕上方孟敖的一步，走得反而慌亂了。

「方隊長好！」學生們顯然有人指揮，這一聲叫得十分整齊響亮。

方孟敖本是要走向飛行員佇列的，被學生們這一聲問好，不得不停了一下腳步，轉而走向學生。

「方隊長好！」
「方隊長！」
「方隊長！」
望著走近的方孟敖，學生們這一次自發的問好反而叫得不整齊了。尤其是女同學們，甚至發出了顫聲。
剛才還雄風勃勃，現在方孟敖反而露出了一絲羞澀，站在那裡回頭來找謝木蘭。
謝木蘭這時笑了：「同學們都問你好呢，快回答呀！」
方孟敖低聲問道：「我怎麼回答？」
謝木蘭：「你就說同學們好嘛。」
「又不是檢閱，扯淡。」方孟敖回了謝木蘭這句，才轉望向好幾十張興奮激動的面孔，「同學們都餓了嗎？」
好些人反而愣住了。抗日的王牌飛行員，不炸開封的人民英雄，回答的竟是這樣一句家常話？
「餓了！」學生群中冒出了一個男生實在的聲音。
「早就餓了！」緊跟著好些男生都說出了實在的聲音。
「陳長武，邵元剛！」方孟敖轉頭向飛行員佇列喊道。
「在！」陳長武和邵元剛大聲答著出列。
方孟敖：「開飯的時間也到了。你們去炊事房，把所有的饅頭稀飯都搬到這裡來！」
「是！」陳長武、邵元剛大聲應著，向營房隔壁的炊事房小跑著去了。
好幾十名學生反而都沉默在那裡。
學生會那個負責的男同學出來了：「請問方隊長，你們去參加我們的聯歡會嗎？」

無數雙眼都望向方孟敖。
其實謝木蘭已經在方孟敖背後向好些女同學笑著點頭了。
所有的眼還是在望著方孟敖，等他親口回答。
方孟敖：「幹什麼都沒有吃飯大。不一定能吃飽，我請大家先吃飯。」
說話間但見一摞小山般的大屜籠從營房那邊過來了！
陳長武一個人捧著八層屜籠走在前面，屜籠冒過頭頂，只見兩腳，不見人身。
邵元剛則挑著一擔粥跟在後面，一手扶著扁擔，一手還提著一個裝滿了碗筷的籮筐。
兩人一前一後向學生們這邊走來。
屜籠很快在長條桌上一層一層擺開了，露出了一個一個白麵饅頭！
饅頭上的熱氣彷彿變成了無數個鉤子，鉤住了學生們的眼睛。
方孟敖心一酸，扭頭問陳長武：「有多少個饅頭？」
陳長武：「報告隊長，一共八十個。」
方孟敖只轉頭向學生群掃望了一眼，便精確地說出了學生的人數：「六十七個同學，加上裡面的一個，每人一個都不夠……」說到這裡他沉默了一下，「我這個客請得寒磣啊。」
郭晉陽緊接著插話了：「報告隊長，我們二十個人每人半個，隊長一個，同學們每人一個，還能剩下一個！」
一片沉默。
學生會那個負責的同學站出來了：「方大隊長……」
「知道他是誰嗎？」方孟敖知道學生要說什麼，立刻打斷了他，望了一眼郭晉陽，大聲把話岔開，「他是有名的老西！祖上開過好幾代的票號，帳算得很精，也算得很好。我們今天就都聽他的吧。同學們要是看得起，就每人幫我們吃一個饅頭！就這樣了。男同學自己拿。郭晉陽，女同學由你們挨個送。一定要送到她們手裡。還有粥，勻著分！」

「是！」二十個飛行員這一聲答得分外響亮。

方孟敖突然掉轉頭向營房那邊一個人走了過去，眼裡噙著淚花。

＊　＊　＊

謝木蘭一手拿著兩個饅頭，一手端著一個帶把的白搪瓷杯，滿滿的一杯粥，小心翼翼地走進了方孟敖房間，先將那杯粥小心地放在了桌上：「用餐了！」接著向窗口的何孝鈺走去。

「用什麼餐？」何孝鈺正在窗口將已經洗好的襯衣用衣架掛好，回頭看見謝木蘭遞過來一個饅頭。

謝木蘭：「我大哥把他們的晚餐都分給同學們了。每人分了一個，他們只能每人吃半個了。好些同學都感動得掉淚了。」

何孝鈺望著那個饅頭，聽著謝木蘭的話，目光愣在那裡。

謝木蘭：「請用餐吧，公主。」

「你叫我什麼？」何孝鈺臉一沉，依然用手理著濕襯衣上的皺紋，「有給大兵洗衣服的公主嗎？」

謝木蘭回道：「當然沒有。可是給王子洗衣服呢，公主？」

「你說什麼？」何孝鈺手裡撣著濕衣，目光望向了窗口。

謝木蘭將饅頭從她身後遞到她的面前：「真的不高興了？」

何孝鈺乾脆不接言了。

「啊，洗得好乾淨呀！」謝木蘭琢磨不透何孝鈺這時的心態，只好轉移話題。可話題仍然沒有轉移。

何孝鈺仍然望著窗外，沉默了少頃，才慢慢轉過身來，沒有去接謝木蘭伸在面前的饅頭，而是深深地望著她的眼：「答應我一句話，就算我求你了。好嗎？」

謝木蘭只好點了下頭。

何孝鈺：「記住了，你的大哥，也是我的大哥。永遠是我們的大哥。」

失望立刻浮了上來，謝木蘭還是忍住了：「他本來就是我們的大哥。」

何孝鈺帶著一絲歉意從她手裡拿過了那個饅頭：「要不我們再立一個約定，新中國不成立，我們都不嫁人。好不好？」

謝木蘭緊緊地盯著何孝鈺：「也不許愛上別人？」

何孝鈺望著謝木蘭那雙剪不斷理還亂的眼睛，不知該怎樣回答她。

謝木蘭：「做不到吧？」

何孝鈺真不知道該怎樣回答她了。

謝木蘭偏緊緊地盯著她的兩眼。

急促的腳步聲傳來了，兩人這才得以都把目光望向門口。

郭晉陽領著學生會的那個男同學出現在門口。

那個男同學：「梁先生來了！你們快出去吧。」

兩個人同時一愣，互望的眼神先是都閃出了驚疑，接著都同時迴避開了相互間的對望。

「梁先生怎麼會到這裡來？」謝木蘭緊望著那個男同學。

何孝鈺也緊望著那個男同學。

那個男同學：「聯歡會可能會取消，都快出去吧。」

何孝鈺和謝木蘭走出營房的門又都愣住了。

梁經綸顯然是剛跟學生會的同學們談完，正轉身慢慢向站在另一邊的方孟敖走過去。

兩人之間約有五十米的距離。

學生會的同學全站在接近營門的一邊，飛行大隊的隊員們都站在營房的這一邊。兩個方陣之間，便是一塊空坪。

梁經綸徐徐向方孟敖走過來的身影。

方孟敖獨自挺立在那裡的身影。

何孝鈺的眼睛。

謝木蘭的眼睛。

——出於一般的禮貌，她們的幻覺中方孟敖也應該迎上前去……

「立正！」方孟敖洪亮的一聲口令，把她們從幻覺中喚回到現實中。

剛才還散站著的飛行員們立刻整好了隊。

方孟敖這時才大步向梁經綸迎去，並且伸出了手。

梁經綸也伸出了手。

兩個男人的步伐，兩隻伸出的手在逐漸接近。

# 第十六章

青年航空服務隊軍營大坪。

方孟敖的手握住了梁經綸的手。

梁經綸的手握住了方孟敖的手。

方孟敖的目光望向了梁經綸的目光。

而當梁經綸的目光也望向方孟敖的目光時，儘管早已做好了迎接這雙目光的準備，這時心裡還是一震。對方兩眼的瞳仁竟然在慢慢縮小，慢慢縮成兩點精光！

梁經綸被外力強加的壓迫感這時更重了。自己完全是在不恰當的時候、不恰當的場合，與這個不應該見面的男人見面了。面對這兩點越來越亮的精光，身後的學生會，尤其是何孝鈺那驚愕疑惑的目光現在都不能想了。嚴春明以及嚴春明背後的城工部，曾可達以及曾可達背後的鐵血救國會，現在也都不能想了。自己必須全力面對的是方孟敖這時投來的那雙前所未見的目光！

「他是不是共產黨？」

方孟敖那在天空中憑著黑點就能分辨敵機友機的眼這時聚成的精光，化成了兩道穿透線，穿進了梁經綸的瞳仁！

——梁經綸的瞳仁竟是如此的深邃，那架方孟敖試圖分辨的「飛機」在他的瞳仁中若隱若現。

慢慢地，那架「飛機」清晰了，沒有任何圖示，卻漸漸地向自己靠近，飛到了自己這架飛機的一側，平行地飛著，就像自己的僚機，緊密配合自己飛向前方。

方孟敖握住他的手下意識地緊了一下。

——可就在這時，方孟敖眼中梁經綸那架「僚機」突然改變了位置，飛到了自己這架飛機的上方，飛到了自己的前側。剛才還被自己視為「僚機」的對方變成了自己的「長機」，自己反倒變成了他的「僚機」。

這種突然的感覺變化，讓方孟敖立刻回到了現實中。原來他從對方的目光中看到了他難忘的另外兩個人的眼神：

——崔中石第一次握住自己手時的眼神：讚賞的眼神，關愛的眼神，無比信任的眼神！

——林大濰走出法庭向自己敬禮時望向自己的眼神：讚賞的眼神，關愛的眼神，無比信任的眼神！

崔中石不見了，林大濰不見了。

——眼神依舊，面前的人卻是梁經綸。

「共產黨？」這個聲音立刻在方孟敖的心底響起！他的頭慢慢轉向學生人群，目光立刻搜尋到站在那裡的何孝鈺，還有謝木蘭，詢望向她們。

何孝鈺的神態顯然有些緊張，而且有些奇異，她既不看自己，也不看梁經綸，只是出神地望著地面。

謝木蘭倒是毫不掩飾自己興奮欣喜的神情，望了一眼大哥投來的目光，接著緊緊地望向梁經綸。

方孟敖似乎得到了答案，但顯然不是確切的答案。他再轉過了頭望向梁經綸時，握他的那隻手更緊了一下。

同時，梁經綸也將他的手更緊地握了一下。

——剛才短暫而漫長的握手和對望，此人身上所透露出來的陽剛，和他那雙較鷹隼更銳利又比孩子還澄澈的眼睛，使梁經綸很快找到了概括這位傳奇人物最為準確的四字判斷：「唯精唯一」！因「唯精」故，任何個人的利害得失都休想試圖改變此人的執著；因「唯一」故，任何複雜的設計和布局在這個人面前最終都將成為簡單。他似乎突然明白了建豐同志重用這個人的深層奧祕，他覺得自己比曾可達更加理解了建豐同志的高明——像共產黨那樣用他的執著，用他的簡單。只要讓他相信，一切都是為了人民，這個人就會「唯精唯一」！

基於這種準確的判斷，梁經綸知道，正是自己長期磨礪而自然流露的中共地下黨這重身分取得了對方的好感。他謹慎地也是最合理地打破了沉默：「久仰，幸會。」

「梁先生，請跟我來。」方孟敖沒有寒暄，鬆開了握他的手，陪著他向飛行員們整齊的隊伍走去。

兩排飛行員同時投來注目禮。

「敬禮！」方孟敖一聲口令。

飛行員們的注目禮加上了舉手禮。

「放下！」方孟敖又一聲口令。

飛行員們整齊地放下了手。

方孟敖望向飛行員們：「知道今天發糧為什麼叫你們都睡覺嗎？很簡單，我們都不懂經濟。就像平時飛行訓練，不懂就不能上天。但是有人懂，比方今天幫我們監督民調會那些人發糧的同學們，他們就是學經濟的。現在我給大家介紹一個最懂經濟的人。」說到這裡他鄭重地請梁經綸向前走了一步，「燕京大學經濟系梁經綸教授，我國著名的經濟學專家何其滄先生最好的學生，倫敦經濟學院的博士！我們平時沒有機會讀書看報，因此不知道，前年還有去年許多揭露孔家和宋家經濟貪腐的文章就是他寫的！」

飛行員們立刻報以熱烈的掌聲！

站在那邊的學生們也跟著熱烈地鼓起掌來！

謝木蘭的兩手鼓得比風扇還快，可當她突然想起望向身旁的何孝鈺時，發現何孝鈺卻只是輕輕地在跟著鼓掌。

謝木蘭下意識地放慢了鼓掌的速度和力度，臉色也沒有剛才興奮了。

方孟敖等大家的掌聲慢慢小了，大聲地接著說道：「現在我得告訴你們兩個消息。一個你們不高興的消息，一個你們高興的消息。」

飛行員們都肅靜了。

學生們也都肅靜了。

方孟敖：「不高興的消息就是今晚的聯歡會不開了。理由很簡單，北平還有那麼多民眾在挨餓，北平的老師學生也還有那麼多人在挨餓，沒有什麼值得聯歡的。」

飛行員們很多人都顯露出了失望。

學生們中也有很多人顯露出了失望。

「高興的消息就是，同學們給我們請來了梁教授。」方孟敖緊接著說道，「我代表我們整個大隊，歡迎梁教授給我們講一講，怎麼去查北平那些貪腐的經濟案子。」說著他九十度腳步一轉，筆直地向梁經綸舉手敬禮。

二十個飛行員緊跟著整齊地敬禮。

梁經綸不得不向這支敬禮的隊伍報以微微的一躬，直立後卻沉默在那裡。

無數雙眼睛在等著聽他說話。

＊　＊　＊

「誤黨誤國！」曾可達一聲咆哮，失控地抓起桌上一樣東西狠狠砸向地面。

厚厚的地毯上，那個被砸的物件竟然迸然飛濺，全被砸成了碎片，可見曾可達這一砸之震怒！

那個前來報告的特務學生臉色嚇得煞白。

曾可達的副官懵在那裡。

一砸之後，曾可達自己也似乎驚寤過來，望著地面的碎片，被自己砸碎的竟是準備送給方步亭的那套紫砂茶具中的一個杯子！

驚寤過後，他的目光慢慢望向恭敬地擺在桌面上的那套紫砂茶具——已經不全的三個杯子和那把無法用價值衡量的竹梅紫砂茶壺。

那把茶壺慢慢大了，在曾可達的眼裡越來越大。

茶壺上的字一個一個清晰地逼向曾可達的眼簾：

虛心竹有低頭葉　傲骨梅無仰面花

蔣先生經國清賞　宜興范大生民國三十六年敬製

接著，茶壺上慢慢疊現出來的已經是建豐同志坐在辦公桌前巨大的背影！

曾可達失神地愣在那裡。

接著，但見他慢慢蹲了下去，一條腿跪在地毯上，一片一片地去拾那只碎杯的殘片。

緊張地站在一旁的副官和那個特務學生這時想去幫他收拾碎片又不敢，而見他一個人撿拾碎片又極輕極慢，兩人微微碰了一下眼神。

牆上掛鐘的秒針發出了又快又響的聲音。

「長官。」那副官知道情況緊急，刻不容緩，冒著挨訓，也必須喚醒曾可達了。

「嗯。」曾可達慢慢抬起頭望向那副官。

那副官：「今晚的聯歡會取消了，是不是應該立刻通知……」

「分頭通知吧。」曾可達這才感覺到了自己此時的失態，嗓音有些沙啞，「你們都去，立刻取消行動，不能有一個人再去燕大。」

「是。」那副官低聲答著，向那個還噤若寒蟬的特務學生使了個眼色，帶著他向門口走去。

「這只杯子怎麼會碎了呢……」曾可達已經拾完了最後一塊碎片，站了起來，突然說道。

副官和那特務學生走到門口又停了下來，慢慢轉過了身。

曾可達望著捧在掌心裡碎杯的殘片：「我問你們了嗎？去吧。」

「報告長官，」那副官沒有「去」，而是毫不遲疑地接道，「是屬下剛才不小心將杯子摔碎了，屬下願意接受處分。」

曾可達的目光慢慢投向那副官，望了一眼，又望向那個特務學生。

那個特務學生立刻說道：「這不能怪李副官，是我遞過去時不小心掉的。」

曾可達輕搖了搖頭：「這只杯子是我掉在地上摔碎的，你們用不著以這種態度掩飾上司的過錯。記住，任何時候都要以精誠面對黨國、面對領袖。」

「是！」兩個人這聲回答顯得有些軟硬都不著力，整齊地轉身走出了門外。

曾可達將那些碎片放進了自己的軍裝口袋，先是快步走到門口把門關了，然後立刻走向電話，拿起話筒急速搖動起來：「立刻接南京國防部預備幹部局，二號專線！」

＊　＊　＊

青年航空服務隊軍營大坪。

「我非常感謝你們方大隊長的關心。」梁經綸望著飛行員們那二十雙真誠的眼，十分真誠地說道，「真有人要抓我坐牢槍斃，也和任何黨派無關。聞一多先生不是任何黨派，李公樸先生也沒有任何黨派，他們還是被無恥地暗殺了。人民不希望他們死，所有在野的各黨派都不希望他們死，就連執政的國民黨內許多有良知的人也不希望他們死，可誰也沒能救得了他們。何況我遠不能跟聞先生、李先生相比，我和你們一樣，是痛心四億五千萬全國同胞正在受著戰爭、腐敗苦難的一分子。我不懂政治，更不懂軍事。但有一點我懂，為什麼經歷了八年抗戰以後我們這個民族還要發動內戰！戰爭這種政治的最高表現形式背後到底代表了誰的利益。我是個學經濟的，從經濟學的角度，我只能說這一切都與經濟利益有關！有感於方大隊長的真誠，有感於你們到北平後尤其是今天為人民所做的事情。我願意將自己有限的認識向大家做一簡單的報告。」

「梁先生，請稍等一下。」方孟敖禮貌而莊嚴地打斷了梁經綸。

梁經綸轉望向身旁的方孟敖。

方孟敖發自內心向他尊敬地一笑，然後轉望向謝木蘭：「木蘭同學，桌子上有紙，請你幫我們把梁先生的話記錄下來。」

「好！」謝木蘭興奮地大聲回答，立刻奔向還堆著包紮好的帳簿收條的那些條桌，一邊對學生會的兩個男同學說道，「幫幫我，抬一張桌子過去。」

謝木蘭拿起了桌子上的一疊紙，抽出了身上的鋼筆，快步走向梁經綸。

兩個男同學立刻抬起了一張桌子跟著她走去。

＊　＊　＊

顧維鈞宅邸曾可達住處。

「是。建豐同志。」曾可達低聲答了這一句，然後說道，「是我低估了中共地下黨的能力。這件事也進一步證實了您所說的『一次革命，兩面作戰』的艱難。可是我必須向您報告，通過到北平這幾天的觀察，我發現梁經綸同志身上有許多危險的傾向……報告建豐同志，那還不至於。我所說的危險傾向，就是這個人身上有太多的自以為是。正因為他的這種自以為是破壞了組織的行動，而且很有可能引起中共北平地下黨對他的懷疑。發展下去，不排除中共地下黨抓住他的把柄使他真正成為反黨國的中共間諜之可能！」

＊　＊　＊

青年航空服務隊軍營大坪。

這裡的梁經綸已經進入到忘我的演講狀態：「現時國家所謂的金融機構，包括四行、兩局、一庫、一會。四行就是中央銀行、中國銀行、交通銀行、農民銀行，而核心是中央銀行。兩局是國民政府的中央信託局和郵政儲金匯業局。一庫是中央合作金庫。一會是全國經濟委員會。這四行兩局一庫一會擁有一千一百七十個單位，職員兩萬四千多人。就是這一千多個機構，兩萬多人，把握著全中國的財產。可是國民政府的總預算上卻沒有他們的科目，財政金融主管部門裡竟沒有他們的案卷，主持審計的機關裡沒有他們的記錄，考試銓敘的機關裡沒有他們的影子。為什麼呢？因為在暗中操縱掌握這八個行局庫會的二十個人，全都是高居在國民政府各個部委之上的要人！換句話說，也就是這二十個人，掌控著國家整個的財政金融大權和全體人民的命脈，決定著國家和全體人民的命運！」

所有的飛行員都聽得驚在那裡。

學生會那些同學也全都熱血沸騰地配合著他這時的停頓。

最為激動也最為著急的是謝木蘭，她在飛快地記著，臉上已經滲出了汗珠。

有一雙眼睛卻在深深地望著方孟敖，那就是何孝鈺。她發現方孟敖的臉上顯出了從來沒有的凝重，他的眼中出現了從來沒有的深思。她在關注著方孟敖接下來可能有的動作。

果然，方孟敖先望了望謝木蘭：「都記下來了嗎？」

「記，記下來了……」謝木蘭終於記完了最後一句話，長出了一口氣，抬起滿臉是汗的頭，回答方孟敖。

方孟敖也同時緊望向梁經綸：「請問梁先生一句話，你可以回答我，也可以不回答我。」

梁經綸：「請問。」

方孟敖，接下來卻只望著梁經綸，兩眼一動也不再動。

方孟敖：「梁先生剛才說的那二十個人，包不包括中央銀行駐各大城市分行的行長？」

二十個飛行員都是一愣。

何孝鈺也暗中一愣。

反而是最應該有反應的謝木蘭這時由於在出神地望著梁經綸，並沒有聽進去大哥這至關重要的一問。

——都知道，方孟敖這一問暗指的就是他的父親！

梁經綸當然明白，明確地答道：「不包括。中央銀行駐各大城市分行的行長，只不過是這八個行局庫會一千一百七十個機構的理事或者監事而已。他們為這二十個人和他們的家族賣命，卻還掌握不了國家和人民的命脈。」

「謝謝梁先生的解答。」方孟敖的臉上沒有流露出更多的表情，「請梁先生繼續講。」

* * *

這裡的曾可達臉色卻變了，驚愕地站在那裡，聽著建豐同志遠在南京的訓話。

話筒裡建豐那帶著浙江奉化口音的聲音非常清晰：「我必須提醒你，可達同志，現在你身上自以為是的傾向遠遠超過梁經綸同志。」

「是。」曾可達不得不答道。

話筒裡建豐的聲音：「我說的『用人要疑』不是你這樣子的理解。如果我們對自己忠誠的同志每個人都懷疑，最後自己就會成為孤家寡人！告訴你，我在用你的時候，就從來沒有懷疑過。」

「是。」曾可達這一聲回答顯然喉頭有了一些哽咽感。

話筒裡建豐的聲音：「你現在在北平全權代表我，你的每一個行動、每一句話，乃至每一個念頭，所產生的後果都將是超出你本人職權的後果。關於梁經綸同志，我現在就明確答覆你，他在中共組織內部所能發揮的作用，尤其是即將推行幣制改革所能發揮的作用，是別的同志都不能取代的，也不是你所能取代的。他不只是我們組織內最為優秀的經濟人才，也是能夠應對各種危險考驗的政治人才。你現在的任務很多，其中最重要的任務之一，就是保護好兩個人，用好兩個人。一個是方孟敖，還有一個就是梁經綸同志！」

「是……」曾可達答著，對方的話筒已經掛了。

＊　＊　＊

青年航空服務隊軍營大坪。

這時太陽已經有一半銜著西山，剩下的一半陽光恰好照射在梁經綸的身上，使他籠罩在光環之中：「就是這四行兩局一庫一會，在這二十個人的掌控下，打著商股的旗幟，披著國家的外衣，右手抓著政府，左手綁架人民，一腳踏在中國，一腳跨在外國。抗戰勝利後，我們整個中國的外匯儲備是五億美元，大家知道這五億美元其中有多少是中國政府的，有多少是中國人民的？我告訴大家一個數字，其中三億三千萬美元就是這二十個人的！」

二十個飛行員都激動地露出了憤慨的神情。

「今天的中國為什麼會有那麼多人民在挨餓？今天在你們這裡領糧的東北流亡同學就是一個縮影！五億外匯儲備，只有一億七千萬在政府的手裡，軍隊要開支，那麼多政府機關要開支，現在就連許多公教人員都已經不能養家糊口了。請問，還有什麼剩下的錢能夠用來救濟人民？就這點兒不得不拿出來救濟人民的錢，還有人要從饑餓的人民嘴中掏出去塞進他們的口袋！尊敬的方大隊長，尊敬的青年航空服務隊的青年朋友們，我今天來到這裡，不是阻止同學們用聯歡的形式感謝你們，而是因為我們還沒有到該聯歡的時候。同學們！」

梁經綸回頭掃望向學生會那些同學：「請大家和我一起代表北平兩百萬苦難的同胞，向他們鞠躬致敬！」說著他深深地鞠下躬去。

所有的學生都跟著向方孟敖和他的隊伍整齊地鞠下躬去。

「敬禮！」方孟敖一聲洪亮的口令。

二十一個人立刻回以軍禮。

梁經綸站直了身子，用他那最開始的眼神又深望了一眼方孟敖，緊接著竟一手撩起長衫一側的下襬，沒有說一句話徑直一個人向營門走去！

學生方陣還都低著頭在那裡深情地鞠躬。

飛行員方陣全都將手併在帽檐持久地敬禮。

整個儀式，就像是在送梁經綸一個人漸行漸遠地走去。

＊　＊　＊

建豐的電話早就掛了，曾可達卻依然站在電話機前，顯然是想了許久，終於又將手伸向了電話，搖動了專機：「請給我接南京國防部預備幹部局祕書值班室。」

電話很快接通了。

曾可達：「王祕書嗎？你好，我是曾可達。實在對不起，剛才向建豐同志的彙報還沒有說完。能否請你代我立刻請示……好，請記錄……」

稍等了片刻，對方做好了記錄的準備，曾可達開始用書面記錄的語速，公文報告的語氣說了起來：「中共北平城工部取消今天的聯歡會絕不是一次單純的政治行動，而是他們已經通過潛伏在我們經濟核心的那個人，察覺了黨國即將推行幣制改革的經濟行動計畫，察覺了建豐同志重用方孟敖及其大隊的重大意義，而且懷疑上了梁經綸同志。當務之急，是必須立刻解決中共潛伏在我們經濟核心的那個關鍵人物……對，就是方步亭身邊的那個崔中石……解決的最好辦法是通過方步亭的配合。因此我建議，我立刻去見方步亭，跟他攤牌，爭取他的配合。報告完畢……好，我等建豐同志的指示。拜託了。」

對方是將話筒擱在桌上的聲音。曾可達卻仍然將話筒貼在耳邊等著。

＊　＊　＊

青年航空服務隊軍營大坪。

許多學生這時才發現他們的梁先生已經不在了。

「梁先生呢？」首先大聲叫出來的是謝木蘭，她卻望向了何孝鈺。

何孝鈺避開了她的目光，和那些面面相覷的同學一道，都望向了方孟敖。

方孟敖卻沒有看任何人，一個人站在那裡。西山的太陽最後那一點兒紅頂都沉沒了，他的身影是那樣暮色蒼茫。

＊　＊　＊

「我是，我在聽。」曾可達的房間依然沒有開燈，他拿著話筒的身影和他對著話筒的聲音都顯得有些影影綽綽了，「請說建豐同志的指示。」

話筒裡王祕書清晰的聲音：「建豐同志指示，同意你去見方行長。」

「是。」曾可達大聲應道，接著又降低了聲調，「請說具體指示。」

話筒裡王祕書的聲音：「八個字，請記好了：動以真情，曉以利害。」

「我明白。請轉告建豐同志，我一定按他的八字方針執行！」曾可達雙腳一碰，儘管話筒對方的人是王祕書。

＊　＊　＊

青年航空服務隊軍營大坪。

天漸漸地暗了。方孟敖望了望站在那邊的學生們，又回頭望了一眼還整齊地排在那裡的飛行員們。

那邊的學生，這邊的隊員，這時都還能看出希望繼續留在一起的神情。尤其是有些飛行員，藉著暮色的掩護，目光直瞪瞪地望向那些女學生。

女同學們也都看見了這些投來的目光，有興奮面對的，有暗中互推的，也有因緊張而避開這些目光的。

而一直沒有看飛行員們的只有兩個人，都在出著神，一個是何孝鈺，一個是謝木蘭。

飛行員們的神情，還有女學生們的神情，尤其是何孝鈺和謝木蘭這時的神情，都被方孟敖一眼掃見了。他一破剛才一直的凝重，嘴角露出一絲笑容，轉向學生們大聲說道：「如果同學們願意，我想向你們提幾點請求。」

學生的目光都望向了學生會那個負責的男同學。

那個男同學大聲回道：「方大隊長請說，我們願意。」

方孟敖笑道：「我都還沒提，你們就願意了？」

這回是所有的學生：「我們願意！」

方孟敖：「那我就提了。男同學們請留下來幫我們把今天這些發糧的帳目收條整理出來。女同學們幫我們的隊員補課，將剛才梁先生的報告給他們說得更清楚些。願意嗎？」

「願意！」這個聲音竟是飛行員隊伍中好些人搶著喊出來的。

方孟敖的眼睒著瞥了過去，那些人又連忙收了口。

「我們願意！」這才是學生們齊聲發出的心聲！

「長武。」方孟敖望向佇列中排在第一個的陳長武，沒有叫他的姓，而且輕招了下手，這便是要說悄悄話了。

陳長武從佇列裡立刻走了過來：「隊長。」

方孟敖在他耳邊低聲說道：「管住這些猴崽子，我要出去一趟。等我上了車，再開營燈，讓他們活動。」說完便一個人向停在營門的那輛吉普走去。

佇列沒解散，學生們也就都還整齊地站在那裡，望著方孟敖一個人大步走向營門，也不知道他是要幹什麼。

就這樣在眾多沉默的眼光中，方孟敖上了吉普車，向那個對他敬禮的中尉軍官：「開門。」

那個中尉軍官一愣：「天都要黑了，長官不能一個人出去……」

「開門！」方孟敖臉一沉，汽車已經發動，而且向鐵門開去。

「開門，快開門！」那中尉軍官慌了，兩個士兵連忙拉開了鐵門。

方孟敖的吉普轟鳴著開了出去。

剛才突然走了一個梁先生，現在方大隊長又一個人突然走了。飛行員們還有學生們這才似乎驚悟過來，一齊望著越開越遠的吉普。

何孝鈺、謝木蘭這時才把目光都望向了對方。

何孝鈺的手伸了過去，謝木蘭將手伸了過來，兩個人的手悄悄地捏在了一起——浮現在她們腦海裡的竟然同是梁經綸和方孟敖白天的那一握！

「開營燈！」陳長武向門衛方向這一聲大喊，將何孝鈺和謝木蘭捏在一起的手驚開了。

緊接著營燈開了，是兩盞安在營房東西牆邊兩根高二十米水泥杆上的探照強燈。整個軍營又像白天一樣亮了。

陳長武這才轉對飛行員們大聲說道：「隊長有命令，由我指揮，執行活動！」

＊　＊　＊

咔的一聲，方孟敖的吉普駛到東中胡同街口停下了。

路燈昏黃，剛才一路開來都沒有打開車燈，這時方孟敖反而打開了吉普車的大燈。兩條通亮的燈柱，將那些站在明處的員警和站在暗處的便衣都照得身形畢現！

今晚帶著員警在這裡監視的竟是那個單副局長，可見徐鐵英對崔中石之重視。那單副局長儘管不知道這輛車是何來路，畢竟經歷豐富，明白大有來頭。被車燈照著臉仍然不忘帶點兒笑容走了過來：「請問……」

方孟敖仍然坐在駕駛座上，他也不認識這個人，但從他的警徽能看出和弟弟是同一個級別，待這個人走到了車邊將頭湊過來，立刻反問道：「出什麼事了嗎？」

那單副局長從剛才的亮光中適應過來了，他倒認識方孟敖，先是一愣，接著熱絡地叫了一聲：「方大隊長！」

方孟敖也回以笑容：「對不起，我們好像沒有見過。」

那單副局長：「鄙人姓單，跟方大隊長的弟弟同一個部門共事，忝任北平警察局副局長。在機場接徐局長的時候，鄙人見過方大隊長。」

「哦。」方孟敖漫應著，目光又掃向車燈照著的那些人，回到第一個話題：「單副局長，這裡出什麼事了嗎？」

那單副局長：「沒有啊。方大隊長發現了什麼情況嗎？」

方孟敖：「沒有事派這麼多人在這裡？還是單副局長親自帶隊。」

那單副局長早就知道這個主，今天是第一次照面，見他這般模樣，便知來者不善。明白對方的身分，也明白自己的身分，他自然知道如何應對：「戡亂救國時期，例行公事，例行公事。」

方孟敖：「正好。我要找一個人，跟國防部調查組的公事有關。單副局長既然在這裡，就請你幫我把這個人找來。」

那單副局長已經明白，又必須假問：「請問方大隊長找誰？」

方孟敖：「中央銀行北平分行金庫崔副主任。」

單副局長真是無賴：「崔副主任？他住這裡嗎？我去問問。」

方孟敖：「不用問了。東中胡同二號，從胡同走進去左邊第二個門。請你立刻把這個人找出來，我在這裡等。」

＊　＊　＊

方邸洋樓一樓客廳。

從來喜著中式服裝的方步亭，今晚換上了一身標準的西裝，頭臉也被程小雲修飾得容光煥發，不但看不出一絲病容，而且儼然一副留美學者的風采。

穿著軍裝便服的曾可達跟此時的方步亭一握手，兩人高下立判。

方步亭這一身裝束省去了一切中式禮節，將手一伸：「請坐。」

曾可達另一隻手裡還提著那盒茶具，按禮節，主人家中這時應有女主人或是陪同接客的體面人前來接下禮物，可目光及處，偌大的客廳內偏只有主客二人。

望著伸了手已自己先行坐下的方步亭，曾可達站在那裡幾不知何以自處，但畢竟有備而來，他仍然恭敬地站著，微笑道：「有件薄禮，可託我送禮的人情意很重，還請方行長先看看。」說著徑直提著那盒茶具走到了另一旁的桌子邊，將禮盒放在桌面上，自己恭敬地候著。

方步亭不得不站起來，卻依然沒有走過來：「對不起，忘記告訴曾將軍，方某替政府在北平從事金融工作，從不敢受人之禮。」

曾可達：「方行長之清廉謹慎，我們知道。今天這樣東西，與方行長的工作操守沒有絲毫關係。您必須接受。」

「必須接受？」方步亭的臉上掛著笑容，語氣已經表現出絕不接受。

曾可達：「至少，您得先過來看看。如不願接受我帶回去交還就是。」

曾可達的臉上也一直笑著，望著方步亭的眼卻灼灼閃光。

方步亭略想了想：「好，我看看。」徐徐走了過來。

曾可達打開了禮盒。

方步亭的眼中立刻閃出一道亮光，他是識貨的，脫口說道：「范大生先生的手藝？」

曾可達佩服的目光由衷地望向方步亭：「方行長真是法眼。這把壺按眼下的市價值多少？」

方步亭答道：「五百英鎊吧。折合眼下的法幣，一輛十輪卡車也裝不下來。曾將軍，能否不要說出送禮人的姓名，這件禮物方某絕不敢收。」

「那我就不說。」曾可達說著已經雙手捧出了那把壺，「只請方行長鑑賞一下。」將壺捧了過去。

方步亭仍然不接，可伸到眼前的恰恰是有字的一面，不由得他不驚。

——閱歷使然，職業使然，壺上的題詩以及製壺人的落款皆無關緊要，逼眼心驚的當然是「蔣先生經國留念」幾個大字！

接還是不接？

好在此時客廳的電話響了，方步亭得以轉圜：「對不起，我先接個電話。」

曾可達依然將壺捧在手裡，但已經能夠看出，方步亭走向電話的背影不再像剛才那樣矜持了。

方步亭拿起了話筒，微微一愣：「是，在這裡。」轉過臉望向曾可達，「曾將軍你的電話。」

電話竟然打到了這裡。曾可達也露出一絲驚訝，將壺小心地放到桌上，走過去接話筒時向方步亭做了一個歉然的表示。

才聽了幾句，曾可達面色立刻凝重起來，有意無意之間感受著背後的方步亭，低聲而嚴厲地回道：「方大隊長是國防部經濟稽查大隊的隊長，誰給你們權力說他不能見崔副主任……單獨接出去也是正常的，無論是你們，還是北平警察局，任何人不許干涉！」

曾可達右手已將機鍵輕輕按了，話筒卻仍然拿在左手，回頭見方步亭時，他已經面向門外，站在那裡，問道：「方行長，能不能在您這裡再撥個電話？」

方步亭：「當然可以。曾將軍說公事，我可以到門外等。」說著便要走出去。

「方行長。」曾可達立刻叫住了他，「已經喧賓奪主了，我說的事方行長完全可以聽。」

方步亭在門口又站住了：「曾將軍希望我聽？」

曾可達這才真正感覺到，從這個父親的身上活脫脫能看見他那個大兒子的影子，讓人難受。只得答了一句：「失禮了。」接著便撥電話。

方步亭的背影，身後被接通的電話。

曾可達：「鄭營長嗎？立刻帶一個班找到方大隊長，從東中胡同往西北方向去的。記住了，保持距離，只是保護方隊長和崔副主任的安全，不許干涉他們的談話。」

輕輕擱下話筒，曾可達這次轉回身，方步亭也已經轉過了身，而且正面望著他的眼睛。

＊　＊　＊

「我想知道什麼叫作四行兩局一庫一會。」方孟敖用最高的車速在戒嚴的路上開著。

崔中石坐在副駕駛座上，眼睛也是望著前方，兩人已經完全沒有了以前見面那種感覺：「中央銀行、中國銀行、交通銀行、農民銀行，叫作四行。中央信託局和郵政儲金匯業局，叫作兩局。一庫是中央合作金庫。一會是全國經濟委員會。」

方孟敖：「一共有多少單位？」

崔中石：「一千一百七十個單位。」

方孟敖：「控制這一千一百七十個單位的有多少人？」

崔中石：「共有一千一百七十個理事和監事。」

方孟敖：「你能說出這一千一百七十個人的名字嗎？」

崔中石慢慢望向了他：「是他們需要這一千一百七十個人的名冊？」

「哪個他們？」方孟敖仍然不看他，「我的背後已經沒有任何他們。如果你說的他們是指國防部預備幹部局，我就不問了。」

崔中石：「孟敖同志……」

方孟敖：「一千一百七十人的名字說不出來，那二十個人的姓名應該好記吧？」

崔中石沉默了少頃：「找一個地方停下來，我們慢慢談。」

方孟敖：「什麼地方，你說吧。」

崔中石：「去德勝門吧。」

方孟敖：「為什麼去那裡？」

崔中石望著前方：「當年李自成率領農民起義軍，就是從那裡進北京城的。」

方孟敖踏著油門的腳鬆了一下，車跟著慢了。

也就一瞬間，方孟敖的腳又踏上了油門：「那就去德勝門。」

＊　＊　＊

難得在北平的庭院中有如此茂密的一片紫竹林，更難得穿過竹林的那條石徑兩旁有路燈如月，照夜竹婆娑。

方步亭放慢腳步，以平肩之禮陪著曾可達踱進了這片竹林。

曾可達卻有意落後一肩跟在方步亭身側，以示恭敬。突然，他在一盞路燈照著的特別茂盛的竹子前停下了，抬頭四望那些已長有六到八米高的竹子：「方行長，這片竹子是您搬進來以前就有的，還是後栽的？」

方步亭也停下了：「搬來以後栽的。」

曾可達：「難得。方行長無錫老家的府邸是不是就長有竹林？」

方步亭望向了他：「是呀，少小離家，老大難回。三十多年了吧。」

曾可達：「慚愧，我離開老家才有三年。正如方行長的二公子今天在顧大使宅邸所說，三年前我還在老家贛南的青年軍裡做副官。」

方步亭這就不得不正言相答了：「我已經聽說了。小孩子不懂事，難得曾將軍不跟他一般見識。」

曾可達一臉的真誠：「方行長言重了。在您的面前，我們都只是晚輩。我的老家屋前屋後還有山裡也全都長滿了竹子。擱在清朝、明朝，我和方行長還有二位公子還可以算是同鄉。」

方步亭又不接言了，等聽他說下去。

曾可達：「江蘇、江西在清朝同屬兩江，在明朝同屬南直隸，都歸一個總督管。」

方步亭：「那就還要加上安徽。三個省歸一個人管，未必是好事。」

曾可達愣了一下，兩眼還不得不稚童般望著方步亭。

他在琢磨著面前這個宋、孔都倍加器重的人，同時更深刻咂摸出建豐同志為什麼要重用方孟敖來對付他父親的深層味道了──這個人實在太難對付。可再難對付，也必須對付。剛才是「動以真情」，現在該是「曉以利害」了：「我完全贊同方行長的見解。要是每個省或幾個省各自讓一個人說了算，那就成了分疆割據的局面。其結果便是亂了國家，苦了人民。中國只能是一個中國，那就是中華民國。中華民國只能有一個領袖，那就是蔣總統。在這一點上，同鄉不同鄉，我想不論是方行長還是方大隊長、方副局長，我們的觀點都應該一致。」

「我們的觀點不一致嗎？」方步亭一直擔心對方要攤出的底牌，看起來今天是要攤出來了。

曾可達：「可是有人特別希望我們的觀點不一致。」

方步亭緊緊地望著他，詢之以目。

「中共！」曾可達抬頭望著那盞路燈，「毛澤東在延安就公開揚言，都說天無二日，他偏要出兩個太陽給蔣委員長看看！」

對方既然已亮開底牌，方步亭唯一能堅守的就是淡然一笑：「曾將軍的意思，是我方某人認毛澤東那個太陽？還是孟敖、孟韋認毛澤東那個太陽？」

曾可達不能笑，笑便不真誠：「我剛才說了，天上只有一個太陽。毛澤東不是太陽，他也休想出第二個太陽。可是除了太陽，天上還有一個月亮。這個月亮在天上只有一個，照到地上便無處不在。方行長，我的話但願您能夠明白。」

方步亭收了笑容：「不太明白。曾將軍是在跟我說朱熹『月印萬川』的道理？」

曾可達：「方行長睿智。」

方步亭：「那我只能告訴曾將軍，我這裡沒有江河，也沒有湖泊，不會有川中之月。」

曾可達：「中共那個月亮，只要給一盆水，就能印出另一個月亮。」

方步亭：「我這裡有那盆水嗎？」

「有。」曾可達一字一頓地終於說出了那個名字，「崔中石！」

＊　＊　＊

前方約五十米便是德勝門，城樓上有部隊，有探燈，照夜空如白晝。

「誰？停車！」城門下也有部隊，值班軍官大聲喝令，帶著兩個頭戴鋼盔的兵走過來了。

方孟敖的車並不減速，仍然往前開了約二十米才猛地剎住。

跟著的那輛中吉普本與方孟敖的車保持著一定距離，反應過來再剎車時還是往前滑了好遠，在離方孟敖的車五米處才停住。

「下車吧。」方孟敖開車門下了車。

崔中石也打開那邊的車門下了車。

「哪個方面的？什麼番號？」守城門的值班軍官已經走近方孟敖和崔中石。

中吉普裡那個鄭營長帶著一班青年軍士兵也都跳下了車。

方孟敖走向那個鄭營長：「你們是來保護我的？」

「是。」那鄭營長只得尷尬地答道。

方孟敖：「那就去告訴他們番號。」

「是。」那鄭營長只得向值班軍官迎去。

方孟敖對崔中石：「這裡去什剎海最近要走多久？」

崔中石：「最北邊的後海十分鐘就能到。」

方孟敖：「這裡沒有什麼李自成，只有李宗仁和傅作義。去最近的後海吧。」

崔中石什麼也不好說了，帶著他往街邊一條小胡同走去。

「0001番號也不知道？」他們身後那個鄭營長在呵斥守城軍官了，「國防部知不知道？」

青年軍班長已經跑到鄭營長身後了：「報告營長，方大隊長去那條小胡同了。」

那鄭營長猛地轉身，將將看到方孟敖和崔中石的身影消失在胡同口，立刻說道：「跟上去，保護安全！」

* * *

農曆初七，上弦月約在一個小時後便要落山了。這時斜斜地照在後海那片水面，天上有半個月亮，水裡也有半個月亮。

兩個人隔著一個身子的距離站在後海邊，方孟敖望著天上那半個月亮，崔中石望著水裡那半個月亮。

「浮雲散，明月照人來。」方孟敖像是說給崔中石聽，又像是獨自說給自己聽。

崔中石慢慢望向了他。

方孟敖還在看月：「第一次到杭州機場你來見我，唱這首歌給我聽，像是剛剛學的。」

崔中石：「不是。見你以前我早就會唱，只是從來就唱得不好。」

方孟敖也望向了他，搖了搖頭：「唱得好不好和是不是剛學的，我還是聽得出來的。」

崔中石：「你乾脆說，到現在我還在騙你。」

「你為什麼要騙我？」方孟敖這一問反倒像在為崔中石辯解，「沒有這個必要嘛。」

崔中石：「真要騙你，就有必要。」

「什麼必要？」方孟敖從來沒有用在崔中石身上的那種目光閃了出來。

崔中石：「因為我本來就不是什麼中共地下黨。」

方孟敖猛地一下愣在那裡，望著崔中石的那兩點精光也慢慢擴散了，眼前一片迷茫。

崔中石接著輕聲說道：「因此，你也本來就不是什麼中共地下黨黨員。」

「快三年了，你跟我說的全是假話？」方孟敖眼中的精光又閃現了。

崔中石：「也不全是。」

方孟敖：「哪些是，哪些不是？」

崔中石：「我也不知道。」

方孟敖緊盯著他，沉默了也不知多久，突然說道：「把衣服脫了吧。」

崔中石：「什麼？」

方孟敖：「你曾經說過自己不會游水。脫下衣服，跳到水裡去。」

崔中石望著眼前這個曾經比兄弟還親的同志，心裡那陣淒涼很快便要從眼眶中化作淚星了。可他不能，倒吸了一口長長的涼氣，調勻了自己的呼吸，裝出一絲笑容：「要是我真不會游水，跳下去就上不來了。」

「你不會上不來。」方孟敖望他的目光從來沒有如此冷漠。

崔中石沉默著望向月光朦朧的水面，毅然轉過了頭望著方孟敖：「不管我以前說過多少假話，現在我跟你說幾句真話。在我家裡你也看到過了，我有一個兒子叫作伯禽，一個女兒叫作平陽。我以伯禽、平陽的名義向你發誓，下面我說的全是真話。」

方孟敖的心怦然一動，望他的目光立刻柔和了許多。

崔中石：「我不是中共地下黨，你也不是中共地下黨，這都無關緊要。可當時你願意加入中國共產黨，本就不是衝著我崔中石來的。你不是因為信服我這個人才願意跟隨共產黨，而是你心裡本來就選擇了共產黨，因為你希望救中國，願意為同胞做一切事情。你不要相信我，但要相信自己。」

方孟敖的目光又迷茫了，在那裡等著崔中石把話說完。

崔中石卻已經在解那件薄綢長衫上的鈕釦了。

方孟敖緊望著他，心裡又是一動——脫掉長衫的崔中石，裡面穿的竟只有脖頸上一個白色的假衣領！

「清貧！」

這個念頭立刻襲上方孟敖的心頭！

崔中石將假衣領和近視眼鏡都取下了，往地上的長衫上一放，已經笨拙地跳入了水中！

「撲通」一聲水響，驚得站在一百米開外的那個鄭營長和那一班青年軍衛兵立刻向這邊跑來。

「快！」那鄭營長一邊飛跑著一邊大聲喊道。

不到二十秒這十幾個人已經跑到方孟敖身邊，見他還安然站在岸上，鬆了半口氣。

「出什麼事了？長官。」鄭營長喘著氣問方孟敖。

「退到原地去。」方孟敖眼睛只關注著水面。

那鄭營長：「長官……」

「退開！」方孟敖喝道。

「退到原地！」那鄭營長只好對那一班衛兵傳令。

一行十多人又一邊望著這處地方，一邊向原地走去。

水面如此平靜。方孟敖不禁望了一眼左手腕上的歐米茄手錶——三十秒鐘過去了！

方孟敖扔掉了頭上的軍帽，緊接著脫下了短袖軍裝，兩眼飛快地搜索著水面。

終於，他發現了離岸邊七八米處有水泡隱約冒出。

一個箭躍，方孟敖猛地彈起，像一支標槍，躍入水中離岸已有四到五米。

岸上那個鄭營長一直在關注著這邊，這時又大喊了一聲：「快！準備下水！」

十幾個人又向這邊奔來。

水面上突然冒出了一個人頭，接著冒出了肩膀。

鄭營長大急：「會水的脫衣服！立刻下水救人！」

好幾個衛兵便忙亂地脫衣。

有兩個衛兵脫了一半又停住了，緊望著水面。

其他的衛兵也都停住了脫衣，望著水面。

那鄭營長本欲呵斥，待到望向水面時便不再出聲了。

隱約能夠看見，方大隊長一手從腋下托著那個崔副主任，一手划水，離岸邊已只有三米左右了。

鄭營長在岸邊立刻將手伸了過去。

還有幾個衛兵也跟著將手伸了過去。

「退到原地去！」在水中托著人游來的方大隊長，這一聲依然氣不喘聲音洪亮。

「好，好。」那鄭營長連「是」字也不會說了，縮回了手答著，又只好示意衛兵們向原地慢慢退去。

方孟敖已經到了岸邊，雙手一舉，先將不知死了沒有的崔中石舉上了岸，讓他躺好，自己這才攀著岸邊的石頭一撐，躍上了岸。

緊接著方孟敖跨在了平躺的崔中石身上，雙手在他腹部有節奏地擠壓。

一口清水從崔中石嘴中吐了出來，接著又一口清水從他嘴中吐了出來。

方孟敖一步跨到了崔中石的頭邊，一手從他的背部將他上半身扶起，緊緊地望著他的臉。

方孟敖的眼睛慢慢亮了。

崔中石的眼在慢慢睜開。

# 第十七章

方邸後院竹林。

「證據？」曾可達見過沉著鎮定的人，可還沒見過方步亭這樣沉著鎮定的人，「方行長一定要我拿出崔中石是中共的證據？」

方步亭：「國家已經推行憲政，三權分立。沒有證據，曾將軍就是將崔中石帶走，哪個法庭也不能將我們央行的人審判定罪。」

曾可達低頭沉默了少頃，然後又抬起頭望向方步亭：「方行長，一定要我們拿出崔中石是中共的證據，送到南京公開審判，這樣好嗎？」

對這樣的反問，方步亭照例不會回答，只望著他。

曾可達：「如果方行長執意要證據，多則十天，少則三天，我們就能拿出崔中石是中共的證據。證據呈上去，一個中共的特工在方行長身邊重用三年之久，致使他掌握了中央銀行那麼多核心金融情報，對您有什麼好？三年來，這個中共特工還利用方行長的關係和您在空軍的兒子祕相往來，對他又有什麼好？」

曾可達盡量釋放出和善的目光，等待方步亭和善的回應。

方步亭的眼睛卻直直地望著他，終於開口了，說出的話卻是曾可達不想聽到的回應：「既然如此，那就讓我帶些換洗衣服，然後跟曾將軍走。」說著，已經從竹林的石徑向前方的洋樓慢慢走去。

曾可達一愣：「方行長……」

方步亭邊走邊說：「至於方孟敖，他雖是我的兒子，可我們已經十年不相往來了。如果抓他，希望不要將我們父子牽在一起。」

曾可達在原地又愣了一會兒，緩過神來，立刻大步跟了過去。

方步亭已經走出了竹林。

＊　＊　＊

上弦月要落山了，往東什剎海的中海和南海，現在傅作義的華北剿總司令部的燈光遠遠照來，這時便顯出了明亮。

那鄭營長帶著的一個護衛班大約是因方孟敖又發了脾氣，被迫分兩撥都站到了兩百米開外，遠遠地守望著仍然在後海邊的方孟敖和崔中石。

二人這時背對他們坐在岸邊，褲子全是濕的，又都光著上身，一個肌腱如鐵，一個瘦骨峻嶒，讓那鄭營長看得疑惑不定。

「是你不信任我了，還是上級不信任我了？」方孟敖望著水面低聲問道。

崔中石：「沒有什麼上級。已經告訴你了，我不是共產黨。」

方孟敖：「你太不會說假話，從你跳進水裡我就看出來了。」

崔中石：「你太誠實。我敢跳進水裡，是知道你水性好。」

方孟敖：「這麼黑，我水性再好也不一定能找著你。」

崔中石：「那就是我該死。」

每一句推心置腹都像春雨淋在暗燃的木炭上，冒出來的仍是一片片煙霧。方孟敖倏地轉過頭定定地望著崔中石。

——三年來自己一直視為知己，託以心腹的人，分明這麼近、這麼真實。可眼前這個瘦骨嶙峋的身軀，和以往總是衣冠楚楚的那個崔中石卻是那麼遠、那麼陌生。他決定不再問了：「這三年來我把真話都對你一個人說了。這個世界上，包括我過世的母親，都沒有你了解我。你應該知道，我最恨的人，就是欺騙我的人，不管是誰！穿上衣服吧，我送你回去。」抄起地上的衣帽站了起來，飛快地穿上了軍服戴好了軍帽。

崔中石是近視，跳水時眼鏡擱在衣上，伸手在四周摸了好幾下還是找不著原處，只得說道：「能不能把眼鏡找給我。」

方孟敖穿戴好了衣帽本是背對著他，這時又慢慢轉過身去，看見光著上身兩眼無助的崔中石，一陣難言的心酸驀地又湧了上來。走過去幫他拿起了眼鏡和那個假衣領、那件長衫，遞了過去。

「謝謝。」崔中石答道。

* * *

方邸洋樓一樓客廳。

「國民政府不可一日無中央銀行，中央銀行不可一日無北平分行，北平分行不可一日無方步亭行長。」曾可達這幾句頂真格的語式聽來太耳熟了，可此時從他嘴裡說出偏又十分嚴肅真誠。

方步亭那條已經踏上了二樓臺階的腿，不得不停住了。

曾可達在他背後立刻補了一句：「必須告訴方行長，這幾句話不是我說的。」

方步亭回頭望向了曾可達：「現在不是清朝，我更不是左宗棠。當年潘祖蔭和郭嵩燾那些人用這樣的話打動了咸豐皇帝，保住了左宗棠。可現在是中華民國，憲政時期。要是我方步亭真幹了危害國家的事，有法律在，誰也保不了我。因此，這幾句話是誰說的對我並不重要。」

曾可達：「時不同而理同。當年左宗棠也正是沒有幹危害清朝廷的事，那些人才保住了他。同樣，南京方面也相信方行長包括方大隊長從未有意幹過危害中華民國的事，才託我將這幾句話轉告方行長。和當年清朝廷要保左宗棠一樣，南京方面現在保的也不是方行長和方大隊長個人，而是國家當前危難的時局。東北、華北，跟共產黨的決戰即將開始，中央銀行北平分行擔負著保證前方軍需供應和平津各大城市經濟穩定的重任。這個重任無人能夠替代方行長。不管方行長認為我剛才說的那幾句話重不重要，我都必須轉告，這幾句話，就是託我給您送茶具的人對您的評價，也是對您寄予的厚望。」

方步亭的目光遠遠地望向了仍然擺在桌上的那套茶具，茶壺上的字在這個距離是看不見的，可那幾個字竟像能夠自己跳出來，再次撲向他的眼簾——「蔣先生經國留念」！

方步亭下意識地閉上了眼，只覺夜風吹來都是後院竹林的搖動，篁音入耳，竟似潮聲！

曾可達接下來說的話便像是在潮聲之上漂浮，若隱若現偏字字分明：「您剛才也看到了，這套茶具為什麼是一個壺、三個杯子？我的淺見，這個壺代表的便是北平分行，三個杯子代表的應該是方行長和您的兩位公子。希望方行長不要辜負了送禮人的一片苦心。」

聽他把三個杯子比作了自己父子三人，彷彿漂浮在潮聲之上的那條船猛地撞向了胸口，方步亭倏地睜開了眼睛，望向曾可達。

曾可達也在望著他，目光被燈光照著，游移閃爍！

方步亭琢磨不透曾可達此時怪異的眼神。他知道這套茶具應該有四個杯子，卻不知道是不久前因曾可達盛怒之下失手摔了一個，現在被他順理成章將三只杯子比作了他們父子三人。

——蔣經國的深意何以如此簡單直接？

猶豫只有片刻，方步亭踏在樓梯上的腳踏回了地面，接著朝擺著那套茶具的桌子走去。

曾可達悄然跟在他身側，隨著走到茶具邊。

方步亭：「這套禮物我收下了，請曾將軍代我轉達謝意。」

曾可達立刻雙手捧著已經打開盒蓋的那套茶具恭敬地遞給方步亭。

方步亭也只好雙手接過那亮在面前的一壺三杯。

曾可達捧著禮盒的兩手並未鬆開：「今晚我就向南京方面打電話，轉達方行長的謝意。可南京方面更希望聽到方行長對中共潛伏在您身邊那個崔中石的處理意見。北平分行是黨國在北方地區的金融核心。我們的經濟情報再也不能有絲毫洩露給中共，更嚴重的還要防止這個人將中央銀行的錢通過祕密管道洗給中共，防止他進一步將方大隊長和他的飛行大隊誘入歧途。於國於家，方行長，這個人都必須立刻消失。南京的意見，最好是讓他祕密消失。」

＊　＊　＊

德勝門往東中胡同的路上。

原來跟在方孟敖車後的那輛中吉普，現在被逼開到了前面，變成了開路的車。深夜戒嚴的北平路面空曠，中吉普因擔心被後面的方孟敖甩掉，仍然不緊不慢地開著。

後面的方孟敖顯然不耐煩了，催促的喇叭聲不斷按響，開車的衛兵只好望向身邊的鄭營長。

那鄭營長也是一臉的無可奈何：「看我幹什麼？加速呀！」

中吉普立刻加了速，飛快地向前駛去。
方孟敖的腳這才踩下了油門，斜眼望了一下身旁的崔中石。
路風撲面，崔中石的臉依然平靜。
前方好長一段路都是筆一般直，方孟敖雙手都鬆開了方向盤，右手從左手腕上解下了那塊歐米茄手錶。接著左手才搭上方向盤，右手向崔中石一遞：「拿去。」
崔中石望了一眼伸到面前的錶，又望了一眼並不看他的方孟敖：「我不需要。」
方孟敖右手仍然遞在那裡：「不是送你的，拿去。」
崔中石只望著那塊手錶：「送誰的？」
方孟敖：「替我送給周副主席。」
崔中石心裡一震：「哪個周副主席？」
方孟敖：「你曾經見過的周副主席。這該不是編出來騙我的吧？」
崔中石還是沒有去接手錶，嘆了口氣：「我從來沒有見到過什麼周副主席，也不可能見到你說的周副主席。這塊錶我沒有辦法替你轉送。」
方孟敖的臉沉得像鐵：「不是我說的周副主席，是你說的周副主席！這塊錶你必須轉送，不管託共產黨的人轉送也好，託國民黨的人轉送也好。總有一天我能知道是不是送到了周恩來先生的手裡。」
「我盡力吧。」崔中石將手慢慢伸了過來。
方孟敖望著他的側臉，心裡一顫。
崔中石眼角薄薄的一層晶瑩！
一種不祥之兆撲面襲來，方孟敖將手錶放到崔中石手心時，一把捏住了他的手！

崔中石的手卻沒有配合他做出任何反應，方孟敖心中的不祥之兆越來越強了！他猛地聽到了兩人掌心中那塊錶的走針聲，越來越響！

前面中吉普的喇叭偏在此時傳來長鳴，方孟敖耳邊的錶針聲消失了，但見前面的中吉普在漸漸降速。

車燈照處，前方不遠已是東中胡同。那個單副局長帶著的員警，還有不知哪些部門的便衣都還死守在那裡，崔中石的家到了。

方孟敖慢慢鬆開了崔中石的手，只得將車速也降了下來。

＊　＊　＊

回到臥室，方步亭躺在床上像是變了個人，臉色蒼白，額頭不停地滲出汗珠。

程小雲已經在他身邊，將輸液瓶的針尖小心地插進他手背上的靜脈血管：「疼嗎？」

方步亭閉著眼並不回話。

程小雲只好替他貼上了膠條，又拿起臉盆熱水中的毛巾擰乾了替他去印臉上的汗珠。

方步亭開口了：「去打電話，叫姑爹立刻回來。」

程小雲：「姑爹在哪裡？」

方步亭莫名其妙地發火了：「總在那幾家股東家裡，你去問嘛。」

程小雲無聲地嘆息了一下：「不要急，我這就去打電話。」

恰在這時一樓客廳的那架大座鐘響了，已經是夜晚十點。

燕大未名湖北鏡春園小屋內。

何孝鈺走進屋門，開門站在面前的是滿臉微笑的老劉同志：「軍營的『聯歡會』別開生面吧？」

何孝鈺的臉上有笑容眼中卻無笑意：「男同學還在幫著查帳，女同學都在幫飛行大隊的人洗衣服。」

老劉的一隻手半拉開門，身體依然擋在何孝鈺面前，望著她，像是有意不讓她急著進去：「你提前回來沒有引起誰懷疑吧？」

何孝鈺：「我爸身體不好，同學們都知道。」

老劉點了下頭，還是站在她身前：「孝鈺同志，急著把你找來，是要給你介紹黨內的一個領導同志，你要有思想準備。」

何孝鈺這才似乎領會了老劉今天有些神祕的反常舉動，難免緊張了起來，點了點頭。

「鎮定一點兒，你們單獨談。」老劉又吩咐了一句，這才拉開門走了出去，從外面將門關上了。

何孝鈺慢慢向屋內望去，眼睛一下子睜大了驚在那裡。

——儘管剛才老劉同志打了招呼，何孝鈺還是不相信，坐在桌旁「黨內的領導」竟是謝木蘭的爸爸謝培東！

謝培東慢慢站起來了，沒有絲毫慣常領導同志見面時伸手握手關懷鼓勵的儀式，站在那裡還是平時見到的那個謝叔叔，兩手搭著放在衣服的下襬前，滿目慈祥地望著她。

＊　＊　＊

「問清楚了。」程小雲在方步亭的床邊坐了下來，給他額頭上換上了另一塊熱毛巾，「姑爹在徐老闆那裡，商量股份轉讓的事情。」

方步亭：「是在徐家城裡的府邸還是在他燕大那個園子裡？」

程小雲：「在他西郊的園子裡。」

方步亭：「這麼晚了怎麼進城？給孟韋打電話，讓他去接。」

程小雲：「好。」

「木蘭也還在孟敖他們那裡吧？」謝培東將一杯水放到坐在另一旁的何孝鈺桌上，問的第一句竟是和以往一樣的家常話。

就是這樣平時慣聽的家常話，今天何孝鈺聽了卻止不住眼淚撲簌簌地流了下來。

謝培東站在那裡，只是沉默著，知道她這個時候心情複雜激動，任何解釋勸慰都不如讓她將眼淚流出來。

「對不起，謝叔叔。」謝培東的沉默讓何孝鈺冷靜下來，見謝培東仍然站著，她也站了起來，掏出手絹揩乾了眼淚，「您坐下吧。」

「你也坐，先喝口水。」謝培東自己先坐了下來，仍然保持著他在方家只坐椅子邊沿的那個姿勢，讓何孝鈺感覺他還是那個謝叔叔。

何孝鈺也和以往一樣在椅子的邊沿禮貌地坐下，藉著喝水的空檔，隔著水杯，出神地望著這個怎麼也想不到會是黨內領導同志的謝叔叔。

「我今天來見你，把你嚇著了吧。」謝培東溫然笑著。

「沒有……」何孝鈺答著，兩手卻仍然緊緊地握著水杯，接著輕聲問道，「我只是想問，這麼多年，您在方叔叔身邊是怎麼過來的……」

謝培東：「我知道你是想問，我既然隱藏得這麼深，今天為什麼要暴露身分，前來見你，是嗎？」

何孝鈺只好誠實地點了下頭。

謝培東立刻嚴肅了：「組織上遇到嚴重的困難了，這個困難本不應該讓你來擔。因為牽涉到黨內一個重要同志的安危，還牽涉到一位我們要爭取的重要人物的安危。組織通過反覆研究才決定讓我見你，希望我們兩個共同將這個艱巨的任務擔起來。只有我們才能保證那兩個人的安全。」

謝培東說這段話時的誠懇和堅定，慢慢淡去了他在何孝鈺眼中剛才「神祕」的色彩。她的目光立刻也凝重了起來，謝培東所說的那個「黨內重要的同志」是誰眼下她並不知道，可是那個「要爭取的重要人物」她立刻猜到了——方孟敖的形象疊片似的在她眼前閃現了出來。

何孝鈺當即站了起來：「謝叔叔……今後，我還能叫您謝叔叔嗎？」

謝培東：「不是還能，是必須叫我謝叔叔，永遠都叫我謝叔叔。今後我們見面的時間會更多。我要像以前一樣見你，你也要像以前一樣見我。我能做到，你能不能做到？」

何孝鈺堅持看著他，憋足的那口氣還是散了，低頭答道：「謝叔叔，我怕我做不到。」

謝培東沉默了一下，接著理解地笑了：「做不到就不要勉強去做。其實我們再見面也不能完全像以前一樣，你可以有些不自然，不自然也是正常的。因為大家都知道，我的身分已經可能是你的姑爹了。我說的意思你應該明白。」

何孝鈺倏地抬起了頭：「謝叔叔，姑爹是什麼意思？」

謝培東：「孟敖就叫我姑爹，你應該知道是什麼意思。」

何孝鈺：「這一點我恐怕做不到。這個任務請求組織重新考慮。」
謝培東收了笑容：「為什麼？」
何孝鈺：「因為我並不愛他，我不可能跟著他叫您姑爹。」
謝培東這回是真正沉默了。
何孝鈺：「我連自己都不能說服，不要說瞞不過方叔叔，更瞞不過他背後國民黨那些人。」
謝培東想過何孝鈺接受這個任務時會尷尬、會害羞，卻沒想到她會這樣不接受方孟敖。重要談話出現重要問題了，他站了起來，在房間裡來回地踱了一路，站到何孝鈺面前約一米處停下了：「這一點倒是組織上沒有考慮到的。孝鈺，我們能不能換個角度，比方說孟敖是個孤兒？」
何孝鈺：「我不明白謝叔叔的意思。」
謝培東：「他沒有母親，也沒有父愛。」
何孝鈺像是被閃電擊中了一下，目光中立刻浮出了一絲愛憐的認同。
謝培東：「他心裡有個母親，可這個母親又始終見不到面。唯一能讓他見到這個母親的人現在也因為面臨危險，不能跟他見面了。你願不願意從這個角度去和孟敖相處？」
何孝鈺顯然已經被感動了，卻還是有些猶豫：「我跟他相處實在太難。」
謝培東：「不難組織上就不會找你了。謝叔叔和你們不是一代人，也不能完全理解你們的感受。你剛才說並不愛孟敖，那就在愛字前面加上一個字，疼愛。這你應該能做到吧？」
何孝鈺終於艱難地點了頭。
謝培東沒有再坐下：「大約還有二十分鐘孟韋就會來接我。你也不能再待了，早點回家。順便問一句，學運部梁經綸同志這一向是不是都住在你家裡？」
何孝鈺立刻敏感地露出了一絲緊張和不安：「好像是南京財政部需要我爸提供一份論證幣制改

革的諮文，梁教授這一向都在幫我爸查資料，有時候住在我家。有問題嗎？」

「這些組織都知道，沒有問題。」謝培東立刻答道，「問題是，方孟敖可能隨時會來找你，你要有充分的思想準備。」

「他來找我？」何孝鈺睜大了眼，「這也是組織的安排？」

謝培東：「組織不會做這樣的安排，是分析。我剛才已經跟你說了，孟敖現在是『孤兒』。以他現在的處境和性格，一定會來找你。」

何孝鈺立刻又忐忑了：「我用什麼身分接觸他？」

謝培東：「照學委那邊梁經綸同志對你的要求，表面上以進步學生的身分和他接觸，具體接頭的時候，再告訴他是城工部安排你接替崔中石同志的工作，與他單線聯繫。」

何孝鈺實在忍不住了：「謝叔叔，學委也是城工部領導的黨的組織，為什麼不能讓梁教授知道我的真實身分？」

謝培東：「你和方孟敖是單線聯繫，這是絕密任務。除了我和老劉同志，梁經綸同志包括嚴春明同志都不能知道你城工部黨員的身分！至於個人感情方面，組織上相信你會正確對待。」

說到這裡，何孝鈺沉默了，謝培東也沉默了。

＊　＊　＊

車燈不開，路黑如影，一輛軍用小吉普依然全速飆來。

前面不遠的左邊現出了青年航空服務隊軍營的營燈，軍用吉普吱的一聲突然剎車，車子跳動了一下，戛然停在路口。

跟在這輛軍用小吉普後邊的一輛中吉普也沒有開車燈，沒有料到前面的車會突然停住，等到發現已經只有幾米的距離，開車的兵急踩剎車，還是碰到了前邊那輛小吉普的尾部。

坐在中吉普裡的人全都受了衝擊，好些人跌倒在車裡。

副駕駛座上的那人受的衝擊最重，頭直接撞上了擋風玻璃，軍帽飛了出去，又反身跌坐在副駕駛座上——原來是那個鄭營長。

鄭營長很快緩過了神來，反手給了身邊的駕車衛兵一個耳光，接著打開車門跳了下去，走向前邊那輛軍用小吉普。

那鄭營長頭上光著，忍著疼，還是向小吉普裡的人先行了個軍禮：「對不起，撞著長官沒有？」接著俯身去看。

小吉普車內打火機嚓地亮了，照出了正在點菸的方孟敖。

點燃了菸，方孟敖吸了一口：「弟兄們沒有受傷吧？」

那鄭營長見方孟敖氣定神閒，鬆了口氣，又站直了身子：「長官沒有受傷就好，弟兄們都沒有事。」

方孟敖：「沒有事就好。我已經到軍營了，你們都回去吧。」

那鄭營長斜望了望岔路不遠處軍營通明的營燈，轉對方孟敖堅定地答道：「報告長官，上級的命令叫我們二十四小時保護長官。」

方孟敖望著車外影影綽綽的鄭營長，沉默少頃，燃著菸火的手招了一下。

那鄭營長又將身子俯了過去。

方孟敖低聲在他耳邊說道：「有情報，今晚有人要對曾將軍採取不利行動。你們必須趕回去，加強保衛。」

「不會吧。」那鄭營長將信將疑，「哪方面的人敢在顧大使宅邸對曾將軍下手啊？」

方孟敖：「那上級為什麼還叫你們保護我？五人小組的人為什麼今早一刻也不敢停留，全離開了北平？現在最危險的是曾將軍，不是我。明白嗎？」

那鄭營長有些信了，不過還在猶疑。

方孟敖：「是不是要我帶上飛行大隊的人都搬到顧大使宅邸去，跟你們一起保護曾將軍？」

「長官請快回軍營。我們這就回顧大使宅邸。」那鄭營長說著立刻走向後面的中吉普，嚷道，「全部上車！」

那些都下了車的衛兵一個個又上了車，鄭營長從最後一個衛兵手裡接過替他找到的軍帽，跳進了副駕駛座：「倒車！回顧大使宅邸！」

中吉普發動了，掉了頭，打開了車燈，兩道光飛快地向來路掃去。

小吉普裡的方孟敖靠在車椅上，愣愣地望了一會兒不遠處軍營的營燈，接著，將才吸了一口的菸扔出了車外，一邊擰開發動車的鑰匙一邊說道：「Shit！不說假話就幹不成事情！」

車燈仍然沒開，岔路坎坷不平，方孟敖開著吉普跳躍著向營燈亮處駛去。

＊　＊　＊

方孟敖的車悄悄地停在營門外路邊的暗處。

軍營大坪裡熾燈如晝，長條桌前許多學生還在幫著清理帳目，靠近營房的那一排自來水水槽前女學生們都在幫飛行員洗著衣服床單，歌聲一片。

以郭晉陽為首，十幾個飛行員罄其所有將他們的餅乾糖果還有咖啡全都拿出來了，大獻殷勤。

陳長武卻只帶著謝木蘭悄悄地出了鐵門，走向路邊的吉普。

走到車旁，謝木蘭才看見方孟敖一個人靜靜地靠站在車門邊，不禁驚奇：「大哥？你怎麼不進去？」

方孟敖望了一眼陳長武，再轉望向謝木蘭：「何孝鈺呢？」

謝木蘭笑了：「大哥是在這裡等孝鈺？」

方孟敖依然一臉的嚴肅，望著陳長武。

陳長武：「一小時前就走了，聽說是她爸爸身體不好，晚上她都要回去陪護。」

方孟敖想了想，對兩人說：「你們都上車吧。」

謝木蘭：「到哪裡去？」

方孟敖：「去何孝鈺家。長武，我表妹帶路，你來開車。」

「是。」陳長武立刻開了車門，進了駕駛座。

謝木蘭又愣在了那裡：「大哥，這麼晚了你這樣去見孝鈺，何伯伯會不高興的。」

方孟敖已經替她拉開了副駕駛座的車門：「我就是去見何副校長的，什麼高興不高興。上車吧。」

謝木蘭怔忡地上車，兀自問道：「這麼晚你急著見何伯伯幹什麼？」

方孟敖已經關了前面的車門，自己坐到了後排座上，對陳長武說道：「不要開車燈。到了何家不用等我，送我表妹回家後你立刻回軍營。」

「是。」陳長武已經擰開了鑰匙，發動了車子，正準備推擋。

「等一下！」謝木蘭倏地拉開了車門，「大哥，你不告訴我，我不會帶你去，也不回家。」

「去向他請教那些什麼四行兩局一庫一會的問題。還要問嗎？」方孟敖答了這一句，從後面伸手帶緊了謝木蘭座旁的車門，「開車。」

陳長武已經開動了車，軍營熾亮的燈光被拋在了反光鏡後，漸漸暗了。

＊　＊　＊

崔中石家北屋客廳隔壁帳房內，一根電線吊下來的那只燈泡最多也就十五瓦，滿桌子帳本上密密麻麻的字真的昏暗難辨。

近視眼鏡被擱在了一邊，崔中石將頭盡量湊近帳本，一邊看著，一邊在另外一本新帳簿上做著數字。入伏的天，雖是深夜，門卻緊閉著，窗口也拉上了窗簾，他光著身子依然在冒著汗。

和別的所有房間不同，崔中石這間帳房的房門裝的是從裡面擰動的暗鎖，門一拉便能鎖上，在外面必須用鑰匙才能打開。就在這時，門內暗鎖的圓柄慢慢轉動了，接著門從外面慢慢推開了。

崔中石非常驚覺，立刻合上帳本，戴上了眼鏡，轉臉望去，是葉碧玉捧著一個托盤站在門口。

「幹什麼？你怎麼會有這個門的鑰匙？」崔中石對這個妻子好像還從未有過如此嚴厲的語氣。

「叫什麼叫？我另外配的，犯法了？」葉碧玉雖依然是平時的口氣，但這時說出來還是顯得有些心虛。

崔中石猛地站起來，走到門邊：「你怎麼敢私自配我帳房的鑰匙！你進來看過我的帳了？」

葉碧玉從來沒有見過丈夫這般模樣，儘管知道犯了大忌，上海女人的心性，此時仍不肯伏低：「就是今天買東西時配的，現在連門都沒進，看你什麼帳了？這幾天你夜夜關門閉窗的，配個鑰匙也就是方便給你送個宵夜，凶什麼凶！」

崔中石緊緊地盯著還站在門外的葉碧玉：「誰叫你送宵夜了，錢多得花不完了嗎？鑰匙呢！」

葉碧玉終於有些發懵了，右手下意識地抬了起來。

崔中石一把抓過鑰匙，緊接著將門一關。

葉碧玉手裡的托盤差點兒掉了下來，衝著門哭喊起來：「崔中石，我明天就帶兩個孩子回上海，你死在北平好了！」

門又從裡邊慢慢拉開了，崔中石再望她時已沒有了剛才的火氣，透出的是一絲淒涼：「我明天就去跟方行長和謝襄理說吧，求他們安排一下，讓你帶孩子回上海。」說完又把門關上了，這回關得很輕。

葉碧玉愣在那裡，對自己剛才的不祥之言好不後悔。

＊　＊　＊

臥房的門也被程小雲從外面拉著關上了。

那瓶液還剩下一半，針管卻已經拔掉。

方步亭靠在床頭深深地望著剛剛趕回正在窗前忙活的謝培東的背影。

窗前桌上，一個大木盤裡擺滿了大大小小顯然已經用過多次的竹筒火罐，還有一瓶燒酒。謝培東正在木盤旁熟練地將一張黃草紙搓成一根捲筒紙媒。

「澡洗了吧？」謝培東端著木盤走到了床邊，放在床頭櫃上，「打了火罐明天一天可不能洗澡。」

方步亭開始脫上身的睡衣：「剛才小雲已經給我擦洗了。」

謝培東點燃了捲筒紙媒又吹滅了明火：「趴下吧，一邊打一邊說。」

方步亭光著上身將頭衝著床尾方向趴下了。

謝培東拿起酒瓶含了一大口燒酒，接著向方步亭的背部從上到下噴去。從謝培東嘴裡噴出的酒像一蓬蓬雨霧，均勻地噴在方步亭的頸部、肩部、背部，一直到腰部。

方步亭剛才還望著地板的眼這時安詳地閉上了。

謝培東一口吹燃了左手的紙媒，將明火伸進右手的火罐裡，接著左手漾熄了紙媒的明火，右手拿著罐子在方步亭左邊背部從上到下先刮了起來。

一條條紫紅立刻在方步亭背上顯了出來。

「知道曾可達今天晚上來說了什麼嗎？」方步亭像是只有在這樣的方式下，背對著謝培東一個人，才能這樣毫無障礙地開始對話。

謝培東又吹燃了紙媒的明火，燒熱了手裡的火罐，在他右邊背部刮了起來：「怎麼說？」

方步亭：「借刀殺人！」

「殺誰？」謝培東的手顫停了一下。

「你知道的。」

「崔副主任？」謝培東的手停住了，「他們也太狠了吧。」

方步亭：「接著刮吧。」

謝培東又只得重複刮痧的動作，這回刮的是脊椎一條部位，手勁便輕了許多：「借我們央行的刀殺我們央行的人，他們總得有個說法吧。」

「搬出共產黨三個字，還要什麼說法。」方步亭這句話是咬著牙說出來的，顯然不是因為背上有痛感。

謝培東沉默了，痧也刮完了，燒熱了一個火罐，緊緊地吸在方步亭的頸椎部，又去燒熱另一個火罐，挨著吸在方步亭左邊的肩部。

方步亭：「你怎麼看？」

謝培東又將另一個火罐打在他右邊的肩部：「要看後面。」

方步亭這時睜著眼只能看見前面，立刻問道：「怎麼說？」

謝培東繼續打著火罐：「他們能借我們的刀殺了崔中石，接下來就能用這把刀再殺我們。這其實跟共產黨沒有什麼關係。」

方步亭：「那跟什麼有關係？」

謝培東：「還是那個字，錢！」

方步亭：「是呀……崔中石的帳什麼時候能夠移交給你？」

謝培東在繼續打著火罐：「牽涉的方面太多，日夜趕著做，最快也要三天。」

「不行。」方步亭動了一下，謝培東那個火罐便沒能打下去，「你明天就要把帳接過來。」

「不可能。」謝培東的話也答得十分乾脆，「我詳細問了，帳裡面不但牽涉到宋家、孔家和美國方面的交易，還牽涉到傅作義西北軍方面好些商家的生意，現在徐鐵英又代表中央黨部方面插進來了，急著將侯俊堂他們空軍方面的股份轉成他們的黨產和私產。哪一筆帳不做平，都過不了鐵血救國會那一關。」

方步亭剛才還睜得好大的眼不得不又閉上了：「說來說去，還是我失策呀……培東，你說崔中石有沒有可能把錢轉到共產黨方面去？」

謝培東接著給他打火罐，沒有接言。

方步亭：「我在問你。」

謝培東輕嘆了口氣，這才答道：「行長自己已經認定的事，還要問我幹什麼。」

方步亭：「你依然認為崔中石不是共產黨？」

謝培東：「那就認定他是共產黨吧。如果他真是共產黨，幫上層那麼多政要洗了那麼多見不得天日的錢，捅了出來，宋家、孔家先就下不了臺，何況還牽涉到西北軍、中央軍，和中統、軍統直至中央黨部。行長，楞要把他說成共產黨，這個案子恐怕只有總統本人才能審了。」

方步亭：「你的意思是我們不能承認崔中石是共產黨？」

謝培東：「不用我們否認，曾可達還有他背後的人也不敢咬定崔中石是共產黨。他們既然口口聲聲說崔中石是共產黨，抓走就是，何必今天還要來找行長。他們自己都不敢做的事，要行長來做。這也就是曾可達今晚來的目的。」

方步亭：「這個我也知道。我剛才問的話你還沒有回答我，崔中石會不會把央行的錢轉到共產黨那裡去？」

「行長忘了，我們央行北平分行的錢從來就沒有讓崔中石管過。」謝培東在方步亭背上打完了最後一個火罐，拉起一床薄毛巾毯給他蓋上，「在他手裡走的錢都有一雙雙眼睛在盯著，那些人會讓他把一分錢轉走嗎？」

「你還是不懂共產黨。」方步亭立刻否定了謝培東的分析，「他要真是共產黨，就一定會想方設法把那些人的錢轉走。不義之財，共產黨從來講的就是師出有名。因此，明天一定要把帳從崔中石手裡全盤接過來。不管哪方面的錢都不能有一筆轉給共產黨。」

謝培東必須打消方步亭的這個決定：「忘記告訴你了，徐鐵英派了好些員警在崔中石的宅子外守著，崔中石一步也走不出來。行長，不要擔心他轉帳的事了。」

方步亭想了想：「那三天以內你也得把帳接過來。」

「我抓緊。」謝培東答道，「帳接過來以後，行長準備怎麼處理崔中石？」

「不是我要處理崔中石。」方步亭突然有些焦躁起來，「已經告訴你了，曾可達代表鐵血救國會向我下了通牒，叫他消失！」

謝培東便不作聲了。

方步亭平息了一下情緒：「培東，我知道你怎麼想。要是沒有牽涉到共產黨這個背景，崔中石這個人我還是要保的。這麼些年做人做事他都在替我擋著。我就不明白好好的一個人才偏又是共產黨……還有，他還牽連著孟敖。」說到這裡是真的長嘆了一聲。

謝培東：「行長，有你這幾句話，我的話也就能說了。」

方步亭：「就是要聽你說嘛。」

謝培東：「崔中石不是共產黨行長要保他，是共產黨行長也不能殺他。」

方步亭睜大了眼：「說出理由。」

謝培東：「留退路。」

方步亭睜大著眼在急劇地思索著，接著搖了搖頭：「眼下這一關就過不去，哪裡還談得上退路。」

謝培東：「想辦法。眼下這一關要過去，退路也要留。」

「有這樣的辦法嗎？」方步亭說著下意識地便要爬起，一下子震動了背後的火罐，掉了好幾個！

「不要動。」謝培東立刻扶穩了他，「時間也差不多了。」說著輕輕掀開了毛巾毯，替他拔背上的火罐。

方步亭又趴好了：「接著說吧。」

謝培東：「曾可達不是說要崔中石從行長身邊消失嗎？那就讓他從行長身邊消失就是。」

方步亭：「說實在的。」

謝培東：「孔家揚子建業公司那邊說過好幾次，想把崔中石要過去，到上海那邊去幫他們。行長要是同意，我就暗地跟孔家露個口音。孔家將他要走了，他們再要殺崔中石就與我們沒有關係了。更重要的是行長也不用再擔心崔中石跟孟敖會有什麼關係了。」

方步亭已經盤腿坐在床上了，拽住謝培東從背後給他披上的毛巾毯，出神地想了好一陣子，轉對謝培東：「警察局是不是日夜守在崔中石那裡？」

謝培東：「二十四小時都有人守著。」

方步亭：「那就好。徐鐵英不是想要那百分之二十的股份嗎？培東，孔家的口音你不要去露，讓徐鐵英去露。為了這百分之二十的股份，徐鐵英會配合孔家把崔中石送到上海。要鬥，讓他們鬥去。」

謝培東一愣：「行長，這樣做是不是會把事情弄得更複雜了？」

方步亭：「這個時局，沒有什麼複雜和簡單了。你不要捲進去，孟韋也不要讓他知道。你說得對，要留退路。眼下第一要緊的退路就是怎樣把孟敖送到美國去。」

＊　＊　＊

儘管謝培東提醒過方孟敖會來找自己，何孝鈺還是沒有想到他會這麼快這麼晚來到自己家裡。夜得這麼深，牆上壁鐘的秒針聲都能清晰聽見，再過五分鐘就是十二點，十二點一過就是明天了。

何孝鈺在裝著一勺奶粉的杯子裡沖上了開水，用勺慢慢攪拌著，端起這杯牛奶和兩片煎好的饅頭時，她閉上了眼睛，愣在那裡。

想像中，坐在背後的應該是一邊看書一邊做著筆記的梁經綸。可轉過身來，坐在餐桌邊的卻是穿著空軍服的方孟敖！

何孝鈺還是笑著，將牛奶和饅頭片端了過去放在方孟敖的面前：「下午你們的晚餐都給同學們吃了，現在一定餓了吧。」

「Thank you！」方孟敖站了起來。

何孝鈺的眉頭不經意地皺了一下，儘管自己是在英文教學最棒的燕大學習，可這時聽著方孟敖那一口標準的美式英語總覺得不自然，很快她還是回以笑容：「我們能不能不說英語？」

「謝謝！」方孟敖立刻換以中國話，可接下來又說道，「有沒有刀叉？」

何孝鈺只得掩飾著心裡的不以為然，問道：「也不是什麼西餐，要刀叉幹什麼？」

「對不起，跟飛虎隊那些美國佬待久了，習慣了。」方孟敖坐了下來，立刻用手拿起了兩片饅頭，一口咬了一半，又一口吃了另一半，端起牛奶一口氣喝了下去。

他真是餓了。

何孝鈺驀地想起了謝培東說的那個詞：「孤兒！」

「我去看看，還有沒有什麼能夠吃的。」何孝鈺望著他的目光已經有了一些「疼愛」。

方孟敖：「不用找了，再找也找不出什麼。」

何孝鈺：「你怎麼知道我們家就再也找不出什麼吃的？」

方孟敖：「要是有，你也不會只煎兩片饅頭。那麼多教授學生在挨餓，你爸是能夠得到更多的食品，可他不會。」

何孝鈺再望向方孟敖時完全換了一種目光，這個自己一直認為我行我素很難相處的人，居然會有如此細膩的心思，能夠如此深情地理解別人！

方孟敖何等敏感，他突然明白自己今天晚上來找的就是這雙眼神。現在他看到了，便再不掩飾，緊緊地望著何孝鈺那雙眼睛。

何孝鈺反而又有些慌了，目光下意識地望向牆上的掛鐘。

長針短針都正指向了十二點！

方孟敖的眼睛仍在緊緊地望著她，完全看不見鐘，卻問道：「你們家的鐘為什麼不響？」

「我爸不能聽見鐘響，一聽見就會醒來。」何孝鈺答著突然覺得驚奇，「你也看不見鐘，怎麼知道十二點了？」

方孟敖詭祕地一笑：「我要是只有一雙眼睛，怎麼看見從後面突襲來的飛機。」

何孝鈺一下子感覺到了組織上為什麼會對方孟敖如此重視。

這雙眼睛彷彿能夠透過無邊無際的天空，看見天外的恒星。可這時卻在看著自己，何孝鈺更心慌了，有一種被他透過衣服直接看見自己身體，甚至是內心的恐慌！

「我爸要明早五點才起床。」何孝鈺下意識地兩臂交叉握在身前，假裝望向二樓，避開方孟敖的目光，「你還是明天早上再來吧，好嗎？」

「那就換個時間吧。」方孟敖的語氣聽來給人一種欲擒故縱的感覺，「明天一早我要去查民食調配委員會。」

他已經向門邊走去，從牆的掛鉤上取下了軍帽：「謝謝你的牛奶和饅頭。下回我給你扛一袋麵粉來。」

「不要。」何孝鈺怯怯地走過來送他，「我爸不會要的。」

方孟敖輕聲地：「就說我送給你的。再見！」行了個不能再帥的軍禮，轉身拉開了門徑自走了出去。

就在方孟敖轉身的那一瞬，何孝鈺還是看見了他眼中又突然閃出的孤獨。

何孝鈺愣在了門口，望著方孟敖消失在院門外的背影，不知道該追上去送他還是不送他。

＊　＊　＊

「剛接到國防部新的戰報，一個星期內共軍就會對太原發動攻擊。」曾可達站在那張大辦公桌的軍事地圖前，臉色凝重，「你過來看看。」

穿著青年軍軍服，戴著一副墨鏡的那個人坐在沙發上依然沒動。

曾可達抬起了頭望向他：「也沒有別人，不用戴墨鏡了，把軍帽也取下來，涼快些。」

那人慢慢取下了墨鏡，竟是梁經綸！他還是沒有站起來，也沒有取軍帽，斯文氣質配上這套標準的軍裝，加以挺直的身軀，儼然軍中的高級文職官員。

曾可達見他依然不動，察覺了他神態的異常：「經綸同志，有什麼意見嗎？」

「沒有意見。」梁經綸答話了，「只是想請問可達同志，組織對我的工作是不是要做調動？」

「什麼調動？」曾可達的臉色也不好看了，「你的工作是建豐同志親自安排的，哪個部門說了要做調動？」

梁經綸站起來了：「建豐同志安排我的第一個工作就是取得中共北平地下黨的信任，隨時把握中共北平學運的動向。可達同志在這個時候叫我換上軍服，到這個共產黨嚴密注視的地方來看什麼戰報。是不是看了戰報我就不用回燕大了？」

曾可達被他問得愣在那裡，接著語氣強硬了起來：「我既然在這個時候把你接來，自然因為有緊急的情況需要安排，對你自然也有周密的掩護措施。梁經綸同志，你是不是把個人的安危看得太重了些！」

梁經綸：「我必須糾正可達同志的說法。自從接受組織指示加入中共地下黨那一天起，我就只有危，沒有什麼安。可達同志一定要把這個說法強加給我，我只能向組織報告，建豐同志交給我的重大任務我將再無法完成，尤其是即將推行的幣制改革。」

曾可達沒想到梁經綸今天的態度如此強硬，而且搬出了重中之重的幣制改革跟自己對抗，莫非建豐同志背著自己從另一條線給他交了什麼底？想到這裡，傍晚建豐同志電話裡的聲音在耳邊迴響了起來：

「關於梁經綸同志，我現在就明確答覆你，他在中共組織內部所能發揮的作用，尤其是即將推行幣制改革所能發揮的作用，是別的同志都不能取代的，也不是你所能取代的……」

「可達同志。」梁經綸一聲輕輕的呼喚，將曾可達的目光拉了回來。

梁經綸：「如果我剛才的態度違反了組織的第四條紀律，我向你檢討。」

「不。」曾可達的態度立刻變得很好，「根據組織的第四條紀律，下級違反上級的指示必須檢討，那檢討的人應該是我。也許是我沒有很好地領會建豐同志的指示精神，以前給你布置的任務沒有考慮到大局，比方安排聯歡會。可是有一點我必須向你傳達，今晚把你叫來就是建豐同志不久前給我下達的指示。現在叫你一同來看國防部最新的戰報，就是指示的一部分。」

「是。」梁經綸雙腿輕輕一碰，神情立刻肅穆了，接著向辦公桌的戰報走去。

曾可達手裡的鉛筆直接點向了地圖上的「太原」：「截至昨天，晉中大部分地區已經被共軍占領。現在徐向前親率共軍華北野戰軍第一兵團及晉綏軍區第七縱隊、晉中軍區三個獨立旅共八萬餘人，向太原逼近，形成了對太原的包圍之勢！梁經綸同志，從你這個角度分析一下，共軍這次的軍事行動根本目的是什麼？」

梁經綸的目光從地圖上的「太原」立刻移向了「北平」。

曾可達立刻將鉛筆遞給了他：「說你的看法。」

梁經綸接過了鉛筆，用藍色的那一頭將「太原」畫了個圓圈，接著掉轉筆頭用紅色將「北平」，包括「天津」、「綏遠」畫了一個更大的圓圈：「我們的經濟困難會更大了！」

曾可達：「說下去。」

梁經綸：「太原是山西的經濟核心，說穿了就是西北軍的主要軍需來源。共軍這是要切斷傅作義將軍駐華北幾十萬西北軍的軍需供應。這樣一來，傅作義在華北的幾十萬軍隊所有的軍需都要靠中央政府供應了。雪上加霜呀！」

「精闢！」曾可達適時地表揚了一句。

梁經綸：「可達同志，我完全理解了建豐同志這時叫我來看戰報的意思。反共必先反腐，我們的當務之急是從北平民食調配委員會的貪腐案切進去，徹查中央銀行北平分行的貪腐爛帳，將那些人貪污的錢一分一厘地擠出來。更重要的是必須立刻廢除法幣，發行新幣。金融不能再操縱在那些貪腐集團的手裡，國府必須控制金融！」

曾可達再望梁經綸時有了些建豐同志的目光：「具體方案，具體步驟？」

梁經綸：「再大的事也要靠人去做。今天我見到了方孟敖，更加深刻地領會了建豐同志重用這個人的英明。在北平反貪腐，方孟敖和他的大隊才是一把真正的劍，問題是這把劍握在誰的手裡。」

曾可達：「當然不能握在共產黨的手裡。」

梁經綸：「要是他在心裡只認共產黨呢？」

曾可達覺得梁經綸跟自己的距離越來越近了：「你理解了我為什麼一定要你安排何孝鈺去接近方孟敖的意思了？」

梁經綸在這個時候又沉默了。

曾可達：「你有更好的想法？」

「沒有。」梁經綸這時的語氣又有些沉重了，「共產黨學運部同意了我的建議，何孝鈺已經作為地下黨選擇的人選在跟方孟敖接觸了。」

曾可達：「有什麼問題嗎？」

梁經綸眼中浮出了憂慮：「我感覺中共北平城工部不應該這麼簡單就接受了我的建議。」

曾可達開始也愣了一下，接著手一揮：「謹慎是對的，也不必太敏感。我們對方孟敖看得這麼嚴，共產黨也只能讓何孝鈺去接觸他。這應該就是他們接受你的建議的原因。」

「可今天嚴春明明確要求我不能再去何其滄家裡住，不許跟何孝鈺有頻繁的接觸。可達同志，我感覺北平城工部已經懷疑上我了。」梁經綸的眼中露出了風蕭水寒之意！

曾可達這才真正關切了，想了想，斷然說道：「從明天起，有情況你找我，我不再主動跟你聯繫。那些平時跟你聯繫的同志，我也立刻打招呼，一律不許再跟你聯繫。共產黨要你幹什麼，你就幹什麼。這樣行不行？」

梁經綸：「感謝組織的理解。請可達同志向建豐同志彙報，下面我要完成的任務。」

曾可達：「請說。」

梁經綸：「第一，我會抓緊促成何其滄拿出幣制改革的方案，讓他去說服司徒雷登大使，爭取美國的儲備金援助。第二，我盡力爭取中共北平城工部讓我作為跟方孟敖的單線聯繫人。」

「非常好！」曾可達激動地表態，「我今晚就向建豐同志彙報。還有什麼需要組織支持的？」

梁經綸：「只有一條，徹底切斷共產黨跟方孟敖的其他聯繫。」

「放心。」曾可達的手往下一切，「已經安排好了，跟方孟敖唯一單線聯繫的那個人這幾天就會消失。」

梁經綸：「可達同志，我可不可以走了？」

曾可達立刻走到沙發邊，先拿起了那副墨鏡遞給梁經綸。

梁經綸接過了墨鏡。

曾可達又幫他拿起了茶几上的軍帽。

梁經綸伸手要接，曾可達：「我來。」雙手將軍帽給梁經綸戴上。

兩人剛要握手，電話鈴驟然響了。

「稍候。」曾可達走過去拿起了話筒，才聽了幾句，立刻望了一眼梁經綸。

梁經綸也立刻感覺到了是和自己有關的事情，靜靜地望著曾可達。

只見曾可達對著話筒低聲說道：「知道了。從現在起你們統統撤離，所有人都不許再跟梁教授聯繫。」

放下話筒，曾可達轉望向梁經綸：「方孟敖今天晚上去何孝鈺家了。」

梁經綸的眼下意識地閃了一下，有驚覺，也有說不出的一絲酸意。

曾可達接著說道：「是那個謝木蘭帶他去的。謝木蘭現在還在書店等你。你見不見她？」

梁經綸先將手伸向了曾可達，曾可達立刻將手也伸了過去。

「我走了！」梁經綸的手將曾可達的手緊緊一握。

# 第十八章

東中胡同崔中石家院內。

午後驕陽，槐蔭樹下，依然酷暑難當。

崔中石常提的那口紋皮箱，葉碧玉從娘家陪嫁的兩口大皮箱，還有一口大木箱擺在樹下，一家四口能搬走的全部家當也都在這裡了。

哥哥伯禽和妹妹平陽都換上了體面的乾淨衣服，太高興了，便不顧滿頭大汗，在樹蔭下互相拍掌，你一下，我一下，一口媽媽教的上海方言，念著童謠：

小三子，
拉車子，
一拉拉到陸家嘴。
拾著一包香瓜子，
炒炒一鍋子。
吃吃一肚子，
拆拆一褲子，
到黃浦江邊解褲子……

崔中石又穿上了那身出門的西服，方孟韋穿著短袖警服，都像是有意不看對方流著汗的臉，只望著兩個孩子。

崔中石顯然有些急了，撥開左手袖口看錶。

方孟韋目光一閃，立刻認出了那塊歐米茄手錶，不禁望向崔中石。

崔中石卻轉望向了北屋，喊道：「方副局長還在等著呢！不要找了，什麼要緊的東西，找了也拿不走！」

北屋立刻傳來葉碧玉的聲音：「曉得啦！回到上海什麼也沒有，弄啥過日子！」

方孟韋這才接了話：「五點半的火車，還有時間。」

短短一句話流露出了方孟韋的不捨之情。

崔中石便不再催，也轉望向了方孟韋。

相對偏又無語，只有深望的眼神。

＊　＊　＊

葉碧玉在北屋收拾得已是一頭大汗，攤在桌上的那塊包袱布上有一只座鐘、一把瓷茶壺、幾只瓷杯，還有大大小小一些家用物什。

除了桌子椅子，北屋裡也就剩下了四壁。葉碧玉仍然在掃視著，眼一亮，又向牆邊走去。

牆上還掛著半本日曆，日曆上印著的字撲眼而來：

民國三十七年七月廿一日　宜出行遷居　東南方大吉！

葉碧玉眼閃喜光，連忙取下了那半本日曆，吹了吹上面的灰塵，轉身放到了包袱布上，這才開始打包。

伯禽和平陽還在那邊拍著掌：

撥拉紅頭阿三看見仔，

拖到巡捕行裡罰角子……

崔中石在這邊終於低聲問話了：「是徐局長還是行長叫你來送我的？」

方孟韋：「我答應你的，只要離開我大哥，我拚了命也要保你一家平安。」

崔中石嘆了口氣：「要走了，信不信我都必須告訴你。我不是什麼共產黨，你大哥更不是共產黨。我不需要誰來保。」

方孟韋深望著崔中石那雙眼，不置可否。

「好啦好啦！可以走了！」葉碧玉提著包袱滿頭大汗走了出來。

方孟韋對葉碧玉卻是一臉微笑，大步走過去替她接包袱。

葉碧玉：「不可以啦……」

方孟韋堅持拿過包袱，又悄悄地將一疊美金塞在她手裡，低聲說道：「私房錢，不要讓崔副主任知道。」

葉碧玉緊緊地攥著那一捲錢，還沒緩過神來。
方孟韋提著包袱已經轉身，對院門外喊道：「替崔副主任搬行李！」
幾個員警立刻走進了院門。
伯禽和平陽歡叫了起來：「走啦！走啦！」

＊　＊　＊

北平市警察局徐鐵英辦公室外會議室。
馬漢山是帶著一頭大汗一臉惶惑，手裡還拿著一根裝字畫的軸筒走進來的。
孫祕書已經在徐鐵英辦公室門外候著他了。
馬漢山趨了過去，擠出笑低聲問道：「出什麼事了，電話裡發那麼大脾氣？」
那孫祕書今天沒有了平時的微笑，直接望向馬漢山手裡的軸筒：「請馬副主任讓我看看這裡面是什麼東西。」
馬漢山還是勉強笑著：「一幅畫，早就說好了，請你們徐局長鑑賞……」
孫祕書已經拿過了那軸筒，擰開上面的蓋子，將裡面那卷畫倒出來一半輕捏了捏，確定沒有其他東西才將那畫又倒了回去蓋好了蓋子，卻沒有還給馬漢山，而是擱在會議桌上，接著說道：「對不起，請馬副主任將手抬一抬。」
馬漢山一愣：「幹什麼？」
孫祕書：「如果帶了槍，請留在這裡。」
「槍？到這裡我帶槍幹什麼？」馬漢山說到這裡突然明白了，「你是要搜我的身？」

孫祕書：「我是奉命行事，請馬副主任不要讓我為難。」

馬漢山一口氣冒了上來：「他是警察局長，我是民政局長，誰定的規矩我見他還要搜身！」

孫祕書：「馬副主任搞錯了。現在我們局長是代表南京國防部調查組詢問北平民食調配委員會的涉案人員。請您配合。」

「好！老子配合。」馬漢山解開了外面那件中山裝往會議桌上一摔，露出了繫在皮帶裡的白襯衣，用手拍著腰間的皮帶，一邊拍一邊轉了一圈，接著盯住那孫祕書，「還要不要老子把褲子也脫下來？」

「您可以進去了。」孫祕書那張冷臉卻仍然擋住他，「順便跟馬副主任提個醒，我們在中央黨部工作，連葉局長和陳部長都從來沒有對我們稱過老子，請您今後注意。」

「好，好，在你們面前老子就是個孫子，可以嗎？」馬漢山一口氣憋著，也不再穿外衣，一手抄起衣服，一手抄起那個軸筒。那孫祕書這才移開了身子，讓他走進徐鐵英的辦公室。

馬漢山一肚子氣走了進去，可轉過屏風又站住了。

徐鐵英背對著他，正在打電話：「好，好。我抓緊查，盡快查清香港那個帳戶……請放心，正在採取行動……」

顯然是對方擱了電話，徐鐵英這才放下電話慢慢轉過身來。

「鐵英兄。」馬漢山看到徐鐵英那張陰晴不定的臉又胡亂猜疑起來，「是不是曾可達他們察覺了什麼，給你施加了壓力？」

「他曾可達代表國防部，我代表中央黨部。」徐鐵英一臉黨的威嚴，「他能查案，我也能查案。我要查誰非得通過曾可達嗎？」

馬漢山的眼瞥了一下徐鐵英辦公桌上的那部電話，這才感覺到剛才那個電話並不是曾可達打來的，而是和中央黨部有關。難道是在哪個環節得罪了徐鐵英和他背後的「中央黨部」？帶著一臉疑惑：「到底出了什麼事，你高低給我露個底。」

徐鐵英定定地望著他，在審視這張江湖臉，琢磨不定他到底知不知道那件事情，語氣緩和了些：「你們瞞著我幹的事，還要我露底嗎？」

馬漢山的兩隻眼翻了上去，在那裡想著：「我們……」

接著又望向徐鐵英：「哪個我們，什麼事瞞著你幹了？祖宗，你就露個名字好不好？」

徐鐵英：「那我就給你露個名字，侯俊堂！」

「侯俊堂都槍斃了！」馬漢山脫口說了這句，立刻有些明白了，「你是說侯俊堂空軍他們那百分之二十的股份？」

徐鐵英不接言了，只望著他。

馬漢山：「那百分之二十的股份不是昨天就轉到香港的帳戶上去了嗎？」

徐鐵英：「哪個帳戶？」

馬漢山：「你那個……那個轉帳的帳戶呀。」

「我那個轉帳的帳戶？」徐鐵英終於從口袋裡拿出了一張紙條，往桌上一放，「你看清了，這是你們在香港哪家公司的帳號？」

馬漢山連忙拿起那張紙條，仔細端詳上面的帳號，認真搜尋著腦中的記憶，鐵定地說道：「我們在香港沒有這家公司的帳號！」

徐鐵英：「這個你們指誰？是崔中石，還是揚子公司？」

「這些混帳王八蛋！」馬漢山彷彿恍然大悟，「抓住是個猴子，放了是個苗子。這個帳號一定是他們新開給崔中石的帳戶。我這就打電話問。」

徐鐵英這次倒很配合，立刻將電話機向他面前一推。
馬漢山拿起了話筒，又愣在那裡，問徐鐵英：「問北平分行，還是問揚子公司？」
徐鐵英：「轉帳的事方步亭參與了嗎？」
馬漢山：「他要參與就不會都讓崔中石幹了……」
徐鐵英：「那你還問我？」
馬漢山：「好，我給那個姓孔的打電話。」
這部電話是搖柄專機，馬漢山實在沒有必要把搖柄搖得如此飛轉。

＊　＊　＊

方邸洋樓一樓廚房那架電唱機一響，便意味著今天是女主人下廚了。
周璇的歌聲，又是那首《月圓花好》：

浮雲散，明月照人來
團圓美滿今朝醉……

兩臺風扇，一臺吹著正在麵包烘烤箱旁將醒好的麵做麵坯的程小雲，一臺對著並肩坐在長沙發上的何孝鈺和謝木蘭。
「木蘭。」程小雲回頭笑望了一眼二人，對謝木蘭，「把唱機的音量調大些。」
謝木蘭明知程小雲的意思，卻瞟了一眼何孝鈺，假意說道：「吵死了，還調大呀？」

程小雲何等心細，不願這個時候何孝鈺有絲毫難堪，收了笑，轉過頭去說道：「懂事些吧。快去，調大些。」

「我知道，是給大哥聽的。」謝木蘭這才站起來，去擰大了唱機的音量，偏又走過去將她們那臺風扇調到最大。

她的裙子立刻飄起來了，享受著大風從大腿吹進去的快意。

何孝鈺連忙拽住了被吹起的裙子：「開這麼大幹什麼？」

謝木蘭挨著她坐下了，猛地一下拉開了她的手：「放心，他現在不會進來！」

何孝鈺的裙子立刻被吹飄了起來，露出了修長的腿。

謝木蘭的眼裡透出來的全是「壞」，何孝鈺卻看出了她心底那種單純的可憐。她太想自己跟方孟敖好了，可就算是這樣，梁經綸也不會接受她。

何孝鈺：「吹好了，別拉著我。」

「你就不怕他進來？」謝木蘭盯著她問。

何孝鈺：「進來就進來，怕什麼？」

謝木蘭慢慢鬆開了手，望她的眼反而露出了疑惑，走過去又將風扇調到了中擋，再回來坐到何孝鈺身旁時便有些愣愣地出神。

微風將兩個女孩的裙子吹得像朱自清先生《荷塘月色》裡田田的荷浪！

* * *

方邸後院竹林裡卻沒有一絲風，那歌聲還是穿過竹林，從洋樓方向飄過來了：

紅裳翠蓋，並蒂蓮開，
雙雙對對，恩恩愛愛……

方孟敖聽見了。
方步亭也聽見了。
站在竹林路徑旁，方步亭竟莫名地有些緊張，眼的餘光下意識地去感受站在另一旁的方孟敖。
方孟敖的背影卻比他身旁的竹子還挺拔，竹子紋絲不動，他也紋絲不動。
方步亭立刻又感覺到一絲失落，接下來的語氣也就很平淡：「崔中石調走了，你可以代表國防部調查組來查北平分行的帳了。」
方孟敖的身軀還是像他身旁的竹子，默然不動。
方步亭側轉了身，望向了他。
方孟敖是背後都有眼睛的，這才淡淡地答道：「我學的是開飛機，不是經濟。你們那些什麼四行兩局一庫一會的帳，我看不懂。」
「是呀，他們為什麼要調一些不懂經濟的人來查北平分行呢？」方步亭抬頭望向竹梢，「我是行長，可錢不是我的，更不是崔副主任的。崔中石一直是在替我做事，我不能讓我手下的人替我挨整。我叫他把帳都轉到你姑爹手裡了，你姑爹會告訴你怎麼看，怎麼查。」
方邸洋樓二樓方步亭辦公室。

樓板上，一個個裝著帳本的紙箱，有些已經打開了，有些還貼著封條。

大辦公桌上，好些帳本都攤開著，因此吊扇不能開，謝培東忍著汗在一本一本飛快地翻看著帳目。

方邸後院竹林。

「就為這個，您將崔副主任調走了？」方孟敖終於直接向自己的父親問話了。多少天來崔中石給自己留下的疑惑彷徨，在今天也許從這裡能找到一些答案。

「也是，也不是。」方步亭對自己這個大兒子仍然保持著自己那份矜持和一貫說話的風格。可很快他就發現，自己此時實在不宜這樣說話。

「能不能請您去打個招呼。」方孟敖的反應證實了方步亭的感覺。

方步亭：「打什麼招呼？」

方孟敖：「叫她們不要再放這首歌了。」

方步亭一愣，側耳細聽，才明白洋樓廚房窗口仍在重複播放那首《月圓花好》：

……團圓美滿今朝醉，

清淺池塘，鴛鴦戲水……

方步亭有記憶以來，就是在宋先生面前、孔先生面前也沒有如此難堪過。那雙腿釘在石徑上，邁也不是，不邁也不是。

方邸洋樓一樓廚房。

電唱機仍在悠然地轉著，《月圓花好》又要唱到結尾了：

這軟風兒向著好花吹，

柔情蜜意滿人間……

程小雲：「木蘭……」

「我知道，還放這一首。」謝木蘭已經站起來，走向唱機，「小媽，你就不怕人家煩嗎？」

程小雲轉過了頭。

何孝鈺也接言了：「我想也是。」

程小雲想了想，還是說道：「那就再放一遍……」

「關了。」窗外突然傳來方步亭的聲音。

程小雲立刻回頭望去，但見方步亭站在離窗口幾步的地方，是那種十分罕見的臉色。

「關什麼……」程小雲便有些發慌。

「把唱機關掉。」方步亭已經轉過身去。

程小雲慌忙轉對謝木蘭。

謝木蘭已經關了唱機，在望著何孝鈺，何孝鈺也在望著她。

方邸後院竹林。

方步亭再走回竹林時突然停住了腳步。

站在那裡的方孟敖已經不是背影，那雙十多年來一直沒有對視過的眼睛這時正望著自己。

這雙眼睛乍看是那樣陌生，因為這已經是一雙無數次飛越過駝峰，無數次經歷過空戰的王牌飛行員的眼睛。

再細看，這雙眼睛又是那樣熟悉，因為太像自己逝去的妻子，隱隱透出自己曾經慣見的體貼、溫情，還有無數次的原諒。

方孟敖已經向自己走來，那雙眼睛在離自己幾步處已經望向了自己的前胸，顯然是在緩釋自己的緊張。

「對不起，剛才應該我去打那個招呼。」方孟敖在父親面前站住了，「您坐下吧。」

方步亭身邊就是一條石凳，他坐下了。

方步亭什麼時候在別人面前如此順從過？

又是頃刻間的沉默，站在那裡的兒子倒像是父親，坐在那裡的父親倒像是一個聽話的孩子。

「問您幾個問題，您願意就回答，不願意可以不回答。」方孟敖站在父親的身側。

方步亭：「代表國防部調查組嗎？」

方孟敖：「代表方孟敖。」

「問吧……」方步亭完全服輸了，語氣顯出了蒼老。

方孟敖：「三年前，崔副主任到杭州來看我，是不是您的安排？」

方步亭：「是家裡人的安排。」

方孟敖：「這個家從來都是您一個人說了算，您不開口，還有誰能安排他來看我？」

方步亭：「那就算是我的安排吧。」

方孟敖：「我想知道，您是怎麼安排的。」

方步亭一愣，轉望向挺立在身旁的這個大兒子：「崔中石對你說了什麼？」

方孟敖：「您沒有回答我的問題。」

方步亭：「我不知道你到底問的是什麼。」

方孟敖：「剛才放的那首歌，崔副主任怎麼知道我媽生前喜歡？」

方步亭：「應該是孟韋告訴他的。」

方孟敖：「半個月前崔副主任到南京活動救我，孟韋應該沒有那麼大的能力吧？」

方步亭：「他當然沒有這個能力。」

方孟敖：「都是您安排的？」

方步亭：「我不應該嗎？」

方孟敖：「您就不怕我是共產黨？」

方步亭又被他問得愣住了。這正是他的心病，而且是他已經認定的心病。卻沒想到這個大兒子會直接問出來，想了想，答道：「你不會是共產黨。」

方孟敖：「國防部可是以通共的罪名起訴我的，您怎麼能肯定我不是共產黨？」

方步亭：「我請中央黨部的人調查過了。」

方孟敖：「如果他們調查證實我是共產黨呢？您還會安排崔副主任去活動救我嗎？」

方步亭咬了一下牙，答道：「也會。」

方孟敖：「為什麼？」

方步亭：「因為你是我的兒子，因為我欠你的。」

方孟敖：「如果我不是你的兒子呢？」
方步亭：「我聽不懂你的意思。」
方孟敖：「比方說，他們抓的是崔副主任，您會不會救？」
方步亭真的被問住了。

方邸洋樓二樓方步亭辦公室。
睜大了眼被驚在那裡的卻是謝培東！
他面前那本帳簿上的一個帳號在逐漸變大、逐漸變粗，一行看不見的字從這個帳號裡疊現了出來——香港長城經貿有限公司！
謝培東倏地站起來，急劇地思索，接著快步走向靠後院的窗口，向竹林望去。隱約可見，方步亭坐在竹林深處的石凳上，方孟敖站在他的身邊。
謝培東立刻走到辦公室的大門邊，輕輕開了一線，向外望去。
從二樓到一樓客廳空無一人。
他立刻輕關了門，擰上了鎖，這才快步轉回辦公桌旁，坐下後將座椅一轉。
辦公桌背後那面牆上的擋板被打開了，露出了那臺收發報機！
謝培東輕輕拉動底板，電臺發報機被拉了出來。他立刻戴上了耳機，調開了發報機的頻道，飛快地按動了發報機鍵！

*　*　*

河北阜平中共華北局城工部那間約二十平方米的房內，好幾臺收發報機的機鍵此起彼落，非常安靜，只有電臺嘀嘀嗒嗒的收發報機聲。

偶爾進出房門的都是解放軍的軍裝，坐在電臺前的也都是解放軍的軍裝。

一臺收發報機前，一份電報立刻被漢字翻譯出來了，那個收報員在電文紙的右上角鄭重地寫下了「絕密」兩個字，接著站了起來，望向在房裡來回走動的一位軍裝負責人。

那位負責人連忙走了過去。

收報員低聲報告道：「北平急電，直接發給劉部長的。」

那負責人一把接過電文，向房內的一道門簾走去。

很簡陋，一張四方桌前坐著那個劉部長，雖然穿著軍裝，低頭批閱檔的身影仍然眼熟——原來就是曾經在燕大圖書館跟嚴春明安排過工作的那個「劉雲同志」！

拿著電文的那個負責人輕步走到桌前：「劉雲同志，北平三號同志來的急電。」

劉雲倏地抬起了頭，眼中閃過的驚異可見這份電文的重要，他立刻接了過去，電文紙上的文字一目了然：

中石已將款密匯長城　請改變營救方案

「這個同志呀。」劉雲一聲感嘆，立刻走向牆邊的地圖。

手指很快找到了北平至上海的那條鐵路平滬線，滑動到「天津」停了一下，接著滑動到「滄州」停了下來：「今晚津浦線九點半從天津到上海的火車幾點鐘到達滄州站？」

顯然是在問那個負責人，那個負責人立刻走了過去：「應該在半夜一點到一點半這個時間。」

「你立刻去安排。」劉雲轉過身來，「我們在滄州敵工部的同志，能否在這趟列車上將一個重要的同志還有三個家屬營救下車，並連夜護送到解放區？」

那負責人想了想，答道：「從列車上接下來應該沒問題，護送到解放區要通過敵人的防區，我們人手不夠。」

劉雲急劇思索了片刻：「請求華北野戰軍支援。」說著快步走向了電話機急速搖動起來，對方是總機：「我是華北局城工部，請立刻把電話轉到華北野戰軍司令部，我有重要情況直接向華野首長請示。」

等電話這個當間，劉雲轉對那個負責人：「對了，立刻給北平三號回電。」

那負責人便要到桌上拿紙筆準備記錄。

劉雲揮手阻住了他：「就八個字：保護自己，勿再來電！」

「是。」那負責人連忙轉身掀開門簾走了出去。

方邸洋樓二樓方步亭辦公室。

依然戴著耳機的謝培東，電報的嘀嗒聲只有他能夠聽到，右手的鉛筆在飛快地記錄著數字。

無須翻譯，八組數字上立刻疊現出了那八個漢字：

保護自己　勿再來電

謝培東輕嘆了一口氣，關電臺，取耳機，推了進去，合上了擋板。再轉過座椅時額上已經布滿了汗珠，望著那頁帳冊凝神想著。

「情況是這樣的。」劉雲已經跟華野首長通上電話了，神態很是激動，「這個同志是冒著自己被捕的危險，把中統方面這筆貪腐的錢，匯到香港接濟那些民主人士的……是，是立了大功呀。我們的意見是爭取時間，趕在北平中統和警察局那些人還沒有發現之前，今晚在滄州車站將這個同志一家營救下車，護送到解放區。還有，下面我們要了解國民黨將要推行的幣制改革，這個同志也至關重要……是，請求華野首長派駐滄州最近的部隊接應……謝謝，謝謝華野首長支持！」

放下電話，劉雲立刻轉身望向那個又已經在待命的負責人。

謝培東將辦公桌上那一摞帳簿疊了起來，捧著走向那個打開的紙箱又裝了進去，接著將一張封條貼在紙箱的封口處，捧起旁邊另外一個沒有開封的紙箱壓在這個紙箱上，再從一個已經開封的紙箱裡拿出一摞帳本，走回辦公桌前，開始看帳。

* * *

方邸後院竹林。

「我可以告訴你。」方步亭這時已完全是個六旬慈祥長者的神態，「崔中石兒子、女兒的名字都是我後來給改的。」

方孟敖在靜靜地聽著。

方步亭：「伯禽是李白兒子的名字，平陽是李白女兒的名字。當時李白妻子已經病故，自己又漂泊在外，兒女都寄養在山東的親戚家中。他無時無刻不牽掛在心，為此專門寫了一首詩，託人寄給遠在千里之外的小兒女……這首詩名《寄東魯二稚子》……」說到這裡他有些心怯地望了一眼這個大兒子，終於鼓起勇氣接著說道，「記得你和孟韋還小的時候我教你們背過……我背幾句，你願意聽嗎？」

方孟敖不敢看父親了，卻依然靜靜地站在那裡。

方步亭用他那帶著無錫的口音輕輕背誦起來：「嬌女字平陽，折花倚桃邊。折花不見我，淚下如流泉。小兒字伯禽，與姊亦齊肩。雙行桃樹下，撫背復誰憐。念此失次第，肝腸日憂煎……」念到這裡，嗓音已有些異樣。

方孟敖背過了身子，那雙比天空還深闊的眼有了兩點淚星。

方步亭很快調整了情緒，帶著一絲勉強的笑，說道：「但願中石一家能夠平安長聚。」

「大爸！」謝木蘭在竹林石徑出現了，卻故意站著，大聲問道，「小媽叫我來問，什麼時候開飯，她好烤麵包了。」

方步亭從石凳上站起來，沒有立刻回話，看了一眼方孟敖。

「告訴程姨。」方孟敖接話了，「等你小哥回來，六點吃飯。」

「知道了！」謝木蘭沒想到大哥這麼爽快地給了答覆，雀躍著去了。

方步亭卻警覺地望向方孟敖。

方孟敖：「我叫孟韋去送崔副主任一家了。你們為什麼急著將他調走我不知道，你們也不會告訴我。我很高興您剛才說的那句話……」

方步亭：「哪句話？」

方孟敖：「但願崔中石一家能平安長聚！」
方步亭：「你今天回來就是為了這個？」
方孟敖：「是。我要您保證崔叔一家的安全。」
方步亭又愣住了，接著搖了搖頭：「我沒有那麼大本事，我只能盡力而為。」
方孟敖：「那您就盡力而為。」
方步亭：「我能不能問你一句，你為什麼對崔中石這麼關心？」
方孟敖：「因為他救過我，所以我要救他。」

* * *

北平火車站月臺棚上的掛鐘指著四點四十分。
北平是始發站，那列客車早已停在一號月臺的鐵軌上，再過十分鐘入站口就要放客進站了。
方孟韋親自開的警字型大小小吉普，還有一輛警字型大小中吉普直接開到了還沒有旅客的月臺上。
方孟韋停了車，隔著玻璃卻望見月臺上先已停著一臺北平警察局的吉普，吉普旁站著那個單副局長，還有幾個員警。
坐在方孟韋身旁的崔中石目光閃了一下，很快又沉靜下來。
方孟韋也有些疑惑，望向身旁的崔中石：「下車吧，到後面帶上夫人和孩子，我送你們上車。」
伯禽和平陽早已跳下了後面的中吉普。

「不要亂跑！」葉碧玉跟著下車便喊住他們，接著對卸行李的員警嚷道，「麻煩輕點，紋皮，不要擦著了紋皮！」

兩個遞箱接箱的員警：「夫人放心，不會擦著。」

方孟韋和崔中石也下了車，那單副局長已笑著向他們走來。

「單副局長怎麼也來了？」方孟韋望著他。

單副局長：「上面關心崔副主任的安全，時局動盪嘛。局座說了，方副局長送到車站，然後由我帶著幾個弟兄送到天津。到了天津，中統方面有專程去上海的人，一路上就安全了。」

跟方孟韋交代了這幾句，單副局長便望向崔中石：「趁旅客還沒進站，崔副主任，先送夫人和孩子上車吧。」接著向他帶的那幾個員警喊道，「去，幫崔副主任提行李，送夫人和孩子先上車！」

方孟韋擔心的就是崔中石一家不能安全上車，現在看見徐鐵英做了如此周密的安排，自己反倒不能當著這個單福明久待了，望著崔中石的眼有些發紅：「那我就只能送到這裡了。」轉身向葉碧玉和兩個孩子走去。

葉碧玉一心在張羅著那幾個員警搬提皮箱行李，突然聽到身後方孟韋的聲音：「崔嬸，我先回去了。」

「好的呀，儂回去吧。」葉碧玉太關注行李曼聲應了這一句，突然才想起了是方孟韋，連忙轉過身來，「方副局長呀，開車還有半點多鐘呢，這麼快就要走了？」

方孟韋：「徐局長專門安排了人送你們去天津，我就不陪你們了。到了上海，給我打個電話。」

葉碧玉在北平也就覺著方孟韋親，這時也動了情：「一定的。三年了，你一直叫我崔嬸，其實你和中石跟親兄弟也差不多……跟你打個悄悄講吧。」

方孟韋將頭湊近了她。

葉碧玉在他耳邊悄悄說道：「這裡天天鬧著打仗，想辦法你們也趕緊離開北平吧，都調到上海或者南京去。」

方孟韋苦笑了一下：「好，我想辦法。你們上車，我走了。」

伯禽和平陽已悄悄地站到了他們身邊，方孟韋摸了摸兩個孩子的頭。

葉碧玉：「跟方叔叔說再見。」

伯禽和平陽：「方叔叔再見！」

「聽媽媽的話，再見！」方孟韋再不逗留，徑直向自己的車走去。

葉碧玉立刻又想起了自己的皮箱行李，見行李已被幾個員警提上了車，牽著兩個孩子連忙向車廂門走去。

崔中石一直在看著方孟韋和自己的老婆孩子告別，這時見他打開了車門，突然叫道：「孟韋！」

方孟韋站住了，轉身望向他。

崔中石顯然有話要講，卻說道：「照顧好行長。」

「好！」方孟韋不願當著單福明流露情感，飛快地上了車。

方孟韋的車，和跟他的車在月臺上一掉頭，從來路開出了車站。

葉碧玉已經帶著兩個孩子站到了車廂門口，向崔中石高興地喊道：「上車啦！」

「夫人先上車吧。」接言的卻是那單副局長，「我和崔副主任有幾句話說。」

「快點上車啊！」葉碧玉兀自毫無覺察，一手牽著一個孩子，歸心似箭，登上了車廂門。

單福明這才低聲對崔中石說道：「崔副主任，你得跟我先到站長室坐坐。」
崔中石心裡什麼都明白了，反問道：「有誰要見我嗎？」
單福明目光閃爍：「沒有人見你，只是可能要等個電話。」
崔中石：「那是不是把我家裡人先叫下車。」
單福明：「我現在也不知道，等徐局長的電話來了再說。請吧。」
崔中石什麼都不說了，徐步跟他走去。
入站口好些旅客已經檢票進站了，排在前面的竟是那兩個從南京跟蹤崔中石到北平的青年特工！
兩個人的目光看著走向車站站長室的崔中石和單福明，接著互相對望了一眼。

＊　＊　＊

方邸洋樓一樓客廳餐廳區域，平時那張吃中餐的圓桌不知何時換成了一張吃西餐的長條桌。條桌的上方是一把單椅，一套西餐餐具；條桌左邊並列著三把椅子，擺著三套餐具；條桌右邊也並列著三把椅子，擺著三套餐具。
那架大座鐘指向五點十分，方孟韋便急匆匆地進來了，剛進門眼睛便亮了。父親坐在正中的沙發上，大哥竟坐在他側旁的單人沙發上。兩人的目光都同時帶著詢問望向他。
方孟韋立刻取下了帽子：「爸，大哥！」
方步亭和方孟敖反倒都沒有回話，仍然只是望著他。

方孟韋一時還不明白這兩雙目光中的含義，自己送崔中石是大哥的安排，卻瞞著父親，當著二人也不好立刻給大哥回話，只好轉移話題，望向餐桌又望向廚房：「好香！今天沾大哥的光，有西餐吃了。餓了，開餐吧！」

「小哥回了！可以開餐了！」謝木蘭的身影一陣風似的從廚房出來了，「孝鈺，把麵包先端出來。」

方步亭這時有話題了：「懂不懂規矩，人家是客人，你去端。」

「我去端吧。」方孟韋還是沒有交代送崔中石的事，向廚房走去。

方孟敖不望方孟韋，卻望向了方步亭。

「崔副主任一家上車了嗎？」方步亭已經站了起來，望著方孟韋的背影問道。

這句話竟是父親問的，方孟韋有些吃驚，回轉身，望了望父親，又望了望大哥：「放心，都送上車了。到了上海會來電話。」

「一頭的汗，去洗個臉吧。」方孟敖終於開口了。

「好，我去洗臉。」方孟韋深望了一眼大哥，還是向廚房走去。

方步亭立刻對謝木蘭：「去請你爸下來吧。」

「我才不去請呢，請三次有兩次不耐煩。」說著走過去挽著方孟敖的手臂，「我請大哥。大哥，今天的座位由我安排。來。」

方孟敖望著這個小表妹，山一般站在那裡，她哪裡拉得動他。

謝木蘭接著明白了，嚷道：「大爸，您先去坐吧。」

方步亭徐步向餐桌走去，突然聽到二樓自己的辦公室電話響了，腳步也就是猶疑了一下，仍然向餐桌走去。接著電話鈴聲消失，顯然是謝培東在接電話了。

謝培東聽著對方的電話，臉色從來沒有這般蒼白，回話時語氣卻顯出強硬：「徐局長這樣做不太合適吧。帳戶要是真有問題我們可以幫著查，崔副主任可是通過央行下了正式調令去上海的，你們怎麼可以擅自扣留他……我們行長現在不能接這個電話。你知道今天孟敖在這裡，他們父子可有十年沒在一起吃頓飯了。這些事我們私底下都可以商量，最好不要讓孟敖知道，不要讓國防部預幹部局知道……一定要我們行長接電話嗎？」

「姑爹，吃飯了！」隔著門樓下傳來了程小雲的聲音。

謝培東有些絕望地閉上了眼，對著話筒：「徐局長既然把那點錢看得這麼重，我就去叫我們行長接電話吧……」

一向沉著的他，要將話筒擱回桌上時右手竟有些顫抖，只得藉助左手握著右手的手腕才將話筒放到了桌面上。

方步亭已經在餐桌正中的椅子上坐下了。

「我跟大哥坐。」方孟韋將一筐籮麵包放到桌上，便要向對面走去。

「小哥，你坐這裡。」謝木蘭站在這邊最後一把椅子前，拉住了方孟韋，將他推到自己身邊的椅子前。

坐在這邊第一把椅子上的是程小雲，方孟韋被推到了第二把椅子前，第三把便是謝木蘭了。

對面三個座位的第一把椅子空著，顯然是留給謝培東的，第二把面前站著方孟敖，靠著他的第三把椅子當然就是有意讓何孝鈺坐的了。

大家的目光有意無意都望向了還站在一邊的何孝鈺。

方孟敖的臉上今天第一次露出了淡淡的笑，站到留給何孝鈺的那把椅子後，紳士地將椅子向後一挪。

「謝謝。」何孝鈺大方地走了過去。

就等謝培東了。

二樓辦公室的門開了，謝培東出現在門口，似笑非笑地說：「行長，有個要緊的電話，您先接一下吧。」

「什麼要緊的電話都不接。叫他一小時後打來。」方步亭似乎感覺到這是個不祥的電話，卻不露聲色，端坐不動。

謝培東仍然站在門口：「是南京央行來的電話。」

方步亭十分不情願地站了起來：「看來是要辭掉這個行長了。」

方邸洋樓二樓方步亭辦公室。

「人你都扣下了，還怕我也跑了嗎？」方步亭的臉鐵青了，對著話筒卻不敢高聲。

話筒裡徐鐵英的聲音卻震耳欲聾：「出了這麼大的事，您就不能過來？」

方步亭：「大事？吃飯才是第一件大事！在我陪兒子吃完飯趕來之前，請徐局長考慮：第一，安頓好他的家屬，就說崔中石的調動另有安排；第二，最好不要讓國防部曾可達他們知道，侯俊堂就是為了這筆錢送了命的！」說完立刻掛了電話，臉色又不對了，眼看是又要發病的徵兆。

「行長！」謝培東立刻過去，一手扶住了他，一手拿起了桌上顯然是早就準備好的一瓶同仁堂藿香正氣水遞了過去。

方步亭張開嘴喝下了那瓶藿香正氣水，睜開眼望著謝培東：「那個帳戶你查對了沒有？」

謝培東：「帳太多，還沒有看那個帳戶。我現在就查。」

「不查了。」方步亭緩過了氣來，「吃飯，好好去吃飯。」

＊　＊　＊

剜去心頭肉。徐鐵英也急得要發病了，坐在辦公桌前，恨恨地發愣。

「老徐。」馬漢山反倒興奮起來，在屋子裡來回走著，叫徐鐵英時連稱謂都改了，「你要是擺不平，我把軍統的弟兄叫來，追回了錢，你給點車馬費就行！」

事起倉促，徐鐵英情急之下才叫來馬漢山追問，不料這件事馬漢山竟無一點兒干係，反倒讓他知道了內情，見他那副幸災樂禍還把柄在握的樣子，不禁有些又好氣又好笑，當即冷靜下來，去拿桌上的杯子，卻發現沒有了茶水。

馬漢山這時正望著他。

徐鐵英：「大熱的天，也沒有給你倒茶。」

「孫祕書！」馬漢山彷彿自己成了主人，大聲向門外叫道。

那孫祕書很快走了進來。

馬漢山被他搜過身，現在要找補回來，沉著臉說道：「這麼熱的天也不給你們局長倒杯茶？順便給我也倒一杯吧。」

那孫祕書望向徐鐵英。

徐鐵英點了下頭。

孫祕書還是那張公事臉，先給馬漢山倒了一杯茶雙手遞了過去。

馬漢山：「放在茶几上就是。」

「是。」孫祕書將茶杯放到了茶几上，提起熱水瓶再去給徐鐵英的杯子續上水，接著望向徐鐵英。

徐鐵英：「說吧，馬副主任也不是外人。」

孫祕書：「單副局長已經將那個崔中石帶回來了。」

馬漢山本在低頭喝茶，立刻接言：「那還不把他帶來。」

孫祕書修養再好也露出了厭惡之色，徐鐵英立刻目止了他：「知道了，叫單副局長好好陪著。」

「是。」孫祕書轉身退了出去。

馬漢山手端著茶杯，望著那孫祕書走了出去，又轉望向徐鐵英。

徐鐵英笑望著他：「本想留你吃飯，可底下要問黨產的事。」

說到這裡他停住了，「黨產」兩個字更顯得重音突出。

馬漢山一愣，望著他等他說底下的話。

徐鐵英：「馬局長應該知道，事關中央黨部，走出這個門最好一個字也不要說。」

「混帳王八蛋！」馬漢山在心裡罵了一句，站起時那個笑便有意帶著幾分矜持，「是呀，都是為了黨國，大家都不容易。」

「我送送你？」徐鐵英慢慢站起來。

「你還有大事。」馬漢山也把「大事」兩個字說得很重，一手拿起了沙發上那件中山裝，接著走到徐鐵英的辦公桌前，拿起了那個軸筒，「一幅畫，張伯駒都說了是唐伯虎的真跡，有些俗人卻說是贗品。本想請徐局長幫著鑑賞一下，可惜今天你沒有時間了。」

徐鐵英望了一眼那個軸筒，又望向馬漢山那副嘴臉。

「告辭了。」馬漢山竟拿著那幅本來是要送給徐鐵英的畫向辦公室的門徑直走去。

「孫祕書！」徐鐵英好像還沒有用過這樣的聲調。

那個孫祕書連忙進來了，望著局座那張鐵青的臉，關切地問道：「局長，您是不是感覺身體不舒服？」

「死不了。」徐鐵英語氣放緩了，接著說道，「把馬漢山那個杯子給我扔出去。」

「是。」那孫祕書去拿起了杯子，「這樣的小人，局長犯不著和他一般見識。」

「崔中石關在哪裡？」徐鐵英直接轉了話題。

孫祕書：「關在重刑犯禁閉室。」

徐鐵英：「叫單副局長那些人都離開，你親自去安排，十分鐘後我去見他。」

* * *

餐桌上，一筐籮麵包剛好七個，然後有一大盤蔬菜沙拉，每人面前一碟羅宋湯。

說是西餐，其實也就相當於西式速食。時局艱難如此，當著方孟敖，方家就算能弄出一席正宗的西餐也不合時宜。

就這麼簡單的一次聚餐，麵包沒有人動，蔬菜沙拉沒有人動，左邊一排的程小雲、方孟韋、謝木蘭，右邊一排的謝培東、方孟敖、何孝鈺甚至連勺都沒有拿起。

除了方孟敖，其他五個人都在默默地望著方步亭。

方步亭今天太怪異，一個人埋著頭在慢慢地用湯勺喝湯，竟然沒有發現其他人都在看著他。

——崔中石突然被捕，方步亭還要硬撐著吃這頓難得的團圓晚餐。謝培東心裡比誰都明白，比誰都憂急。他暗中將目光遞給了正對面的程小雲。

程小雲就坐在方步亭的右側，便從餐桌底下輕輕用腳碰了一下方步亭。

方步亭抬起了頭，先是看見了餐桌上那一筐籮麵包和那一大盤蔬菜沙拉全然未動，接著才發現其他人連面前的湯也還未喝，這才知道自己是老了，老到已經不能過今天這個坎了，兀自強顏笑著，笑得有些可憐：「吃，你們怎麼不吃？」

謝培東：「行長，你得先帶頭呀。」

「好，好。」方步亭用鋼叉先叉了一點兒蔬菜沙拉擱進自己的盤子裡，「大家都吃吧。」

所有的目光這時都望向了方孟敖。

方孟敖是剛才唯一一直沒有看方步亭的人，這時卻突然望向方步亭：「爸。」

所有的人都是一愣。

方步亭更是睜大了眼，望著這個十年來沒有叫自己爸的兒子，與其說是不相信剛才聽見的那一聲，毋寧希望他剛才沒有叫那一聲。

空氣在餐桌上凝固了。

方孟敖望著他：「您不就是為了陪我吃飯嗎？」說著端起了面前那碟湯一口喝了。

大家的目光更驚了。

方孟敖接著拿起一個麵包，一掰兩半，幾口吞嚥了，又拿起勺舀了一勺蔬菜吃了，用餐巾抹了嘴：「您趕快去吧。」

好幾個人還沒有省過神來，方步亭已經撐著桌子站起來了，望著大兒子重重地點了幾下頭，然後望向謝培東。

謝培東也在用同樣的目光望著他。

方步亭：「培東，備車，我們走。」

第一個反應過來的是方孟韋，已經離開座位去扶父親：「爸，我送您上車。」

方步亭：「上車要送什麼？都不要動，在家裡陪你哥還有孝鈺把飯吃完。」拿起餐巾布抹了嘴，和謝培東向門口走去。

其他人都站起來，目送二人。

謝培東跟在方步亭身後，經過何孝鈺身旁的那一剎那向她望了一眼。

何孝鈺感覺到這一眼彷彿閃電，接下來可能就是雷鳴暴雨。

她的感覺是如此準確，方孟敖已經離開座位，對他們說道：「失禮了，我先送一下。」

眾人驚疑中，方孟敖竟然過去攙著了方步亭的手臂，向客廳大門走去。

一向最無禁忌的謝木蘭這才有了反應：「大哥，你還回來吃飯嗎？」

「我就回來。」方孟敖攙著方步亭已經走出了客廳。

謝培東也從來沒有如此忐忑過，跟在這一父一子身後，急劇地思索。

方孟敖已經轉過頭：「姑爹，您去叫司機吧。」

「好。」謝培東只好快步越過二人，「司機，出車！」

方步亭被這個山一般的兒子攙著，在等著他說出自己不知能不能回答的話。

「我今天相信您。」兒子的話在自己頭頂傳來。

「相信我什麼……」

方孟敖攙著他慢慢走著：「崔叔的事。任何人要脅您，您都能對付。」

方步亭站住了：「你懷疑剛才那個電話……」

方孟敖不讓他站住，攙著他繼續向院門走去：「我沒有懷疑的習慣。在天上跟日本人作戰，如果懷疑，已經被打下來了。」

方步亭的心一顫，卻身不由己被他攙著走到了院門。

方孟敖：「別的都不說了，說一句您曾經教過我的話吧，上陣父子兵！」

# 第十九章

北平警察局重刑犯禁閉室。

十平方米，四面牆，窗口都沒有一個，一盞千瓦的聚光燈打著那把銬押椅，入伏的天，再強壯的人一兩個小時也會虛脫，崔中石閉眼銬坐在那裡，汗涔涔而下。

這可是對付共產黨的待遇！

崔中石知道自己平時曾多次設想的這一刻終於來了，熬過去便是解脫。他在心裡竭力想把滿目光暈幻想成一面紅旗。

「小崔，你不夠朋友。」徐鐵英的聲音在耳邊傳來，吹散了崔中石眼睛裡好不容易成形的紅旗。

「你知道，我們不是朋友。」崔中石竟回了這麼一句。

徐鐵英的第一句話便被他頂了回來，雖然站在那盞燈外，卻也是熬著酷熱，依然耐著性子：「這可不像你平時說的話，也不像你平時的為人。」

「我平時就是這樣為人。」好些汗流到了嘴裡，崔中石輕噏了一口，「只不過平時徐局長看在錢的份兒上，把我當作朋友罷了。」

徐鐵英：「我喜歡直爽人。那就說錢吧，那百分之二十股份的紅利你匯到哪裡去了？」

崔中石：「帳戶都查到了，何必還要問我。」

徐鐵英：「那個帳戶是誰開的？」

崔中石：「當然是我開的。」

徐鐵英也在不住地流汗，這時恨不得一口將他吃了，卻又不能：「哦，你開的。那你就一定能再把那筆錢轉出來了？」

崔中石：「我平時轉給你們的錢能夠再轉出來嗎？」

「崔中石！」徐鐵英叫他這三個字是從牙縫裡迸出來的，「你是高人，我們下面就不要再談錢的事了。只是好奇，我跟你探討一下我們的本行。只從理論上探討，你應該不會拒絕。」

崔中石當然明白他要說什麼了，滿臉的汗，嘴角還是露出微微一笑。

徐鐵英：「方步亭那麼精明，你是怎樣讓他如此信任你的？」

崔中石：「徐局長這麼精明，以前不也很信任我嗎？」

「反問得好。」徐鐵英讚了一句，「其實你的檔案材料我早就都看過了，沒有發現你在哪裡受過共產黨的特工訓練嘛，這身本事怎麼練出來的？」

崔中石：「徐局長覺得我很有本事嗎？」

徐鐵英：「遊刃於中央銀行財政部、中央黨部如入無人之境，如魚得水，共產黨內像你這樣的高人也不多。我就不明白，他們為什麼會為了區區這點錢將你給暴露了。得不償失啊！」

這就是在玩離間心理了。

崔中石：「不要停，說下去。」

徐鐵英顯然胸口又堵了一下，卻不得不說下去：「旁觀者清。小崔，我知道你們滿腦子裝的都是那些什麼主義和理想。嘗試一下，把你腦子裡裝的那些主義理想先擱在一邊，再想想自己是個什麼人。我告訴你，西方的術語叫間諜，我們有些人喜歡稱作無間道。這是佛教用語，本是指的無間地獄，凡入此地獄者永不超生永不輪迴。可自己反不知道，還以為能夠遊走於人鬼之間。其實鬼不認你，人也不認你！這就是他們今天為什麼拋棄你的原因。你不認為這正是自己解脫的機會嗎？」

崔中石：「徐局長說完了嗎？」

徐鐵英：「說說你的見解。」

崔中石：「太熱。你剛才說的話我一句也沒聽清。」

「那我就說幾句你能聽清的！」徐鐵英終於被激怒了，「你以為自己是在為共產黨犧牲。你的老婆和你的兩個孩子是不是也要陪著你犧牲！」

「局長。」孫祕書偏在這個緊要的當口不合時宜地出現在禁閉室門口，「方行長來了，在辦公室等您。」

「知道了！」

「是。」孫祕書立刻走離了門口。

徐鐵英咬著牙，忍著汗，湊到崔中石耳邊：「不要僥倖有人能救你和你的家人。犯了共產黨三個字，除了跟我配合，沒有人能救你們！」

見徐鐵英滿臉滿身的大汗走來，候在禁閉室外通道盡頭的孫祕書立刻端起了早已準備的一盆涼水。

徐鐵英從臉盆裡撈出毛巾開始擦洗臉上頸上的汗。

孫祕書將臉盆放到了地上，又從裡面拿出了一把梳子甩乾了水。

「局長，您用不著這樣陪著受罪。」孫祕書接過毛巾遞上那把梳子輕聲說道，「再問他換個地方吧。」

「小孫，要吃得苦。」徐鐵英梳了幾下頭，將梳子遞給了他，向通道鐵門走了出去。

徐鐵英走進辦公室時臉上的汗雖然擦了，衣服上的汗依然貼濕一片，轉過屏風但見方步亭一個人坐在沙發上，大熱的天他居然一滴汗也沒有，見自己進來居然也不起身。

徐鐵英便也悶著頭在他旁邊的沙發上坐下了。

「一共多少股份，半年的紅利是多少，徐局長把數字告訴我吧。」方步亭開門見山，低頭並不看他。

徐鐵英側過了臉緊盯著方步亭：「崔中石的帳，方行長沒有看過？」

方步亭：「沒有。這樣的帳我原來不看，現在不看，今後也不會看。」

徐鐵英：「方行長對手下的人真是信任哪。您就不怕他們牽連自己？」

方步亭：「不受牽連我現在會坐到北平市警察局來嗎？多少錢，你就直說吧。」

徐鐵英：「錢倒是不多，半年的利潤也就四十七萬五千美金。」

方步亭：「我把謝襄理也帶來了。你跟他談，哪個帳戶，他會給你開現金支票。」說到這裡他扶著沙發的把手站了起來，「今天晚上還有一趟去上海的火車，我希望崔中石能夠趕上。」

「方行長的意思是給了錢叫我立刻放了崔中石？」徐鐵英坐在沙發上沒動。

方步亭這才慢慢望向了他：「那徐局長的意思是什麼？要了錢還要命？」

徐鐵英依然沒有起來，只是抬頭與他目光對視：「您就不問一問崔中石將我們黨部公司的這筆錢弄到哪裡去了？」

儘管來的時候做了最壞的打算，方步亭還是希望徐鐵英只是為了要這筆錢，而並不知道崔中石跟共產黨有任何關係。現在見他這般神態，這樣問話，明白崔中石果然在這個當口將錢匯給了共產黨！表面不露聲色，心裡恨恨地說了一句：「自作孽，不可活！」

徐鐵英看出方步亭被擊中了要害，這才站起來，走到辦公桌邊，從檔夾中拿出一頁寫著帳戶、公司名稱的情報電文，又走到方步亭面前：「願不願意，方行長都請看看這個帳戶。」

方步亭也不接，望向徐鐵英手中的情報電文。

電文紙上，上面一行是一串長長的開戶數字，下面打著「香港長城經貿有限公司」！

方步亭轉望向徐鐵英：「我說了，你們這些帳我從來不過問。不管他把錢轉到了哪個公司，我替他墊付就是。」

「轉到了共產黨的帳戶呢？」徐鐵英攤出了底牌，「墊付了就能了事？」

方步亭仍然裝出不相信的神色：「這個帳戶是共產黨的？」

徐鐵英：「已經查實了，這家公司表面上是被政府取締的那些所謂民主黨派開的，實際上是共產黨在香港專為民盟民革那些反政府的人籌錢的機構！」

方步亭慢慢閉上了眼，卻說出了一句徐鐵英十分不願意聽的話：「這就是我不願意過問你們這些事的原因。你們把事情弄得太複雜了。」

「我們？」徐鐵英再也不能忍受，必須把臉撕下來了，「錢是崔中石暗中轉的，崔中石可是你們北平分行的人。方行長！你是沒有出面，可崔中石去南京救你兒子總是你派去的吧！區區一個北平分行金庫的副主任，要是不打著你的牌子，我們全國黨員通訊局的大門他都進不去。為了救你兒子，中央黨部那麼多朋友不遺餘力地幫忙，不惜拿堂堂一名國軍中將的命換你兒子的命，你現在反倒把事推給我們？不錯，我徐鐵英原來是欠過你的情，可中央黨部還有通訊局那麼多人不一定會買你的帳。餓極了他們可是六親不認，何況你的人是共產黨！」

方步亭心裡受著煎熬，這時也不能說崔中石去南京救大兒子是他小兒子的安排，不得不又睜開了眼睛：「父親救兒子，人之常情。當時你們不是調閱了大量的檔案材料嗎？那時可沒有聽你們說過誰是共產黨。」

「現在查出來了！」徐鐵英臉色已經鐵青，「方行長還要我放了崔中石嗎？」

方步亭只沉默了少頃，答道：「當然不能。崔中石既是共產黨，我便脫不了干係。徐局長可以立刻跟國防部曾可達會審，最好讓崔中石把什麼都說出來，交南京特種刑事法庭審判。」

徐鐵英的臉色只變了一下，接著冷了下來：「方行長說的是玉石俱焚？這我可要提醒你，你是玉，我可不是石。那百分之二十的股份不是我個人的，是黨部公司的黨產！根據中華民國公司法，黨營公司參股經營完全是合法的。」

方步亭的反感也立刻露出來了：「多謝徐局長提醒。我能不能夠也提醒一下徐局長。方某因在美國哈佛讀了三年經濟學博士，又在耶魯攻讀了三年金融博士，政府在制定金融法包括你說的公司法的時候，便叫我也參與了。公司法裡可沒有哪一條寫著不出股本金就能占有股份的。你們這百分之二十的股份，出了股本金嗎？沒有出股本金，你們哪來的這百分之二十的股份？」

徐鐵英這些人平時害怕的就是方步亭這幫留美回來掌握黨國經濟命脈的人，且不說他們背後的靠山是宋家、孔家，就眼下這件事本就要依靠他發財，何況他完全知道這些股份是從侯俊堂空軍方面白奪過來的。

徐鐵英閉上眼了，好久才慢慢睜開：「多年的朋友了，我請方行長來可不是想傷了和氣。關鍵是現在你我都被共產黨算計了，這件事還不能讓曾可達他們知道。我說兩條意見吧。第一條方行長剛才已經答應了，希望盡快把那筆錢匯到黨部公司的帳戶。第二條，今晚必須祕密處決崔中石。」

方步亭：「就第二條我不能答應你。」

徐鐵英又驚又疑地望著方步亭。

方步亭：「告訴你吧，調崔中石去上海央行工作，是國防部預備幹部局的安排……」

——方步亭竟然瞞著自己和曾可達早有安排！

這個安排的背後又是為了什麼？徐鐵英咬緊了牙愣在那裡想。

＊　＊　＊

七點過了，天邊還有暮光，顧維鈞宅邸後園石徑路邊的燈便開了。

園子很大，曾可達穿著一件白色背心，一條打籃球的短褲，一雙青年軍黃色布面的跑鞋，獨自沿著石徑已經跑得大汗淋漓。

曾可達住處的門口，他的副官，和在車站跟蹤崔中石的其中一名青年軍特工站在那裡候著。

那個特工顯出了憂急，低聲對副官道：「王副官，我們可只有一個同志在那裡監視。再不採取行動，崔中石我們就很可能控制不住了……」

「長官正在思考。」曾可達的副官低聲喝住了他，「注意紀律，這不是你該提的事。」

曾可達還在繞著石徑跑著，天越來越暗，他的面孔也越來越暗，兩隻眼卻顯得越來越亮。

副官和那個特工兩腿一碰，站直了。

曾可達終於「思考」完了，跑向了住處這邊。

曾可達停止了跑步，徑直走向房間：「進來吧。」

副官和那個特工立刻跟了進去。

＊　＊　＊

徐鐵英這才真正感覺到自己是被眼前這隻老狐狸給「賣」了，望著方步亭時那張臉便灰暗無比：「方行長，我能不能這樣理解。如果今天我不去追查那四十多萬美金是不是到了黨部公司的帳戶，就不會知道崔中石竟把錢匯到了共產黨在香港的機構，也就發現不了崔中石是共產黨。可鐵血救國會早就察覺了崔中石是共產黨，並且部署了在上海祕密逮捕的行動。這一切曾可達應該都跟您談了，您為了保全自己，極力配合他們，卻瞞著我們。」

方步亭的心情其實比他還要灰暗：「理解得好，還有別的理解嗎？」

徐鐵英：「方行長，不要以為崔中石跟揚子公司跟我們還有民食調配委員會做的這筆生意，你沒有過問，鐵血救國會那些人就打不著你！一個共產黨被你重用了多年，戡亂救國時期還把這麼一大筆錢轉給了共產黨，就憑這一條，崔中石落在鐵血救國會手裡，你的下場也絕不會比我們好。我這個理解，你認不認同？」

方步亭：「我完全認同。崔中石現在被你關著，大約過不了多久曾可達自然會來找你。你就按剛才的理解會同國防部調查組立案就是。」說著就往屏風那邊走去。

「方行長！」徐鐵英再老牌，也比不過方步亭這份沉著，「您就這樣走了？」

方步亭又站住了：「在電話裡已經告訴徐局長了，我那個被國防部調查組重用的大兒子還在家裡等我呢。說不準他也是共產黨，可你們反覆調查了他不是。我還得代表北平分行接受他的調查。徐局長，我可以走了嗎？」

＊　＊　＊

跑步思考完進到住處房間後，曾可達依然沒有下達任何任務，而是自己去到了裡間沖澡。

副官陪著那個青年特工沉住氣在外邊的客廳裡等著，這時才見曾可達上穿一件短袖夏威夷白襯衫，下著一條夏布便褲，腳蹬一雙黑色布鞋走出來了。

「把那個在警察局門口監視的同志也叫回來吧。」曾可達端起桌上的一杯白開水一口喝了。

那個青年特工還在等著他下面的話。

曾可達放下杯子時盯了他一眼。

「是。」那青年特工雙腿一碰，帶著一臉不理解也要執行的樣子急忙走了出去。

「方孟敖還在他父親家嗎？」曾可達這才問王副官。

王副官：「在。鄭營長來過兩個電話了，方步亭去了北平警察局現在還沒回去，方大隊長一直在家裡等著。」

曾可達：「你去通知，把我們監視崔中石家裡的那些人也統統撤了。」

王副官是可以隨時提醒長官並提出不同意見的，這時問道：「長官，屬下能不能請問為什麼這樣安排？」

曾可達：「徐鐵英要殺崔中石了。我們的人一個也不要沾邊。讓方孟敖把帳都記到他們頭上。從明天開始，準備徹查民食調配委員會，徹查北平分行！」

「長官英明！」那王副官由衷地說了這句，轉身也走了出去。

曾可達拿起了桌上的電話，飛快地撥通了：「徐局長嗎？我是曾可達呀。聽說崔中石被你們截下來了，是不是揚子公司和民食調配委員會的案子發現了新的線索？」

方步亭不知什麼時候又坐下了，這時兩眼空空地望著天花板，並不看正在接電話的徐鐵英。

「沒有。」徐鐵英對付曾可達反倒顯出了老牌中統的鎮定，「有新的線索我當然會第一時間告訴曾督察……是方行長通知我，說崔中石的調動南京央行有新的安排……我們警察局負責護送嘛，當然順便就接回警察局了……方行長正在我這裡，讓他跟你通話？」

方步亭倏地站起來，一口氣撐著，大步走向了徐鐵英遞過來的電話。

方步亭聽著電話，接著答道：「……任何新的安排都是南京方面的安排，無非是一定要將崔中石調走嘛……我也提醒曾將軍一句，北平一百七十多萬人要吃飯，現在傅作義將軍幾十萬軍隊的軍需也都要中央政府供給，主要依靠的是美國的援助……對，我的意見就是讓崔中石到美國去，給我們北平分行這邊多爭取一點兒美援……至於他能不能平安離開北平，也只有你們國防部調查組和徐局長這邊能決定了……」說到這裡他又閉上了眼。

徐鐵英原來還站在離方步亭有數步的距離，陰晴不定地琢磨方步亭的話語，現在知道電話那邊曾可達要做最後的表態了，不能再顧忌，立刻走了過去，站到了電話邊。

話筒裡曾可達的聲音像是有意說得很輕，徐鐵英聽得便隱隱約約：「我完全理解方行長的難處，同意改變原來調崔中石去上海的安排。」

「不過。」這裡，曾可達突然提高了聲調，「對於徐局長突然插手這件事，我們認為是很不正常的！請方行長轉告他，我們是看在方行長的份兒上，讓他處理這件事情。希望他考慮您的難處，把事情辦好。今晚就辦好，最好不要拖到明天。一定要逼我介入，尤其是方大隊長介入，都是不明智的！」

非常乾脆，曾可達將電話掛了。

「混帳王八蛋！」徐鐵英脫口而罵，竟有些像馬漢山了。

方步亭將電話慢慢擱了回去：「我本來想自己一肩將這件事情扛了，徐局長實在不應該硬插進來呀……商量後事吧。」

徐鐵英：「什麼後事，怎麼商量……」

方步亭：「我必須回去了，要不然我那個大兒子就很可能到這裡來。我把謝襄理留在這裡，怎麼商量，他全權代表我。最好不要兩敗俱傷，你也能拿到錢，我也能過了關。」

方步亭再不停留，拄著杖走了出去。

徐鐵英真不想送他，咬著牙還是送了。

＊　＊　＊

北平市警察局原為清朝六部之首的吏部衙門，坐落於天安門前東側，占地有四十畝之闊。民國時被警察局占了，為顯警局威嚴，大門不改，高牆依舊。

靠東的後院，原來是前清吏部堂官公餘信步散心之處，現在成了局長家居的庭院，等閒無人敢來，因此十分安靜，幾株古柏，三面高牆，牆根下和草地上不時傳來蛩鳴。

空曠的後院正中，一張漢白玉圓形石桌，四個漢白玉圓形石凳，看質地也是清朝吏部的遺物，面對園門，石桌旁孤零零地坐著謝培東一人。

園門外燈光照處，輕輕地，孫祕書帶著崔中石走進來了。

謝培東慢慢站起。

＊　＊　＊

方步亭那輛奧斯汀小轎車剛轉進宅邸街口，便看見青年軍那輛中吉普和方孟敖那輛小吉普停在路邊。

戒備在街口的青年軍那個班看見方步亭的轎車居然還一齊向他敬禮。

方步亭閉上了眼，小轎車極輕極穩地開到大門外停住了。

護門的那人立刻過來了，輕輕打開了後座的車門，將一隻手護在下車的門頂上。

「關了。」車座裡方步亭輕聲說道。

那人一愣，兀自沒有反應過來，車門仍然打開在那裡。

「關了！」方步亭低吼道。

「是。」那人這才慌忙又將車門輕輕關上了。

方步亭閉眼坐在車內。

前邊的司機也屏著呼吸握著方向盤一動不動，偷偷地從車內的反窺鏡中看著後邊的行長。

方步亭又慢慢睜開了眼，愣愣地望向自家的大門——他從來沒有像今天這樣，不敢進自己這個家。

＊　＊　＊

徐鐵英承諾了方步亭，於是發話，任何人不許接近後院，空曠曠的，石桌邊只有謝培東和崔中石兩個人。

「他們說你是共產黨。」隔桌坐著，謝培東語氣十分沉鬱，「我不相信，行長也不相信。可你瞞著我們把那筆錢轉到那個帳戶上去，這就說不清了。行長叫我來問你，那是個什麼帳戶，你是不是自己在裡面有股份？說了實話，我們或許還能救你……明白嗎？」

「謝謝襄理，也請你代我謝謝行長。我既然瞞著你們轉帳，就不會告訴你們背後的情由，也不會告訴任何人背後的情由。」隱隱約約的燈光散漫地照來，站著的崔中石臉上露出淡淡的笑。

這笑容讓謝培東揪心：「四十七萬美金，是個大數字。可丟了命，一分錢都跟你無關了，值嗎？」

語帶雙關中，謝培東用眼神傳達了上級對崔中石此舉的表揚。不等他反應，緊接著說道：「再說，錢轉給了別人，你的老婆、孩子怎麼辦，想過沒有？」

崔中石臉上的笑容慢慢收了，沉默片刻，低聲答道：「我也只能對不起家裡，對不起老婆和孩子了。」

「瞞著行裡，瞞著家裡，想幹什麼就幹什麼，一句對不起就交代過去了！」謝培東將臉一偏，「坐下說吧。」

「該幹的、不該幹的我都已經幹了。」崔中石十分平靜地在他對面坐了下來，「進了央行，當了北平金庫這個副主任，經我手的錢足以讓全北平的人一個都不餓死，我卻不能。還要幫著那些人把這些錢洗乾淨了，轉到他們的戶頭上，甚至送到他們手裡。這幾天關在家裡整理那些帳目，一翻開我就想起了魯迅先生《狂人日記》裡的話，每一行數字後面都寫著兩個字——『吃人』！請你告訴行長，不管把我調到上海是什麼目的，我走之前都不能再讓那四十七萬美金轉到徐鐵英他們手裡去……」

「這就是你把那筆錢轉到香港那個帳戶的理由？」謝培東立刻打斷了他，「他們已經調查了，香港那個帳戶是民主黨派的，跟人民又有什麼關係？」

「他們代表人民。」崔中石望著謝培東又露出了笑，「剛才徐鐵英審我，我看到他那副難受的樣子，心裡已經覺得值了。您不要問了，誰問我也是這個回答。」

謝培東閉上了眼，沉默少頃，轉望向園門。

園門外燈光下，出現了孫祕書徘徊的身影，接著傳來了他催促的乾咳聲。

謝培東必須說出自己不願說的話了：「那我就不問了。還有一件事，是他們叫你必須幹的……」

崔中石：「那還得看我願不願意幹。」

謝培東：「願不願意你也要幹，他們要你給家裡寫一封信……寫了這封信可以保你家人平安……」

崔中石臉上的笑容慢慢消失了，站了起來，走到一片空闊的地方：「您過來一下。」

這是為防竊聽，有要緊的話跟自己說了，謝培東裝作十分的不願意，走了過去。

崔中石盡量將嘴湊近他的耳邊：「您知道，我跟碧玉結婚是家裡安排的。」說到這裡又停下了。

謝培東不看他：「接著說，我在聽。」

崔中石：「和她結婚，也就是為了讓我進入央行後，能更好地幹下去。我不愛她卻要娶她，還跟她生了兩個孩子……往後都要靠她了。」

謝培東：「這是家裡的責任，家裡有義務好好待她，好好照顧孩子。」

崔中石瞬間又陷入了沉思，再說時似乎下了更大的勇氣：「還有一個我對不起的人，您以後如果能見到，幫我帶句話。」

謝培東感覺到他要說方孟敖了，不忍再看他：「你沒有什麼對不起他的，他心裡一直在掛念你。什麼話，適當的時候，我會跟他說……」

「看來我對不起的人太多了……」崔中石苦笑了一下，「這句話是請您帶給另外一個人的。您知道，我原來的名字叫崔黎明。請您帶話的這個人原來的名字叫王曉蕙……要是不到央行來，我現在的妻子應該是她。十年了，跟她分手時我是祕密失蹤的。後來聽說她去了寶塔山，一直還在打聽我的消息……」

謝培東從心底發出一顫：「要對她說什麼，我會幫你把話帶到。」

崔中石：「就說我現在的妻子和孩子都很愛我，進了城叫她千萬不要到家裡去，不要讓碧玉和孩子知道我們以前的事。」

謝培東又閉上了眼睛。

崔中石這時彷彿一切都得到了解脫，臉上也又有了笑容，望著謝培東，把聲音壓到最低：「最後一句話，到了德勝門那一天，請您帶給孟敖。」

謝培東只得慢慢又睜開了眼。

崔中石：「告訴他，就說我說的，發展了他，我很驕傲。」

說到這裡崔中石倏地站了起來，提高了聲調：「什麼都不用說了，我寫信就是！」

孫祕書的身影在園門外很快出現了。

謝培東是扶著桌子站起來的。

方步亭不知什麼時候悄悄進了大門，卻兀自站在傍晚大兒子送他出來的那條路上，煢煢孑立。

客廳裡不時傳來鋼琴的調琴聲！

＊　＊　＊

方邸洋樓一樓客廳。

方孟敖竟會調琴！而且那樣專注，那樣專業！

謝木蘭驚奇興奮的目光。

何孝鈺也十分意外，靜靜地望著。

只有方孟韋沒有意外的神情，但望著大哥一邊擰弦一邊不時敲擊鍵盤的身影，他的目光更為複雜。

側身一隻手試彈了幾個音符，方孟敖站直了身子：「差不多了。多久沒用了？」

「家裡也只有爸會彈。」方孟韋遞過臉盆裡的濕毛巾，「住到這裡他就一次也沒有彈過了。」

「燕大的同學，你們誰來彈？」方孟敖先望了一眼謝木蘭，接著望了一眼何孝鈺，「在這裡，彈什麼都可以，包括當局禁止的革命歌曲。」

「大爸也從來不教我，我可不會。」謝木蘭立刻轉向何孝鈺，「孝鈺，你會彈，彈一曲……」

說到這裡她想了想，壓低了聲音，「《黃河大合唱》，怎麼樣？」

「我什麼時候會彈了。」何孝鈺望著謝木蘭極力撮合的樣子，自己更應該平靜，勉強微笑了一下。

謝木蘭：「平時我們合唱，不都是你在彈嗎？」

何孝鈺：「不懂就別瞎說了，那是風琴，不是鋼琴。還是聽你大哥彈吧。」

方孟敖淺笑了一下，這神態一掃平時那個王牌飛行員給人的印象，說道：「我調好琴不是給自己彈的。」接著望向客廳大門，「會彈琴的人已經回來了，孟韋，你去接一下吧。」

方孟韋心裡一顫，他一直就知道自己最敬愛的兩個人今天會有一場不知道結果的大戲上演。晚餐時大哥送父親出去那是才拉開序幕，現在聽大哥突然說出這句話，立刻明白父親已在前院，下面才是正式的交響。不禁愣在那裡。

何孝鈺從謝培東離開時給她的那個眼神就明白今晚自己已經介入了任務，可一點兒也不知道接下來將會發生什麼事情，只能竭力裝出平靜，站在那裡。

謝木蘭當然也有了感覺，要在平時，第一個雀躍著奔出去的就會是她，可今天，現在，驚詫地望了一眼大哥，又望了一眼小哥，竟也怯在那裡。

「怎麼這麼安靜？」方步亭的身影在客廳門外自己出現了。

「爸。」方孟韋立刻迎了上去。

「大爸。」

「方叔叔。」

方步亭笑望向那架鋼琴：「這麼沉，怎麼抬下來的？」

謝木蘭這才有了話題：「我可搬不動您的鋼琴啊，是大哥和小哥抬下來的。」

方步亭的目光必須迎視大兒子的目光了：「擱了好幾年了，音也不準了，抬下來也不能彈了。」

「大哥會調琴！」謝木蘭一下子又活躍了起來，「早就給您調好了！」

「三天不唱口生，三天不練手生。我都三年沒有彈琴了。」方步亭這樣說著，卻徐步走向琴凳，坐了下來。

所有的眼睛都望著他。

誰都能看見，他的額頭上密密地滿是汗珠。

「天太熱。」方孟韋早就從臉盆裡擰出了毛巾，「爸，您先擦把臉吧。」向父親遞了過去。

方步亭接過毛巾，就在慢慢擦臉的空檔問道：「彈個什麼呢？」

方孟韋、謝木蘭都望向了方孟敖。

何孝鈺也望向了方孟敖。

方孟敖：「巴赫─古諾的《聖母頌》吧。」

方步亭遞毛巾的手和方孟韋接毛巾的手瞬間停在那裡！

謝木蘭偷偷地望向何孝鈺，何孝鈺也悄悄地望向她。

方孟敖不看父親和弟弟，望著何孝鈺和謝木蘭：「拉丁文曲名是不是叫作《Ave Maria》？」

謝木蘭立刻點頭，何孝鈺也點了點頭。

方孟敖：「意譯過來，能不能翻作『一路平安瑪利亞』？」

四個人都有了更強烈的反應！

方孟韋直接想到了崔中石，望向父親的眼流露出了帶著乞求的期待。

方步亭似乎在望著小兒子，目光卻一片空濛。

方孟敖還在望著謝木蘭和何孝鈺，等待她們的回答。

謝木蘭有些囁嚅：「直譯過來好像是『萬福瑪利亞』……」

「我覺得『一路平安瑪利亞』更好！」何孝鈺是第一次眼中閃著光亮贊成方孟敖的說法。

一片寂靜，都在等著方步亭。

沒有試音，方步亭手一抬，直接敲下了第一個音符，接著閉上了眼，竟如此熟練地彈出了巴赫《C大調前奏曲》那彷彿黎明時春風流水般的行板……

靈魂的拷問開始了。彈琴的人，還有聽琴的人。

*　*　*

崔中石的字寫得音符般漂亮！徐鐵英那張辦公桌彷彿是他面前的琴臺。

信箋上，抬頭四個字很簡單：「碧玉吾妻」。

正文信的內容也很簡單，隱約可見寫著「央行總部急調我連夜飛南京，參加赴美國求援代表團，此行係政府機密，不能面辭，恐亦不能電話聯繫。你只能帶著孩子繼續留在北平等我，生活一切方行長、謝襄理自會照顧。」

落款更是簡單，只有「中石匆筆」四字。

徐鐵英一直靜靜地站在桌旁，其實已經看清了信的內容，還是拿起了寫完的信又認真看了看，接著嘆了一聲：「一筆好字啊。我看可以。寫信封吧。」

崔中石又平靜地在信封上寫下了「謹請謝襄理　轉交　內人葉碧玉親啟」。

徐鐵英這才連同信封走到閉目坐在沙發上的謝培東面前：「謝襄理看看，沒有問題您可以先走了。」

謝培東睜開了眼，接過信默默看了不知道是一遍還是幾遍，遲遲地抬起了頭望著徐鐵英：「我現在還不能走。」

徐鐵英緊盯著他：「送崔副主任，謝襄理就不要去了吧？」

謝培東：「我們行長囑咐了，要等他的電話我才能走，你們也才能送崔副主任走。」

「什麼時候了，說好的事，還等什麼電話？」徐鐵英的臉立刻拉下來，語氣十分強硬，「孫祕書！」

孫祕書總是影子般及時出現。

「徐局長。」謝培東還是坐在那裡，「我們行長說了要等他的電話。至少我要等到他的電話才能給你們開支票吧。」

徐鐵英被噎住了，想了想，轉對孫祕書：「先送崔副主任上車，等十分鐘。」

「是。」孫祕書答道。

崔中石已經從辦公桌走了過來，也不再看謝培東，徐徐走向那道屏風，消失了身影。

孫祕書緊跟著走了出去。

徐鐵英立刻又對謝培東：「那就請謝襄理給你們行長打電話吧。」

謝培東還是坐著：「我們行長說了，叫我等電話。」

＊　＊　＊

方邸洋樓一樓客廳。

所謂巴赫—古諾的《聖母頌》，是法國著名作曲家古諾選擇了巴赫在一百五十年前所作的《C

大調前奏曲》鋼琴曲為伴奏，重新譜寫的女高音歌曲。巴赫原曲中的恬靜純真和古諾聲樂曲中的崇高虔誠結合得天衣無縫，因此被後世奉為跨年代合作的典範之作，成為了普世流行的頌揚聖母瑪利亞的經典名曲。

何孝鈺、謝木蘭是燕大的學生，而燕大的前身就是美國人創辦的教會學校，這首名曲她們當然都會唱。

令她們意外的是，沒有人聲歌唱，方步亭竟也能將鋼琴的伴奏彈得這樣叩擊人的心靈！

謝木蘭聽得是那樣緊張興奮，好幾次都想張口隨聲跟唱，都因為知道自己唱不了這首高音，急得暗中碰了好幾下何孝鈺。

何孝鈺的眼中只有鋼琴，透過這鋼琴聲看到的是彈琴的父親和站在後面聽琴的方孟敖。她的心裡是一種別樣的激動，呼吸都屏住了，哪裡敢融進這父子倆靈魂的撞擊中去！

緊接著何孝鈺的眼驚得睜大了。

方孟韋和謝木蘭雖然比她有準備，知道大哥唱歌的天賦，也都驚得更加屏住了呼吸。

方孟敖竟然能用男高音，自然地從歌詞的第三句融進了方步亭的鋼琴：

你為我們受苦難
替我們戴上鎖鏈
減輕我們的痛苦
我們跪在你的聖壇前面
聖母瑪利亞
用你溫柔雙手

擦乾我們眼淚
在我們苦難的時候……

只唱到這裡，方孟敖停住了。

方步亭竟然像是知道兒子不會唱出「懇求你懇求你拯救我們」那句尾聲，也在這時配合地結束了琴聲。

無論是謝木蘭、方孟韋，還是何孝鈺，都太應該在這個時候報以熱烈的讚頌。可沒有掌聲，甚至沒有人說上一句由衷的語言。

太多的心靈震撼都在每個人的目光裡！

方步亭慢慢從琴凳上站起來，望向何孝鈺，那笑容和她的目光一樣複雜：「這是我聽到的唱得最好的《聖母頌》……孝鈺，你覺得呢？」

「是……」何孝鈺竟然回得有些心慌，「也是我聽到的唱得最好的……」

「真是我聽到的唱得最好的……」方步亭喃喃地又說了一句，接著突然提高了聲調，「我要上去打個電話了。你們陪陪大哥吧。」

方步亭轉身時，碰到了大兒子期許的目光！

大家目光裡看到的方步亭徐徐地走向樓梯，徐徐登上樓梯，就像剛才那首曲子裡的行板。

＊　＊　＊

電話鈴在徐鐵英的辦公桌上尖厲地響了。

徐鐵英就坐在桌旁，有意不立刻去接，而是望向坐在沙發上的謝培東。

謝培東只是望著電話。

又響了兩聲，徐鐵英這才拿起了話筒。

方邸洋樓二樓方步亭辦公室。

方步亭閉著眼睛，聲音低沉而平靜：「謝襄理給徐局長開支票了嗎……是，是我說的。我最後的意見是每隔十天要聽見崔中石的聲音。」

北平警察局局長辦公室。

謝培東看到徐鐵英的臉色變了。

徐鐵英對著電話：「要是不能再聽見這個人的聲音呢？」

方邸洋樓二樓方步亭辦公室。

方步亭：「請謝襄理聽電話，由他回答你。」

北平警察局局長辦公室。

話筒已經在謝培東手裡了，但見他依然面無表情：「……我聽明白了，我這就轉告。」話筒仍在耳邊，轉對徐鐵英，「我們行長吩咐，如果他的意見徐局長不接受，我不能給你們開支票。」

徐鐵英笑了：「好呀。問問你們行長，他這個話能不能直接跟我說？」

謝培東已經將電話遞過來了。

徐鐵英接過電話，依然笑著：「可以嘛，方行長說什麼都可以嘛。你們可以把錢匯給共產黨，當然也可以把錢不轉給黨國的公司。直接跟我說就是，犯得著還要你的副手轉告？」

方邸洋樓二樓方步亭辦公室。

方步亭十分平靜：「那我就直接跟徐局長說。第一，希望你按照《戡亂救國法令》將崔中石匯錢給共產黨的案件立刻上報南京，我隨時等候特種刑事法庭傳訊。第二，如果徐局長不將案件上報卻私自處決崔中石，我今晚就將案情上報，讓徐局長等候特種刑事法庭傳訊。第三，平津的民食配給和軍需供給為什麼突然有了你們百分之二十的股份？崔中石死了，我也會以北平分行行長的身分查明後上報央行總部。如有必要，不排除將報告一併呈交立法院直接質詢全國黨員通訊局。我說得夠直接嗎？」

北平警察局局長辦公室。

徐鐵英的笑容僵硬了，咬了咬牙，話筒拿著，卻是轉望向謝培東：「謝襄理，能否到外邊迴避一下？」

謝培東默默地走了出去。

徐鐵英這才對著話筒：「方行長，還在嗎……」

方邸二樓方步亭辦公室。

方步亭聽完了話筒裡徐鐵英的一番話，語氣由平靜轉而冷峻：「徐局長，這是你今天第二次用『玉石俱焚』這個詞了。焚就焚了，我不希望第三次再聽你說這個詞。現在擺在我面前的只有一條路，那就是崔中石不能放也不能死。擺在你面前的有兩條路，可以殺他，也可以關他。怎麼祕密囚禁一個人我想對徐局長也並不難。但你一定要選擇殺他，我也就只有一個選擇，將我剛才說的第二條、第三條立刻付諸實施……沒有理由，更與國民黨、共產黨無關。你有妻室，三個兒女都好好地遷到了臺北。我兩個兒子，卻要因為這件事不認我這個父親。這就是我的理由……你說他們串通共產黨？那好，方孟敖、方孟韋現在就在樓下，我可以叫他們立刻到你那裡自首，好嗎？」

北平警察局局長辦公室。

徐鐵英一向以精力充沛著稱，這時竟也露出了精疲力竭的狀態，拿著話筒在那裡休息，其實是真不知道該怎麼對付了。

他沉默著，也知道對方仍然拿著話筒在沉默著，這太要命了。

畢竟要過這個坎，徐鐵英拿起茶杯喝了口水，放下後對著話筒，聲音還是顯出了喑啞：「我可以接受方行長的建議，今天不殺崔中石。可是明天後天，或者是十天半月，一旦這個人的存在危害黨國，我不殺他，別人也要殺他……這點我能做到，決定前一定跟您通氣……方行長這話我認同，共濟時艱吧……好，您等著。」

「孫祕書！」徐鐵英今天這一聲叫得十分無力。

孫祕書卻還是及時地進來了。

徐鐵英：「謝襄理呢？」

孫祕書：「在單副局長辦公室等著。」

「就沒有空房子讓他坐了？」徐鐵英很少如此嚴厲，「告訴你，在北平這個地方任何人都不能相信！」

方邸二樓方步亭辦公室。

電話還通著，話筒裡徐鐵英對孫祕書發火的話方步亭也聽見了。他也累了，等謝培東接聽電話總還要幾分鐘，將話筒厭惡地放到了桌上。

北平警察局局長辦公室。

「明白。」謝培東對著話筒答道，「我按行長的吩咐，現在就開……是，我會先到崔中石家，安撫好了我立刻回來。」

放好了電話，謝培東從手提皮包裡拿出了一本現金支票簿，一支專開支票的筆，就坐在徐鐵英的辦公桌前，開始開支票。

徐鐵英已經高興不起來了，坐在沙發上，也不看謝培東。
「徐局長。」謝培東站起來。
徐鐵英這才慢慢站起，走了過去。
謝培東一共遞給他三張支票。
徐鐵英眼中又起了疑意，打起精神注目望去。
第一張支票大寫小寫俱全，數字是十五萬美金。
第二張支票也是大寫小寫俱全，數字也是十五萬美金。可徐鐵英的臉色卻變了，立刻翻看第三張支票，大寫小寫俱全，數字是十七萬五千美金，他的臉色更加陰沉了。
徐鐵英望向謝培東：「怎麼只有第一張有簽名？」
謝培東答道：「我們行長吩咐，十天後簽第二張，再過十天簽第三張。」
徐鐵英這口氣憋得臉都青了，將支票往桌上一扔：「不要了。帶回去給你們行長，就說徐某人明天也許又會調回南京了。這些錢你們留著給我的下任吧。」
謝培東目光湛湛地望著他：「忘記了，我們行長還有句話叫我轉告徐局長。我們有一家公司已經在臺北註冊，規模應該不會比這個專案小。股東不多，其中一位就是徐局長的夫人。這是股東註冊的登記表，徐局長不妨也看看。」
這倒大出徐鐵英意外，望著謝培東遞過來的那張表，臉色轉了，目光仍然淡淡的：「你們行長也太替朋友操心了……讓人卻之不恭受之有愧呀。」
謝培東：「以徐局長的為人，朋友怎麼幫忙都值。」
徐鐵英的目光這才轉了過來，賞識地望著謝培東：「方行長如果早讓謝襄理跟我聯絡，也不會弄得彼此為難了。我送你吧。」

「不用了。」謝培東立刻拱了下手，拿起了手提皮包，「今後有什麼需要跟我們行長溝通的，徐局長可以先找我。」

「好，好。」徐鐵英有力地伸過去一隻手。

謝培東也伸過了手，被他握得有些生痛。

＊　＊　＊

二樓方步亭辦公室的門開了。

方步亭慢慢走了出來，卻是一愣。

樓下客廳裡只有程小雲一個人，這時迎了過來。

「他們呢？」方步亭站在二樓的樓梯口問道。

程小雲在樓梯下停住了：「孟敖回軍營了，孟韋送孝鈺和木蘭去了。」

方步亭悵然站在那裡。

程小雲望著他臉上有了笑容：「孟敖說了，叫我給他收拾一間房。他可能不時要回來住住。」

方步亭臉上也慢慢有了笑容，卻笑得那樣無力。

＊　＊　＊

北平警察局局長辦公室。

徐鐵英已經將三張支票、一張註冊登記表鎖進了辦公桌旁靠牆的保險櫃裡，關了沉沉的保險櫃門，又擰了一把保密鎖，站起時才叫道：「孫祕書！」

孫祕書又及時出現了。

徐鐵英：「你親自去安排，不要讓什麼單副局長和方副局長知道，今晚就將崔中石送到我們中統駐北平的監獄裡去。按甲級囚犯禁閉。」

孫祕書這次卻沒有吭聲，只是望著徐鐵英。

「怎麼了？不該問的不要問。」徐鐵英今天對他的表現不甚滿意，說完這句便向裡間走去。

「局長！」孫祕書這聲叫得有些異樣。

徐鐵英站住了，慢慢轉過了頭，發現了他的異樣。

孫祕書：「報告局長，崔中石我已經交給了馬漢山帶來的軍統，祕密押往西山去執行了！」

徐鐵英的眼睜圓了！

# 第二十章

北平警察局局長辦公室。

依然身著中山裝的孫祕書在徐鐵英的眼中突然出現了幻覺，變成了穿著青年軍軍服的鐵血救國會！驀地耳邊響起了曾可達在電話裡的聲音：「對於徐局長突然插手這件事，我們認為是很不正常的……希望他把事情辦好，今晚就辦好，最好不要拖到明天。一定要逼我介入，尤其是方大隊長介入，都是不智的……」

幹了一輩子黨務，由中統而全國黨員通訊局，徐鐵英一直身居要津，從共產黨到黨國內部的軍公政教，從來是自己代表黨部為總裁操殺別人，現在突然發現自己被別人從背後操殺了，而且是來自總裁血緣的資淺少壯！想到自己投身幾十年的強大黨務系統，在此黨國存亡絕續之時，只不過如沙如水，而人家僅憑著一脈親緣，卻能夠如鐵如血！一陣寒心，倒激起了要代表老輩與這些少壯一決高下的意氣。

徐鐵英擠出笑，目光反轉溫和：「沒關係，都是為黨國辦事嘛。我只是好奇，你什麼時候加入鐵血救國會的？」

那孫祕書被他問得一愣，卻沒有回話，只是望著他。

徐鐵英仍然笑著：「如果鐵血救國會有紀律，不好回答，就不用回答了。不過，黨部的紀律你也知道。不管誰，不管哪個部門，暗中插手黨務，都將受到黨紀的嚴厲制裁。告訴我，誰叫你這樣做的？」

「是局長。」孫祕書回答得很冷靜。

徐鐵英的手慢慢伸向了身旁辦公桌上的茶杯，湊到嘴邊喝了一小口，接著猛地將杯子裡的茶水茶葉潑向孫祕書的臉！

孫祕書竟依然筆直站在那裡，只是伸手抹去了沾在臉上的茶葉：「局長……」

「清醒！清醒了再回話！」徐鐵英終於低吼了，「你不回答，我也可以立刻以黨部的名義制裁你！」

「是。」孫祕書應了一聲。

「說吧。」徐鐵英放下了茶杯。

孫祕書：「局長指示，叫我將崔中石先送上車，只等十分鐘。我等了十分鐘。」

這句回答，倒讓徐鐵英愣了一下。可很快又給了他一個冷笑，等聽他說。

孫祕書：「黨部有鐵的紀律，上司的指示我必須不折不扣地執行。」

「嘿嘿！」徐鐵英的冷笑有了聲音，目光也不再看他，盯著他頭部上方的天花板，「黨部的指示是叫馬漢山帶軍統去執行？」

孫祕書：「屬下察覺局長被鐵血救國會和北平分行從兩面挾持了。局長在北平代表的是中央黨部，挾持局長，就是挾持中央黨部！他們鐵血救國會既然打著國防部調查組的牌子殺人，就應該讓國防部保密局所屬軍統去執行。局長不應該忍受他們的挾持，因為這將使黨部的形象受到玷污。如果屬下幹錯了，寧願接受黨紀制裁，但絕不能忍受他們挾持局長，玷污黨部。」

徐鐵英的目光又從天花板上慢慢移下來了。

孫祕書的面孔又漸漸清晰了，望著他一臉的茶水還沾著幾片茶葉，徐鐵英對他的疑心在一點點消失。

「愚忠！」這個詞最終取代了懷疑，心裡也隨之慢慢好受了些，可焦躁又上來了。對此愚忠，愛也不是，恨也不能。關鍵是因自己的懷疑白白耽誤了要命的幾分鐘時間！

「好忠誠！好幹部！」徐鐵英從牙縫裡迸出了這兩句，接著急問道，「馬漢山他們走多久了，執行地點在哪裡？」

孫祕書：「二十分鐘了，地點是西山軍統祕密監獄。」

徐鐵英不再問他，一把拿起了桌上的電話，卻又停在那裡，急劇想著，打哪個電話才能阻止馬漢山，留下崔中石！

＊　＊　＊

伺候方步亭洗了澡，換了夏季短裝睡衣，陪他回到臥室，程小雲沒有開風扇，拿著一把蒲扇站在他身後輕輕地搧著。

「我今天要審你。」程小雲在他耳邊輕聲說道。

「審我什麼？」方步亭坐在那裡享受著這片刻的寧靜，依然沒有睜眼。

程小雲：「你不像三年沒有彈過琴。平時在哪裡練琴，從實招來。」

方步亭臉上有了難得的笑容：「一三五在二姨太家練，二四六在三姨太家練。」

程小雲撇嘴一笑，流露出了迷人的風韻：「那就只剩下禮拜天了，在哪裡彈？」

方步亭：「禮拜天當然該去教堂給聖母彈，可為了陪你這個聖母，又不能去。」

程小雲收了笑容，手中的蒲扇也停了：「用不著哄我了……她才是你心裡的聖母……你知道自己今天彈得有多好嗎？還有孟敖，真沒想到他能唱得這樣好。我在房間裡聽著一直流淚。其實你們父子的心是相通的。你們一個在想妻子，一個在想媽媽……」
方步亭慢慢睜開了眼，抬起頭，轉望著她。
程小雲也正望著他，輕輕念道：「『十年生死兩茫茫，不思量，自難忘。』我理解你的心情。」說著，眼中已閃出了淚星。
方步亭站起來，從程小雲手裡拿過了蒲扇，按著她坐下，給她輕輕搧了起來，輕輕回道：「『知我者謂我心憂，不知我者謂我何求。』生逢亂世，失去了她，又遇到了你，蒼天待我已經很厚了。小雲，孟敖這一關我還不知道過得去過不去。國已不國，我只想保全這個家，可也不知道能不能保全……」
突然，門外傳來辦公室的電話鈴聲。
方步亭的心跳了一下，手裡的蒲扇也停了一下，決定繼續給程小雲搧著，任電話隱隱傳來。
「去接吧。」程小雲站起來，拿過了他手裡的蒲扇，將他輕輕一推，「去接。」

北平警察局局長辦公室。
徐鐵英對著話筒：「沒有時間解釋了，我現在怎麼解釋你也不會相信！方行長，孟韋在燕大，離西山近，這個時候只能讓孟韋先去阻止馬漢山……我當然去，我到了就讓孟韋離開！」

燕南園何其滄宅邸一樓客廳。
「孟韋。」何其滄坐在沙發上，抬頭望著方孟韋。

方孟韋這時穿著一件普通青年的襯衫，肩上扛著一袋麵粉愣愣地站在客廳中。

何孝鈺站在一旁，謝木蘭也站在一旁，兩人都很尷尬，也有些同情地望著愣在那裡的方孟韋。

何其滄：「我跟你爸有君子協定，這個時局，學校的老師和學生都在挨餓，我不會接受他任何饋贈。你要是尊重何伯伯，就帶回去。」

方孟韋對何其滄像對父親一般恭敬，忍了很久的話必須說了：「何伯伯，這不是我爸送的，是我哥囑咐我送的。」

何其滄一愣，下意識地望向了何孝鈺。

何孝鈺驀地想起了那晚方孟敖離開時說要給自己送一袋麵粉，卻沒想到他會叫弟弟以這種方式送來！

——這就不僅僅是一袋麵粉了。無辜面對父親質詢的眼光，她還要承受尷尬。

好在此時電話鈴響了。

何其滄就坐在電話旁，不再看女兒，伸手拿起了話筒：「……還在，你們說吧。九點了，我是要去睡覺了。」

何其滄手裡掂著話筒，何孝鈺已經過來攙他站起。

何其滄望著方孟韋：「你爸打給你的。」

其實方孟韋，包括何孝鈺和謝木蘭都早已聽出了是方步亭來的電話。

方孟韋這才放下了肩上的麵粉，連忙過去雙手接過話筒，恭敬地避在一邊，讓何孝鈺攙著何其滄走向樓梯。

方孟韋這才將話筒對向耳邊，聽著，臉色陡然變了。

謝木蘭望著小哥神色陡變，立刻關注地問道：「小哥……」

方孟韋伸手止住了她，對著話筒急促地低聲說道：「爸不用急，我立刻去，一定將人救下……我知道，不會有什麼衝突。您注意身體，早點歇著。爸，我掛了。」

方孟韋平時跟父親通話都要等父親先掛，這回自己先掛了，還是沒忘把電話輕輕地放下，接著快步走了出去。

「小哥！」謝木蘭在背後叫他。

方孟韋沒有停步，也沒有回頭：「沒什麼事，你們也早點睡。」

人已經消失在門外。

轉眼只剩下自己一個人，謝木蘭突然感覺自己的心在怦怦亂跳。她知道自己接下來會去哪裡，只是不知道去了後會是什麼情形。

院外小哥的吉普車響了，她的腳步也飛快地走出了客廳的門。

＊　＊　＊

這一天發生了這麼多的事，都是突然而來，又突然而去。

何孝鈺一個人獨自站在院門外，但見昏黃的路燈照著遠遠近近的樹影，燕大的校園從來沒有這麼沉寂，無邊的夜也從來沒有這麼沉寂。她不知道自己接下來該怎麼辦。她眼前幻出了白天謝培東臨走時留下的那個眼神，可那個眼神很快消失在神祕的夜空。她眼前又幻出了老劉同志含蓄的笑容，很快那笑容也消失在神祕的夜空。接著出現的便是梁經綸深邃的眼，彷彿就在夜空中深望著她。她連忙閉上了眼，梁經綸那雙眼也終於消失了。

腳下的路實實在在就在腳下，她卻不知道能去找誰。

慢慢轉過了身，茫然走回院門，卻又出現了耳鳴。她又停住了腳步，閉上了眼睛，竭力使自己的心平靜下來，偏又隱隱約約聽見了鋼琴伴奏的歌聲：

你為我們受苦難

替我們戴上鎖鏈

……

方孟敖的歌聲！

何孝鈺立刻睜開了眼，四周一片沉寂，哪有什麼歌聲。

* * *

西山軍統祕密監獄院內。

「我操他徐鐵英祖宗十八代！」馬漢山的下頜被方孟韋的槍口頂著，頭仰得老高，破口大罵，「自己被共產黨算計了，接著來算計老子。人已經執行了，我拿什麼還你！」

方孟韋頂著馬漢山下頜的那把槍在發著抖，問他的聲音也在發抖：「你最好是在說假話……立刻把人交給我……」

「請冷靜。」軍統那個執行組長出頭說話了，「方副局長請冷靜。我們都可做證，槍斃姓崔的共黨確實是徐局長下的命令。戡亂救國，我們只是配合執行。」

影影綽綽那十來個軍統都冷冷地站在那裡。

方孟韋的心徹底涼了：「……帶我去看人！」

「當然帶你去，把槍拿下來好不好？」馬漢山的眼一隻盯著槍口另一隻居然能同時盯著方孟韋，「上了膛，你手這樣抖著，走了火，你一條二十多歲的命頂我一條五十多歲的命，值嗎？」

方孟韋拿槍的手慢慢放下時，突然覺得手從來沒有這麼軟過，跟著馬漢山向裡面走去，感覺每一步都踏在軟地上。

＊　＊　＊

燕大東門外文書店二樓。

「不要緊張，沒有關係。坐，坐下說。」梁經綸站在書桌旁，望著緊張激動的謝木蘭，聲調和目光都十分溫和。

謝木蘭還是站在門口：「我是一個人來的，沒有人知道。孝鈺……也不知道……」說到這裡，她覺得自己的唇腔在發乾。

梁經綸拿起水瓶，給她倒水，水瓶已經空了。略一猶豫，他端起了自己的水杯，走近謝木蘭，遞了過去：「對不起，我喝過了，不介意吧？」

「不、不介意……」謝木蘭接過水杯，湊到嘴邊時都能聽到自己的心跳聲。

梁經綸的聲音是那樣近：「你到這裡來我不會讓任何人知道。不要著急，坐下來，慢慢說。」

「跟孝鈺也不說嗎？」謝木蘭喝了梁經綸的水，有了勇氣，兩手緊緊地握著他的杯子，望著他。

梁經綸深點了下頭，接著輕聲問道：「我去關上門，好嗎？」

謝木蘭的心跳更加急速了，緊張了好一陣子，也深點了下頭。

梁經綸從她身前走過，謝木蘭緊閉上了眼，只覺得長衫拂過，輕輕的風都能把自己飄起來了！

＊　＊　＊

西山軍統祕密監獄停屍間沉重的鐵門從外向內慢慢推開了。

因擺有冰塊，暑熱融化，白氣瀰散，那盞吊燈更顯昏暗。

由於這裡是祕密殺害共產黨和進步人士的地方，好些人被執行後還要等上級來驗明正身，因此擺有十來張床。今天別的床都空著，只有中間一張床上靜靜地躺著一個人，臉被蓋著，那身西服雖然胸口有一片血漬，還是能一眼認出，那就是崔中石！

方孟韋愣在門口，馬漢山和軍統那些人都在身後。

什麼聲音都沒有，方孟韋一個人慢慢向躺著崔中石的那張床走去。

軍統那個執行組長在馬漢山耳邊輕聲說道：「馬局，您先找個地方避一避吧？」

馬漢山聲音倒很大：「殺個共產黨，我避什麼？老子就在這裡等徐鐵英那個混帳王八蛋！」

方孟韋走到崔中石身邊站住了。

他的手伸向蓋著崔中石臉部的那塊白布，手指觸到了白布，卻又停在那裡。

他閉上了眼，然後一點一點輕輕揭著白布。

他想像白布後是另一張臉，很快便模糊，於是便竭力想使這張面孔清晰。

——想像中白布下面出現了馬漢山的臉，可他知道不是。

——想像中又出現了徐鐵英的臉，他也知道不會是。

那塊白布已經提在手裡，他耳邊突然聽見一個聲音在喚他：「孟韋！」——是白天崔中石在車站喚他的聲音。

眼前立刻浮現出崔中石最後望他的那雙眼！

自己當時怎麼就沒看出那是最後告別的眼神！

方孟韋猛地睜開了眼！

白天望他的那雙眼永遠閉上了——那張臉卻還是那張憨厚勞苦的臉！

方孟韋竭力將湧向喉頭的淚水咽住，卻止不住從眼眶中湧了出來！

＊　＊　＊

燕大東門外文書店二樓。

謝木蘭竟也趴在書桌上低聲哭了。

梁經綸靜靜地坐在她的對面，以革命的名義面對純真的青春激情本是自己的職業，可今天不知為何，竟也心緒紛紜。一向孤獨，卻從沒有今天這種孤獨感。

謝木蘭對梁經綸的沉默更加感到了恐慌，慢慢止住了哭聲，不敢看他，哽咽地說道：「我知道……他們幹的事都是對不起人民、對不起革命的事……可我、可我又總覺得他們不是壞人……」

說到這裡，她怯怯地望了一眼梁經綸，「梁先生，是不是我的革命立場不堅定……」

「你願意聽我說嗎？」梁經綸的聲音如春風和煦。

「願意，當然願意。」

梁經綸：「那就抬起頭看著我。」

謝木蘭還是先低著頭掏出手絹抹了眼淚，然後才抬起了頭，依然不敢望他的眼睛。

梁經綸的眼部以下也是那樣充滿了魅力：「你今天把發生的情況都來告訴了我，這已經證明了你的立場。你是進步的青年，非常優秀的進步青年。」

謝木蘭特別想看梁經綸的眼睛了，也開始敢看他的眼睛了：「梁先生，我想進一步堅定自己的立場……」

梁經綸嘴角帶著笑，目光卻充滿鼓勵：「好呀，說說怎麼進一步堅定立場。」

謝木蘭鼓起了勇氣：「我想離開那個家，和他們劃清界線……」

梁經綸：「然後呢？」

謝木蘭再不猶豫：「跟著你……工作……」

梁經綸沉默了。

謝木蘭的心又慌了：「我知道，我不配在您身邊工作……」

梁經綸站起來了，踱到了窗邊，沉思了少頃。

謝木蘭也跟著站起了，抑住心跳，像是在等待光明或者黑暗。

梁經綸慢慢轉過身了，竟然說出謝木蘭不敢相信的兩個字：「過來。」

謝木蘭也不知道自己是怎麼走到他身前的，心中的太陽近在咫尺，她閉上了眼。

她的手被他的手握住了，有力而又輕柔，聲音恍若夢幻：「你已經在我身邊工作了。可是你還得回到那個家去，你承擔的任務無人可以取代，非常艱巨，非常光榮。」

謝木蘭更加不敢睜眼了：「我能經常見到你嗎？就像、就像現在這樣……」說著突然將頭貼到了他的肩上，一任那顆心劇烈地跳動。

梁經綸的心跳也被謝木蘭聽見了！

他將自己壓抑得太久了，美麗、青春和激情時常在他身邊奔放，都因他的矜持匆匆拂過。他突然覺得，其實自己一直在等，等著緊貼自己的這個人——而且能夠確定不是和何孝鈺在一起時的那種感覺。

他於是慢慢摟住了她，將她的身子貼緊自己的身子，等著那張曾經被自己忽略過的美麗臉龐直面自己。

心靈的感應使謝木蘭抬起了自己的臉龐，而且兩眼熾熱地望著另外那雙自己恨不得能走進去的眼睛。

梁經綸：「我念一句詞，你如果願意，就把上一句說出來。」

謝木蘭的臉幾乎就要貼著他的臉，呼吸都停住了，只敢把長長的睫毛輕輕眨了一下。

梁經綸這時反倒閉上了眼，輕聲念道：「又豈在朝朝暮暮……」

謝木蘭只覺得熱血直湧上來，張開了嘴，心裡在激動地念著「兩情若是久長時」，卻發不出聲來。梁經綸的嘴慢慢地輕輕地貼上了她的嘴。

謝木蘭渾身都在顫抖。

＊　＊　＊

西山軍統祕密監獄停屍間。

「啪啪」兩記響亮的耳光，孫祕書依然筆直地站著。

徐鐵英打了後緊接著問道：「你為什麼叫他們槍斃崔中石？」

「局長。」孫祕書竟異常冷靜，「屬下能不能問一問馬副主任？」

徐鐵英目光掃向馬漢山時飛快地掠了一眼方孟韋。

方孟韋臉色已經由原來的蒼白變得鐵青，這時誰也不看，只冷冷地望著前方。

馬漢山竟也不看徐鐵英投來的目光，硬著脖子晃著腦袋兩眼望天：「不要裝了，老子直接代你們把話編了就是。民國三十七年七月二十一日晚七時許，北平市民食調配委員會副主任馬漢山率保密局北平站十餘人員，直闖北平市警察局，強行帶走共產黨或不是共產黨之人犯崔中石一名，駕車三輛飛奔西山殺人滅口。馬漢山罪責難逃啊！法官卻問，馬漢山，你真是厲害，從北平市警察局強行搶了人，又強行搶了警察局的三輛車，三把車鑰匙你是如何搶得的？完了，老子都沒辦法替你們編了。徐局長、孫祕書，你們接著編吧！」

中統之不同於軍統，就是沒有馬漢山這類人身上的江湖氣。而正是這種江湖氣往往使得國民黨那些正規部門或正統人士遇之頭疼。

馬漢山這一陣鳥槍火銃散彈亂放，還正打著了地方。

徐鐵英的臉更陰沉了，只得又轉望向孫祕書。

孫祕書表現出罕見的鎮定：「馬副主任說完了沒有？我現在可以問你了嗎？」

馬漢山的目光也從天花板上拿了下來，等著那孫祕書。

孫祕書：「請問馬副主任，軍統執行組歸誰管？」

「別扯了。」馬漢山手一揮，「直接問吧。」

孫祕書：「北平市警察局有什麼權力調動軍統執行組槍斃人？」

馬漢山咬著牙：「接著問。」

孫祕書：「就算我們局長能代表國防部調查組調動軍統執行組，徐局長當面給馬副主任交過任務嗎？或者馬副主任有徐局長槍斃人的手令？」

馬漢山這才有些急了：「那你是誰？當時傳達徐局長命令的是誰？」

孫祕書：「我不辯白。如果任何一個長官的祕書都能直接行使長官的職權，那我現在就叫馬副主任把你的執行組長也槍斃了，你會聽嗎？」

「開口就是！」馬漢山此刻哪會讓他難倒，「把你的槍給我，你叫我槍斃誰我這就槍斃誰！是不是要先叫你們徐局長出去躲避一下？拿槍來呀！」

那孫祕書卻未料到此人還真魔高一丈，一時被他將住了，下意識望向徐鐵英，哪敢拿什麼槍給他。

不料有個人把槍倏地拔了出來，就是方孟韋，幾步走到馬漢山面前，把槍向他一遞。

馬漢山這下可不敢接了，徐鐵英和孫祕書還有一干軍統人員全愣在那裡。

方孟韋：「為什麼不接槍？」

馬漢山嚥了一口唾沫：「方副局長，我接槍幹什麼？」

方孟韋：「你自己剛才要槍，現在反問我？」

馬漢山：「我們都上當了，你現在還不明白？」

方孟韋將槍縮了回來：「是應該問明白了。這個崔中石為什麼突然之間被槍斃？他是不是共產黨？」

互相望著，竟無一人回答他的提問。

方孟韋舉起槍突然朝上開了一槍，接著大聲吼問：「誰回答我！」

大家的耳朵都被震得嗡嗡作響。

徐鐵英知道不能再這樣下去了，也不問馬漢山，只問孫祕書：「你回答方副局長。」

那孫祕書倒難得依然鎮定：「報告局長，報告方副局長，目前只有他涉嫌貪墨公款之證據，不能證實他是共產黨。」

「涉嫌貪墨公款就這樣把人殺了！」這次喝問的是徐鐵英，「孟韋，崔中石是北平分行金庫副主任，面對央行，這件事也一定要有個交代。聽我一句，先冷靜，我們回去商量。」

方孟韋這才第一次望向了他：「商量什麼？」

徐鐵英十分誠懇地先向他眨了眨眼：「過後我跟你說。」說到這裡轉望向馬漢山一干人等，「這件事鬧大了。如果有誰為了推掉責任妄說崔中石就是共產黨，找你們的可就不是我了。要是捅到南京，只怕你們毛局長也回不了總統的話。出了這個門，最好都閉上嘴！」

馬漢山一臉不服，那些軍統也都一臉不服，可確都閉緊了嘴，無人再吭一聲。

徐鐵英靠近方孟韋耳邊，低聲說道：「我也很難過，可最難過的還有方行長和方大隊長。我們務必冷靜，找到謝襄理商量個辦法，最好先不要讓你爸和你大哥知道。」

方孟韋悲憤莫名，提著槍已經大步向門外走去。

徐鐵英再不停留，盯了一眼孫祕書，二人緊跟著走出門去。

停屍間裡剩下了馬漢山和那十來個軍統，也不是捨不得走，只是不知道何以還要站在這裡。

「跟我來！」馬漢山突然喊了一句，竟向躺著的崔中石走去。

那些軍統反應過來，跟在他身後，都湧向了崔中石那張床。

馬漢山望著躺在那裡的崔中石，說道：「老崔，冤有頭，債有主，不管你是不是共產黨，殺你的不是我們。託個夢給為你報仇的人，該找誰，不該找誰，叫他們要認清了。」說完竟向他深深鞠了一躬。

他身後的那些軍統的腰或深或不深都彎下來向崔中石鞠了一躬。

「走！」馬漢山倒覺得自己是崔中石了，大義凜然地走了出去。

軍統們僵屍般齊跟了出去。
崔中石那張忠厚勞苦的臉上，隱隱約約好像有一點兒笑容。

＊　＊　＊

北平市民食調配委員會總儲倉庫大門外。
天還將亮未亮，一輛小吉普、一輛中吉普、一輛十輪軍用大卡猛地停在了大門口。
「守著門！」方孟敖從小吉普上跳下來，「一個人也不能放出去！」
方孟敖也不等別人，一個人先闖了進去。
守門有士兵，也許認識他，或許不認識他，都執槍敬禮。
青年航空服務隊二十名飛行員紛紛從小吉普、中吉普跳下，緊跟著闖了進去。
那輛軍用十輪大卡上是保護航空服務隊的青年軍一個排，一色的美式卡賓槍，鄭營長帶著，也都紛紛跳了下來，一個班守大門，兩個班各奔一個街口，將民調會總儲倉庫封鎖了。

北平市民調會總儲倉庫值班室。
「你們馬副主任呢？」方孟敖直問當班的李、王二科長。
二人這時夢都醒了，兀自假裝矇矓，互相望著，等對方開口。
方孟敖：「銬一隻手。」
邵元剛立刻銬了李科長一隻手，郭晉陽立刻銬了王科長一隻手。

方孟敖：「牽著他們，先把這裡所有的人都集中到大坪裡。」

「是！」

邵元剛牽著李科長，郭晉陽牽著王科長立刻走出了值班室。

外面大坪傳來了刺耳的口哨聲，接著是吆喝聲、集合聲。

方孟敖的行動彷彿都不用思索，拿起了值班室的電話立刻撥通了北平警察局：「接徐鐵英局長……叫他起來，國防部調查組！」

拿出了一支雪茄銜在嘴裡，掏出了打火機，翻蓋打火——只是在這當間才能看出方孟敖那從來不抖的手有點微微顫抖。

「我是方孟敖，我在北平市民調會。」對方電話接通了，「我希望半個小時內見到馬漢山……那就一個小時……那就一天！如果北平警察局一萬三千名員警都找不到一個馬漢山，徐局長是否應該自己去找！」說著便掛了電話，大步走出了值班室。

北平市民調會總儲倉庫大坪。

東方已白，有副科長，其餘全是科員，大大小小好幾十號人都被趕到了這裡，擠作一堆，見兩個科長都上了手銬，周圍是看押他們的飛行員。不知何事東窗發了，要動真刀真槍。這時又見方大隊長大步走來，更是噤若寒蟬。

方孟敖走到這群人面前，聲音也不高，開始問話了：「誰回答我，在民調會貪污一袋麵粉怎麼處理？」

鴉雀無聲。

方孟敖接著問道：「貪污一袋大米怎麼處理？」

還是鴉雀無聲。

方孟敖本就沒有想要他們回答，接著說道：「民調會章程上這些都有，我記得是就地槍決。」不知為何，他把「就地槍決」四個字說得如此悲愴！

那些人都一陣寒戰。

方孟敖顯然在竭力調整自己的情緒，這才又說道：「我現在宣布幾條新的章程，凡能舉報貪污一百袋麵粉、大米者免予死刑，凡能舉報貪污一千袋麵粉、大米者免予坐牢。誰能舉報馬漢山立功受獎！」

李科長臉色大變。

王科長臉色大變。

其他人眼中彷彿又有了光亮，只不過口欲言而囁嚅，都開始在心中盤算如何舉報了。

方孟敖：「有的是時間，你們可以慢慢想，想好的就舉手。郭晉陽！」

「有！」郭晉陽大聲答道。

方孟敖：「你在值班室等，凡舉報者一律單獨接待，為他們保密。」

郭晉陽：「是！」答著將牽著的王科長遞給了另外一名飛行員。

一群鵝一樣的頸子伸長了，整齊地看著方孟敖大步走出大門，走向停在門外的小吉普。

* * *

方邸前院的大門竟洞開著！

太陽已經升起，恰好斜照著洞開的大門，且無看門人，前院也無一個人影。

方孟敖在洞開的大門口站住了，很快地掃視了一眼，接著望向前方那棟洋樓。他知道這死一般的寂靜全是一個人的安排，而那個人正在洋樓裡等著他。

客廳的大門也洞開著，陽光將方孟敖的身影剪定在門框中。

餐桌旁，方步亭一個人坐在那裡；方孟敖的身影擋住了陽光，也擋住了方步亭身上的光照。

他卻依然鎮定，低著頭用勺慢慢舀起碗裡一個湯圓，送進嘴裡咬了一半，慢慢嚼著，然後用勺往嘴裡送進另一半，慢慢嚼著，慢慢嚥下。

不到六十的人，卻像滿嘴無牙的八十老人在吃著最後的晚餐。

方孟敖就站在門口，不動，亦無聲，等他將那個湯圓吃完。

「那一碗是你的。」方步亭說話了，依然低著頭，居然又去舀第二個湯圓，還是先咬一半，在嘴裡慢慢嚼著，「我親手做的，我母親當年教的，卻總是沒有她老人家做的好吃。」

方孟敖的目光早就籠罩了整個客廳，早就發現其他照片都不見了，卻有一幅原來沒有擺出來的照片孤單地擺在客廳正中的案上！

前排正中坐著一個慈祥的老太太，身前摟著約三歲的孩子；後排站著一男一女，一個儒雅，一個美麗，細辨還能看出是年輕時的方步亭和孟敖的媽媽。

那個三歲的孩子顯然就是現在快三十歲的方孟敖！

方孟敖閉了一下眼，又睜開了，開始向餐桌走去。

方步亭把勺裡的另半個湯圓又送進了嘴裡。

方孟敖在他對面坐下了，另一碗湯圓就擺在面前。他沒看，只在等著對面的人把嘴裡又半個湯圓嚥下。

方步亭嚥下了第二個湯圓，居然仍低著頭去舀第三個湯圓，卻見一樣東西伸到了自己的面前！

方孟敖將一張兩寸的黑白照片貼著桌子推到了方步亭的碗邊。

——照片上一個是穿著空軍軍服的方孟敖，一個是西服領帶的崔中石！

方步亭只好把勺擱在了碗裡，望著那張照片，喃喃地說道：「我不殺伯仁，伯仁因我而死。」

「為什麼殺他？」

方步亭曾設想了這個大兒子開口問的第一句話，至少設想了十種以上的問話，比方問自己為什麼當面承諾背後棄義，甚至問自己為什麼十年了還是那個不堪為人之父的父親，等等等等。就是沒有想到他會問得如此簡單，簡單到自己吃驚，簡單到自己用這句話去問別人也無人能答。

「為什麼殺他？」方步亭在心裡想得好苦。

——因為他是共產黨？因為他太不應該牽連太多的事？因為他是個太應該死的好人？因為他是個太應該死的活人？自己能說清楚嗎？有誰能說清楚嗎？

方步亭必須抬起頭了，必須望著方孟敖了：「這句話應該讓別人來問。」

方孟敖：「讓誰來問？」

方步亭：「小一點讓曾可達來問，大一點讓曾可達的上級來問。」

方孟敖把那張照片慢慢拿回去，插進了上衣口袋：「帳呢？」

方步亭：「封存了。」

方孟敖：「在哪裡？」

方步亭：「你姑父那裡。」

方孟敖站起來：「不要以為我不能在這裡抓人，你們就可以天天看著那麼多人餓死，然後殺死一個替罪的人，自己在這裡安然地吃湯圓。」說著端起了面前那碗滿滿的湯圓輕輕放到方步亭的那只碗邊，轉身向門外走去。

方步亭望著他的背影。

「收起那幅照片。」方孟敖的背影在客廳門口又停住了，「下次我來不想再看到我祖母跟您在一起。用這麼多心思，就去想想我祖母是怎麼教您的。再用一點兒心思想一想崔中石的老婆和他的兩個孩子，如果還有心思就想一想北平兩百萬挨餓的人。」

方孟敖走了，太陽光照進了這間一樓連接二樓的洋房。

二樓方步亭臥房的門輕輕開了，程小雲眼噙著淚出現在臥房門口，愣愣地望著坐在餐桌旁愣愣的方步亭。

突然，她面露驚色：「步亭！」連忙向樓梯奔去。

——餐桌旁的方步亭正彎著腰將手指伸進喉嚨，拚命摳著，想把吃進去的湯圓吐出來……

「姑爹！姑爹！」程小雲一邊奔下樓一邊急喊著謝培東。

方步亭彎著腰，已經一手捂住腹部，向程小雲伸出了另一隻手，顯然是在阻止她的叫喊。

* * *

「同學們！同胞們！」梁經綸站在和敬公主府高於大院地面一米的廊簷下，今日尤其慷慨激昂，「事實已經越來越清楚，北平市參議會之所以做出驅趕東北同學的決議，是因為北平市民食調配委員會貪污了大量的配給糧！或者說有很多人在攫奪北平民眾包括師生口中的最後一點兒活命糧！『七五慘案』，死去的同學沒有說法，被抓的同學依然關在牢裡！南京中央政府派了個所謂的五人小組到北平，坐著飛機呼嘯而來，不到一個星期又偃旗息鼓而去。沒有任何調查結果，更沒有給東北同學和北平民眾任何交代。這說明什麼，說明他們在欺騙民意，或者是他們畏懼權勢甚於民意！假設一下，如果沒有方孟敖大隊長率領的青年航空服務隊，當局早就應該撥給北平的一千噸糧食很可能在天津或是別的地方也被賣了，變成了美元，流入了他們的口袋。還有，國軍第四兵團的軍糧為什麼也會跟民調會的配給糧發生關係？黑幕已經拉開一角，『七五慘案』過去二十多天了，我們還應該沉默，而讓一支二十餘人的航空服務隊在那裡孤軍作戰，把所有的希望都寄託在他們身上嗎？」

大坪裡，屋簷下甚至一棵棵樹上全是學生，難得的是這時十分安靜，所有的目光能看見、不能看見的，都在看著梁經綸或者梁經綸聲音發出的方向。

有幾雙眼睛占據著有利地形不時在觀察整個局勢——就是中正學社那些青年特務學生。

有一雙眼睛淹沒在人群中十分複雜地望著梁經綸和他身邊的另外一個人——這就是何孝鈺。

因為還有一雙眼睛就在梁經綸身旁，不只是興奮激動，而且一直閃耀著幸福的光亮，這麼近，這麼多人，她的眼裡彷彿只有一個人，只有梁經綸——謝木蘭已經完全沉浸在忘我甚至是忘記整個世界的狀態中！

這瞞不了何孝鈺的眼！

「從來就沒有什麼救世主！」梁經綸的聲音越發激昂了，「生存要靠我們自己，自由要靠我們自己，民主更要靠我們自己！」

「反對貪腐！」一個學生帶頭振臂高呼。

「反對貪腐！反對內戰！反對迫害！」所有的人開始怒吼，聲浪如潮。

梁經綸抬起雙手輕輕下壓，聲浪又漸漸平靜下來。

梁經綸：「青年航空服務隊就在北平民食調配委員會，我們難道還應該坐在這裡，等著他們再查出一些貪腐的糧食，然後通知我們去領嗎？」

他的話音剛落，立刻有人振臂高呼：

「到民食調配委員會去！」

「到北平市政府去！」

「到北平市參議會去！」

「找傅作義去！找李宗仁去！」

聲浪越來越大，人群開始騷動，開始向門外湧去。

何孝鈺被人群裹挾著也擠向大門，這時被一個特別的聲音吸引了，艱難地轉頭望去。

謝木蘭正緊緊地挽著梁經綸的手臂，不住地大聲喊道：「保護梁先生！保護好梁先生！」

好幾個青年男生立刻在梁經綸身邊挽成一圈，保護的不只是梁經綸，還有緊挽著梁經綸的謝木蘭！

＊　＊　＊

曾可達又換上了國防部少將督察那身標準的美式軍服，筆直地站在辦公桌邊聽著電話。

話筒裡傳來的聲音彷彿籠罩著整個北平上空：「不要怕亂……現在再亂也是小亂，要是繼續捂著接下來就是大亂……跟共軍全面決戰在即，我們的軍隊、我們的軍備都多於共軍，更優於共軍，為什麼一敗再敗？我們是敗在政治上，不是敗在軍事上。這一點務必頭腦清醒。共產黨占領了農村，搞土地革命，從農村包圍城市。我們如果連幾座主要城市的民生供給都不能保證，那就真是把最後一點兒民心都徹底喪盡了。仗不用打也已經輸了。」

曾可達聽得血脈賁張，呼吸都屏住了。

對方建豐的聲音：「你在聽嗎？」

曾可達愣了一下，立刻答道：「我在聽，建豐同志。我想請您下達更明確的行動指示。」

建豐同志接著說：「我的明確指示還是那句話，不要怕亂。與其讓共產黨煽動民眾把矛頭對準黨國、對準政府、對準總統，不如我們自己將那些蛀蟲挖出來。我們動手了，共產黨便不會再煽動民眾，他們比我們更看重民心、看重民意。黨國的經濟已經瀕臨崩潰的邊緣，必須立刻推行幣制改革，廢除舊法幣，推出有儲備金和物資保證的新幣制！我會親自在上海推行，北平就靠你們了。中央銀行和他們背後的人一定會堅決反對，中央這邊我來對付，北平那邊你們要抓住現在這個時機，爭取方步亭，配合我的行動！」

對方停頓住，曾可達略等了兩秒鐘才大聲答道：「是！我們一定堅決執行。現在最大的阻力不是方步亭了，是揚子公司在平津政界的那些股東，還有陳繼承代表的國軍第四兵團，還有徐鐵英代表的中統和馬漢山代表的軍統。鬧大了，他們都會聯起手來極力反對。」

對方建豐的聲音：「他們不敢公然反對我，因此也不敢公然反對你們，但他們一定會搗亂。徐鐵英有配合你的責任，制住他讓他有所顧忌。陳繼承、馬漢山之流敢於搗亂，你就去找傅作義將軍，也可以去找李宗仁副總統，他們會站在我們一邊。陳繼承搗亂就撤了陳繼承，馬漢山再搗亂就處決他！」

「明白！建豐同志。」曾可達這次大聲答道。

＊　＊　＊

北平市警察局前院大坪。

急促的集合哨聲！

無數的員警，拿警棍的、提槍的，紛紛奔向已經發動的那一排警車！

「方副局長呢？」那個單副局長在這裡指揮，還沒有出動已經臉上流汗，大聲問著身邊幾個大隊長。

無人答他，無人能答他。

單福明盯住了一個大隊長：「立刻找到方副局長，民調會那邊必須他去指揮！」

「我找找看吧。」那個大隊長沒有把握地答道。

「必須找到！找不到那邊就你去指揮！」單福明也有猙獰的時候。

「那您現在就撤掉我好了。」那個大隊長不怕他的猙獰，更怕找不到方副局長。

「你說什麼？」單福明拔出了槍，「老子現在不撤你，可以用《戰時法》槍斃你！」

「自己先不能亂！」馬漢山神出鬼沒地出現了，手提一把二十響，身後帶著兩百多名軍統，大步進了警察局。

單福明眼睛亮了：「那好。好幾千個學生圍的是你的民調會，你們去彈壓。其他的跟我去市政府、市參議會！」再不停留，飛快地鑽進了一輛小吉普。

警車響了，一輛接著一輛，駛出了警察局大門。

一轉眼，這裡只剩下了馬漢山和那兩百餘名軍統。

兩百多雙殺人不眨的眼一齊望著馬漢山。

馬漢山一下子又沒了主意，想了想，大聲說道：「先在這裡等著。我去跟徐局長部署一下，回頭按老辦法，從四面包抄，瞄準了帶頭的開槍！」

北平市警察局局長辦公室。

馬漢山站在屏風邊踟躕不前了。

「局座，您聽我說。」徐鐵英正在打電話，而且沒有見他如此急過，「這裡面有共黨的陰謀，也有我們自己人在挖牆腳。我現在是兩面作戰哪……好幾萬學生上街了，傅作義那邊態度很明確，說是絕不背黑鍋……陳繼承是國防部那邊的人，我也調不動……是，我等葉局長您的明確指示。」

「鐵英兄！」馬漢山知道能插話了，一身的殺氣，「這個時候你應該清醒了，真正為了黨國的，是你們中統和我們軍統。我把北平站兩百多人都帶來了，全是能征慣戰的，你說該怎麼辦我們全力配合！」

「好，好。」徐鐵英這才望向了他，「我正要找你，想聽聽你的主意。」

馬漢山：「都你死我活了，沒有第二條主意。『七五』的時候就是人殺少了、抓少了，我們軟他們就硬。豈有此理，方孟敖領著人占了我的民調會，共產黨趁機煽動學生推波助瀾。這不是衝著我來的，是衝著黨國來的！老子就納悶了，南京怎麼就這樣是非不分……」

「我想聽聽你的主意。」徐鐵英十分不耐煩地打斷了他。

「殺！多殺他幾十幾百，自然就壓下去了！」馬漢山咬牙答道。

徐鐵英冷冷地望著他：「要是面對國防部經濟稽查大隊呢？說白了吧，你面前站著方孟敖，站著他那些飛行大隊的人，殺是不殺？」

馬漢山愣住了，在那兒想了片刻：「我是說殺共產黨，殺那些隱藏在學生裡的共產黨。」

徐鐵英：「方孟敖出面呢？你還敢殺嗎？不問你了，告訴你一條消息吧。」

馬漢山有些結巴了：「什、什麼消息……」

徐鐵英：「兩小時前方孟敖就給我來了電話，以國防部調查組的名義要我協助，不惜調動北平市所有的員警務必找到你，叫你到民調會去見他。」

馬漢山低頭沉思起來，自言自語道：「以為我怕他……我怕他嗎……老徐，你說我去不去？」

徐鐵英臉一沉：「不是我說，是國防部調查組說，你必須為『七五事件』負責，必須為民調會的虧空負責！漢山兄，你剛才不是叫我該清醒了嗎？自己先去洗把臉，清醒了再跟我說話。」

馬漢山：「徐局，這是怎麼說……」

「昨天晚上你殺崔中石的時候為什麼不問我！」徐鐵英一掌拍在辦公桌上，「現在問我，晚了！」

馬漢山那一口氣憋在喉嚨裡，臉立刻脹得像豬肝。昨晚明明是上了他的當，今天鬧出了大事，他反而還拿這件事來堵自己。他的手開始往身上摸，恨不得掏出槍來，乾脆一條命換一條命，也免得如此天昏地暗。

突然馬漢山的手腕一陣劇痛，身子立刻彎了下去！

孫祕書早就悄然站在他的身後，閃電般掐住了他的右手腕往後一抬，緊接著拔走了他別在腰裡的二十響！

馬漢山的頭都快挨著地了，雙腿兀自不肯彎曲，大聲嚷道：「老徐，徐鐵英，你叫他放手！」

孫祕書不但沒有鬆手，反而拿他的那把二十響頂住了他的後腦勺：「混帳王八蛋！昨晚就應該槍斃你，你還敢試圖來謀殺我們局長！說，昨晚殺崔中石，是誰指使你的？」

馬漢山這回是真覺得天昏地暗了，可又不願背這個黑鍋，咬著牙兀自不肯回答。

孫祕書響亮地打開駁殼槍的保險：「我現在打死你就像打死一隻螞蟻！你說不說？」

馬漢山掙扎著半抬起頭，去望徐鐵英。

徐鐵英背對著他，感覺像是在敲擊著桌面，敲了兩下又停住了：「說吧。我們中央黨部的人絕不冤枉一個好人，也不會枉殺一個忠於黨國的人。」

馬漢山閉上了眼：「崔中石是我殺的，沒有人指使。你們滿意了嗎？」

徐鐵英的手像是又敲擊了一下桌面，對孫祕書：「你出去。」

「是。」孫祕書一邊答著一邊手上猛一使勁，用了個擒拿手，馬漢山的右手臂咔嚓響了一下，顯然是脫臼了！

孫祕書這才提著他那把槍消失在屏風那邊。

徐鐵英望著兀自蹲在那裡的馬漢山：「我扶你一把？」

「不用。」馬漢山依然硬氣，用左手撐著地面咬牙站起來，右臂已經垂在那裡。

徐鐵英有意踱起了步，說道：「我們的黨是先總理為國民革命凡四十年建立的黨，中華民國是蔣總統英明領導的世界四大強國之一。我們的黨國裡怎麼會有你這號人？」

馬漢山已然生不如死，偏偏又看到了桌上竟然擺著一臺答錄機！

「好手段！徐局長，兄弟我領教了。居然用上了答錄機，好手段！」馬漢山竟像是真的在讚歎他。

徐鐵英：「用不著你來表揚我。現在說吧，把北平攪成這樣，出個主意，怎麼收場吧。」

馬漢山又沉思了，接著用左手艱難地撩開那件中山裝，從皮帶裡抽出一個牛皮紙封袋，遞向徐鐵英。

「什麼東西？」徐鐵英望著他，沒有接。

馬漢山：「你就不能打開看看？這麼薄，總不會是炸彈吧？」

徐鐵英這才接過封袋，袋子沒有封口，他從裡面抽出了疊好的宣紙，還是不急著打開，又問道：「什麼東西？」

馬漢山眼望著地面：「你已經看過的，唐伯虎的真跡。」

徐鐵英這才慢慢展開，也就看了一眼，又重新疊好，裝回封袋，遞還馬漢山：「留著，去送給傅作義，或者是李宗仁副總統，看他們能不能救你。」

馬漢山：「還有一箱。準備了，葉局長的，陳部長的都有。中央黨部不要錢，文化總是要的吧？」

「一箱什麼？」徐鐵英這句問得倒有些認真了。

馬漢山：「絕對是陳部長喜歡的文物，有幾件我請人鑑定過了，商周的東西，上面還有銘文。」

徐鐵英慢慢抬起了頭，長嘆了一聲：「活人還要靠死人來救，什麼時局呀。」

# 第二十一章

北平市警察局局長辦公室。

時局確實已經不可收拾。

徐鐵英辦公桌上的兩部電話幾乎同時響起了！

徐鐵英望著尖響著的電話，沒有立刻去接，又瞟了一眼捧著手臂站在旁邊的馬漢山。

馬漢山：「我先出去迴避一下？」

「哪個電話都和你有關，你還想迴避？」徐鐵英的兩隻手同時伸向兩個話筒。

馬漢山只好又站在那裡。

徐鐵英聽電話居然也有一心二用的本事，兩個話筒一個左耳、一個右耳同時聽著：「我是徐鐵英，說。」

左耳那個電話搶先說話了，語氣很急，因此很響：「局座，我是單福民哪！全上街了！去華北剿總、市參議會、市政府、市黨部抗議的人暫時擋住了！可民調會那邊人太多，擋不住，且大有哄搶之勢……局座……」

右耳邊電話那邊的人知道徐鐵英在同時聽另一個電話，忍了十幾秒鐘，突然不忍了，十分生氣地傳來責問聲：「你忙完了沒有？忙完了，能不能聽我說幾句？」

徐鐵英這才聽出右耳那個電話是華北剿總副總司令兼北平市警備司令部司令陳繼承打來的，愣了一下，立刻將左耳單福明那個電話擱到桌子上，向右耳的電話答道：「是陳總司令啊？對不起，剛才是出勤的警隊應急的電話……」

擱在桌上的話筒那邊的單福明兀自不知，聲音更大更急了：「局座！局座！」

徐鐵英乾脆拿起了單福明還在不斷喊話的話筒貼近陳司令那個話筒，有意讓對方聽見。

陳司令在另外一個話筒裡當然聽到了：「你能不能把那個電話先掛上？」

「好。」徐鐵英這才將單福明那個話筒啪的一聲擱上了話機，「請陳總司令指示，我在聽。」

說話間還不忘又瞟了一眼站在旁邊的馬漢山。

馬漢山一直在緊張地尖著耳朵聽，見徐鐵英的目光瞟來，便又想假裝沒有偷聽。

徐鐵英卻向他招了一下手，示意他靠近來聽。

馬漢山渾身都是感激，湊了過去。

陳司令的聲音很霸氣，因此很響亮：「那個什麼國防部青年服務隊進駐民食調配委員會，你知道嗎？」

徐鐵英立刻答道：「早上接到的報告，他們是突然行動。」

陳司令那邊的聲音：「北平學聯召集各學校的人同時上街，這也是突然行動嗎？國防部調查組尤其是方孟敖的那個青年服務隊分明跟共產黨有關係！你也是調查組的人，就一點兒都沒有察覺嗎？」

徐鐵英的目光和馬漢山的目光不約而同地碰在了一起，他們幾乎同時想起了昨晚的畫面，那個昨天晚上躺在停屍床上的人——崔中石！

兩人都明知跟共產黨有關係，一個中統，一個軍統，這時偏還要隱瞞，心頭那番別樣的滋味真是水煮火燎。徐鐵英又狠狠地盯了馬漢山一眼，這才答道：「我贊成陳總司令的分析。可目前我們還沒有任何證據，事情關係到國防部，尤其是二號專線，我們也很難哪……」

陳總司令在那邊更生氣了：「沒有誰懷疑二號專線！但絕不容許任何人頂著二號專線的牌子來整我們這些黨國的老人！更不容許他們為了爭權不惜利用共黨，而且被共黨利用把黨國給弄垮了！現在局勢已經被他們攪得十分複雜。今天的事情使傅總司令十分生氣，剛下的通知，召集各方面到剿總司令部開緊急會議。你立刻來，曾可達也通知了，也會來。你是中央黨部的人，是黨國的老人，應該明白，黨國內部的人，黨國內部的事，就是錯了，也輪不著他們來打壓。開會的時候，不要跟曾可達站在一邊。」

「陳總司令放心，我明白。」徐鐵英十分認同地答道。

「那個馬漢山躲在哪裡，你知道嗎？」陳總司令電話裡突然冒出的這句話讓馬漢山立刻一驚，瞪大了眼望著徐鐵英。

徐鐵英：「陳總司令的意思是不是要找到他？」

陳總司令電話裡的聲音：「找到他。告訴他也來參加會議。叫他閉上臭嘴，不要到處亂說，也犯不著害怕。牽涉到黨國的大局，只要他把尾巴夾緊了，我們會保他。」

「是。」徐鐵英又瞟了一眼感動得像孩子一般的馬漢山，「我立刻想辦法找到他，帶他來參加會議。」

啪的一聲對方的電話擱了。

徐鐵英將話筒擱回話機：「都聽到了？」

馬漢山渾然忘卻了脫了臼的右臂，高舉左手向下狠狠地一劈：「早該這樣了，跟他們大幹一場！」

徐鐵英臉色溫和了許多：「要不要叫個軍醫先幫你把手治一下？」

馬漢山：「不用，給個繃帶就是。」

徐鐵英：「吊著個手臂去開會？」

馬漢山：「讓陳司令和他們都看看，學生打的。」

徐鐵英突然覺得馬漢山還是有可愛處，不禁露出了一絲笑容，接著還是拿起了馬漢山送的那幅唐伯虎的真跡向他一遞。

馬漢山：「徐局，這真是唐伯虎。你要不喜歡，帶到南京去，送誰都拿得出手。」

徐鐵英又望了一眼他還脫著臼的那條手臂，還真懷歉意地輕嘆了一口氣：「我不是不喜歡。眼下送給別人更管用。帶著，你先去陳總司令家，當著他的面交給他太太，再去會場。」

馬漢山一把接過了那幅畫，大聲說道：「徐兄，過了這道坎，兄弟我有辦法把徐悲鴻家裡那幅吳道子的《八十七神仙卷》給你弄來！」

「徐悲鴻那些人就不要再惹了。」徐鐵英拿起了帽子，「走吧。」

馬漢山只愣了一下，立刻跟著徐鐵英走了出去。

＊　＊　＊

上萬的學生聚集在北平市民調會總儲倉庫大門外。

「交出馬漢山！」一臂振呼。

「交出馬漢山！」眾臂如林。

——「挖出貪腐後臺！」

「挖出貪腐後臺！」

——「我們要吃飯！」

「我們要吃飯！」

——「我們要讀書！」

「我們要讀書！」

烈日當空，學生滿地。

正對民調會總儲倉庫大門的巨大橫幅：

——「東北學生請願團」！

大街的東邊聲援東北學生的人群上方巨大的橫幅：

——「北京大學聲援團」！

——「清華大學聲援團」！

大街西邊聲援東北學生的人群上方巨大的橫幅：

——「燕京大學聲援團」！

——「北平師大聲援團」！

還有更多心中的怒吼都寫在一幅幅巨大的橫幅上：

「反貪腐」！

「反迫害」！

「反饑餓」！

「反內戰」！

……

鄭營長率領的那一排青年軍已經悉數退到了民調會大門，一字排開，面對聲浪排空的抗議人群，他們雖萬分緊張，卻十分安靜，只是站在那裡。面前雖重重疊疊擺有路障馬刺，但誰都知道，這擋不住學生。浪潮般的人一旦湧入就很可能釀成第二個「七五事件」！

鄭營長耳邊想起了曾可達的聲音：「不許開槍，不要阻攔，不要怕亂！」

儘管這個聲音在耳邊反覆提醒著、自己安慰著自己，鄭營長依然心中無底。因為北平市警察局大量的警力已經來了，北平市警備司令部大量的兵力已經來了！

東邊學生人群的身後，排滿了一輛輛警車，警車前重重疊疊，前幾排是手持盾牌警棍的員警，後幾排是荷槍的員警。

好在這些警隊依然保持著克制，因為一個人站在敞篷吉普指揮車上一動沒動，那就是方孟韋！

西邊的情形就令人堪憂了。學生人群的身後，是一輛輛軍車，每輛軍車的車頂上都架著機槍對著學生人群。軍車前重重疊疊頭戴鋼盔的憲兵也都將黑洞洞的槍口對著學生人群！

而站在指揮軍車上的偏又是國軍第四兵團的那個特務營長！跟對面指揮車上的方孟韋不同，特務營長兩眼凶光，滿臉殺氣！

鄭營長不知道自己能挺多久，站在路障馬刺後的沙包上，目光忍不住在人群中搜尋另一雙目光。

鄭營長的目光搜尋到了那個人！

他看見梁經綸隱藏在「燕京大學聲援團」橫幅下的人群中，沒有跟著喊口號，只是靜靜地在那裡觀察著形勢，周圍全是一些氣宇非凡的男學生。有些面孔鄭營長熟悉，那是中正學社的「自己人」。有些面孔鄭營長不熟悉但知道，這些人是北平學聯的骨幹。鄭營長有些放心了，學聯的骨幹能夠在梁經綸的指揮下控制局面，中正學社的自己人會全力保護梁經綸。

梁經綸這時恰好也向鄭營長這邊望來，兩人目光碰了一下。梁經綸點了一下頭，便將目光垂下了。因為他的腰間有一雙手在摟著。

這是一雙女生的手，謝木蘭的手！她悄悄藏在梁經綸的身後，渾身激動，戰慄著幸福。人群的擁擠，使她能夠將臉緊貼在梁經綸的背上，雙臂還能在身後抱著梁先生的腰。愛情能在如此波瀾壯闊的崇高儀式下進行，而且只有自己和梁先生知道，她多希望今天這個場面能夠無休止地延續下去。

可她忘記了，另外一雙目光就在她和梁先生身後燕大學生中，只隔著兩三排同學，能夠注視到她和梁經綸——那就是何孝鈺！

何孝鈺的目光中，謝木蘭的臉和梁經綸的背在攢動的人頭中時隱時現。

何孝鈺的目光不願再看她和他了，她想起了另外一個人，目光深深地望向了民調會那道大門。日光滿目，她看到了另一個男人的身影，高大挺拔的身影，正從鐵門那邊走來，而且從鐵門的欄杆中毫無遮擋地走了出來！她驚覺地閃了一眼，那個男人的身影不見了，她自己也不知道，自己這個時候為什麼會出現方孟敖的幻覺？

華北剿總大門外。

在這裡從來沒有哪輛車敢如此肆無忌憚地飛速開來！

第一道警戒線的衛兵猝不及防紛紛向兩邊躲閃，緩過神來大聲吆喝著端槍追過去時，那輛吉普吱的一聲已在第二道警戒線的鐵網前刹住了，車子還跳了一下！

隔著鐵網柵欄便是緊閉的大門，巨大的牌子上赫然寫著：「華北剿匪總司令部」！

第二道警戒線的警衛也擁過來了，長槍短槍全指向吉普裡的那個人！

「下來！」警衛隊長大聲喝道。

——是方孟敖！

一如既往，他看也不看車外那些人，在駕駛座上熄了火，掏出一支雪茄，彈開了那只美國打火機，點燃了菸，在車裡抽著。

無數雙警衛的眼，警衛隊長的眼。

他們看清了那頂美式空軍軍官帽，看清了美式空軍軍服領章上的兩槓三星！在國軍裡，空軍是名副其實的天之驕子，何況還是空軍上校！

那些警衛都望向了警衛隊長。

畢竟是華北剿總，警衛隊長依然氣盛：「拿出證件！」

方孟敖依然抽著菸，將證件向車門外一遞。

警衛隊長打開證件從下往上次第看去：

「國防部預備幹部局」的鮮紅印章。

職務　國防部特派北平經濟稽查大隊大隊長

姓名　方孟敖　軍銜　上校

照片一眼就能對照，標準的美式空軍軍服，那張臉就是車裡這張臉。

那警衛隊長當然熟知國軍的譜系，可世面見大了，在華北最高軍事機構的門前還不至於被這個身分鎮住，拿著證件握在手裡並不退給方孟敖，嚴厲地問道：「知道這是哪裡嗎？」

方孟敖也不向他要回證件，也不看他：「這麼大的牌子，我看得見。」

「知道還敢駕車衝撞！下車。」警衛隊長接著轉頭對身邊的警衛，「將車開進去扣下！」

方孟敖依然穩穩地坐在駕駛座上，這時望向了那個警衛隊長：「你就不問一聲我來幹什麼？」

那警衛隊長：「下車，下了車再說。」

方孟敖將還有很長的一段雪茄扔出了窗外：「開門。」

那警衛隊長一愣，沉著臉去開車門。

倏地一下，警衛隊長的手被方孟敖緊緊地捏住了：「抬開柵欄，打開大門。」

那警衛隊長哪曾遇到過這樣的人，猛地就想將手抽開，卻發現對方的手指就像鐵箍！

「執行軍紀！」警衛隊長大叫。

幾個警衛圍著車，幾支黑洞洞的槍口全對著車內的方孟敖，目光卻都望向那個警衛隊長，等待他具體下令，如何執行軍紀。

方孟敖的手捏得更緊了，而且將他的手臂往車窗內一拉，那警衛隊長的身子已經緊貼在車門上，一動也不能動了。

方孟敖：「執行什麼軍紀，開槍嗎？」

那警衛隊長的臉已經離方孟敖的臉很近，這才發現這個人那雙眼睛從裡面透出精光，一下子啞在那裡。

方孟敖：「不敢開槍就給我開門。我在執行國防部的軍令，抓一個要犯。叫他們開門！」

那警衛隊長：「好、好……拿國防部的軍令給我看。」

方孟敖：「軍令就在你手裡，還要什麼軍令？」

警衛隊長：「那只是你的身分證件……」

方孟敖：「拿來。」

警衛隊長將另一隻手舉了起來，方孟敖這才將證件收了回去：「看清楚了，我是國防部特派北平稽查大隊的大隊長。現在有一個『七五事件』的要犯就藏在司令部裡，這個人不抓住，在民食調配委員會抗議的北平民眾立刻就會開到這裡來，找你們傅總司令！我說清楚了嗎？」

那警衛隊長這回是真聽清楚了，因為這一個月來為了「七五」的事，華北剿總多次被抗議的人群包圍，傅總司令也因此十分煩惱，終於正面回答方孟敖的話了：「抓誰，告訴我姓名職務，我得請示上面。」

這倒是理，方孟敖望著他：「馬漢山！民調會副主任！半小時前來的，正在裡面開會，你可不要說他沒來過。」

那警衛隊長被他的目光逼著：「他在這裡我也得電話請示上面，該放手了吧？」

方孟敖：「聽清楚了，把電話直接打到傅總司令辦公室去，我就在這裡等。」說完鬆開了手。

＊　＊　＊

北平市民調會總儲倉庫大門外。

「我們要見傅作義！」

「我們要見李宗仁！」

——巨大的抗議聲浪又響起了！

「交出馬漢山！」

「挖出貪腐集團！」

「反饑餓！反迫害！反貪腐！反內戰！」

——人潮開始向民調會倉儲總庫大門湧動！

西邊軍車上那個特務營長猛地舉起了手！
其他軍車上的機槍拉開了槍栓！
一排排鋼盔憲兵的卡賓槍也都齊刷刷地拉開了槍栓！
一直在焦急地渴望方孟敖出現的何孝鈺這時已經很緊張了，她擔心又會發生流血事件，跟著舉起了手臂，卻喊不出聲音。
攢攢的人頭中還有一個更加緊張的人。
嚴春明滿臉大汗，滿目焦灼！老劉同志的聲音在他耳邊嚴厲地迴響：「控制局面，查出內奸，隱蔽精幹，保護學生！」
中共北平學委並未組織這次行動，面對無數憤怒的人群和無數的鋼盔槍支、警帽警棍，一個石塊都將釀成流血衝突。局面怎樣控制？內奸到底是誰？精幹如何隱蔽？學生怎麼保護？
嚴春明望向了「北平燕京大學聲援團」那面橫幅，他隱約望見了橫幅下的梁經綸，不顧一切拚命往前擠去。
突然有一隻手暗中緊緊地拉住了他！
嚴春明一驚望去，認出了拉他的人是老劉同志！
老劉同志竟然親自來了？嚴春明眼中閃過一道亮光，老劉同志卻望向別處。
嚴春明循著老劉的目光看去。
這才發現人群中有不少軍統的便衣！
——這些便衣就是在北平警察局門前和馬漢山今天準備大開殺戒的那些人！
人群還在湧動，這時一個吼聲透過喇叭響起了：「不許開槍！」
湧動的人群在一剎那間同時停住了，嚴春明也停住了，向喇叭聲音的方向望去。

西邊員警的指揮車上，方孟韋手執喇叭接著大聲喊道：「所有人都不許開槍！」

警隊當然還是原隊站在那裡，可對面的憲兵槍口依然對著學生！

因為那個特務營長的手仍然高高舉著！

「長槍給我！」方孟韋的喇叭聲中竟然憤怒地叫出了這句話！

立刻一個警官將一把狙擊步槍遞到了方孟韋手中。

無數雙目光注視下，方孟韋左手依然端著喇叭，右手平舉起那支狙擊步槍遠遠地瞄對著對方軍車上的特務營長：「下命令，都放下槍！」

那個特務營長萬沒想到方孟韋竟有如此舉動，手舉著開始還愣在那裡，接著像是想起了方孟韋還兼著警備司令部偵緝處副處長的身分，只好慢慢放下了手。

那些握著機槍、卡賓槍的手也離開了扳機。

方孟韋這才放下了那支狙擊步槍，通過喇叭對學生人群大聲喊道：「同學們！國防部調查組正在調查『七五事件』，國防部稽查大隊正在清查民調會！而且，華北剿總正在召開會議，傅總司令會給大家一個答覆！請同學們不要衝動！不要再出現一次流血的事情！」

人群十分難得地出現了沉默。

有一雙眼終於從無比的激動和幸福中有些清醒了過來，謝木蘭鬆開了抱住梁經綸的手，移開了貼住梁經綸的臉，怯怯地偷望向站在車上的小表哥！她的眼突然閃出了一絲莫名的慌亂。

還有一雙眼在複雜地望著方孟韋，那是何孝鈺。

嚴春明的目光卻趁著人群這一刻間的安靜緊緊地望著燕大橫幅下的梁經綸。

但見梁經綸側過頭在身旁一個學生耳邊輕言了幾句。

那個學生立刻大聲喊道：「同學們！請大家都坐下來！我們等，等他們一個明確的答覆！沒有答覆，我們就找傅作義去！」

立刻，各個橫幅下都有學生配合了：

「說得對！大家都坐下！」

「請大家都坐下！」

人群一撥一撥地在烈日下坐下了。

嚴春明跟著坐下，再看時，已經不見了老劉同志。

＊　＊　＊

北平華北剿總會議室。

會議是傅作義緊急召開的，傅作義本人卻沒有出席。

但會議規格之高還是能一眼感受到，背靠主席臺一條鋪著白布的長桌前坐著的三個人，全是中將！

面對主席臺一條鋪著白布的長桌前坐著六個人，曾可達竟被安排坐在靠右邊的最後一個座位上？

到北平將近一月，曾可達這是第一次來華北剿總司令部參加會議。身為少將，曾可達坐在這裡也不委屈。可自己代表的是國防部，代表的是建豐同志！

更讓他不能接受的是，馬漢山也來了，安排坐在與自己同排，而且是坐在靠左邊的最後一個座位上！奉命來北平調查案件的人和第一個要被調查的人同時安排在末座，他知道今天這個會議是一場真正的短兵相接了！這時他也不露聲色，把目光暗中望向主席臺那三個人。

坐在正中那個人，就是今天會議的主持人，也是今天對付自己的策畫者——華北勦總副總司令兼北平市警備司令部總司令陳繼承，目光陰沉，臉色鐵青！

坐在陳繼承右邊那位雖然也是中將軍服，卻垂眼望著桌面，面無表情。他便是代表傅作義出席會議的華北勦總司令部祕書長王克俊。因為陳繼承是副總司令，他便只能坐在副席。

坐在陳繼承左邊的那位中將，面色相對平和，神態也相對超然。因為他的身分十分特殊，職位是國民政府駐北平行營的副官長，儘管到了一九四八年五月，國民政府駐各地的行營已經形同虛設，但北平行營不同，行營主任是副總統李宗仁。因此這個副官長代表的是李宗仁，身分自然隨主而高，他便是國民黨北平行營副官長李宇清。

挨著曾可達的是徐鐵英，如果代表國防部調查組，他只是協助者，應該坐在曾可達的下首，現在卻坐在曾可達的上首，可見他今天是以北平市警察局長和北平警備司令部偵緝處長的身分出席的。

再過去就是正中的兩個位子了。

挨著徐鐵英的，是一個五十歲左右的中山裝，臉色十分難看。北平「七五事件」最早就是因他而起！他就是北平市參議會參議長許惠東。

正中緊挨著許惠東的也是一位五十出頭的人，長衫儒雅，面容凝重。如果論行政職位，他才是北平市的最高行政長官，堂堂北平市政府市長劉瑤章！可現在是戰亂時期，軍事至上，所謂市長，不過是四處作揖、四處救火，焦頭爛額的一個職位而已。現任的這位，曾是報界名流，又兼國民黨中央執委，何思源辭職後被抬了出來，勉為其難。

挨著劉瑤章的也許是今天與會者中心裡最苦的人，他便是方步亭！崔中石猝然被殺，大兒子狠追弊案，黨國的大火竟在自己家裡熊熊燃燒！國將不國，家已不家。自己深有瓜葛的黨國老派，現在要和自己兒子深陷其中的少壯攤牌了。他閉著眼，等聽楚歌聲起！

最不可思議的是挨著方步亭的馬漢山。國防部稽查大隊在到處找他，自己主管的民調會已被重重包圍，這時用繃帶吊著右臂，居然並無害怕的神色，那張陰陽臉，一半倔強，一半委屈，好像他才是最大的受害人。

二人點了頭。

「開會吧？」陳繼承場面上左顧右盼地問了一聲王克俊和李宇清。

「開會！」陳繼承面對其他人時語調便很陰沉了。

「報告！」

——剛宣布開會，就被門口的這聲「報告」打斷了！

陳繼承正要發火，可舉眼望去，又不能發火了。

其他人也都望向門口。

門口筆挺地站著一位上校，是傅作義的機要副官。

「進來吧。」打招呼的是王克俊。

「是。」那副官大步走入會場，徑直走到主管他們的祕書長王克俊身邊，俯身在他耳邊輕說了幾句。

王克俊面容凝重了，對那副官：「去報告傅總司令，我們會妥善處理。」

「是。」那副官碰腿行禮，又大步走出了會場。

目光便都望向了王克俊。

王克俊湊到陳繼承耳邊：「所有抗議遊行的人都聚到了民調會，點名要見馬漢山。國防部稽查大隊那個方大隊長來了，要求把馬漢山帶去，給民眾一個交代。」

陳繼承那張臉更鐵青了，卻不得不問道：「傅總司令什麼意見？」

王克俊：「傅總司令叫我們拿出個意見。」

「我的意見是絕不可以！」陳繼承這一嗓門讓所有的人都睜大了眼。

陳繼承倏地站了起來：「什麼『七五事件』！無非是共產黨陰謀策畫反對黨國攪亂北平的一次反動行為！都快一個月了，藉著這件事，天天在鬧，其目的就是要抹黑黨國，嚴重影響華北剿總對共軍的作戰部署！性質如此明顯，黨國內部卻不能精誠團結一致對外！」說到這裡他的目光倏地望向了曾可達。

曾可達也迎向了他的目光。

陳繼承：「曾督察，你們國防部調查組調查得怎麼樣了？」

曾可達：「正在調查。」

陳繼承：「是在調查共產黨，還是調查我們自己人？」

曾可達：「我們的任務很明確，調查『七五事件』發生的原因。牽涉到共產黨當然一律剷除，牽涉到黨國內部也要嚴辦。」

「一手堅決反共，一手堅決反腐。是嗎？」陳繼承大聲責問，卻不再讓他回答，把目光望向其他人，「什麼調查組？到北平一個月了，沒有抓到一個共黨，沒有破獲一個共黨組織，天天揪住黨國內部不放。尤其是那個什麼國防部青年服務隊，竟跟共產黨的學生週邊組織混在一起，將國軍第四兵團的糧也搶了。你們到底要幹什麼？是不是要幫助共產黨把平津把華北給占了才肯放手？今天，就是現在，你們的那個青年服務隊到處在抓北平民調會的人，北平學聯的學生緊密配合，全到了民調會準備搶糧。配合得好嘛。知道剛才傅總司令的副官來報告什麼情況嗎？」

曾可達並不急著回答他。

其他人也都不看他，等他把威發完。

「一個空軍上校。」陳繼承接著大聲說道，「一個在前方戰場公然違抗最高軍令傾向共黨的可疑分子，你們不嚴辦也就算了，還委任這樣的人到北平來鬧事。方孟敖，就是那個方孟敖！現在公然闖到剿總司令部來抓人了。曾督察，你告訴我，他是奉誰的命令敢來這裡抓人的？」

所有的人都有了目光，卻不知道看誰，但確有人在偷偷看向馬漢山，也有人在望向方步亭。

馬漢山衝動地就要站起，被陳繼承的目光止住了。

陳繼承的目光轉望向了方步亭。

方步亭一直閉著的眼也睜開了，虛望向前方。

「還有，」陳繼承在開脫馬漢山之前，話鋒一轉，「總統一向諄諄教導我們要『忠孝仁愛』。方行長步亭先生當此國事艱難之時，苦心經營，為我們提供了大量的經濟後援。他有什麼錯？偏有人利用他的兒子來整他！對黨國不忠也就罷了，還要煽動兒子對父親不孝！方行長。」

方步亭只得站起來。

陳繼承：「與華北共軍作戰，維護平津的民生，你肩上的擔子不輕。你的家事也就是國事。我們都在這裡，有什麼委屈可以說出來。」

方步亭：「感謝陳總司令關懷。不過有一點我得聲明，我兩個兒子都在國軍服役，不能常在身邊盡孝，可以理解。我沒有什麼委屈。至於你剛才提到方孟敖為什麼要抓馬副主任，又說方孟敖有種種嫌疑，身為父親，我請求迴避。」

陳繼承的離間沒有起到作用，他忘記了一條古訓「疏不間親」！不禁被方步亭一個軟釘子窘在那裡。

「陳副總司令！」馬漢山壯烈地站起來，「陳副總司令！漢山感謝黨國，感謝長官，幹了民調會這個苦不堪言的差事，既沒有後臺也沒有背景，就應該被他們千刀萬剮！今天早上，在來的路上，我已經被共產黨的學生打斷了手。現在方大隊長又要抓我……讓他抓，漢山跟他走就是！」

「坐下！」陳繼承貌似嚴厲地喝住了他。

馬漢山左手捧著吊著的右手又悲壯地坐下了。

「劉市長。」陳繼承在方步亭那裡一招不靈，又找了另一個對象，望向了劉瑤章，「您是北平市長，是中央執委，還兼著北平市民調會的主任。今天的事主要是衝著民調會來的。面對共產黨如此興風作浪，黨國內部的人又如此不顧大局推波助瀾，您要說話。」

「陳司令這是為難劉某了。」劉瑤章資格太老，依然坐著，「一定要我說話嗎？」

陳繼承對他還是十分敬重的：「你們就是黨國的代表，面對危局，您當然要說話。」

劉瑤章：「那我就說一句話吧。」

陳繼承：「一句話也好，您請說。」

這時所有的目光，包括方步亭，全望向了劉瑤章。

劉瑤章抻了一下長衫慢慢站起來：「我請求辭去北平市長兼民調會主任的職務。」

剛才碰了個軟釘子，現在又碰了個硬釘子。陳繼承出了名的霸道，無奈今天面對的不是方步亭那樣宋、孔的紅人，就是劉瑤章這樣的黨國要人，胸口好堵，還不能對他們撒氣，只是那張臉更難看了：「劉市長，這個時候，這句話你不應該在這裡說。」

劉瑤章：「我本沒想在這裡說，陳司令一定要我說，我乾脆就多說幾句。一個多月前何思源先生辭去了北平市長，為什麼？就是因為北平市一百七十多萬張嘴沒有飯吃，天天在餓死人。他也兼著民調會主任，民調會的帳他卻管不了。堂堂一個市長，只能夠帶頭去背美國援助的大米和麵粉。想要去認真管一下民調會的事，竟有人給他寄去了子彈。這樣的市長，這樣的民調會主任，讓誰來當都當不好。我上任快兩個月了，你可以問一下主管的馬副主任，民調會什麼時候向我彙報過？形同虛設，現在卻要我說話。要我說就只能說這兩個字，辭職！」

「那就都辭職吧！」陳繼承終於撒氣了，「幾十萬共軍就在北平城外，決戰在即，黨國內部卻如此推諉卸責，甚至同根相煎！今天這個會是傅總司令委託鄙人召開的，一句話，不管你們是哪個部門，或者來頭多大，都要表態。現在共產黨操控的學生就在民調會前鬧事，剿總的意見是全力出擊，清查抓捕共黨，包括受共黨操控的學聯頭頭！一切針對黨國內部的所謂調查都要立刻停止，自己人一個也不能抓。錯了也不能抓！曾督察，你先表態。」

曾可達知道真正的交鋒開始了，這才站了起來：「我想就陳副總司令剛才有句話先發表一下看法。」

陳繼承：「我就是要聽你的看法。」

曾可達：「剛才陳副總司令說總統對我們的諄諄教導，沒有說完全。總統教導我們的是八個字，前面四個字是『忠孝仁愛』，後面還有四個字是『禮義廉恥』！黨國為什麼會落到今天這個局面，就是因為我們中間有太多人忘記了這後面四個字！我們國防部調查組就是衝著這四個字到北平來的。」

「你指的是誰？」陳繼承勃然大怒了，「當面給我說清楚！」

曾可達：「我們正在調查，到時候向陳副總司令、傅總司令還有南京中央政府，我們自會說清楚。」

陳繼承：「好，好！我現在不跟你們空談誤國。對我剛才的提議，對正在鬧事的共黨和學生，你表個態！」

曾可達：「這件事，我無權表態。」

陳繼承：「抓共產黨無權表態，抓自己人你倒有權妄為？」

曾可達：「抓誰都不是我的權力。剛才陳副總司令說要以武力解決今天民調會的學潮是剿總的意見，我想明確一下，剿總的這個意見有無正式公文？明確以後我立刻請示南京，請示國防部建豐同志。要說權力，我只有這個權力。」

「你們都聽見了，人家抬出國防部了！」陳繼承氣得有些發抖，望了一眼王克俊，又望向李宇清，「宇清兄，你代表的是李副總統。克俊祕書長，你代表的是傅總司令。北平、天津要靠我們守，華北的仗要靠我們打。你們總應該發表明確的態度吧。」

李宇清和王克俊隔著站在那裡的陳繼承對望了一眼，二人同時站起來。

李宇清：「如此重大的決定我必須電話請示李副總統。」

王克俊：「我也必須請示傅總司令。」

陳繼承：「那就立刻請示，休會一刻鐘。一刻鐘後必須做出決定，絕不容許共產黨操控的學生再鬧下去！」

＊　＊　＊

北平市民調會總儲倉庫大門外已是烈日炎炎，學生們忍著饑渴，流著熱汗。

當局仍然沒有明確答覆，正中東北的那些學生依然坐在那裡，乾澀的每一條嗓子都在同時唱著那首讓他們悲情不已的歌：

我的家在東北松花江上，

那裡有森林煤礦，
還有那滿山遍野的大豆高粱。
我的家在東北松花江上，
那裡有我的同胞，
還有那衰老的爹娘……

四周，聲援他們的北平學生都又站了起來。
汗水淚水在無數張臉上流淌。
附和的歌聲到處哽咽地響起：

「九一八」，「九一八」，
從那個悲慘的時候，
「九一八」，「九一八」，
從那個悲慘的時候，
脫離了我的家鄉，
拋棄那無盡的寶藏，
流浪！流浪！
整日價在關內，流浪……

滿臉的淚水，何孝鈺從來沒有像此時此刻傾情釋放過自己，她的歌喉一向被譽為全校第一，可此刻她才深切地感受到人為什麼要唱歌，原來，理想和信念跟人的感情是這樣的血肉不可分離。唯一讓她現在不能完全分辨清楚的是，此刻的熱血和悲傷到底是為了那些東北的同學還是因為自己！淚眼中她仍然能看到謝木蘭也在梁經綸的身後激動地唱著。

歌聲中，他們都不知道正在醞釀的危險一步步向他們逼近。

許多同學都挽起了手，在那裡同聲高唱。

何孝鈺也發現有一隻大手握住了自己的手，她也握住了那隻手，依然流著淚在唱：

哪年，哪月，

才能夠回到我那可愛的故鄉……

突然，她發現那隻握她的手有些異樣，這才淚眼望去，她太意外了！站在身側握她的人原來是老劉同志！

何孝鈺剛止住聲，老劉同志示意她接著往下唱。

何孝鈺移開了目光，跟著歌聲繼續唱著。

她感覺到自己的手被老劉同志慢慢鬆開，將她的掌心翻到了上面。

老劉同志用手指在何孝鈺的掌心中虛寫了一個「走」字！

共產黨員！下級服從上級！

何孝鈺儘管熱血仍在沸騰，卻不得不服從老劉同志以這種特殊方式對自己下達的關心的指示。可人潮疊浪，擠出去談何容易？

立刻有兩個何孝鈺並不認識的男同學挨了過來，一個在前，一個在後，艱難地護著她在人群中一寸一寸地擠去。

何孝鈺猛一回頭，老劉同志不見了。

何孝鈺腦子裡驀地想起了《共產黨宣言》開頭的那幾句話，她在自己的心裡神聖地朗誦起來：

「一個幽靈，共產主義的幽靈，在歐洲遊蕩。為了對這個幽靈進行神聖的圍剿，舊歐洲的一切勢力，教皇和沙皇、梅特涅和基佐、法國的激進派和德國的員警，都聯合起來了……」

何孝鈺被兩個同學護著，仍然轉過頭在尋找。這回她沒有在人群中尋找老劉同志，也沒有去望一眼燕大那幅橫幅，她不想再看到梁經綸和謝木蘭在幹什麼，而是定定地望著民調會的大門，她希望看到另一個「幽靈」——方孟敖！

＊　＊　＊

北平華北剿總會議室。

一刻鐘的休會很快到了，各自又都回到了座位上。

「繼續開會。」陳繼承還是那張臉孔，十分反動的固執，十分固執的自信，「下面聽李副官長宇清宣布李副總統的指示，請王祕書長克俊宣布傅總司令的指示！」

對面一排的六個人都屏住了呼吸，望向坐在陳繼承兩側的李宇清和王克俊。

他們同時感覺到，李宇清和王克俊已在剛才取得了默契，兩人隔著陳繼承碰了一下眼神。接著李宇清說道：「請王祕書長先宣讀傅總司令的指示吧。」

「好。」王克俊打開了桌前的公事包，從裡面抽出了一張用毛筆工楷寫就的公文紙——密密麻麻足有上千字，這不像休會這十五分鐘臨時做出的指示。

大家更嚴肅了，就連站在王克俊身旁的陳繼承似乎都有了預感，向王克俊手裡那張公文瞄去。

王克俊已經站起來，習慣性地清了下嗓子：「諸位。鄙人受傅總司令作義長官委託，要向大家宣讀一份傅總司令親筆的重要函件！請各位起立！」

所有人都預感到了，一齊站了起來，目光全望向了王克俊。

「蔣總統、李副總統鈞鑑！」王克俊語氣沉重地念出了這兩個名字！

有軍職的人包括馬漢山都是兩腿一碰。無軍職的劉瑤章、許惠東包括方步亭也都跟著挺直了身子。

王克俊這才開始誦讀正文：

作義蒙總統、副總統不棄，委以華北剿共總司令部總司令之重任，荷守禦華北鎮守平津之重責。年初以來，與數十萬共軍四面作戰，平津交通被阻、晉察冀多處重鎮數度失守。賴將士用命，平津線得以打通，而環北平之石家莊、平山、阜平仍陷落於共軍，近日逼臨北平之保定、廊坊、房山激戰又起，非舉國軍五十萬將士浴血之力與共軍決一死戰無以克復失地，以盡守土之責。然守土者何？僅北平一城，數十萬國軍之軍需常陷於不濟；兩百萬市民皆陷於饑餓；人心浮動，學潮迭起！作義實不知守此饑餓之城、動亂之區，意義何在？尤使作義不能解者，七月五日北平市參議會擅議驅逐東北一萬五千學生於先，國軍第四兵團槍殺請願學生於後，竟因民食調配委員會配給糧食不足所致！該東北一萬五千學生皆國府動員來北平者，今北平市政界此舉何以與國府恤民之策相悖如此？「七五」以來，東北學生、北平各學府師生及舉國各界，聲浪如潮淹罵作義！傅某為黨國軍人，有為國家疆場捐軀之義，無為各派官場受辱之責。軍心民意皆陷作義於不義，軍需民食皆掣作義於兩難，則不戰已敗！茲懇求總統、副總統斥除職下華北剿總之職，另簡賢能，或能解此內外之困，不負黨國重託！

傅作義引咎陳詞
民國三十七年八月三日於北平

陳詞近於悲憤，聞者無不愕然。

最驚愕的當然是陳繼承。傅作義是華北最高軍事長官，自己是僅次於他的軍事長官，同有鎮守北平指揮華北戰局之責，他事先擬好的辭職函自己竟毫不知情，卻突然拿到這個會議上來念，而書函中指責之人首推就是自己！不禁又羞又惱，懵在那裡。

唯有曾可達眼睛亮了。他立刻想起了建豐同志電話中的聲音：「陳繼承、馬漢山之流敢於搗亂，你就去找傅作義將軍，也可以去找李宗仁副總統，他們會站在我們一邊……」

他知道今天這一仗自己這邊贏了，可陳繼承他們不會死心，暗中用目光籠罩著不同人的反應，等待即將發生的短兵相接。

王克俊念完了便將那封辭職函隔著陳繼承雙手向李宇清遞去。

會議室內一片死寂，會議室窗外大樹上的蟬鳴便顯得十分聒耳！

「克俊兄。」李宇清望著遞在面前的那封辭職函，臉色十分凝重，「傅總司令這封辭職函兄弟可不敢接呈。」

「那我就帶回去請傅總司令親呈總統和副總統。」王克俊立刻將辭職函放進了桌前的公事包內。

「我也傳達一下李副總統的指示吧。」李宇清說著又望了一眼王克俊，「聽了李副總統的意見，希望傅總司令不要再遞這封辭職函。」

曾可達的眼更亮了，心裡更有底了。
馬漢山那張原來滿有底氣的臉已經完全沒有底了。
一直不露聲色的徐鐵英，這時雖仍不露聲色，眼睛卻睜得很大，他要開始盤算如何應變了。
方步亭也在凝神等待，等待的是什麼，他的眼中依然是一片迷茫。
李宇清直接傳達李宗仁副總統的指示了：

國民政府乃全體國民之政府，全體國民乃國民政府之國民。茲有東北一萬五千多學生，因戰亂蒙政府體恤安排遷至北平就讀，此政府對國民應負之責任。北平市政府及駐北平黨國各機關部門均應一視同仁妥善安置。七月四日北平市參議會所提交遣散東北學生之提案殊欠穩妥，以至七月五日爆發東北學生與政府之衝突。民心浮動，舉國譁然，使政府之形象受損，更遺共黨攻擊之口實。近日以來，國府已有明確指令，務必安撫學生，北平各機關部門竟無任何舉措，以致學潮愈演愈烈，矛頭直指肩負華北戰局重任之傅作義總司令。宗仁身為國府副總統且曾任北平行營主任，心常不忍。特命行營副官長李宇清代表本人親臨聚會現場安撫民眾。民眾所提一切合理之要求、合法之情事，均應盡力應承。對「七五事件」負有直接責任者，亦應挺身面對民眾，各引其咎。

中華民國中央政府副總統兼北平行轅主任李宗仁
民國三十七年八月三日

陳繼承臉色大變！
馬漢山臉色大變！
還有那個一直沒有吭聲的許惠東也臉色大變！

「這就是李副總統和傅總司令的指示嗎？」陳繼承緩過神來兀自大聲問道。

李宇清第一個不高興了：「陳副總司令，鄙人總不敢假傳李副總統的指示吧。」

陳繼承又轉望向王克俊：「王祕書長，傅總司令是華北剿總的總司令，我陳繼承還是華北剿總的副總司令。面對共黨，面對共黨操縱的學潮，傅總司令做出這樣的表態，總應該事先跟我打個招呼吧？」

王克俊的臉也淡淡的：「報告陳副總司令，這樣的話您應該親自去問傅總司令。克俊不便轉達。」

「那好！」陳繼承已經氣急敗壞了，「我也可以向南京辭職，還可以直接電話報告蔣總統！」說完徑直離座，亂步走出了會場。

「執行李副總統的指示吧。」李宇清開始主持，「劉市長、許參議長，請你們會同協商，能不能先撤銷北平市參議會七月四日那個提案，然後拿出一個救濟東北學生的方案。對北平市這幾個月來的民食配給和民生物資做一次清查。」

劉瑤章和許惠東對望了一眼。

許惠東面容黯淡，答道：「我去召集參議會，傳達李副總統的意見。」

劉瑤章：「救濟東北學生的方案我已經做了三個了，如果需要我還可以再做一次。至於北平市這幾個月的民食配給和民生物資的清查，我無能為力。國防部調查組就在北平，他們應該清查，能夠清查。」

李宇清立刻望向了曾可達：「曾督察。」

曾可達：「我們清查！一定清查到底！國防部稽查大隊的方大隊長還在門外等著馬副主任。馬副主任似乎應該配合一下。」

馬漢山望向曾可達，同時也望向了跟曾可達站在一起的徐鐵英。
徐鐵英這時兩眼卻望著前方，並不看他。
馬漢山嚷道：「什麼配合，拿銬子來，老子去頂罪就是！」

＊　＊　＊

北平市民調會總儲倉庫大門外，人群突然激動起來！
被兩個男同學護衛著已經擠到了接近人群邊緣的何孝鈺回頭一望，眼睛從來沒有這樣亮過！
幾乎不用軍警維持秩序，激動的學生人群自覺地讓開了一條人道。
她只能看見一輛敞篷吉普車的後排站著馬漢山，居然高舉著一隻手——那隻手上戴著一邊手銬，另一隻手卻吊著繃帶！
學生人群發出了歡呼！許多人在跳躍！
何孝鈺太想看見開那輛吉普的人了，可只有讓開道的學生能看見，那當然是方孟敖！
何孝鈺從來沒有這樣向人家提出過要求，竟然向護衛她的一個男同學說道：「抱起我，讓我看看。」
那男同學只淺笑著搖了搖頭。
何孝鈺站在那裡不願意走了，她一定要等著看到那個人的身影。
由於學生的配合，吉普不久便開到了大門邊。
何孝鈺終於看到了跳下車的那個身影——方孟敖沒有任何做作，也沒有跟任何人打一聲招呼，只是雙手將後排的馬漢山舉起放下了車。

何孝鈺看得更清楚了，方孟敖並排引著馬漢山走進了民調會的大門。

在人群裡，幾乎同時，另一雙眼卻望向了烈日當中的天空——老劉同志的眼中慢慢浮現出了連綿的群山！

太陽下出現了綿延山西、河北、河南八百多里的太行山脈！

河北平山縣，但見太行山主脈在這裡如一條龍蛇不管不顧磅礴逶迤往南而去，卻甩下方圓百里一堆群山。山巒的北處盡頭，俯瞰即是人煙輻輳之華北平原，往南皆莽莽蒼蒼，人跡罕至。

歷史的聲音突然慷慨激昂，在這片群山上空響起：「就在距北平西北兩百多公里處，西元一九四八年，河北平山縣這一片太行山的餘脈，因一處名西柏坡的村落而赫然史冊！是年五月，毛澤東、周恩來、任弼時率領的中共中央核心機關移蹕於此。潛龍勿用，任國民黨空軍飛機搜尋轟炸，中共領袖深藏在千山萬壑之中；飛龍在天，彈指間便將發動決定中國命運的遼瀋戰役、淮海戰役、平津戰役；一二日內便可龍行虎步，定都北平。」

那畫面在陽光下倏地停住了，顯出了萬山叢中隱約可見的那一片院落，這片院落就坐落在中共中央所在地西柏坡。

隱約傳來馬蹄聲急，但見一行五騎，穿行在山道上，閃過山道旁散落民居。

零碎的小塊莊稼地，遙有村民耕作，顯然常聽見這樣的馬蹄聲，因此並不驚詫，只是停下鋤頭向五騎馬上穿著灰色軍服的人笑著招了招手，依舊耕作。

一棵參天大樹籠罩在小道旁，樹下站著好些警戒的軍人，一行五騎立即勒住了韁繩。

第一騎馬上的軍人翻身下馬——竟是華北局城工部部長劉雲。

跟著的四騎軍人都翻身下了馬。

劉雲將韁繩遞給了一個軍人，又取下腰間的手槍遞給他：「在這裡等著。」

「是！」

劉雲獨自一人向大樹下走去。

一個腰別手槍的軍人，帶著兩個執槍的士兵迎了過來：「是劉雲部長嗎？」

「是。華北城工部部長劉雲前來彙報工作！」

那個腰別手槍的軍人：「周副主席在等你，跟我來吧。」

「是！」劉雲跟著那個軍人向遠處那座院落大門走去。

# 第二十二章

北平市民食調配委員會總儲倉庫大坪。

人全都站著。

青年航空服務隊的二十名飛行員排成兩列，站在兩旁。民調會那些人包括李科長、王科長，站在兩行飛行員的中間。

下午三點多的太陽似乎更加炙熱，大門外的學生們都餓著渴著，飛行員們便自覺都不喝水，民調會那些人自然也沒有水喝。汗都沒得出了，一個個也嘗到了嘴唇乾裂的味道，眼睛便昏花，只能模糊看見站在大鐵門外沙包上那個長官的背影，還有已看不清字的橫幅和望不到邊的人頭。

鐵門外沙包上，李副總統的副官長的聲音通過喇叭仍在斷斷續續傳來。

飛行員們筆挺著認真在聽。

民調會那些人也緊張起精神費力地在聽。

李宇清喇叭中的聲音：「……因此，請同學們、同胞們理解時局之艱難、政府之苦衷……遵憲守法，各回學校。東北同學如何安置，北平各學校師生及北平民眾之糧食油煤如何按時配給，李副總統和北平市政府以及各有關部門一定密切磋商，盡快解決……」

短暫的沉寂。

顯然是商量好了同樣的問話，同時有十幾個學生的喊話聲傳來：「民食配給都被貪了，請問，李副總統拿什麼解決？」

「同學們……」李宇清的喇叭聲。

很快十幾個學生的喊話聲又打斷了李宇清的喇叭聲：「貪腐的罪犯什麼時候懲治？被抓的同學什麼時候釋放？經濟一片蕭條，為什麼還要內戰？李副總統能夠明確答覆嗎？」

接著傳來的便是無數人的聲浪：「反對貪腐！反對饑餓！反對迫害！反對內戰……」

「同學們……同學們……」

李宇清的喇叭聲完全不管用了。

＊　＊　＊

民調會總儲倉庫內。

空空蕩蕩的倉庫，只有一張記帳的桌子和一把椅子。

方孟敖和馬漢山兩個人站在這裡顯得更加空蕩。

外面的聲音傳了進來，方孟敖在聽著，馬漢山也在聽著。

「都聽見了？」方孟敖將目光望向了馬漢山。

「聽多了。」馬漢山一手銬子，一手繃帶，居然還抬著頭。

倉庫的大門是鎖著的，鑲在大門上的那道小門是開著的，方孟敖走了過去，一腳將小門也踢關了。

外面的聲音便小了。

方孟敖又走了回來：「那就不要聽了，說吧。」

「說什麼？」馬漢山這才望向了方孟敖。

「糧食，買糧食的錢，買糧食的帳，包括被餓死的人、被殺死的人！」方孟敖說到這裡突然停住了，眼中的精光也收了，臉上露出了笑，「這些事我們今天都不提。怎麼樣？」

馬漢山懵了一下，接著便回以無賴的笑：「不提這些，方大隊長難道要跟我說喝酒，說女人？」

方孟敖：「就說這些。喜歡什麼酒，喜歡什麼女人，喜歡哪些古董字畫，都可以說。就是不說民調會的案子。打個賭吧，我們兩個，誰先說了民調會的案子，誰就輸了。」

馬漢山收了笑：「輸什麼？」

方孟敖：「今晚請客。我輸了請你們民調會的人吃飯。你輸了請我們大隊的人吃飯。」

「就賭一頓飯？」馬漢山當然不信。

方孟敖：「嫌少？那就賭大些。誰輸了，就請外面那些學生吃飯，有一萬人就請一萬人，有兩萬人就請兩萬人，怎麼樣？」

馬漢山又擠出了笑：「方大隊長，北平可沒有這麼大的飯店。」

方孟敖：「那就給每人發一頓吃飯的錢，讓他們自己吃去。」

馬漢山知道方孟敖今天是絕對饒不過自己了，想起一個月來因此人日夜不得安生，這個坎也是過，雄也是過，乾脆一隻腳踏到了椅子上：「這個賭我不打。」

方孟敖：「輸不起還是捨不得？」

馬漢山：「現在一石米要一千七百萬法幣，每人一斤米，一萬人吃一頓就得十億法幣，兩萬人就得二十億法幣。加上下飯的菜錢，怎麼也要三十億法幣以上。方大隊長，在北平能拿出這麼多錢跟你賭的只有一個人。要賭，你應該去找他。」說到這裡，他露出了壞笑。

方孟敖似乎等的就是他這一臉壞笑：「好啊，你輸了、我輸了都去找這個人出錢。告訴我，這個人是誰？」

馬漢山笑得有些不自然了：「方大隊，你輸了可以找他出錢。我輸了可不能找他出錢。」

方孟敖：「直說吧，這個人是誰？」

馬漢山又露出了壞笑：「方大隊長，除了中央銀行北平分行的行長，這個人還能是誰呢？」

方孟敖心裡想的是一記猛拳，打掉他那一口黑牙！兩臂卻抱在胸前，臉上露出了比他更壞的笑：「中央銀行北平分行的行長敢公然拿銀行的錢為我請客？」

馬漢山：「公開拿出來私用當然不合適，找個名目走個帳，那還是可以的。」

方孟敖眼睛從馬漢山的頭臉慢慢掃向了他那條踏在椅子上的腿，突然猛地一皮靴，將那把椅子貼著地踢了開去。

馬漢山的腿立刻踏空了，身子跟著往前一栽。

方孟敖瞅準了一把端住了他那條脫臼的手臂！

人是扶住了，那條手臂被方孟敖往上抬著，痛得連天都黑了，馬漢山一口氣吸到了腸子裡，虧他楞是咬著牙不叫出來，喘過了那口氣，竟還說道：「謝謝啊……」

方孟敖仍然使暗勁攙著他那條手臂：「不用謝。坐下，請坐下告訴我找個什麼名目，怎麼走帳才能拿出這麼多錢。萬一我輸了，也好向北平分行要去。」

一邊叫自己坐，一邊依然攙住自己的手臂不放，馬漢山頭上的汗黃豆般大往下掉了，兀自強笑：「這樣的事以前要問崔中石……現在恐怕要問方行長本人了……」

「好，問誰都行。你帶我去！」方孟敖捏著他的手臂便向門口拉去。

馬漢山原是為了負氣，有意拿崔中石和方步亭來戳對方的痛處，卻忘了此人是一頭猛虎，猛虎是不能夠戳痛處的。現在被他瘋了般往外拖，明白自己徹底鬥不過了，兩腳便本能地釘在地面不肯邁步。方孟敖偏又力大，將他連人帶腳擦著地直向門邊拖去。
馬漢山用左手拉住右臂，絲毫未能減輕脫臼手臂鑽心的疼，被拖到了門邊，只好大叫了一聲：
「崔中石不是我殺的！」
方孟敖這才站住了，轉過頭再望他時臉上已無絲毫笑容，兩眼通紅。
馬漢山：「方大隊，我知道你今天是為崔中石報仇來了。民調會的帳是在崔中石那裡走，可殺人滅口的事我馬漢山還沒有那麼大能耐！」
方孟敖望了他好一陣子，又笑了，這回笑得有些磣人：「打了賭不提民調會的事，不提殺人的事，你偏要提。你輸了。學生都在外面，一整天沒吃沒喝了，請客去吧。」
馬漢山閉上了眼：「你鬆開手，我跟你去就是。」
方孟敖一把拉開了倉庫大門上的小門，震天的歌聲從遠處大門外撲來！

＊　＊　＊

北平市民調會總儲倉庫大門外。

團結就是力量，
團結就是力量……

那麼多饑渴的學生，還有饑渴的教授，在炎炎烈日下竟唱起了國統區的禁歌！
局面發展到如此不可控制，出乎國民黨當局的意料，也出乎中共北平城工部組織的意料！

東邊第四兵團的機槍又在車頂上架起來了，步槍也都對準了學生人群！

這力量是鐵，
這力量是鋼……

西邊指揮車上的方孟韋滿臉滿身是汗，緊張地望著大門旁沙包上的李宇清！

比鐵還硬，比鋼還強……

李宇清穿戴著中將的軍服，臉上身上的汗水比方孟韋還多！

向著法西斯帝開火，
讓一切不民主的制度死亡！

梁經綸也在唱，此刻他也不知道自己到底是共產黨還是國民黨了。謝木蘭已經並排挽著他的胳膊了，唱得熱淚盈眶！

向著太陽，向著自由，
向著新中國發出萬丈光芒……

梁經綸的肩上突然搭上了一隻手！他剛要回頭，耳邊響起了一個緊張而嚴厲的聲音：「立刻制止！保護學生！」

——是嚴春明！他已經顧不得暴露自己了，終於擠到了梁經綸的身後向他下達嚴厲的指示！

梁經綸回答了一聲：「是……」

……

這力量是鋼！
比鐵還硬，
比鋼還強……

誰還能夠制止這火山噴發般的心聲！

嚴春明在巨大的聲浪中緊貼著梁經綸的耳邊：「擠出去，我和你，到大門口去控制局面！」

梁經綸只好答道：「您不能暴露，我去。走！」

梁經綸在歌聲中向前擠去，好些男學生團團保護著他向前擠去。

——這些學生中有學聯的進步青年，也有國民黨中正學社的特務學生！

「你不要去！」梁經綸一邊擠一邊試圖掰開謝木蘭緊挽著自己胳膊的手。

謝木蘭反而用兩隻手臂更緊地挽住了他，兩眼火熱地望著他跟著歌聲大聲唱道：

向著新中國發出萬丈光芒……

梁經綸只好帶著她向前擠去。

突然，歌聲漸漸弱了，人潮也漸漸弱了，梁經綸立刻警覺起來，握著謝木蘭的手，停住了腳步。

他周圍的學生也跟著停住了腳步。

他們隨著人潮望向了倉庫的大鐵門外。

原來，高高的沙包上，李宇清下去了，方孟敖和馬漢山正站在上面！

歌聲漸漸歸於沉寂，無數雙目光望著方孟敖和馬漢山。

方孟敖將手伸向已經站在地面的李宇清：「長官，請將喇叭給我。」

「好，好。」李宇清的帽子被副官捧著，一手正拿著手絹擦頭上臉上的汗，一手將喇叭遞給了方孟敖。

「同學們！」方孟敖的聲音從喇叭中傳出，如此空曠。

無數雙期待的眼。

無數雙茫然的眼。

好幾雙複雜的眼：

梁經綸！

謝木蘭！

方孟韋！

還有那個特務營長！

所有的眼都不及另一雙眼那般複雜，百味雜陳，那就是遠遠望著方孟敖的何孝鈺！

方孟敖左手拿著喇叭，右手拽著身邊馬漢山的左手：「下面民食調配委員會的馬副主任有話跟大家說。」接著他將喇叭塞到了馬漢山的左手裡。

馬漢山已經完全被控，低聲問道：「這時候……這麼多人……叫我說、說什麼……」

方孟敖不看他：「就說請客的事！」

馬漢山只好將喇叭對到了嘴邊：「同學們……長官們……剛才……剛才，我跟方大隊長打了個賭……」

所有的目光都詫異了，人群更安靜了。

就連正在擦臉的李宇清也不禁望向了馬漢山。

馬漢山在喇叭裡喊道：「我輸了……我現在是來認輸的……」

說到這裡他又放下了喇叭，轉對方孟敖：「下面怎麼說？」

方孟敖：「接著說。」

馬漢山又對準了喇叭：「方大隊長說，輸了的今天要請在場的所有同學吃飯……」

人群又有些騷動了。

馬漢山知道，今天這個局面，落在方孟敖的手裡，面對這麼多學生，還有行營的長官在場，只有胡說八道也許能蒙混過關，乾脆昏天黑地喊了起來：「我跟方大隊長說，請這麼多人吃飯北平沒有這麼大的飯店。方大隊長說，那就給每個同學發一頓吃飯的錢。我算了一下，一個同學吃一頓飯怎麼也得花十五萬法幣，這麼多人吃一頓飯怎麼也得要三十多億法幣。三十多億呀，同學們！打死了我也沒那麼多錢啊。可我輸了，願賭服輸。同學們，你們把我吃了吧！」

剛才已經有些騷動的人群一下子又全都安靜了——這麼多人沒有一個緩過神來——這樣的場合，這樣的局面，大家都被馬漢山這一頓胡七八扯懵在那裡！

安靜也就一瞬間，立刻有人帶頭發出了怒吼：

「反對愚弄！」

聲浪又起：「反對愚弄！」

「反對迫害！」

「反對饑餓！」

「反對貪腐！」

「反對內戰！」

馬漢山這時竟想從沙包上跳下來，哪兒有方孟敖手快，又一把拽住了他，在他耳邊喊道：「安撫學生！」

馬漢山只得又對準了喇叭：「同學們請息怒！同學們請少安毋躁……」

吼聲更大了！

沙包下李宇清那張本就蒼白的臉此刻更白了！他今天奉命前來安撫，未能控制局面，已是十分鬱悶，突然又被馬漢山跑出來如此莫名其妙地火上澆油，不禁氣得發抖，對身邊的警衛隊長：「上去，抓住這個瘋子！」

警衛隊長一揮手，兩個警衛跳了上去，一邊一個架住了馬漢山。

馬漢山必須自救，掙扎著仍然將嘴對著喇叭：「方大隊長！這些話全是方大隊長逼我說的！同學們……方大隊長有重要指示……快歡迎方大隊長講話……」

這番話還真管用，首先是兩個警衛不拖他了，只架住他，望向了方孟敖。

接著，學生們又漸漸安靜了，無數雙眼都望向了方孟敖。

方孟敖內心之複雜、之彷徨、之痛苦、之孤獨，在崔中石被害後達到了極致！他知道自己組織裡的人就在這一兩萬人群中。從崔中石否認自己是共產黨那一刻起，他就在等著組織以其他的方式跟自己接上關係，但他的個性忍受不了這種等待。今天他既是代表國防部調查組逼迫國民黨貪腐集團給民眾一個交代，也是在給自己的組織發出信號，再接不上組織關係，得不到明確指示，他就只能天馬行空了。

方孟敖從馬漢山手裡拿過了喇叭，他會說些什麼呢？

人群裡，有幾雙眼睛立刻緊張起來：

最緊張的是何孝鈺的雙眼。因為她的兩隻眼睛裡就站著孤獨的方孟敖！想像中她走進了自己的眼睛，走到了方孟敖的身邊，跟他並肩站在一起！緩過神來，大門前沙包上的方孟敖卻離她是那樣遠。

隱蔽在教師人群中老劉的緊張是看不見的，那張臉始終像個旁觀者。

嚴春明已經緊張得有些疲勞，這時想得更多的是如何接受組織的處分。

站在員警指揮車上的方孟韋是最早就知道大哥雙重身分的人，那雙一直圓睜著控制局面的眼，這時反而閉上了。

還有一雙眼睛，十分複雜，十分陰沉，這就是梁經綸。

他此刻盡量讓前面的同學讓開，使自己的目光能夠直視方孟敖的目光，等待方孟敖的目光能與自己的目光相接——他要讓方孟敖認準自己就是他要找的黨內的同志！

方孟敖對著喇叭說話了：「剛才，馬副主任說了兩句話。一句說我跟他打了個賭，賭請同學們吃飯。另一句稱我方大隊長，說我要發表重要指示。我聽不明白。一個人怎麼能夠一邊跟另一個人打著賭玩，一邊跟上萬的人做重要指示？我猜他說這個話只有兩種可能，一種可能我是個瘋子，一種可能他是個騙子！現在李副總統的代表李宇清長官就在這裡。我想請問一句，如果我是個瘋子，國防部調查組為什麼派我到北平來查案！如果馬副主任是個騙子，國民政府為什麼將兩百萬人救命的糧食交給他管！」

剛才是馬漢山在上面一頓胡天胡地地瞎說，現在方大隊長又突然來了這麼一番表白，黑壓壓的人群，大家的腦子今天都一下子轉不過彎來了。但也就是少頃，立刻引起了強烈的反響：

「好！」

「說得好！」

「說下去！」

悲憤激動了一天的學生們突然有了興奮甚至有了笑聲，一片叫好，跟著響起了雷鳴般的掌聲！

方孟敖卻彷彿置身荒原，提著喇叭站在那裡，直到人群又安靜下來。

他不再看人群，眼睛只望著遠方，喇叭聲也像是對著遠方在說話：「對不起了，同學們，特別是來自東北的同學們！我剛才說了一些連我自己也不明白的話。因為到目前為止，好些事情你們不明白，我也不明白……可有一點我是明白的，那就是沒有家的感覺，沒有人把你們當孩子關心的感覺！你們東北的同胞『九一八』就沒有了家……我是在『八一三』沒有了家……可早在三年前我們抗戰就勝利了，現在中華民國也立憲了，為什麼還有這麼多人沒有家呢……」

方孟敖天空一般深邃的眼，飛速地掠過另外幾雙深受震撼的眼：

老劉的眼睛！

嚴春明的眼睛！

梁經綸的眼睛！

謝木蘭閃出兩點淚星的眼！

方孟韋深藏在大蓋帽帽檐下很難看見的眼！

何孝鈺眼中倏地浮現出了：

第一次在謝木蘭房間，方孟敖向自己打聽共產黨的情景；

第一次在自己家裡吃煎饅頭片的情景；

方孟敖營房單間泡在桶裡的衣服；

方孟敖在唱《聖母頌》；

方孟敖攙著方步亭走出客廳大門……

方步亭的車不知何時悄悄開到了抗議現場，停在第四兵團車隊的後面。

方步亭此刻就悄然坐在後排車座上。跟他並排坐著的還有曾可達！

方孟敖的聲音夢魘般在方步亭耳邊迴響：「……你們沒有家……我也沒有家……」他轉頭望向了窗外。

車窗外滿是第四兵團的士兵和軍車！

曾可達的手悄然搭到了方步亭的手背上，在等待他回頭看見自己眼裡的安撫。

方步亭沒有看他，慢慢拿開了他的手：「曾將軍請下車吧，我要回家了。」

曾可達眼中的安撫沒有了，坐在那裡一動沒動。

方步亭對司機：「開車門，扶曾將軍下車。」

「不用了。」曾可達不得不自己開了車門，下車，關門。

方孟敖的聲音又從喇叭中傳來：「同學們，不要在這裡等了……這裡不是你們的家……」

方步亭：「回家！」

車向後倒了，接著掉頭，向另一個方向開去。

方孟敖還在喊話，可方步亭一個字也聽不清楚了……

＊　＊　＊

方步亭今天走進自家客廳，像走進了荒原。

下人們照例都迴避了，只有程小雲在關切地望著他的身影。

方步亭沒有望程小雲，沒有像平時一樣先走向洗臉架前去擦洗，也不像往常太過疲憊時去到他專坐的沙發前靠下，而是踽踽走向那架前幾天才搬到客廳的鋼琴邊，在琴凳上坐了下來，又不掀琴蓋，只是坐著。

程小雲輕輕地走了過去，知道這時不能問他任何話，將手伸到琴蓋邊，望著方步亭，準備揭開琴蓋。

方步亭卻輕輕將琴蓋壓住了。

程小雲的手只好又離開了琴蓋：「給你熬了綠豆粥，我盛去。」轉身準備向廚房走去。

方步亭這才望向了她的背影：「姑爹呢？」

程小雲的背影：「去找那幾家公司了，走的時候說，爭取這兩天多調些糧食。要找他回來嗎？」

「不要找。」方步亭望她的目光又移開了，「眼下這個家裡真正能夠幫我的也只有他了。」

「是。這個家除了你就只有姑爹，最多還有你的兩個兒子。」程小雲依然背對著他。

方步亭沒有吭聲。

「我知道。」程小雲的聲音有些異樣，「我從來就不是這個家裡的人。木蘭也不是。方步亭的家裡從來就不應該有女人。」

方步亭淒然地抬起頭，望著她：「來。」
程小雲沒有轉身。
方步亭輕嘆了口氣，從她背後伸出手拉住了她的手。
「你還沒有回答我。」程小雲試圖將手抽出來。
方步亭緊緊地握著：「看著我，我回答你。」
程小雲只好慢慢轉過了身，今天卻不願望他的眼，只望著他的前胸。
客廳外的蟬鳴聲響亮地傳來，這座宅子更顯得幽靜沉寂。
「聽見了嗎？」方步亭問的顯然不是蟬鳴聲。
「聽見什麼了？」程小雲依然不看他的眼。
方步亭：「孟敖在說話……」
程小雲這才慢慢望向了他的眼，發現這個倔強的老頭眼中有淚星。
方步亭這時卻不看她了，把臉轉向門外：「東北的學生又上街了……那樣的場面，李副官長代表副總統講話全不管用。孟敖講話了，全場竟鴉雀無聲。其實，他從小就是個最不會講話的人……」
程小雲這才感覺到了方步亭今天迥異往常的痛楚，輕聲問道：「他都說什麼了？」
方步亭：「說什麼都無關緊要了。小雲，聽我的。中華民國走到盡頭了，我們這個家也走到盡頭了，我的路走到盡頭了……我的兩個兒子也出不去了。培東得留下來幫著我收拾殘局。只有你還能走，帶上木蘭，這幾天就去香港……」
程小雲抽出了手，突然將方步亭的頭摟在了懷裡，像摟著一個孩子！
這可是程小雲從來不敢有的舉動。

方步亭本能地想保住平時的矜持，頭卻被程小雲摟得那樣緊，動不了，便不動了，讓她摟著。兩個人都在聽著院子裡傳來的蟬鳴聲。

「你還沒有答應我。」方步亭輕輕握住程小雲的兩隻手，輕輕將頭離開了她的胸。

「答應你什麼？」程小雲嘴角掛著笑，眼裡卻閃著淚花，「孟敖和孟韋都叫我媽了，兩個不要命的兒子，再加上你和姑爹兩個連兒女都管不住的老孩子，這個家，這個時候叫我走？真像孟韋說的那樣，我跟著你是因為你有錢？」

方步亭望了她好一陣子，臉上慢慢有了笑容：「再賢慧的後媽也還是會記仇啊。」突然，他掀開了琴蓋，「離開重慶就沒給你彈過琴了。來，趁那兩個認了你卻不認我的兒子都還沒回。我彈你唱。」

程小雲這次拉住了他的手：「還是先把姑爹叫回來吧，也許他弄到了糧食，孟敖回來也好說話。」

方步亭：「糧食是種出來的，不是弄出來的。姑爹他也不是神仙啊。」說著固執地抬起了兩手，在琴鍵上按了下去。

琴鍵上流淌出了《月圓花好》的過門。

＊　＊　＊

《月圓花好》的鋼琴聲淌進了空空蕩蕩的帽兒胡同，一輛黃包車流淌過來，在一家四合院門前停住。

遮陽蓋的車上就是謝培東，長衫墨鏡，提包收扇，飛快地下了車。

院門立刻為他開了，又立刻為他關了。

「培東同志！」

謝培東的左手剛取下墨鏡，便被院門內那雙手緊緊地握住了。

「月印同志！」謝培東的右手還提著包也立刻搭上去，同樣用雙手緊緊地握住來人。

＊　＊　＊

方邸洋樓一樓客廳，琴聲、歌聲：

浮雲散，明月照人來……

方步亭的琴聲，程小雲的歌聲。

團圓美滿，今朝醉……

琴聲歌聲，此刻都彷彿是在為謝培東和那個月印同志遙唱。

＊　＊　＊

那「月印同志」竟如此年輕，三十不到。一手仍然緊握著謝培東，一手已經接過了謝培東手裡的提包。這位「月印同志」便是中共北平城工部負責人張月印。

「中石同志的事，您的處境還有方孟敖同志的情況，老劉同志都向我和上級彙報了。進去談吧。」張月印攙著謝培東並肩向北屋走去。

＊　＊　＊

方邸洋樓一樓客廳，琴聲、歌聲：

雙雙對對，恩恩愛愛，
這軟風兒，向著好花吹，
柔情蜜意滿人間……

——曲未終，琴已停！方步亭雙手一動不動壓在鍵上。

程小雲的嘴虛張在那裡。又是沉默。

程小雲：「洗個臉吧，我給你盛粥去。」

「是該吃點東西了！」方步亭倏地站起，「我那個大兒子說不準就要來審我，總得有點力氣。」說著向餐桌走去。

＊　＊　＊

帽兒胡同那家四合院北屋內。

四方桌前，朝門的方向沒有椅子，靠牆和東西方向有三把椅子。張月印沒有坐上首的位子，而是坐在打橫的西邊，面對坐在東邊的謝培東。

隔壁房間若有若無，似有電臺的發報機聲傳來。

張月印雙臂趴在桌上，盡量湊近謝培東，聲音輕而有力：「方孟敖同志的飛行大隊，您領導的金融戰線，現在比以往任何時候都至為重要。華北局直至黨中央都十分關注你們。」說到這裡他停了一下，「對中石同志的犧牲，上級特別惋惜……」

「我有責任。」從來不露聲色的謝培東，現在面對這個比自己年輕二十多歲的月印同志竟再不掩飾內心的沉痛，「中石同志的死……」

「現在不要談責任。」張月印立刻把話接過去了，「我們已經失去了中石同志，不能再讓您有任何閃失，還有方孟敖同志。今天我來跟您商量的兩個重要問題，都跟您和方孟敖同志密切相關。一是如何面對國民黨很可能即將發行的新幣制問題；一是怎樣和方孟敖同志重新接上組織關係，在關鍵的時候率部起義的問題。」

* * *

北平市民調會總儲倉庫大門外。

大門前沙包上，馬漢山不知何時已經被警衛押下去了，現在站在上面的是方孟敖和李宇清。

喇叭已經在李宇清的手裡，他在說最後一個問題了：「關於同學們提出的第五個問題，鄙人也代表李副總統和傅總司令答應大家。」

從清晨到黃昏，又饑又渴、炙烤了一天的學生這時都露出了勝利的興奮，人群中有人發出了歡呼，但很快又被別的同學阻止了。大家這時已經通過方孟敖接受了李宇清。

李宇清接著說道：「民食調配委員會的帳不但政府應該徹查，民眾也有監督的權利。因此我代表李副總統和傅總司令同意各大學派出人選組成協查組，配合方大隊長的青年航空服務隊協查！」

「萬歲！」人群中有一部分人帶頭歡呼起來。

「萬歲！」

「萬歲……」

歡呼勝利的聲音立刻響徹黃昏的北平！

李宇清也有些興奮了，但很快被緊張取代，大聲喊道：「安靜！同學們請安靜……」

歡呼聲慢慢平息了。

李宇清：「下面，請方大隊長宣布協查組人選的方案！」

喇叭遞給方孟敖時，人群響起了雷鳴般的掌聲。

方孟敖這時竟露出了從來沒有的靦腆，他接過喇叭一時沉默在那裡。

興奮激動的目光在興奮激動著，緊張的眼睛這時又緊張了：

老劉的眼睛！

嚴春明的眼睛！

還有大蓋帽簷下方孟韋的眼睛！

梁經綸的眼是另外一種緊張，好幾個男同學已經緊挨在他的身邊，在等著他發出指示。

梁經綸在底下伸出了手掌，許多隻手立刻伸了過來，手疊手地搭在他的掌上。

梁經綸用另一隻手悄悄拿開了一些同學的手，留在他掌上的剩下了四隻手——有兩個是學聯的骨幹，有兩個是中正學社的特務學生！

謝木蘭的目光急了，挽著梁經綸的手臂使勁扯了一下。

梁經綸沒有反應。

謝木蘭著急的雙眼飛向了另外一雙焦灼的眼——何孝鈺的眼！她一直望著方孟敖的目光這時望向了保護她的兩個陌生男同學。

一個男同學立刻望向另一個男同學。

那個男同學堅定地點了下頭。

兩個同學緊緊地護著何孝鈺，低聲在她耳邊說道：「我們走。」

何孝鈺不敢再回頭了，只聽見方孟敖喇叭裡傳來的聲音：「我想知道哪些同學是學經濟的……」

北京大學的橫幅下，清華大學的橫幅下，燕京大學的橫幅下，北平師大的橫幅下立刻舉起了無數雙手臂！

東北學生請願團的橫幅下，幾乎是所有的學生都舉起了手臂！

方孟敖望向了李宇清。

李宇清立刻低聲說道：「最多需要多少人？」

方孟敖：「我們大隊是二十個人，每人配一個人就夠了。」

李宇清：「那就定二十個人。」

方孟敖又將喇叭拿到了嘴邊：「我們只需要二十個人……請東北的同學、北京大學、清華大學、燕京大學、北平師範大學各推薦四個同學……」

人群立刻熱鬧起來！

燕京大學橫幅下。

「讓我參加吧！」謝木蘭緊緊地抓著梁經綸的手臂。

梁經綸深望了她一眼，接著盯向她的手。謝木蘭的手怯怯地鬆開了。

梁經綸轉頭對身邊一個學聯的學生：「快，找到何孝鈺同學。」

那個學聯的學生立刻轉身，一邊抬頭望著，一邊擠向人群。

目光在人群上空掃過，已經搜尋不到何孝鈺了。

東邊警備司令部的一輛卡車副駕駛座上，曾可達下了方步亭的車後，不知何時轉坐到了這裡。

這時，他縮坐的身子突然坐直了，那雙眼很快從燕京大學的橫幅下看到了梁經綸，看到了謝木蘭，還看到了曾經騎自行車護送自己的那幾個中正學社的學生。他的嘴角不經意地笑了。

＊　＊　＊

帽兒胡同那家四合院北屋內。

「您提供的這份檔非常重要。」

張月印手中那份藍頭檔上赫然印著「中央銀行」四個館閣體楷字，函頭的右上方蓋著兩個仿宋體木戳黑字「絕密」！

「小王！」張月印緊接著向隔壁房間叫了一聲。

隔壁房間的門很快開了，出來一個青年，雖是便裝，還是禮貌地先向謝培東行了個舉手禮：

「首長好！」接著走到張月印身邊。

張月印將那份檔遞給他：「全文電發華北局城工部。」

「是。」那小王雙手捧著檔很快又走進了隔壁房間，關上了門。

「『國庫日益空虛，物價日益上漲，投機日益猖獗！』」張月印背誦著檔上這幾句話，「張公權這三個『日益』很好地概括了蔣介石急於發行金圓券的原因，也明確提出了金圓券不能發行的事實。謝老。」這時他突然改稱謝培東「謝老」，顯然是要向他請教特別專業的金融問題了，「根據這個檔，您認為金圓券最快會在什麼時候發行？」

謝培東：「拖不了一個月，最快半個月。」

張月印點了點頭，又問道：「張公權既反對發行金圓券，蔣介石為什麼在這個時候還要去徵詢他的意見，而且將他這個央行前任總裁的意見發文各個分行？」

謝培東：「蔣介石這是在向美國發出左右為難的信號，目的是爭取美國的援助。沒有美援作為儲備金，他們發行金圓券就等於飲鴆止渴！」

張月印：「精闢。您認為爭取美國的援助，他們在北平會有什麼舉動？」

謝培東：「燕京大學，司徒雷登。美國政府和國會現在對是否援助蔣介石政權，兩派意見分歧很大。在中國，司徒雷登的態度十分關鍵。他們正想方設法爭取司徒雷登的支持。」

「誰的意見能影響司徒雷登？」

「何其滄教授。」

「誰能影響何其滄教授？」

「方步亭可以算一個……」

張月印第一次打斷了謝培東的話，突然站起來了：「還有一個更隱蔽的人，今天我們主要討論的就是這個人！」

＊　＊　＊

北平市民調會總儲倉庫大門外。

「梁經綸！」謝木蘭也不知道自己為什麼會這麼大聲地直呼其名，剛叫完就意怯了，兩眼楚楚地望著梁經綸。

人群還在湧動，梁經綸慢慢撥開了謝木蘭抓他的手。

謝木蘭：「讓我參加吧，我比他們知道更多的內幕。」

梁經綸望向了倉庫大門。

方孟敖和他的二十個飛行員整齊地排站在沙包的前面，把沙包讓給了被推舉的二十個同學。他們在沙包上站成了一排，一個挨著一個舉起了緊握的手。

「還有我！」謝木蘭已經飛快地擠離了梁經綸，向大門奔了過去！

第一雙驚愕的眼就是方孟韋！他望著奔向大哥的謝木蘭，倏地將目光轉盯向燕大橫幅下的梁經綸！

梁經綸的眼也在驚愕，緊緊地望著謝木蘭的背影。

方孟敖也看見了，目光閃過一絲複雜，望了一眼身邊的郭晉陽，立刻又轉對邵元剛：「你去，擋住她。」

邵元剛山一般的身軀立刻迎了過去。

＊　＊　＊

帽兒胡同那家四合院北屋內。

「關於梁經綸這個人，老劉同志當時跟您是怎麼談的？」張月印依然保持著冷靜，但謝培東已經從他的措詞中聽出了組織的高度關注，甚至連老劉同志的工作方式也在調查之中！

謝培東神情立刻凝肅了：「老劉同志只傳達了上級的指示，要我做何孝鈺的工作，讓她聽梁經綸的，以學聯那邊的身分接近方孟敖。至於組織為什麼這樣安排，老劉同志沒有跟我說原因，我也不宜多問。」

張月印點了點頭，神情比他更凝肅了：「不是組織不信任您，是老劉同志沒有這個許可權。培東同志，我現在代表城工部向您交底，梁經綸很有可能是國民黨打入我黨內部的特務！而且是當前對您、對方孟敖同志威脅性最大的鐵血救國會的核心成員！」

謝培東差點兒便要站起，也不知是強烈的組織自律性讓他控制住了，還是內心太過震撼一時未能站起。他緊緊地盯著張月印，太多想問的話，只能等待組織將該告訴他的告訴他。

張月印偏偏在這個時候又沉默了，竟問了一句：「您身上有菸嗎？」

謝培東輕閉了一下眼，立刻調整好了心態：「我不抽菸。」

張月印歉笑了一下：「對不起，我也不抽菸。」說著拿起桌上的茶壺給謝培東的杯中續了，給自己的杯中也倒了點，這才接著說道，「有些話本來不應該向您說，但牽涉到你死我活的鬥爭，我必須告訴您。謝老，您是前輩，應該能夠很好地對待處理。」

謝培東必須報以鎮定的微笑了：「你是上級，我不好問你的黨齡。我入黨是一九二七年，我們黨處於最艱難時期的那一年。請組織相信我。」

張月印眼中的敬意是真的真誠：「這件事就當我作為黨內的晚輩向您彙報吧。對梁經綸的發現我們太晚了，是在曾可達和方孟敖同志的飛行大隊到北平以後才引起警覺的。對於這種錯誤，燕京大學學委支部有很大的責任。警覺以後我們也是通過老劉同志展開暗中調查的。最後確定他的身分是在幾天以前，就是在崔中石同志犧牲的那個晚上。」

「中石同志的死，跟他有關？」謝培東終於發問了。

「沒有直接關係。」張月印答了這一句又出現了沉默，接著不看謝培東了，「那天晚上方孟韋從何孝鈺的家裡趕去想救崔中石，而您的女兒去了梁經綸那裡……」

謝培東倏地站起來。

張月印跟著慢慢站起來：「中石同志的死跟您的女兒更沒有任何關係。但是，一個晚上，木蘭都跟梁經綸在一起。」

謝培東的兩眼閉上了。

張月印盡量使語氣更加平靜：「根據老劉同志派去的人幾天來的觀察，梁經綸跟木蘭已經是戀人關係了。」

謝培東又倏地睜開了眼，這回他也沒有看張月印，而是茫然地望著前方。

張月印：「梁經綸本應該跟何孝鈺同志是戀人關係，但安排何孝鈺去接觸方孟敖同志以後，他突然又跟木蘭發展了戀人關係。作為我黨負責學聯工作的同志絕對不會做出這種事情！嚴春明同志十分糊塗，梁經綸事後跟他彙報，解釋說跟木蘭的這種關係是一種掩護，全為了更有利於何孝鈺去做方孟敖的工作……這種事先未經組織批准，嚴重違背組織原則的謊言，嚴春明同志居然也相信了。」

謝培東喃喃地接言道：「我也十分糊塗啊……」

「這一切都與您無關。謝老，我還有更重要的指示向您口頭傳達。請坐下，先喝口水。」張月印端起了他面前的茶杯，隔著桌子遞到他面前。

謝培東雙手接過了茶杯慢慢坐下了，又將茶杯放回桌上，目不轉睛地望著張月印。

張月印卻依然站著：「城工部這一向的工作有很多地方要做自我批評。比方老劉同志讓您去接觸何孝鈺，比方學委沒有徹底地貫徹彭真同志七月六號的講話精神，依然沿襲著過去的工作慣性，不是盡力安排進步的同學撤離到解放區，也沒有很好地控制學生這個時候的過激行動，造成學生的無謂犧牲。這都是因為我們前方的軍事取得了一個又一個戰略性的勝利，讓這些同志被勝利燒熱了頭腦。說輕一點兒是過激的革命熱情，說重一點兒是小資產階級的狂熱性，都想在勝利即將到來之前多一些表現，勝利後多一份功勞。這種思想在嚴春明這樣的同志身上表現得比較突出，老劉同志身上也有，十分危險！前不久主席就說過，『我這個人從來不怕失敗，就怕勝利！』說的就是這個道理。周副主席和其他中央領袖也針對這個問題做了闡述，其中最重要的一點，就是指出，我們只有農村革命的經驗，缺乏城市革命的經驗，尤其缺乏占領城市之後建設和管理城市的經驗。培東同志，像您這樣的同志，包括大量的進步學生都是我們勝利後建設城市、管理城市的寶貴財富。接下來，您的任務主要是兩條，一是通過北平分行密切掌握國民黨推行金圓券的情況；二是掩護何孝鈺同志做好聯繫方孟敖同志的工作。組織指示，為了更加隱蔽好自己的身分，並且幫助何孝鈺、方孟敖同志隱蔽好身分，您要鞏固並進一步取得方步亭的信任。以往崔中石同志幹的事情方步亭可能會要您去幹，組織完全理解。其他工作，包括您個人的事情，組織都將另做安排。千萬不要為您女兒的事情分心，適當的時候學委會以適當的方式將她轉移到解放區去。」

謝培東坐著靜靜地聽完，鄭重地站起：「我服從組織，感謝組織！」

這時窗外已經出現了暮色，屋內也漸漸暗了。

「我還約了老劉同志。」張月印隔著桌子向他伸過了手，「您不能久留了。那幾家公司運往北平的糧食，華野首長已經下了命令，解放軍不會阻攔。您可以委婉地告訴方步亭，明天就能運到。」

＊　＊　＊

剛進大門謝培東就愣在那裡。

「那是我的自由，你無權干涉！」洋樓客廳傳來謝木蘭帶著哭聲的叫喊。

接著並沒有人回話。

謝培東望向守門人。

守門人微低著頭，輕聲告訴他：「是小姐和二少爺在拌嘴。襄理，老爺和夫人在竹林裡等您。」

謝培東望向洋樓東邊的竹林，徑燈亮著，竹影幽深。

「姑爹！」程小雲迎過來輕輕叫了一聲，接了謝培東手裡的包，觀察著他的臉色。

謝培東和往常一樣，客氣地點了下頭，便向坐在石凳上的方步亭走了過去。

方步亭沒有站起，燈雖不亮，臉上的苦笑卻很分明：「吵架，都聽到了？」

謝培東回以淡淡一笑：「『笑於斯，哭於斯，聚國族於斯。』這麼一大家子，哪能不吵架呢？」

方步亭卻不笑了：「不是那個時代了。知道木蘭和孟韋為什麼吵架嗎？」

謝培東只有等他說出來了。

方步亭望著路燈上的竹梢：「孟敖召集幾個大學的學生成立了經濟協查組，現在當然是在查民調會，可最終還是會查到我這裡來。木蘭也想參加……我的兒子，你的女兒，都要來查我們了。培東，帳整理得怎麼樣了？」

謝培東心裡的震驚可想而知，他腦子裡立刻浮現出了那個名字：「梁經綸！」可這時候他反而笑了，望著程小雲說道：「行長老了。」

方步亭立刻將目光移望向了他。

謝培東：「不要說孟敖和木蘭，就是北大、清華、燕大那些經濟教授來查，北平分行的帳他們也什麼都查不出來。不用說帳了，行長，孟敖查的是民食配給糧。民調會原來欠的九百噸還有接下來半個月的六千噸都有著落了。明天就能運到。」

方步亭倏地站起來：「明天？就靠平津一條鐵路？」

謝培東：「當然不行。」

方步亭立刻警覺道：「你通過關係跟中共接觸了？」

謝培東：「不需要關係，北平有一百多萬民眾，還有那麼多名流和學生，只要插上『民食』的旗子，共產黨也不會阻攔。」

方步亭沉吟了少頃，又望向了謝培東：「不會那麼簡單吧？」

謝培東：「應該也沒有那麼複雜。」

方步亭：「你不懂政治。如果六千九百噸糧食都能從共軍占領的地面運進北平，就一定是有人跟中共在暗中做了交易！中共這是在給李宗仁面子啊……總統，副總統；嫡系，非嫡系；從李宗仁、傅作義到區區一個空軍大隊長中共都在下工夫。蔣介石鬥不過毛澤東，鐵血救國會也鬥不過中共地下黨。我們家那個強兒子已經陷得很深了……培東，不能讓木蘭再扯進去。我把她寵壞了，孟韋更管不了她。你去，從今天起，木蘭不能再出去。」

謝培東沒想到突然從方步亭這裡得到了支持，竟解決了組織一時都無法解決的難題，立刻答道：「早該管了，我這就去。行長，你不要進來再唱紅臉。」

方步亭望向程小雲：「我們先去看看崔中石的老婆孩子，今晚就到你原來那個小院去住。」

＊　＊　＊

謝培東剛走進客廳的門，腳尖便停在了那裡！

只見自己女兒面對樓梯站著，孟韋在她身後摟住她！

謝木蘭木木地一動不動，不反抗但也絕不是接受。

方孟韋也是木木地一動不動，從背影便能看出，他已經有些絕望了。

進也不是，退也不是，謝培東眼中也好生淒涼。

「爸。」謝木蘭居然知道父親在門口，「你叫表哥鬆開我。」

方孟韋已經鬆開手了，依然木木地站在那裡。

謝木蘭向樓梯登去。

謝培東慢慢走到方孟韋身後：「她想幹什麼？」

方孟韋還是沒有回頭：「留不住了。姑爹，讓她走吧。」

「走哪裡去？」謝培東提高了聲調，「哪裡也不許去！」

方孟韋這才轉過了身來，謝培東從來沒有見過他這樣的眼神。

方孟韋：「姑爹，我今天確實不是代表什麼國民黨在反對共產黨，我只知道木蘭愛上的那個人不是好人……」

謝培東的目光反倒讓方孟韋有些吃驚了，他望著姑爹從來沒有的瘮人的目光：「姑爹，那個梁經綸非常陰險，您要相信我……」

「你們才陰險！」謝木蘭手裡還拿著幾件衣服，突然從房間衝了出來，站在二樓的欄杆邊，非常衝動，「方副局長，你手下有員警，還能從警備司令部調人，乾脆給梁先生安上共產黨的罪名把他抓起來，這樣我就見不到他了。去抓呀！」

「什麼共產黨！」謝培東疾言厲色道，「孟韋什麼時候幹過這樣的事了！在這個家裡沒有共產黨也沒有國民黨，不許將外面那些亂七八糟的事扯進來！」

「那表哥憑什麼說人家是壞人？他幹了什麼壞事了？像有些人一樣，他是殺人了，還是貪污了？」謝木蘭今天對一向懼怕的父親也頂嘴了。

謝培東：「他沒有殺人，也沒有貪污。你這樣為他爭辯為了什麼？」

謝木蘭楞了一下：「他是我的老師……」

謝培東：「他還是何教授的學生，是何教授心裡早就看中的女婿！丫頭，從小你就任性，我不管你。可這一次，你這樣做，第一個傷害的就是孝鈺！我謝培東不會容許自己的女兒幹出這樣的事！」

「我做什麼樣的事了……」謝木蘭本能地回了這句嘴，卻那麼軟弱無力。接著她的臉慢慢白了，渾身還有些顫抖。這樣的話從父親的嘴裡說出來，而且直刺自己的心窩！她腦子一片空白，眼前一片發黑……

突然，她身子一軟，在二樓的欄杆邊癱坐了下去。

「木蘭！」方孟韋立刻奔上樓梯。

「不要管她！」謝培東兀自生氣地喝道。

# 第二十三章

天剛剛黑下來，嚴春明從來沒有像今天這樣心力交瘁，從閱覽室一路走到善本室的門口都沒有開燈。

圖書館其他的門都是圓形的暗鎖，只有這間善本室還加了一把鋼製的掛鎖。嚴春明先摸索著開了掛鎖，但將另一把鑰匙插進圓形暗鎖時，突然有一種預感，警覺到了異樣。

他的本能是準確的，鑰匙輕輕轉動，那扇門才輕輕推開不到一線縫隙，便有一針針燈光搶著射了出來，裡面有人！

不管裡面是誰，他都沒有了退路，乾脆推開了門：「這裡是善本室，你怎麼進來的，誰叫你進來的！」

是那盞十五瓦的吊燈被拉亮了，照牆上的鐘在晚上八點十四分。

那個背影就在牆鐘下的書架前疊著圖書，撣掃灰塵。

嚴春明高度近視，仍未認出那人。

「嚴教授。」那人終於發聲了。

嚴春明聽出了這個人的聲音，這一驚竟甚於剛才沒認出此人！

那人轉過了身，燈雖不亮，確是老劉，兩隻眼比燈要亮。

嚴春明不知自己是怎樣關的門，倒發覺自己的手有些顫抖。這種狀態不行，他竭力使自己鎮定下來，轉身時確實鎮定了不少：「老劉同志……」

「怎麼，比見到國民黨軍統還緊張。在心裡叫我『五爺』是嗎？」老劉瞟了他一眼，拿著抹布走到了書桌前又擦了起來。

「哪、哪裡……您不應該到這裡來，這太危險。」嚴春明走了過去，準備給他倒茶。

「您坐，您喝茶。」老劉已經拿起桌上的瓷壺先給他倒了茶，「國民黨特務要來也不會是這個時候。」

嚴春明更加緊張了，沒有坐，不敢坐。

老劉接著慢慢擦著桌子：「能不能允許我代表組織，當然也代表我個人先向你提個建議，不要再在背後叫我什麼『五爺』。我是中國共產黨黨員，我們黨是無產階級先鋒隊，不是什麼青幫，我不是什麼『紅旗老五』。」

嚴春明：「老劉同志……有些同志在背後是偶爾開過這樣的玩笑，我現在向組織保證，今後再也不會開這樣的玩笑。」

「那就接著開今天白天那樣的玩笑！」老劉還的確有些像「紅旗老五」，那張臉冷得磣人，「拿幾萬學生的生命開玩笑，拿黨的革命事業開玩笑！」

嚴春明的臉比剛才更白了。

老劉：「不要認為革命形勢在一天天向著勝利發展，那是我們無數前方的同志用鮮血換來的，也是我們在敵占區許多同志用生命換來的，是無數的工農群眾包括今天那些進步學生的支持換來的。我們沒有任何資格現在就頭腦發熱。如果是想著打下了江山好做官，就不要當共產黨人！」

「我絕對沒有這樣的思想……」

「你沒有我有。」老劉就是這些地方厲害，「剛才我對你說的話就是今天上級批評我時說的。想知道我當時怎麼想的嗎？」

嚴春明做沉思狀，少頃答道：「我想您也絕對沒有這樣的思想。」

老劉：「我剛才都說了，我有，你憑什麼說我沒有？打下江山好做官是難聽了一點兒，可是想有更高的職位，做更重要的工作，當官也是幹革命，也是正常的嘛。我沒有你的思想水準高，我就承認了我有，而且還引用了一句我不知道什麼人說的話『不想當元帥的士兵不是好士兵』……還是領導的水準高啊，他沒有說我引用的這句話不對，只是告訴我，這是拿破崙說的。又告訴我『想著打下了江山好做官，就不要當共產黨人』這句話是周副主席最近批評黨內更高層的同志說的。他就告訴了我這些，我就立刻做了檢討，不是假的，是發自內心做了檢討。並且表了態，真到了那一天，全中國解放了，我要是還活著，就請求組織讓我回家種地去。你呢，你現在怎麼想？」

嚴春明：「我不會種地……我可以繼續教書……」

「你忘記了我說這句話的前提，那就是還活著！」老劉同志的聲調突然更加嚴厲了，「你和梁經綸同志今天差一點兒就走到國民黨堆的沙包上去，你們以為那是英勇獻身嗎？那不是，那就是想學拿破崙。共產黨是個整體，一個人做不了英雄！差一點兒，學委組織就暴露了，那麼多黨的週邊進步青年都暴露了！你們擔心過組織的安全嗎？擔心過學生們的安全嗎？今天人群裡就有許多國民黨的軍統，現在還不知道有哪些同志、哪些學聯的青年暴露了，你們擔心過嗎？現在告訴我吧，今天的行動是學生們自發的還是黨內同志組織的。」

嚴春明一直低著頭，這時掏出手絹揩了揩滿頭大汗：「據我初步的了解，是因為那個方孟敖的飛行大隊突然宣布要占領民調會徹查民調會，消息傳到了東北學生那裡，他們很激動，就都集合了，各大學的同學也都自發地前去聲援了。」

老劉：「你和梁經綸同志還有燕大學運支部當時怎麼想的？」

嚴春明有些激動了：「當時突然發生了那樣的情況，我們有責任去控制局面，保護學生。梁經綸同志由於有何其滄的關係，比我們好做工作一些，於是就讓他先去了和敬公主府。後來的事您都知道了，我們都去了民調會。當時您給我的指示是『控制局面，查出內奸，隱蔽精幹，保護學生』，除了第二條，我們事先就是這樣想的，事後也是這樣做的。可今天的事，我以黨性向您保證，純屬突發事件，確實沒有發現組織裡有內奸在煽動……」

「梁經綸同志現在怎麼樣了？」老劉又突然問道。

嚴春明露出驚愕：「組織懷疑梁經綸同志？」

「我是問你梁經綸同志現在怎麼樣了？有沒有危險？」老劉的眉頭聳起來。

嚴春明這才慢慢平靜了些：「梁經綸同志不會有危險，這一點請組織放心。」

「他怎麼不會有危險？你怎麼這麼有把握讓組織放心？」老劉的眼中又閃出了嚴厲的光。

嚴春明：「到目前為止，他還從未暴露過身分。國民黨當局也仍然顧忌他是何其滄教授的得意門生和助手。他們還不敢得罪司徒雷登。」

這回是老劉沉默了，少頃，嚴厲慢慢消失，關懷浮上眼神：「彭真同志『七六指示』精神下達快一個月了，核心任務就是要我們隱蔽精幹，保護學生。今天華北局領導又有了新的指示，停止一切可能造成犧牲的行動。當然，從發展學運到突然減少學運甚至停止學運困難很大，今天白天的情況你我都看到了，就算學委停止一切組織學生的活動，學生自發的鬥爭熱情，加上國民黨內部的貪腐勢力和反貪腐一派鬥爭的利用，仍然很難阻止學潮升級。其結果是導致更多學生無謂地犧牲。組織研究，下最後的決心，同意梁經綸同志向燕大學委支部提出的建議。」

「爭取方孟敖？」嚴春明立刻又有些興奮了。

「是。」老劉當即肯定，「方孟敖及其飛行大隊反貪腐的一系列行動已經深刻地影響了廣大學生，相當程度模糊了他們對國民黨反動政權本質的認識，因而偏移了鬥爭的方向。梁經綸同志在半個月前就看到了這一點，說明這個同志還是具有一定的鬥爭經驗和革命警覺性。現在組織決定採納他的建議，同意通過他讓何孝鈺同學去接觸方孟敖，有可能就爭取方孟敖。至少要讓方孟敖明白，人民歡迎他們反貪腐，但不能以犧牲學生的生命作為代價。」

「我明白了。」嚴春明立刻站了起來，「我立刻去找梁經綸同志，傳達上級指示精神。」

老劉同志這才將手伸過來了，緊緊地握住了嚴春明，望著這個有些「糊塗」的戰友，目光十分複雜：「春明同志，任何時候，尤其是現在，不要只顧工作，還要注意安全，保護好自己……今晚見了經綸同志後不要再回這裡，找個安全的地方避幾天。把這句話也轉告給經綸同志，叫他這幾天最好住到何教授家去。」

* * *

顧維鈞宅邸曾可達住所。

「我們反貪腐的決心通過你們今天在北平的行動，已經有效果了。」建豐同志電話裡的聲音在曾可達的耳邊總是發出迴響，就像在會場，在麥克風裡傳來的聲音。

「是。我在聽，建豐同志。」曾可達抑制著興奮。

建豐同志電話裡邊的聲音：「我剛從總統官邸回來，司徒雷登大使代表美國政府已經答應立刻援助國民政府一億七千萬美元的物資，總統因此下了最後的決心，很快就會推行新幣制改革。」

曾可達由興奮轉而激動：「總統英明，建豐同志英明！」

「只有一個英明，沒有第二個英明。這一點你們什麼時候才能有清醒的認識？」建豐同志在電話那邊的聲調雖依然平靜，但接下來的批評可想而知，「我們的一切行動都是在總統的英明領導下進行的。今天李宇清代表李副總統宣布政府的五條承諾竟沒有一個字提到總統。今天的晚報已經把安撫民眾的功勞記到了副總統的頭上，明天還會有更多的報紙把功勞記到李宗仁的頭上。總統雖然沒有因這件事指責我，我卻不能不自責。在北平要爭取李宗仁的支持，但絕不能被李宗仁利用。這是原則，在原則問題上是不能夠犯錯誤的。」

剛才還既興奮又激動的曾可達一下子頭上冒汗了：「可達辜負了建豐同志的教導，因小失大，願意接受任何處置！」

電話那邊出現了短暫的沉默，接著才又傳來建豐的聲音：「用詞不當，說明你的思維現在仍然混亂。」

「是……」曾可達只能先回答這一個字。

建豐同志在電話那邊繼續諄諄的教導：「小就是小，大就是大。總統是黨國唯一的領袖，不會因為某些人的覬覦改變這個事實。現在，戡亂救國最大。只有推行新幣制，穩住我們的城市經濟，才是爭取盟國的支持，扭轉前方軍事戰局的重點。我在上海，你們在北平、南京、廣州、武漢這五大城市打擊貪腐，打擊囤積居奇，極力推行新幣制改革是當前最大的任務。這個任務只有我們能完成，李宗仁沒這個能耐。因此他們收買人心的舉動，算不了大事。下午，陳繼承也把電話打到了總統官邸，告御狀。告了李宗仁，告了傅作義，捎帶也告了你們，其實是告我。這算不算大事？可以算，也可以不算。凡幹大事，許多錯綜複雜的問題都會隨之而來，關鍵是我們自己要有定見，要有定力。天降大任於斯人，希望我們鐵血救國會的同志就是『斯人』。在北平，你就是斯人，梁經綸同志就是斯人。梁經綸同志現在的情況怎麼樣了？」

曾可達立刻打起精神：「報告建豐同志，我剛才接到報告，中共北平城工部學委把梁經綸同志找去了。我正在等進一步的報告，準備今晚約見梁經綸同志，了解中共對我們白天行動的反應。以保證新幣制的即將推行。」

建豐同志電話那邊的聲音：「了解是建立在觀察和分析的基礎上。中共對方孟敖及其大隊今天的行動一定會做出強烈反應，對梁經綸同志今天的行為也一定會有種種猜測甚至懷疑。不要企望能從共黨組織的談話內容中獲悉他們的真實想法，盡可能從他們和梁經綸同志見面的每一個細節上分析出他們的真實反應。要問仔細他們見梁經綸同志的整個過程，分析他們說話的節奏語氣和動作的態度情緒。人的嘴巴可以說假話，情緒很難說假話。」

「我記住了，建豐同志。」曾可達是真記住了，兩腿碰得很輕，身子卻挺得很直。

＊　＊　＊

燕南園何其滄宅邸一樓客廳。

何孝鈺極輕地開了門鎖，第一眼便看見座鐘，看見那個獨一無二只擺不響的鐘擺在左右搖晃，長短針都指向十一，鐘擺停了。

何孝鈺背靠著門，沒有急著進去，仍然望著大座鐘的玻璃。

座鐘玻璃上，出現了老劉同志不久前見她時微笑的眼。

——老劉同志在北平，既是黨組織各條不同戰線的交叉聯絡人，也是北平地下黨負責反特肅奸的執行人。因其鬥爭經驗豐富，不僅國民黨軍統、中統「談劉色變」，就連黨內像嚴春明這樣的同志也十分敬畏，這才有了少數同志背後稱他「五爺」的不恰當比喻。「五爺」是青幫刑堂堂主，幫號紅旗老五。意即老劉也有著類乎青幫「紅旗老五」般的地位。其實二者不僅有本質上的區別，而威嚴，老劉同志也遠勝前者。

唯一例外，老劉同志在與何孝鈺這樣的特別黨員接觸時，雖有時神祕到使人能聯想起《共產黨宣言》所說的「幽靈」，更多是慈祥得像自己的長輩。

「孝鈺同志，除了是你的上級，你也可以把我當成叔叔。除了工作，感情上的事你也可以對我講，當然要你願意……」

現在的何孝鈺，看見一小時前和老劉同志對面坐著的何孝鈺哭了。

老劉同志那時如此像自己的父親，有意望向別處，輕聲說道：「梁經綸同志是在執行組織的決定，執行的是學委所交的任務，因此他的一切行為都是組織行為，你要充分理解，尤其是牽涉到個人的感情部分。怎麼說呢，你在心裡要理解他，可表現出來仍然要裝作不理解他。因為你的身分，尤其是方孟敖同志的身分，除了我和謝培東同志，別人都不知道。梁經綸同志目前也只知道你是黨組織週邊的進步青年，讓你去接觸方孟敖同志，他心裡也是矛盾的。因此，你就只能以外圍進步青年的身分向他彙報，至於怎麼向他彙報，彙報什麼內容，謝培東同志會跟你詳談。而組織真正交給你的任務是代替原來跟方孟敖接頭的那個同志，今後你就是方孟敖同志的單線接頭人。真正接上頭以後，一切行動只向我和謝培東同志負責。其他任何人，包括梁經綸同志，都不能透露絲毫有關方孟敖同志的真實情況。這樣才能保證你的安全和方孟敖同志的安全。是鬥爭的殘酷性、局勢的複雜性，迫使組織做出這樣的考慮。你從來沒有做過這方面的工作，現在突然交給你這麼艱難的任務，願不願意接受，能不能夠完成，組織還是想聽聽你自己的意見……」

「我理解，我接受。」一小時前的何孝鈺揩掉了眼淚，堅定地回答。

座鐘玻璃上模模糊糊出現了白天民調會前的場景，模模糊糊有無數學生的身影在遠處晃動，老劉同志像「幽靈」般消失了。

何孝鈺的目光望向了二樓，望向了父親的房門，開始輕步走進客廳。

下意識，她徑直走向了開放式廚灶旁，望向了那袋麵粉，方孟敖託方孟韋送來的那袋麵粉！
她拿起了廚灶上的小刀，伸向一直沒有開封的袋口，突然又猶疑了。
她又望向了樓梯，望向了二樓父親緊閉的那扇門。
父親的聲音：「方家的東西，不管誰送來的，一粒米也不能要……」
手卻不聽使喚了，手上的小刀也不聽使喚了，刀尖慢慢插進了袋口的封線。
莫名其妙，何孝鈺心裡又默念起了兩句似乎毫不相干的詩：「臨行密密縫，意恐遲遲歸……」
她自己也不知道小刀什麼時候挑開了封線。接著，她將那條封線慢慢地抽出來。
她拿起了碗從口袋裡舀出一碗麵粉，倒進麵盆裡，接著拿起了筷子，慢慢倒入適量的水，開始和麵。今晚是無法入眠了，揉麵，做成饅頭，上屜籠蒸熟，然後再炸成饅頭片。為父親做好明天的早餐，漫漫的長夜就過去了。
電話卻在這個時候響了！
何孝鈺一驚，奔過去時還不忘望向父親二樓房間的門。
她急忙拿起了話筒：「誰呀？這麼晚了……」
「是我……孝鈺……」電話那邊竟是謝木蘭的聲音！
何孝鈺的目光立刻變得複雜了，很快，她還是穩定了情緒，極輕地問道：「出什麼事了？你好像在哭……」
「孝鈺……」電話那邊的謝木蘭顯然情緒更加複雜，「梁先生回家了嗎……」
何孝鈺當然明白了謝木蘭這個時候的心緒。
——白天那麼多人，她在背後抱著梁經綸，又公然挽著梁經綸的手臂，她不可能不知道自己會看見。

——儘管人群擁擠，何孝鈺還是敏銳地看見了謝木蘭閃爍的眼。那雙眼沒有看見自己，但顯然是在背後感覺到了自己。

「這麼晚了，你是想見梁先生嗎？」何孝鈺盡量平靜地問。

「你別誤會，孝鈺。」謝木蘭在電話那邊顯得如此心虛，「我是想參加學生協查組……」

何孝鈺：「那就應該去找你大哥呀。」

謝木蘭電話裡著急的聲音：「就是我大哥不許我參加……太氣人了，我爸聲言不許我再出家門，我小哥居然將我鎖在房裡。我想請你幫忙，我想到你那兒去……」

何孝鈺：「那怎麼辦？我也不可能這時候接你出來。」

謝木蘭在那邊沉默了片刻：「要是梁先生能跟我大哥說一下，我大哥就會讓我參加。」

何孝鈺：「梁先生已經有好多天沒在這裡住了。今晚應該也不會到這裡來……」

「你能不能到書店去幫我找一下梁先生……」說完這句，電話那邊的謝木蘭立刻停住了。

何孝鈺能感覺到她敢於說出這句話，已經不只是在向自己坦白，而是在逼自己表態了。

何孝鈺也不知道自己心裡現在到底是什麼滋味，平靜了片刻，答道：「梁先生很忙，這麼晚了我也不好去找他。」

「他那裡也有電話，你給他打個電話吧。」謝木蘭儘管聲音很輕，但掩飾不了透出來的興奮。這不啻是得寸進尺了！

「你自己為什麼不打？」

這句話是何孝鈺心裡說的，嘴上還是忍住了。

她回答的是另外一句話：「剛說的，太晚了，我也不好給他打電話。」

「那就求求你，給我大哥打個電話吧。讓他接我出來，他應該會聽你的。」謝木蘭已經是肆無忌憚了。

「好。」何孝鈺這次回答得很乾脆，「我給他打電話。」

「你真好……孝鈺……」

何孝鈺已經將話筒擱上了。

她閉上了眼，眼前飄過梁經綸長衫拂起的風，拂起的風將長衫飄走了。

她倏地睜開了眼，開始撥電話。這時她的眼睛那樣澄澈明亮。

＊　＊　＊

北平西北郊通往燕大公路旁的樹林裡。

只有天上的星光和燕大校園遠處閃爍的幾點燈光。

其實天很黑，那六輛自行車還是沒有停在公路上，而是都倒放在公路旁的斜坡上，每輛車旁坐著的人，都只露著頭，警覺地望著黑夜中的各個方向。

——中正學社的這幾個特務學生身負比中統、軍統更重要的任務，他們現在要切實保證曾可達和梁經綸的安全！

黑夜深處是一棵棵小樹，穿行過一棵棵小樹，還是一棵棵小樹。

梁經綸和曾可達就坐在這裡。

「你應該相信我，可達同志。」梁經綸說這句話的時候其實自己也並不相信自己，「從嚴春明談話的內容和他對我的態度情緒，都看不出共產黨有任何懷疑我的跡象。」

「那是不是說，我可以向建豐同志彙報，你現在是安全的，我們的行動計畫可以正常進行？」

曾可達仍然緊盯著梁經綸模糊的面孔，他的下意識在實踐建豐同志不久前「面授」的經驗，竟想從梁經綸的身上分辨出他的情緒是不是在說假話！

「其實你不相信也是對的。」梁經綸的直覺遠比曾可達敏銳，他已經察覺曾可達一直是在自己語言以外觀察揣測表象背後的真實。他知道自己，也知道對方。自己是留美歸來的博士，是研讀過叔本華《作為意志和表象的世界》等遠遠超過那些間諜教科書，深層剖析這個世界書籍的人，而且是真正零距離長期接觸共產黨組織的人。而對方最多只不過是在贛南和南京接受過一些狹隘的軍事和政治培訓的軍人。這句話說出來時難免就帶出了自己潛意識中下級對上級不應該有的語氣。

「什麼叫不相信也是對的？」曾可達的天賦還是聰明的，立刻感覺到了這種語氣背後的「情緒」！

梁經綸向他靠近了些，十分誠懇也十分認真地說道：「可達同志，我知道你，也知道建豐同志對我的關心，因為新幣制改革即將推行了，我負有艱巨的任務。面對組織十分嚴密、鬥爭手段十分豐富的中共地下黨，任何事情都不會這麼簡單。今天白天我就感覺到嚴春明背後有人在控制著局面，可惜那麼多軍統、中統還有我們中正學社的人都沒有能夠發現那個人。剛才嚴春明來找我，無論是批評還是關心，態度都非常真實，我竟從他那裡察覺不到中共地下黨對我有絲毫懷疑。而他向我傳達的指示也是那樣順理成章，這太正常了。太正常就是不正常。我擔心嚴春明背後北平地下黨那個高人……」

「誰？」曾可達立刻嚴峻了。

梁經綸：「我要是知道，他就不是高人了。不過我還是能夠提供一些線索，希望能引起組織的警覺。」

曾可達：「詳細說出來。」

梁經綸：「不可能詳細。只偶爾從北平地下黨的人那裡聽到過，他的外號叫『五爺』，是中共北平地下組織各條戰線的總聯絡人，也是祕密監督各條戰線的負責人。我推測嚴春明在見我以前接觸過他。」

「那就立刻祕密逮捕嚴春明。」曾可達倏地站起來，「通過嚴春明抓住這個人！」

梁經綸依然坐在地上，沒有接言。

曾可達發現自己失態了，矜持了稍許，又慢慢坐了下去：「說說你的意見吧。」

梁經綸：「可達同志，中共組織內的規定，那個五爺可以隨時找嚴春明，嚴春明卻見不到他。現在逮捕嚴春明，暴露的只會是我。」

黑夜掩飾了曾可達的尷尬：「我知道了。我會通過國防部給軍統交任務，重點監視嚴春明和一些其他線索，一定要抓到這個人。今天陳繼承在總統那裡就告了我們的御狀，說我們只跟黨國的人過不去，卻沒有破獲北平地下黨一個組織。那就抓這個人，叫他們配合我們一起抓。以保證你的安全，保證方孟敖不再被共黨利用，保證新幣制在北平推行。」

梁經綸：「謝謝可達同志的重視。快十二點了，我還要去見何孝鈺，向她交代接觸方孟敖的任務。我有一種預感，北平地下黨會不會表面上利用我讓何孝鈺接觸方孟敖，另外再安排人跟方孟敖接頭。這一點也請你考慮。」

＊　＊　＊

燕南園何宅一樓客廳。

「你怎麼到我家裡來了？」何孝鈺壓低著聲音，問這句話時既要表達出自己並沒有叫方孟敖來，又不能讓對方尷尬。

「剛才的電話不是你打的？」方孟敖緊緊地望著何孝鈺，像是在笑，更多是在審視。

何孝鈺避開了他的目光，望了一眼二樓，接著望向座鐘：「是木蘭求我給你打的電話，叫你回去把她接出來。」

「這麼晚了，她在自己的家裡，在自己的房間裡，不好好睡覺，叫我接她出來，有什麼特別的理由嗎？」輪到方孟敖反問了。

「你知道，她想參加協查組，幫你們查帳。」

「你認為她該參加協查組嗎？」

何孝鈺又一次被他問住了。

老劉同志的交代十分明確，自己必須先見了梁經綸，以學聯的名義接觸方孟敖，然後代表黨組織和他祕密接上關係。現在方孟敖突然先於梁經綸來了，打亂了組織的安排。何孝鈺這才感覺到，不是謝木蘭的電話出了問題，而是自己打的電話出了問題。

「她不能參加協查組。」方孟敖的目光何等深邃，當然看出了何孝鈺的窘境，立刻幫她回答了自己提出的問題，「我們家只能有一個人跟自己的父親過不去，跟自己的家庭過不去。不能有第二個。」

「那就是我的電話不該打。」何孝鈺這句話回得連自己都知道不很恰當，接下來掩飾的一笑也就不自然，「你們大隊和二十個同學應該都在連夜查帳，你是隊長，趕快回去吧，我也還要給我爸準備明天的早餐……」說著望向麵盆，又望向了那袋麵粉，「是你送的麵粉，謝謝了。」接著逕自向客廳門走去，準備開門，讓方孟敖走。

方孟敖卻仍然站在那裡：「你就不問一聲我為什麼來？」

何孝鈺立刻又緊張了，停了腳步，去開門不是，不去開門也不是。

＊　＊　＊

燕大校園通往何宅的路上。

離那座自己十分熟悉的小樓還有三百米左右，梁經綸突然站住了。

他一眼就認出了停在路旁的那輛軍用小吉普——方孟敖的車！

他望向那座小樓。

二樓的窗口是黑的，一樓客廳感覺有微光映出。

踟躕，梁經綸第一次對這個詞有了別樣的感受。去，還是不去？

他的背影就是長衫，向來路拂去。可也就走了幾步又停下了，轉過身來還是長衫，向應該屬於自己的那座小樓拂去。

深夜燕大的校園，因他的長衫起了微風，路邊的樹葉也搖曳起來。

＊　＊　＊

燕南園何宅一樓客廳。

「我為什麼來，你應該知道。」

「你沒有說，我怎麼知道？」

「我們能不能先聊聊別的事，走的時候我再告訴你。」

何孝鈺本能地望向了客廳門，她擔心梁經綸隨時都會出現，可感覺到了方孟敖在看著自己，又將目光轉望向了二樓：「都一點了，拜託，我爸有病，晚上睡覺很容易被吵醒，早餐也得按時吃。我還要餳麵，再耽誤，就蒸不出饅頭了。」說著走到了麵盆邊，繼續和麵，想以這種方式讓方孟敖自己走。

方孟敖不但沒走，高大的身影竟到了自己的身邊。

何孝鈺也不知道是焦急還是緊張，都能聽到自己的心跳了。斜望見身邊的水龍頭被輕輕擰開了一點兒，一縷細細的水流了出來，方孟敖盡量使聲音降到最小，逕自在那裡洗手。

「你要幹什麼？」何孝鈺真急了。

「讓開吧。」方孟敖的聲音極輕地在她的耳邊響起。

何孝鈺退後了一步，望他的目光有些近於哀求了。

「不影響你爸睡覺，也保證他明天的早餐，給我一個小時。去洗手吧。」方孟敖說著占據了她麵盆前的位子。

何孝鈺不知道自己為什麼會這麼聽話便去洗手，方孟敖剛才打開的那一縷水一直在等著她。

「再加一碗麵粉。」

何孝鈺：「我爸吃不了那麼多。」

方孟敖：「還有你，明早還有木蘭。」

何孝鈺真的很無奈，走過去用小碗又從麵粉袋裡舀了一碗麵粉：「倒進去嗎？」

方孟敖兩手已經讓開了：「你說呢？」

何孝鈺真感覺自己今晚比任何時候都要傻，將麵粉倒進了麵盆裡。

「拿熱水瓶來，用一個大碗，倒三分之一的開水，加三分之二的涼水。」

何孝鈺又去拿熱水瓶、拿大碗，倒三分之一的開水，加三分之二的涼水。
方孟敖接過碗，一手將水均勻地倒進麵粉盆，另一隻手飛快而熟練地攪了起來。
何孝鈺在邊上看得不知是入神還是出神，目光既被他的動作吸引，眼睛還是忍不住望了一下二樓，又望向客廳的門。

＊　＊　＊

何宅一樓客廳門外。
多少個夜晚，梁經綸也曾在門外這個地方站過，或是等候先生開會回來，或是沒有任何原因，只從院內自己的小屋出來，願意來這裡站站，感受和他關係極親近的兩個人在這座小樓裡。
今晚，此刻，還是這個地方，梁經綸站在這裡卻不知道置身何處。
「醋。」是方孟敖的聲音。
「嗯。」何孝鈺很輕卻能聽見的聲音。
接著是梁經綸想像中何孝鈺從碗櫃裡拿出了醋瓶。
方孟敖的聲音：「倒五十毫升。」
「嗯。」何孝鈺的聲音。
接著是梁經綸想像中何孝鈺往麵粉盆裡小心地倒醋。
「夠了。」
梁經綸的長衫下襬又輕輕地拂起來，他不能站在這裡聽兩個人說話，可走出洋樓大門的小廊廳，下到兩級石階前他又站住了。

這個位子可以說是在看天上的星星或是即將沉落的彎月。

＊　＊　＊

何宅一樓客廳。

「有小蘇打嗎？」方孟敖開始揉麵。

何孝鈺沒有再去望客廳的門或是二樓父親的房間，她被方孟敖如此專業的揉麵動作驚呆了。

「按五百克麵粉加五十毫升醋、三百五十毫升溫水的比例，把麵揉好，餳十分鐘，再加五克小蘇打，再揉一次。就不需要發酵了，蒸出的饅頭照樣鬆軟。」方孟敖一邊揉麵，一邊輕聲地教道，「以後沒有時間餳麵，就用這個辦法。」

「哪裡學的？」何孝鈺出神地問道。

「空軍，飛虎隊。」

「在空軍還要自己做饅頭？」

「去的第一年美國佬連飛機都不讓你上。也好，幫他們洗衣服，做飯，包括擦皮鞋。陳納德那老頭倒喜歡上我了，第二年便手把手地教我。」

何孝鈺突然覺得有一絲心酸湧了上來，她已經不再做任何催方孟敖走的想法了。

＊　＊　＊

何宅一樓客廳門外。

梁經綸已經在廊簷前的石階上坐下了。不憑眼睛也不憑耳朵，憑他的感覺也知道自己該什麼時候走。他會把握好迴避的時間，把握不好的是自己現在的心緒。

他的感覺如此敏銳，這種敏銳隨著他望向卻望不見二樓的兩眼閃現了出來。

他極輕極快地又站起來，向院門無聲地走去，他想回望一眼二樓的窗，卻沒有回望。他知道何其滄沒有睡，至少現在已經醒了。

他走出了院門，站在院外那棵樹幹靠路的那邊。

＊　＊　＊

何宅二樓何其滄房間。

梁經綸的感覺是那樣準確，何其滄確實醒了。

不知道是什麼時候醒的，只是為了不讓女兒知道自己醒了，腰脊不好，他也不願去到窗邊坐那把有靠背的椅子，黑著燈雙手拄著那支拐杖支撐著坐在床邊，靜靜地聽一樓的動靜。

其實，何其滄年過六十依然耳聰目明。國外留學多年，接受了不干預別人隱私的觀念；家學淵源，又深知不癡不聾不做當家翁的為老之道。守著一個從小就懂事聽話的女兒，看著她漸漸長大了，便在她還上中學時就裝作聽力不好，給女兒留一個相對寬鬆的空間，好與同學往來，更為了減少女兒對自己的過於關心。

一樓客廳女兒和方孟敖的輕聲對話哪一句他都聽到了。

「現在你總可以告訴我為什麼來的了吧。」是女兒的聲音，好像比剛才的說話聲要大了些。何其滄感覺到了女兒的用心，江蘇老家有句話，這是帶有一些「撇清」的意思。

「告訴了你，不要失望，也不許生氣。」方孟敖的聲音。
女兒沒有回話。
方孟敖接著說道：「就想問問你，今天白天在民調會大門前，馬漢山說我跟他打了賭，我說沒有跟他打賭。你覺得是他在撒謊，還是我在撒謊？」
果然說到了白天民調會的事，方孟敖卻又用如此調侃的話語，何其滄怎麼都覺得這是在取瑟而歌，立刻有了警覺之色。女兒會怎麼回答呢？
女兒的聲音：「你來就為了問我這件事？」
方孟敖的聲音：「當然還想問更多的事，今晚主要為了問這件事。」
女兒的聲音：「那我只能說當然是他在撒謊。」
方孟敖的聲音：「對了一半。他在撒謊，我也在撒謊。」
何其滄反感地皺起眉頭。
「怎麼可能兩個人都在撒謊呢？」
「因為他壞，我也壞。」
何其滄拄著拐杖慢慢站起來。
「現在我知道了，你可以走了。」
沉默了片刻，才又傳來方孟敖的聲音：「剛才是開玩笑，想聽我今晚來的真正目的嗎？」
何其滄豎起了耳朵。
女兒沒有接言。
「來看你。」方孟敖終於說出了這句何其滄擔心的話。
女兒居然還是沒有接言！

方孟敖接下來的聲音讓何其滄更是一愣：「我還想看看梁教授在不在。」

「都說完了吧？感謝你，饅頭我也會做了。梁教授今晚不在，還有什麼話以後再說吧。」女兒的語氣和接下來的腳步聲都微妙地傳遞出了嗔怪。

何其滄的布鞋向窗前走了過去，他想親眼看著方步亭的這個大兒子趕快離開自己的家門。

路燈微照，何其滄的目光望向了小院的門，在門外沒有發現方孟敖的那輛吉普。

何其滄的目光投向那條路的遠處，另一盞路燈下停著方孟敖的車。

何其滄的目光沿著那條路慢慢收回，突然驚疑自己的眼睛——一個人在那條路上踽踽走去，竟是梁經綸！顯然是從自己院內剛離開不久。

* * *

何宅一樓客廳。

「梁教授不在也請你將我的話轉告他。」方孟敖已經站到了客廳門前。

何孝鈺開門的手又停住了。

方孟敖：「梁教授是我敬佩的人，我們稽查大隊很希望得到他的幫助。」

何孝鈺：「我一定轉告。」

方孟敖：「還有一句要緊的話，木蘭愛上他了，可是不能愛上他。」

何孝鈺倏地轉過了身，緊望著方孟敖。

方孟敖：「我沒有別的親人了，只有一個弟弟。他現在那個警察局副局長是配相的。其實他很可憐，他很愛木蘭。」

何孝鈺的目光又迷濛了，這個組織發展的特別黨員怎麼看怎麼不像！

＊　＊　＊

何宅二樓何其滄房間。

窗前，何其滄的臉突然亮了，是被離院門約三百米處兩個突然打開的車燈照亮的！

接下來的情形讓他不敢相信！

他親眼看見，梁經綸走到了車燈前約五米處站在那裡，接著車上跳下兩個人，一左一右扭住了他的雙臂！

梁經綸被拖著，很快被塞進了那輛車！

那輛車十分瘋狂，往後一倒，壓倒了一片路旁園工栽修的灌木，車速不減，一百八十度滑了個半圓，向校門方向馳去了。

何其滄看清了那是一輛警車！

＊　＊　＊

何宅一樓客廳。

「何伯伯。」竟是方孟敖先聽見了二樓的腳步，發現了站在二樓樓梯口的何其滄。

「爸……」何孝鈺驚望著父親。

何其滄的臉從來沒有這麼難看，扶著樓梯，腳步也從來沒有這麼急促。

何孝鈺立刻迎了上去，攙著他的手臂，卻沒有減緩他的步速。

方孟敖也看出了何其滄的異樣。

何其滄徑直走向電話，抄起話筒撥了起來，手在微微顫抖。

「爸，怎麼了？您這時給誰打電話？」何孝鈺更驚慌了。

何其滄沒有理她，話筒緊貼在耳邊。

何孝鈺的眼睛，方孟敖的眼睛，何其滄耳邊的話筒！

因是深夜，話筒裡的聲音很清晰，能聽出十分傲氣：「北平行轅。你是哪裡，什麼事情這個時候打電話？」

「我找李宗仁！」何其滄的聲音竟如此氣憤，「叫他起床，接我的電話！」

方孟敖和何孝鈺的目光驚疑地碰在了一起。

話筒那邊的人語氣也和緩了許多：「請問您是誰？」

何其滄的聲音依然很激動：「國府的經濟顧問，我叫何其滄！」

話筒那邊的聲音：「原來是何校長，失敬。能不能夠請問，如果不是十分緊要的事，明早六點打電話來？」

何其滄的情緒穩定了些：「不緊要我現在會打電話嗎？」

話筒那邊的聲音：「那能不能請何校長告訴我是什麼事情，我好請示。」

何其滄情緒已經控制住了，語氣卻仍然氣憤：「剛才，就在我的家門口，我的助手被你們的警車抓走了！」

何孝鈺的眼驚大了！

方孟敖的神情也立刻凝肅了！

話筒那邊的聲音：「何校長，請告訴我您助手的姓名，有沒有職位。」

何其滄：「梁經綸，燕京大學經濟系教授。」

話筒那邊的聲音：「明白了。何校長，可不可以這樣，我先向李宇清副官長報告，請他來接您的電話？」

何其滄沉吟了片刻，答道：「可以。」

方孟敖打開了水龍頭，洗手：「何校長，您看清楚了是警車嗎？」

何其滄拿著話筒，並沒有看他，當然不會回話。

方孟敖也並不尷尬，轉問何孝鈺：「木蘭是不是說她被孟韋關在家裡？」

何孝鈺望了一眼父親，只點了一下頭。

方孟敖大步走了出去。

＊　＊　＊

真正的大門，真正的大石頭獅子，碘鎢燈，探照燈，泛藍的鋼盔，泛藍的卡賓槍！

國民黨北平警備司令部是北平市真正最闊綽的衙門。前身曾經是袁世凱的總統府，後來又是段祺瑞執政府。抗戰勝利，國民黨接收北平成了十一戰區長官司令部並北平警備司令部。十一戰區撤銷，北平行營成立，李宗仁不願與蔣介石嫡系的警備司令部合署辦公，將行營設在中南海。偌大的一座前執政府便讓警備司令部獨占了。

半夜了，軍車、警車、摩托車還嗚嗚地開進去，開出來！

＊　＊　＊

這間高有五米、大有一百平方米的辦公室就是當年袁世凱御極、段祺瑞執政的地方。

陳繼承的大辦公桌靠牆對門擺著，面前是一大片長短沙發，沙發後面靠著牆是一圈靠背座椅。當然靠背最高的還是他辦公桌前那把座椅。他喜歡坐在這裡開會，把那些可以抓人、殺人的人叫到這裡來，居高臨下聽他們說誰該抓、誰該殺，然後自己說去抓誰、去殺誰，這時便會有一些袁世凱的感覺，或是段祺瑞的感覺。這很過癮。

近一個月來陳繼承坐在這裡卻一直焦躁，他的司令部西邊就是和敬公主府，原來準備安排給國防部預備幹部局稽查大隊住，不料被方孟敖大隊讓給了東北學生，日夜喧鬧，聲聲入耳，竟不能去彈壓。忍了又忍，今天不能忍了。

下午，他在這裡向蔣介石告了御狀，報告了李副總統、傅總司令還有國防部調查組種種曖昧舉動，聖意竟然也很曖昧，電話那邊只偶爾發出濃重的奉化口音：「嗯，嗯。」唯一讓自己安慰的是，提到有共產黨在煽動學潮時，才終於聽到了那一聲「娘希匹」！指示非常明確，共產黨要抓！行動是天黑後開始的。行營的人不能叫，剿總的人不能叫，面前的沙發座椅就顯得有些空空落落。因此陳繼承的興頭便沒有往日高，閉著眼坐在那把高椅子上，反覆回味下午給總統打電話的情形。

桌上的電話鈴聲吸引了陳繼承的眼睛，他從五部電話機中看出了是第二部電話在響，於是便有意不急著去接。

一直陪著他默坐的那些人便都望向了那部電話。

有資格坐在沙發上的只有兩個人。

一個是徐鐵英，北平警察局長兼警備司令部偵緝處長，還有一重身分是中統北平區的主任，哪一個身分他都必須參加。

另一個是生面孔，一身灰色夏布中山裝，年紀在四十左右，白白淨淨，乍看給人一種錯覺，像個拘謹的文員；可此人的身材太打眼了，坐在那裡也比徐鐵英高出半個頭，瘦高如鶴，擺放在沙發扶手上的十指又細又長。此人便是國防部保密局北平站站長王蒲忱。

靠牆座椅上坐著的五個人就低一個等級了。有兩個熟面孔，一個是軍統北平站那個執行組長，一個是國軍第四兵團那個特務營長。其他三個想是同類的人。

那部電話一直響著，電話機貼著的紙上寫著「北平行營」四個字。

陳繼承不是在冷那部電話，而是在冷北平行營。

被冷落的「北平行營」旁邊還赫然擺著另外四部電話。

第一部電話：「南京總統」。

第二部電話：「華北剿總」。

第三部電話：「兵團警局」。

第四部電話：「中統軍統」。

「陳總司令，說不準是李副總統打來的。您還是接吧。」徐鐵英都有些過意不去了，望著陳繼承。

「李宗仁才不會這個時候給我打電話，大不了是李宇清。」陳繼承這才拿起了話筒。

所有的眼便都行動一致地望向了他臉邊的話筒，主要是望向他的臉。

「李副官長嗎？」果然被他猜中了，電話是李宇清打來的，「白天那麼辛苦，晚上還不休息？」

李宇清在電話那邊說什麼旁人聽不見。

陳繼承的回話其實也犯不著這麼大聲：「助手？什麼經濟顧問助手？今天晚上是有行動啊……抓共產黨也要一一跟行營那邊通氣嗎……在呀，北平警察局長，中統、軍統的同志都在……誰抓的，你可以自己過來問嘛。」

話筒就這樣擱上了。

「那個燕京大學的梁經綸是什麼國府經濟顧問的助手？」陳繼承目光望向了徐鐵英、王蒲忱。

徐鐵英也跟著將目光望向了王蒲忱。

「應該是吧。」王蒲忱說起話來也斯斯文文，「行動的時候我就說過，他是燕京大學副校長何其滄的助手，何其滄是國民政府的經濟顧問。」

「什麼狗屁經濟顧問！」陳繼承帶出粗話時也顯出了他自己的資歷，「國防部調查組可以做擋箭牌，現在又抬出一個什麼經濟顧問來做擋箭牌，那就乾脆一個共產黨都不要抓了。娘希匹的！」

徐鐵英和王蒲忱對望了一眼。

誰都知道他是黃埔系的八大金剛之一，總統心腹的心腹。可一個江蘇人學著總統的浙江口音罵人，而且捎帶著總統的兒子，這也太套近乎了。

陳繼承將他們的對望掃在了眼裡，盯住王蒲忱，問話更嚴厲了：「那個什麼梁經綸白天是誰在監視的？」

王蒲忱輕輕咳嗽了一陣子，回過頭去望向軍統那個執行組長：「你們向陳總司令彙報吧……」

陳繼承的臉拉下來了：「我在問你。你個北平站長不彙報，現在要手下跟我彙報？」

王蒲忱站起來了，以示恭敬，可那張白淨的臉更白得沒有了表情：「不是我不願意向長官彙報，是這些情況他們清楚，我不太清楚。」

陳繼承看出了他話裡有話：「把你剛才說的話說清楚。」

「說不清楚的。」王蒲忱又輕咳了兩聲，「馬漢山馬局長是我的前任，他很負責，我接任北平站長以後他仍然管著軍統的事。北平的弟兄都是他的老班底，我畢竟是晚輩，不好跟他爭的。」

這個時候還有這些婆婆媽媽的爭執，陳繼承更焦躁了，拍了一下桌子：「那個梁經綸就交給你們軍統了。你親自去審，徐局長。」

徐鐵英也站起了。

陳繼承：「你去跟馬漢山打招呼，黨國不是什麼青幫，調離了就不要再插手軍統的事。」

徐鐵英：「是。馬局長現在被國防部稽查大隊扣在那裡。如果他能夠出來，我轉達陳總司令的指示。」

陳繼承這才恍然想起了馬漢山已經被方孟敖大隊扣住在查帳：「連夜突審那個梁經綸。還有，那個燕大圖書館的什麼嚴春明和其他幾所大學有共黨嫌疑的人都抓了沒有？」

徐鐵英這次不難為王蒲忱了，立刻答道：「十一點我們的人去的時候，那個嚴春明還沒回圖書館，正在蹲守。其他大學抓了幾個，不一定是共產黨。」

陳繼承：「是不是要靠審！立刻去審那個梁經綸，重點要審出配合方孟敖查帳的那二十個學生裡有沒有共產黨。只要有一個是共產黨，你們也就可以去抓方孟敖！娘希匹的！」

# 第二十四章

何宅一樓客廳。

何孝鈺的椅子緊靠在父親的沙發旁，眼睛離父親耳邊的話筒那樣近，眼神卻離話筒那樣遠。兩個牽腸掛肚的男人，一個被抓了，一個不知道會惹出什麼事來；眼前還必須守著這個又氣又病的父親。

夜得這樣深沉。

她隱約聽見嘟嘟的聲音傳來，好像很遠，又好像很近，一直響著。何孝鈺驀地回過了神，才發現是父親耳邊的話筒傳來的忙音。

電話那邊早就掛了，父親卻仍然緊握著話筒，仍然貼在耳邊。

「爸爸？」何孝鈺驚慌地握著父親的手。

何其滄手中的話筒被女兒接了過去，眼中半是茫然，半是孤獨，望向女兒。

「他們……讓您受氣了？」何孝鈺一手將話筒擱回話機，另一隻手將父親的手握得更緊了。

「不是。」何其滄望著女兒的眼神那樣深沉，「他們是在讓中國受氣。一群禍國的敗類，讓中國人受苦，還要丟中國的臉。」

何孝鈺發現父親說話時手在顫抖：「爸，梁先生到底被誰抓了？李副官長到底說什麼了？」

何其滄：「堂堂中華民國的副總統，保不了一個大學教授，還叫我給司徒雷登打電話！」

何孝鈺：「爸不願意給司徒雷登叔叔打電話……」

「以後不要再稱司徒雷登叫叔叔。」

何孝鈺驚住了。她知道父親跟司徒雷登的私交，也知道父親對司徒雷登的敬重，這句話裡面深含的沉痛還有她必須了解的原因，使她愣愣地望著父親。

何其滄望女兒的目光也從來沒有過這樣的複雜：「過去在燕大的時候，你可以叫他叔叔，現在他是美國駐華大使，他代表美國。你爸是什麼？中國的一個教書匠。什麼國民政府的經濟顧問，狗屁經濟顧問……」

何孝鈺更驚了，父親可從來沒有說過這樣的粗話，而且能看得出他說這句話時頭頸都在微微發顫，趕緊又握住了父親：「爸……」

何其滄：「李宇清剛才在電話裡轉告我，這句話是陳繼承說的！他罵得好，這樣一個獨裁腐敗的政府要什麼經濟顧問呢？無非是看在我能夠跟美國的駐華大使說上幾句話，向他討一點美援罷了……陳繼承什麼東西？黃埔出來的一個小軍閥而已，他為什麼敢這樣罵我？李宇清為什麼又要把他罵我的話告訴我？這就是中華民國政府，一派抓我的助手，另一派叫我去向美國人告狀……這個電話爸能打嗎？」

何孝鈺第一次聽到父親發出這樣錐心的感慨，當然震撼，立刻說道：「那就別打，我們另外想辦法救梁先生。」

何其滄望女兒的目光換成了另一種複雜：「我的學生我了解，經綸不可能是共產黨，無非對當局不滿言論激進了些。那個方孟敖不是也找他們去了嗎？他是國防部派下來的，等他的消息吧。」

「沒有用的。」何孝鈺否定了父親的期待，「我今天去了民調會抗議現場，他們今晚抓人跟共產黨沒有關係，純粹是為了掩蓋自己的貪腐罪行。方孟敖要不是國防部派來的，他們也會抓。」

聽女兒這樣說方孟敖，何其滄的目光轉向了那袋麵粉：「這袋麵粉為什麼沒有退回去，還打開了？」

何孝鈺一愣，立刻敏感到父親話裡的意思了，同樣難受的心情，同樣複雜的心思，她只能夠避開，解釋道：「家裡可是一點吃的都沒有了。」

「那也不能開這袋麵粉！」

何孝鈺：「爸，您不喜歡軍方的人，可方孟敖是您看著長大的，抗戰他也還是個英雄。」

何其滄：「抗戰已經勝利三年了。看他那一身做派，就和這袋麵粉上的字一樣『Made in U.S.A.』（美國製造）！裝什麼美國人！」

「爸，您不也是留美的博士嗎？」何孝鈺吃驚後直覺地反駁父親了，「梁先生也是留美的。『Made in U.S.A.』？這些美國援助的麵粉，很多不就是您要來的嗎？您為什麼會這樣厭惡方孟敖？」

何其滄的目光定在女兒的臉上，他似乎證實了自己的感覺，女兒喜歡上方孟敖了，這萬萬不行：「我是留美的，梁經綸也是留美的，你什麼時候看見我們身上有美國人的做派了？你爸之所以認司徒雷登這個朋友，是因為他更像中國人。知道你爸最厭惡什麼美國人嗎？原來是那個戰爭狂人巴頓，現在是坐在日本不可一世的那個麥克阿瑟。當年敗給日本人，後來充當征服者，現在又拚命扶日！拿著槍裝救世主。你不覺得方孟敖在學他們嗎？」

何孝鈺的臉有些白了：「爸，方孟敖可是剛從軍事法庭放出來的，是因為不願意轟炸開封差點判了死刑的……他連自己都救不了，怎麼裝救世主？」

「救不了自己，現在去救梁經綸？」何其滄從來沒有跟女兒有過這樣的爭執，今天拉下了臉，「你剛才說弄不好方孟敖也會被抓。爸現在問你，你願意就回答。要是梁經綸和方孟敖兩個人都被抓了，只能救一個，你希望爸救哪一個？」

何孝鈺完全懵在那裡，她想控制，可是眼眶裡已經盈滿了淚水。

何其滄也立刻後悔了，幾歲女兒就沒了母親，自己一直未曾續弦，何等疼愛女兒？而女兒之照顧自己，也完全兼顧了母親的義務。今天自己為什麼會這樣傷害女兒？他理不清思緒，甚至有些手足無措。怔愣了好一陣子，突然轉過了身。

「還是我給司徒雷登打電話吧！」父親的手伸向了話筒。

何孝鈺立刻按住了父親的手：「爸，不要委屈自己，別做讓人瞧不起的事。」

何其滄的手無力地停在話筒上，女兒一句話似乎點醒了自己，為什麼會情緒如此失控，更多是因為自己的委屈積壓太久無處訴說：「爸早就被別人瞧不起了，不是指陳繼承那些混蛋，而是各大學府的教授，他們也瞧不起你爸呀。六月十七日各大學那些教授們簽署的《百十師長嚴正聲明》，你們學生是都能背的，爸也能背……」

何孝鈺顯然更不願看見父親這般的難受，站起來走到父親的背後，用手攙著父親的手臂：「爸，您身體不好，先到床上躺著。我在這裡等電話，方孟敖能不能救出梁先生，都會給我們打電話的。」

何其滄固執地坐著：「先聽你爸把那篇聲明最後一段背出來，好嗎？」

何孝鈺不敢再往上攙父親了，只能用手扶著他。

何其滄突然語音朗朗，背誦起來：「『為表示中國人民的尊嚴和氣節，我們斷然拒絕美國具有收買靈魂性質的一切施捨物資，無論是購買的或給予的。下列同仁同意拒絕購買美援平價麵粉，一致退還配給證，特此聲明』……爸沒有背錯吧？」

「爸。」何孝鈺聲音低得只有父親能夠聽見，「是女兒錯了，不該打開這袋麵粉。我們不吃，縫好了明天退回去，好嗎？」

「已經打開了，還揉了麵，就不要退了。」何其滄還是沒有敢看女兒，「做不到清高也不能虛偽。朱自清教授一家九口，一直在挨餓，去年冬天連煤都沒得燒，現在都胃病晚期了，還在那篇聲明上簽了字……他們不願意接受美國人的施捨是真實的，你爸幫著向美國人討施捨也是真實的，我不是為了自己。為什麼會爆發『七五學潮』，東北一萬多學生沒有飯吃呀，北平二百萬人都在挨餓呀……國家不搞建設，還要打仗，沒有錢就向美國伸手要援助，拿了援助還要拚命去貪。司徒雷登和那個卡德寶為什麼要說那些傷害中國人感情的話，自己讓人家瞧不起呀。可你爸還不得不幫著這個政府向他們伸手去乞討。今天美國人又答應了一億七千萬的援助，有一多半卻是他們打『二戰』剩下的武器，一小部分才是救命的物資。爸這個電話打過去，司徒雷登一生氣，向美國政府報告，這一億七千萬援助就又有可能擱淺。擱淺就擱淺吧，這樣的援助不要也罷！那些教授們都斷了糧，你爸也會在那篇聲明上簽字……」

何孝鈺在背後能感覺到父親流淚了。

「爸聽你的，不給司徒雷登打電話了。除非方孟敖救不出梁經綸，他們兩個人都被抓了……」何其滄背著女兒說道。

何孝鈺淚眼中的父親，背影依舊那樣高大，盈滿了眼眶的淚水撲簌簌地流了下來。

* * *

北海後海邊。

青年軍那個鄭營長頭又大了。

方孟敖突然通知他們這個排，押著馬漢山和民調會的李科長、王科長，黑天黑地來到了這裡，讓他們在四周警戒，任何人不得靠近。他要在海子邊突審這三個人。

中南海那邊的燈光遠遠地照過來，鄭營長布置好那一排青年軍各就崗位，忍不住遠遠地向後海邊望去。

波光粼粼，隱約可見，方大隊長已脫下了上身的空軍服。

馬漢山、李科長和王科長卻杵在那裡。

鄭營長驀地想起了那天晚上，也是這裡，方孟敖撈著崔中石從水裡濕漉漉上岸的情景。

他的臉一下嚴肅了，今天被整的可有三個人，全跳下去方大隊長能都撈上來嗎？死了人，自己可脫不了干係。

他招了下手，幾個青年軍屏息著靠過來了。

鄭營長壓低了聲：「哪幾個會水，舉手。」

有好幾個人舉起了手。

鄭營長低聲吩咐：「脫了衣服做好準備下水救人。」

「是。」那幾個舉手的青年軍低聲應著，便脫衣服。

後海邊，方孟敖已經脫去了外面那身空軍服，一件背心一條短褲，倒像是打籃球的模樣，直望著馬漢山和李、王二位科長。

馬漢山被孫祕書卸了臼那條胳膊顯然已被接上了，雖然仍不給勁，卻沒有再吊繃帶，衣冠楚楚，裝著在那裡看遠處中南海的夜景。

「方大隊長，我真不會游水，一下去就上不來了。」王科長雖然懼怕馬漢山，現在也顧不了那麼多了，那一臉的急，加上那一身的肉，確不像在說假話，「我該交代的白天在民調會我都說了，真有半句隱瞞，您查出來再把我扔進去好不好？」

李科長也沒脫衣服，也沒說話。

「我沒叫你們下水，只叫馬局長下水。」方孟敖十分認真，「你們說了實話，也寫了材料，可馬局長並不承認。我也不指望他承認了。下來我只是要和馬局長做個公平的決鬥。你們倆做證人，不要站在我一邊，也不要站在馬局長一邊。他輸了，今晚就得跟我走一趟。我輸了，從此再不問你們民調會的事，貪錢、殺人，我都不問。」

王科長不敢開口了，而且不敢看馬漢山，只望向李科長。

李科長不能再不說話了，說道：「方大隊長，您是空軍的王牌，咱們局長可五十出頭的人了。你們決鬥，不打咱們局長也輸了。這談不上公平。」

馬漢山這才將裝著看風景的眼轉了過來，不看王科長，賞識地看著李科長，並且點了下頭，接著望向方孟敖，看他如何回話。

方孟敖笑了一下：「我沒說跟他打，要打你們十個馬局長也不是對手。我是說跟他到水裡去打個賭。你們馬局長不是水性好嗎？聽說在軍統都沒人能比過他。我今天只跟他比水性，這公不公平？」

馬漢山一生無賴，無論在軍統，還是在江湖的黑道，那是什麼陣仗都見過，從一早方孟敖突查民調會扣了自己，到剛才又聽見方孟敖提到「殺人」二字，猜想這都是衝著崔中石的死來的，今晚橫豎要過這個坎了，偏他也能笑著，對方孟敖道：「方大隊長，且不說年紀，我這條胳膊也是剛接上的，水性再好也游不過你。什麼貪污、殺人？你代表國防部，要公了，有本事把我送到特種刑事法庭去。要私了，槍在你手裡，把我崩了，你到特種刑事法庭去。變著法子想淹死我，什麼決鬥？」

要不是他殺了崔中石，今晚他背後的人又抓了梁經綸，方孟敖對馬漢山這樣的人還真不太恨得起來，聽他這番說詞，立刻又轉望向李、王兩個科長：「你們兩個過來。」

兩個人這時像腳下被釘了釘子，哪裡敢過來。

方孟敖便走了過去：「聽清楚了，剛才你們馬局長說我變著法子想淹死他。王科長看著馬局長，李科長看著我。你們睜大了眼看，我到底淹沒淹死他。我不和他比游水，只和他同時憋到水裡去。誰先憋不住誰就輸了。」跟二人說完，再轉對馬漢山，「你剛才又說年紀大了，又說胳膊是剛接上的，下水後我讓你多換一口氣，第二口氣你要是再先上來我們倆就到一邊說話去。」說到這裡他同時對三個人喝道，「這公不公平？」

遠處的鄭營長還有那些青年軍都不禁向這邊望來。

這確實很公平了。李科長和王科長互相望了一眼，雖都沒開口，但都同時點了頭。

也不知道是真有自信，還是話說到這個份上再不接招也實在過不去了，馬漢山一股豪氣冒了出來，也對李、王喝道：「老子手不好使，你們幫我脫衣！」

王科長且不說，李科長這般刁頑的人也從來沒遇見過這樣的事，依然不敢過去，雙雙望著方孟敖。

方孟敖把目光掃望向他們二人的衣服釦子。

二人當然明白這一掃的意思，再不過去幫馬漢山脫衣服就要自己脫衣服了。

李科長：「我們幫幫馬局吧。」

一前一後，二人走了過去，一個人幫馬漢山脫衣，一個人幫他脫褲。

方孟敖先下水了。

馬漢山穿一條短褲，跟著跳了下去。

「這裡水淺，再過去些。」方孟敖游過去了幾米。

馬漢山確實好水性，手不好划，腳踩著水居然跟過去了。
方孟敖便也踩水，停在那裡等他。
馬漢山踩水踩到離他約一米處停下了。
方孟敖壓低了聲音：「下去後睜大了眼，崔中石就在底下等我們。」
馬漢山頭皮麻了一下，又猶豫了。
「下水！」方孟敖接著喝了一聲，頭已經沒在水裡了。
馬漢山深吸了一口氣，還是賴了幾秒時間，才沉了下去。

＊　＊　＊

顧維鈞宅邸曾可達住處。
「王祕書嗎？建豐同志回來沒有？」曾可達從來沒有這樣沉不住氣，一邊問，一邊將電話從右手又轉到了左手，緊貼著等聽回答。
電話那邊是王祕書：「還沒有。」
曾可達沉默了約兩秒鐘，近乎懇求地說：「麻煩你能不能在那邊把電話接到一號專線，報告建豐同志，北平這邊發生了緊急情況，我必須立刻向他彙報！」
王祕書那邊的聲音：「再緊急的情況也沒有辦法報告。一號專線今晚除了各大戰區的電話，一律打不進去。」
曾可達又默在那裡，少頃，只好說道：「建豐同志一回來，請你立刻報告……」
王祕書那邊的聲音：「好的。」

曾可達將話筒慢慢放回到話機上，兀自在那裡愣神。
緊接著電話鈴響了！
曾可達一把就抄起話筒：「王祕書嗎？請問是王祕書嗎？」
「對不起，曾督察，我是北平警察局孫祕書。」
曾可達掠過一絲失望，緊接著打起了精神。
對方孫祕書的聲音：「我們徐局長回來了，請您接電話吧。」
曾可達：「徐局長嗎？那個何其滄的助手現在在哪裡？」
對方已經是徐鐵英的聲音：「哪個何其滄的助手？」
曾可達咬了一下牙：「燕京大學何副校長，國府的經濟顧問，司徒雷登大使的好朋友！這下你明白哪個何其滄了嗎？」
「你問的是不是今天煽動學生鬧事的那個燕大教授梁經綸？」
曾可達：「徐局長，你是有責任配合我們國防部調查組查案的。我們查案的目的是什麼？前方打仗沒有錢，各大城市都在鬧饑荒，我們現在就指著美援了！抓何其滄的助手，這麼重要的事，你居然不跟我們通個氣！」
徐鐵英在那邊卻不動氣：「我也是到警備司令部後才知道的。我只能告訴你，今晚是陳總司令突然安排的行動，抓人都是軍統那邊在執行。我們警察局沒有抓一個人。」
曾可達：「抓到哪裡去了？」
徐鐵英那邊的聲音：「這就要問軍統了。你可以問，我也可以幫你去問問。」
曾可達氣得將電話猛地擱上了！

＊　＊　＊

北海後海邊。

方孟敖在岸上已經扯上了那條空軍長褲，一邊繫皮帶，一邊說道：「你們到車上去，我幫馬局長穿衣服。」

李科長和王科長正看著馬漢山坐在岸邊大口喘氣，不知如何是好，聽到這句指令，如同大赦，立刻悄悄轉身，腳步卻很快，向二百米開外鄭營長他們那邊走去。

方孟敖又穿好了那件空軍上衣，接著拿起了地上馬漢山的衣服走了過去。

馬漢山控制了喘氣：「要殺要剮，你說吧。」

方孟敖把他的長褲遞了過去：「褲子你自己穿，衣服我幫你穿。」

馬漢山便不再言，接過長褲先坐在地上將兩腳套了進去，用那隻沒受傷的左手將褲腿扯過了膝部，站了起來，又把褲子扯到了腰部。

方孟敖提著他的上衣，還真體貼，將肩下的袖筒放低到他的手邊：「把手伸進來。」

馬漢山真不知是何滋味，將兩手伸進了袖筒，方孟敖輕輕往上一提，外衣穿好了。

「在水裡看見崔中石了嗎？」方孟敖在他耳邊的聲音像一絲寒風灌了進來。

馬漢山：「我跟你說不清楚，我也沒法說。乾脆點，你現在要怎麼辦吧。」

方孟敖：「我不要你說清楚，只要你帶我去崔中石死的那個地方。」

馬漢山：「那我帶你去菜市口好了。你去看看，那是清朝專門殺人的地方。殺了那麼多人，也沒有誰去找劊子手算帳的。」

方孟敖點了點頭：「要不是這個理，早就有人找你算帳了。剛才說了，你輸了就幫我去辦一件事。這件事你能辦，辦成了或許還能將功贖罪。」

「什麼事……」馬漢山動心了。

方孟敖：「你們軍統又抓了一個不該抓的人。我現在要他們放人，你帶我去。」

馬漢山：「抓的是誰？」

方孟敖：「國府經濟顧問的助手梁經綸教授。」

＊　＊　＊

西山軍統祕密監獄審訊室顯然不是一般的審訊室，小鐵門，高鐵窗，四面空壁，房頂正中吊下一盞燈來，燈下對擺著兩把靠背木椅。

一把木椅上坐著的梁經綸是真正的知識份子，對面木椅上坐著的王蒲忱也像個知識份子，靜靜地望著鎮定的梁經綸，乍一看倒像在討論學術問題。

梁經綸不用裝作鎮定，因為他知道抓自己確實是軍警憲特的人。可望著坐在對面這個白淨斯文而且顯得身體不是太好的人，他心裡突然湧出了難言的感覺。這個人不是軍統就是中統，而且職位不低。自己是被當作真正的共產黨被抓了。

梁經綸面前這個人幻成了嚴春明：「經綸同志，白天的行動已經引起了國民黨的注意，今晚你一定要住到何教授家去。在那裡相對安全……」

剛才那種難言的感覺漸漸清晰了，是一種溫暖的感覺，一種同患難的感覺，共產黨對自己比鐵血救國會更關心！

可自己並不是共產黨，因此絕對不能有這種情緒。面對眼前這個人，面對接下來的審問，他不能承認自己在共產黨內偽裝的身分，也不能暴露自己鐵血救國會的真實身分。
結果是可能受刑！
梁經綸突然又有了另一種感覺，自己似乎應該像一個真共產黨去接受一次刑訊！這種感覺讓他心潮起伏，如果還能再選擇一次，自己到底會真正選擇共產黨，還是仍然選擇國民黨？
「是在想當共產黨還是當國民黨嗎？」那個王蒲忱突然開口了，問話卻依然不失斯文，問完且咳起嗽來。
梁經綸開始還愣了一下，接著又坦然了，知道這就是軍統或中統內所謂的高手，當然不會接言。
王蒲忱並不介意，一邊咳嗽一邊從中山服下邊大口袋裡掏出兩包菸來，一包開了封，一包還沒開封，他便又將沒開封的那包放回口袋裡。
梁經綸看見，兩包菸都是國民黨內部特供的「前敵」牌香菸。
王蒲忱先抽出一支遞過去：「抽菸嗎？」
「謝謝，我不抽。」梁經綸突然又發現，這個人的手指如此又細又長。
王蒲忱將菸斯文地放到了自己的嘴裡，把那盒菸放回中山裝下邊的口袋，這才掏出來一盒火柴，是那種很長的火柴，擦燃的時候，那根火柴跟他的手指很匹配，那根菸反倒顯得太短。
吸燃了，王蒲忱一邊漾滅了火柴，一邊又咳，咳了一陣子，自言自語道：「知道不該抽，可又改不了。這就是人的弱點。人總是有弱點的。梁先生，你說呢？」
「也有沒有弱點的人。」梁經綸不能夠不跟他對話了。
「有嗎？」王蒲忱不咳嗽了。
梁經綸：「當然有。」

「我倒想聽聽。」王蒲忱十分認真地看著他。

梁經綸：「一種是還沒出生的人，一種是死了的人。」

「你已經露出弱點了。」王蒲忱又深吸了一口菸，不但沒有再咳嗽，那口吸進去的菸竟然也沒有再吐出來，「這兩句話是中共毛澤東先生在延安整風的時候說的，原話是『這個世界上只有兩種人不會犯錯誤，一種是還沒出生的人，一種是死了的人』。梁先生，我記得沒錯吧？你們毛先生說得很對嘛，犯了錯誤不怕，說出來就好，改了就好。說吧，你是哪年加入共產黨？」

梁經綸的眼中竟露出了失望的神色。

王蒲忱看出來了，他這種失望其實是一種蔑視，對自己水準的蔑視！

那支菸只剩下了一小半，夾在王蒲忱手裡燃著。

梁經綸：「請問今天是幾號？」

王蒲忱打起了十二分的精神：「民國三十七年八月四號。」

梁經綸：「記住這個日子，我就是今天參加共產黨的。」

王蒲忱倏地站了起來，將菸往地下一摔：「介紹人自然就是我了？」

梁經綸：「這可是你自己說的。」

王蒲忱又咳嗽起來，顯然是剛才憋住的咳嗽發作了，特別厲害。

鐵門猛地從外面推開了，軍統那個執行組長帶著兩個人衝了進來。

執行組長緊望著咳緩過來的王蒲忱：「站長，您不要緊吧？」

王蒲忱竟又從口袋裡拿出了那盒菸，抽出一支放在嘴裡，接著又拿出了火柴。

執行組長：「站長，您就少抽點吧。」

王蒲忱又擦燃了一根長長的火柴點著了菸：「改不了了……銬上吧，帶到刑訊室去。」接著又大咳起來。

執行組長一揮手，兩個軍統立刻走向梁經綸，一個抓住了他的手臂拉了起來，一個取下手銬「咔嚓」銬住了他的雙腕，押了出去。

執行組長仍站在那裡，等王蒲忱咳得又稍緩了些，問道：「站長，按哪個級別用刑？」

「先讓他看……」王蒲忱咳定了，「讓他看別人受刑，動他的刑等我來。」

「是。」那執行組長向門口走去，回頭又說了一句，「站長，您少抽點菸。」

* * *

西山軍統祕密監獄機要室。

夾層隔音的鐵門，祕密電臺，專線電話，還有就是挨牆一溜大保險櫃。沒有窗，亮著一盞長明燈，完全封閉的一間暗室！

王蒲忱推開了這道厚厚的鐵門，先是將菸在外面踩滅了，又漾了漾細長的手指，顯然不願將菸味帶進去，這才進了室，將鐵門沉沉地關上。

屋子裡有一臺風扇，他卻不開，站過去，便撥電話。

很快便通了，王蒲忱：「王祕書好，我是王蒲忱哪。」

對方竟是建豐同志那個王祕書的聲音：「蒲忱同志好。建豐同志一直在等你的電話，你稍候，我立刻轉進去。」

「蒲忱同志嗎？」建豐同志那帶著浙江奉化的口音在這部電話裡也是滿屋迴響。

「報告建豐同志，我是王蒲忱。」王蒲忱身上的病態仍在，兩腿卻是一碰。

建豐同志電話裡的迴響：「審過了嗎？」

王蒲忱：「報告建豐同志，遵照你的指示，審過了。」

建豐同志電話裡的迴響：「梁經綸同志的反應怎麼樣？」

王蒲忱：「反應很正常，回答問題很機智。」

建豐同志電話裡的迴響：「你是不是對他很客氣？」

王蒲忱：「不會的，建豐同志，我完全是按照審訊共產黨地下黨的程序和態度審問他的。關鍵是下面該怎麼辦。何其滄把電話都打到了李宗仁那裡，李宇清親自出的面，陳繼承照樣不買帳。陳繼承的意思要對梁經綸同志用刑，一定要審出他是共產黨，而且要審出稽查大隊協查的那二十個學生裡的共產黨。我很難辦哪。是不是請南京那邊出面趕快給陳繼承打個電話，就說給何其滄一個面子，把人放出去？」

電話那邊卻出現了短暫的沉默。

王蒲忱又想咳嗽了，可跟建豐同志通話是不能像平時那樣咳嗽的。但見他立刻掏出了火柴，用肩膀夾住了話筒，騰出了手飛快地擦燃了火柴，又立刻漾熄，火柴頭上便冒出一縷磷煙，他趕緊將火柴頭湊到鼻孔邊，將那縷磷煙深吸了進去。

很奏效，這一招竟止住了他的咳嗽。

「事情不是你想的那麼簡單。」話筒裡又傳來了建豐的迴響，「何其滄不應該給李宗仁打電話。陳繼承已經搶先報告了總統，告了李宗仁的狀，並說這一次再不讓他抓共產黨他就請求辭職。我問了侍從室，總統當時只說了一句『知道了』就掛了電話。因此南京這邊不可能給陳繼承施加壓力……」

王蒲忱：「那真給梁經綸同志用刑嗎？」

「你的意見呢？」建豐電話那邊的聲音突然沒有了迴響，就像真人站在耳邊說話！

王蒲忱是三伏天都不流汗的，這時心裡吃驚，仍然沒有流汗，卻用手在額上擦了一下，擦的顯然不是汗：「真用刑分寸很難把握，建豐同志。用輕了倒不是怕陳繼承不滿，而是極可能引起共產黨的懷疑。用狠了經綸同志是否能夠扛住？我的意見，能不能讓曾可達同志那邊想想辦法，通過別的關係把梁經綸同志保出去？」

「什麼理由？」這次建豐電話那邊的聲音露出嚴厲了，「曾可達的任務是對付貪腐，你的任務是對付共產黨。你跟曾可達是兩條絕不允許交叉的線！你的身分在組織內都是保密的。事情到了你那裡往曾可達那邊推，想破壞組織原則嗎？」

「我接受你的批評，建豐同志。」王蒲忱必須堅定地表態了，「我單線處理，親自去處理，隨時將情況向你報告。」

「怎麼親自處理？說出具體意見。」建豐電話那邊的聲音緩和了些。

王蒲忱一邊急劇地想著一邊還得及時回答，這時就是考驗他的時候了：「是，建豐同志。我具體意見如下：一、我親自刑訊，盡量做到不要太傷害梁經綸同志，同時不引起任何人對梁經綸同志的懷疑。二、我的第一條意見必須建立在第二條意見的基礎上，那就是梁經綸同志要能夠禁受刑訊，什麼也不說；我很難排除梁經綸同志禁受不住考驗的可能性，說出一些不該說的話……」說到這裡，他有意停住了。

「說下去。」建豐電話那邊的聲音卻不讓他停。

王蒲忱：「是。我會及時讓他停止說話，但這樣一來梁經綸同志就可能要退出組織……這樣是不是有些可惜，甚至打亂了建豐同志的整體安排……」

「你不覺得自己的意見太多了嗎？」

王蒲忱一愣。

「好好考慮你的第一條意見，收回你的第二條意見！」緊接著就是建豐那邊掛電話的聲音。

王蒲忱聽見那邊的電話掛得零亂地響了好幾下，顯然是話筒放下去時沒有準確地擱到話機上——他感覺到了建豐同志的心情非常不好！

心情都不好。王蒲忱懵在那裡，終於憋不住了，劇烈地咳起嗽來。

就在這時，裝在鐵門邊的電鈴刺耳地響了起來。

王蒲忱知道這是發生了緊急情況，一邊控制著咳嗽，一邊向那道厚重的鐵門走去。

＊　＊　＊

西山軍統祕密監獄大門院內。

就是當時方孟韋開車來救崔中石的那個大院。

大院裡還是那棟二層樓，王蒲忱從一樓走廊走到門內就站住了。

隔著窗，他看見大院裡站著馬漢山，他身旁站著方孟敖！

他們的身後是一個排的青年軍！

軍統的人比他們少些，全站在樓外的階梯前，全提著手槍，一排擋在那裡。

「拿著槍幹什麼，內訌嗎？」馬漢山盯著那個執行組長。

「老站長，不是他們逼迫您來的？」執行組長兀自疑惑地問馬漢山。

「誰逼迫我了？誰敢逼迫我了？」馬漢山向所有的軍統們都掃了一眼，「把槍都收起來！」

正如王蒲忱所言，馬漢山還真能指揮北平站的軍統，軍統們都把槍插回了腰間。

王蒲忱隔窗看在眼裡。

「有個梁經綸是不是抓到這裡來了？」馬漢山又問執行組長。

那執行組長這次沒有立刻回答，瞟了一眼站在馬漢山身後的方孟敖。

「看他幹什麼？我帶來的。梁經綸在不在這裡，回話。」馬漢山不像受脅迫的樣子。

執行組長這才答道：「在。老站長，王站長也在。這個人是他親自在審。」

「審出是共產黨了嗎？」馬漢山這句話問得很上心。

方孟敖也盯住了那個執行組長。

執行組長：「還沒有。」

「不是共產黨抓什麼？添亂嘛。」馬漢山回頭望向方孟敖，「叫弟兄們在外邊歇著吧，我帶你去放人。」

「馬局長。」一樓的大門開了，王蒲忱出現在門外，緊接著門又在他背後關上了。

「蒲忱哪，我正要找你。」馬漢山顯然把他當作晚輩，見他依然站在門邊，目光望向方孟敖，立刻又說道，「你們還沒見過吧，我來介紹。這位是王站長，我的後任，很有才幹，就是身體差了點。這位就是國防部派來的稽查大隊方大隊長。」

「久仰。」王蒲忱還是站著沒動。

方孟敖見他始終站在門口，便沒有接言，又轉望向馬漢山。

馬漢山也看出了端倪，徑直走了過去，在王蒲忱耳邊輕聲說道：「那個梁經綸得放了。他是何其滄的助手，牽著美國人的關係。國防部調查組正跟我過不去，不要再在這些事上火上加油了。」

王蒲忱聲音本就微弱：「梁經綸是何其滄的助手我也知道，有美國人的關係我也知道。老站長，他跟國防部調查組可沒關係，這個方大隊長為什麼叫我們放人？」

「方家跟何家是世交。」馬漢山依然耐著性子，但語氣已經加重了些，「只要他不是共產黨，看在方行長的面子，也要放人。」

王蒲忱其實心裡已經閃過了無數念頭，方孟敖的出現有些出乎意料，馬漢山來說情更是匪夷所思，倘若能夠這樣就把梁經綸放了，倒是真解了自己的難題。關鍵是必須報告建豐。

「老站長。」王蒲忱今天的態度有些不冷不熱，「梁經綸不是我們抓的。」

馬漢山：「人都在裡面，怎麼不是我們抓的？」

王蒲忱：「是陳繼承總司令親自下令抓的。我不能放人。」

馬漢山眼珠子開始不停地轉動了，回頭望了一眼方孟敖，又轉望向王蒲忱：「我知道。陳總司令下令抓人，也不會點名說要抓誰。放個把人我們還能做主。」

「這個梁經綸正是陳總司令點名抓的。」王蒲忱望馬漢山時目光閃爍起來，聲音低而曖昧，「就因為他們鬧得太不像話，還扣了您，陳總司令認定是共產黨在背後煽動，這才點名抓了梁經綸。馬局長，您真不應該帶他來放人哪。」

馬漢山這一下愣在那裡，但很快便大聲說道：「那你就請示一下陳總司令。總之，沒有證據證實他是共產黨，就把人放了。」

這話顯然是說給方孟敖聽的，方孟敖當然聽到了，向他們走了過去，同時向王蒲忱伸出了手。

這是握手的姿態，王蒲忱不得不也伸出了手。

一隻手指又細又長的手，一隻骨節崚嶒的大手！

馬漢山望見這兩隻手，露出了孩童般好奇的神色，又望了一眼二人，又望向那兩隻手，竟似渾然忘卻了身上還有那麼多事。

方孟敖的手掌將王蒲忱的手掌輕輕握住了，就像握住一把小蔥。

王蒲忱立刻敏感地察覺到了，自己不能抽手，因剛有想抽手回來的念頭，對方便緊了一分，自己的手被對方握住了。

緊接著馬漢山也有了感覺，方孟敖握王蒲忱用的是左手，右手已經挽住了自己的一條手臂。一個軍統的前任站長，一個軍統的現任站長，都在方孟敖親熱的掌握之中了。

方孟敖：「王站長可以打電話請示，馬局長帶我去先看看人。」

兩邊的長官都進去了，兩邊的長官都沒有發話，鄭營長那一排青年軍留在了院內，軍統們也都留在了院內。

鄭營長這時走近那個執行組長：「門衛的電話可以打專線嗎？」

執行組長：「可以。」

鄭營長：「快帶我去。」

＊　＊　＊

顧維鈞宅曾可達住處。

「怎麼這個時候才打電話報告！」曾可達嚴厲地喝問。

那邊是鄭營長的聲音：「一路上都沒有電話，也不知道他要幹什麼……」

「聽好了！」曾可達打斷了他，「保護他和梁教授的安全，盡量不要跟軍統的人發生衝突。」

不再等對方回話，曾可達一隻手已經按斷了這個電話，緊接著撥號。

「王祕書嗎？這邊又有了新的情況，建豐同志回了嗎？」

對方是王祕書的聲音：「還沒有。」

「王祕書……」對方竟掛斷了，曾可達彷彿有了什麼感覺，像個棄婦，愣在那裡。

＊　＊　＊

西山軍統祕密監獄機要室。

「是，建豐同志。」王蒲忱身上那種斯文氣質連同病態都消失了許多，深層的像是鬥志其實是殺氣顯露了出來，「蒲忱能理解你的苦心，用人要疑，疑人也要用。用方孟敖本來就是一步險棋，這個人我今天領教了，沒有別的，就是曾文正公說過的『死士』！死士可用，關鍵是為我所用。我的理解是否正確，請建豐同志教正。」

「你的理解比可達同志的理解要深。」建豐電話的迴響，「我同意你剛才的意見，讓馬漢山把梁經綸和那幾個學生領出來交給方孟敖，陳繼承那邊讓馬漢山去交代。從現在開始，起用你的人，嚴密監控方孟敖。共產黨一定會在梁經綸同志以外另外派人跟他聯繫。你的任務是既要切斷共產黨跟方孟敖的聯繫，又要順著線索找到共產黨在北平的核心地下組織。以保證平、津的國軍與共軍前方作戰無後顧之憂，保證即將推行的幣制改革。」

「是，建豐同志。」王蒲忱這聲回答已經完全不像有病的人了。

建豐電話那邊的迴響：「還有，你剛才提到的那個北平地下黨叫『五爺』的人，毛局長那邊今天給我送來的材料報告比較詳細。這個人是搞工運出身的，現在管著北平地下黨的武裝，極其危險。盡一切可能先抓到這個人，不能生擒就當場擊斃！」

＊　＊　＊

何宅一樓客廳。

「先生，孝鈺。」

客廳門推開時曙光送著梁經綸站在了門口。

何其滄在沙發上坐直了身子。

何孝鈺在父親旁邊的椅子上倏地站起了。

「怎麼出來的？」何其滄平靜了心緒，望著依然站在門口的梁經綸。

梁經綸卻發現何孝鈺的目光望向了自己身後半開的門，因此輕噦了一口喉嚨，才回答老師：「方大隊長送我回來的。他在門外，問先生可不可以進來？」

「快叫他進來呀！」何其滄拄著拐杖這次站起了。

梁經綸卻又先望了一眼何孝鈺，見她依然站在那裡，並沒有過來的意思，這才自己轉過身去，將門全拉開了：「方大隊長，先生請你進來。」

方孟敖的身影從大門進來時，外邊的天更亮了些。

何其滄站得很直，兩眼一直迎著走進來的方孟敖。

老人的心女兒第一個感受到了，梁經綸也察覺到了，這不只是在禮貌地迎接一個客人，還有一種氣場，讓女兒和自己的愛徒都端正心思的氣場。

何孝鈺便能夠大大方方地望著方孟敖了。

方孟敖和昨晚在這裡時也有了變化，一是那頂空軍帽沒戴了，二是因此更顯得不像個軍人，跟梁經綸一道，站在門口。

何其滄依然站得很直，目光十分慈和，依然望著方孟敖。

梁經綸這才知道自己該幹什麼了，對著方孟敖：「方大隊長，請進去。」

方孟敖是那種特別聽話的神態，先向梁經綸禮貌地點了下頭，然後走了進來。

何孝鈺這時目光不能看方孟敖了，因梁經綸在看著她，她便也看著梁經綸。

很快他們都是一驚。

方孟敖才走到客廳中，便見何其滄向他彎腰鞠下躬去！

「何伯伯！」方孟敖從來沒有這樣心身皆亂，先是慌忙地舉手想行軍禮，很快發現並沒有戴軍帽，立刻彎下腰去改行鞠躬禮，標準的九十度鞠躬禮，停在那裡。

何孝鈺立刻扶住了父親，但見方孟敖依然九十度鞠躬停在那裡。她這次像是有意不看梁經綸了，只是望著方孟敖。

還有，已經站直了身子的何其滄居然也只是望著方孟敖。

梁經綸突然有一種自己黯然失色的感覺，走過來扶方孟敖時，長衫便沒有飄拂起來，而且有些絆腳。

「方大隊長快請坐吧。」梁經綸扶起方孟敖，語氣也很謙恭了。

「是。」方孟敖走到沙發邊，依然站著。

何其滄這時才露出了一絲微笑，手向沙發一伸。

方孟敖依然站著。

「爸，您先坐吧。」何孝鈺扶著父親先坐下了。

「梁先生……」方孟敖依然未坐，望向梁經綸，顯然在等他先坐。

何其滄的目光越來越柔和了，他將方孟敖對梁經綸的尊敬都看在眼裡，這時忍不住便想看看女兒的反應，目光也只是稍移了一下，還是忍住沒看。

何孝鈺的目光早已轉望向地面。

一個聲音，何其滄昨天晚上的聲音幾乎同時迴響在父親和女兒的耳邊：「……拿著槍裝救世主……你不覺得方孟敖在學他們嗎……」

梁經綸心思何等細密：「先生如果有話要單獨跟方大隊長談，我和孝鈺先出去一下？」

何其滄點了下頭，接著又望向方孟敖：「請坐吧。」

方孟敖這才坐下了。

梁經綸先退了一步然後轉身向客廳門外走去。

何孝鈺目光望向了開放式廚房灶上蒸饅頭的鋁鍋。

何其滄：「我在看著。」

何孝鈺這才又望向方孟敖，點了下頭，向客廳門走去。

＊　＊　＊

何宅院內梁經綸住處。

好些天沒有回自己這處兩居的平房了，梁經綸坐下時也沒有看看房間。

何孝鈺依然站著，房間裡的一桌一椅擦得那樣乾淨，從外面房間也能看見裡邊房間同樣收拾得如此潔淨，梁經綸居然毫無感覺，彷彿這不是他的住處。

「沒有受傷吧？」何孝鈺輕聲問道。

「已經帶到刑訊室了，方孟敖來得及時。他來得真快呀。」說到這裡，梁經綸望向了何孝鈺。

「他及時趕來救你有什麼不對頭嗎？」何孝鈺從梁經綸的神態語氣中感覺到了異樣。

「同時被抓的學生都受了刑！我怎麼感覺國民黨的軍統像是有意在等方孟敖來救我。」梁經綸毫不掩飾質疑的目光，可望著的卻是何孝鈺。

「你剛被抓走我爸就給李宗仁打了電話，李宇清接的。」何孝鈺解釋得很簡短，簡短得讓梁經綸對剛才的話尷尬。

「緊接著方孟敖這邊就趕來救我了？這就能解釋得通了，鬥爭太複雜啊。」梁經綸坐的位子在窗邊，能夠一眼看到院子，看到緊閉的院門和站在院門外的幾個青年軍，「昨晚就應該跟你談學聯的決定，不巧方孟敖來了……時間很緊，快坐下吧。」

何孝鈺不知道是覺得自己委屈，還是覺得梁經綸可憐，畢竟自己已經接受了組織的真正任務，現在還要來接受他下達的不是指示的指示。走過去，隔著書桌，望著他依然神聖嚴肅的樣子，坐下時，她竟下意識地扯直了裙子蓋住膝蓋以下的腿，兩腳也交叉併著。

梁經綸只是感覺到了她的拘謹，便望向窗外：「學聯通過考察決定，為了最後的鬥爭，必須爭取方孟敖，立刻爭取方孟敖，和他的飛行大隊。」

* * *

何宅一樓客廳。

「有十一年了吧？」何其滄在想著。

「我們是十三年，何伯伯。三十五年您就到了燕大，何阿姨和孝鈺留在上海。」方孟敖糾正他的記憶。

「我記錯了，是十三年。」何其滄又望向了方孟敖，「『將軍百戰死，壯士十年歸』。抗戰勝利都三年了，你卻是有家難歸，還要加上一句有國難投。對不對？」

方孟敖一震撼，沒有接言，認真地看著，認真地聽著。

「我喜歡你現在這個樣子，包括你今早進門時的樣子。」何其滄又在回憶了，「你那時都十幾歲了，就喜歡偷著聽我跟你爸談話，還假裝著睡著了。我和你爸都知道，沒有戳穿你。你從小就天不怕地不怕，只怕兩個人，一個是你爸，還有一個就是何伯伯。」

方孟敖掩飾著複雜的心緒，用一個勉強的微笑算是回答。

「現在何伯伯跟你談話了，你願意就交談，不願意還可以像小時一樣，聽著就是。」何其滄嚴肅了起來，「我剛才說了一句有國難投，其實並不準確。八年抗戰，我們都是在救國。可現在中華民國依然不是一個國。有些人還沾沾自喜，自稱我們是四大強國之一。看看你給我送來的那袋麵粉，有哪個強國要靠另外一個國家的施捨才能維持一天算是一天？天天還要看人家的臉色，受著人家的頤指氣使！」

方孟敖挺直了腰板，望何伯伯的眼閃出了光亮。

何其滄指著那袋麵粉：「『Made in U.S.A』！有哪一個國家是靠另一個國家製造出來的？」

「說得好！」方孟敖由衷地接言了，「我願意聽，何伯伯，請說下去。」

何其滄兩手拄著那根拐杖，腰板也挺得很直：「你到北平一個月了，動靜很大呀。截第四兵團的糧，查民調會，還要查北平分行。很多人都在拍手叫好，認為你們在幹一件很了不起的事，反貪腐！真是在反貪腐嗎？」

方孟敖：「我在聽。」

何其滄：「你們能夠反貪腐嗎？」

方孟敖緊緊地望著何其滄。

何其滄：「如果能夠，那就是真反貪腐。如果不能夠，那就是假反貪腐！」

方孟敖：「我來本是想向梁教授請教這些事情的。何伯伯，感謝您這麼相信我。您能不能從經濟學的角度，告訴我什麼是貪腐。」說到這裡，眼中滿是期待的目光。

何其滄苦笑了一下：「我和你爸留美學的都是經濟學，他六年，我八年。到現在我都不懂什麼是經濟學。尤其回到中國，根本就沒有什麼經濟學。你現在幹的事更與經濟學無關，你是捲進了政治。真要我教你，在美國學的那一套一個字也用不上。你幹的事，中國有句古話，八個字就能概括。」

方孟敖：「何伯伯請說。」

何其滄：「斷人財路，殺人父母！」

方孟敖開始還愣了一下，接著笑了。

「不要笑。」何其滄更加嚴肅了，「國防部預備幹部局那麼多心腹不用，為什麼偏偏用你？因為你願意理直氣壯地『殺人父母』！因為你連自己的父親都敢於下手！」

方孟敖：「何伯伯是在勸我？」

何其滄：「你父親我都從來沒有勸過，也不會勸你。只是提醒你，他們昨晚敢抓梁經綸，之後也敢抓你，而且殺你。你以為陳繼承，還有那麼多人就會這樣對你善罷甘休嗎？你現在扛著國防部調查組的牌子，那是因為他們有更大的目的需要利用你。一場大風暴就要來了。這場風暴要死很多人，有貪腐的人，也有反貪腐的人！」

方孟敖：「我當然是一個。可想殺我也沒有那麼容易。」

何其滄搖了搖頭，目光像是在望著自己的兒子：「很容易，只要給你安上三個字，共產黨！」

新人間240

北平無戰事（第二卷：山高月小）

作　者—劉和平
主　編—李筱婷
執行編輯—劉綺文（特約）、張啟淵
美術設計—賴佳韋
行銷企劃—劉凱瑛
董事長
總經理—趙政岷
總編輯—余宜芳
出版者—時報文化出版企業股份有限公司
10803台北市和平西路三段二四〇號四樓
發行專線—（〇二）二三〇六六八四二
讀者服務專線—〇八〇〇二三一七〇五
（〇二）二三〇四七一〇三
讀者服務傳真—（〇二）二三〇四六八五八
郵撥—一九三四四七二四時報文化出版公司
信箱—臺北郵政七九～九九信箱
時報悅讀網—http://www.readingtimes.com.tw
電子郵箱—history@readingtimes.com.tw
法律顧問—理律法律事務所　陳長文律師、李念祖律師
印　刷—勁達印刷有限公司
初版一刷—二〇一四年十月十七日
定價—新台幣三五〇元
行政院新聞局局版北市業字第八〇號


國家圖書館出版品預行編目資料

北平無戰事（第二卷：山高月小）/ 劉和平著. -- 初版.
-- 臺北市：時報文化, 2014.10
冊；　公分

ISBN 978-957-13-6088-1（平裝）

857.7　　103018913

ISBN 978-957-13-6088-1
Printed in Taiwan